"新水经注"大型文学精品创作出版工程

富春江地理志

陆春祥 著

浙江教育出版社·杭州

图书在版编目（CIP）数据

富春江地理志 / 陆春祥著. -- 杭州 ： 浙江教育出
版社，2025. 6. -- ISBN 978-7-5722-9636-9

Ⅰ. Ⅰ217.2

中国国家版本馆 CIP 数据核字第 20250FA457 号

"新水经注"大型文学精品创作出版工程　主编／徐剑

富春江地理志
FUCHUNJIANG DILIZHI

陆春祥　著

项目策划：周　俊		组　　稿：王凤珠	
责任编辑：姚　璐　刘亦璇		责任校对：胡靖雯	
美术编辑：韩　波		责任印务：陈　沁　陆　江	
装帧设计：融象工作室　顾页		插　　图：曹依朵　放文静	

出版发行：浙江教育出版社（杭州市环城北路 177 号）

图文制作：杭州林智广告有限公司

印刷装订：浙江海虹彩色印务有限公司

开　　本：880 mm×1230 mm　1/32

印　　张：13

插　　页：4

字　　数：280 000

版　　次：2025 年 6 月第 1 版

印　　次：2025 年 6 月第 1 次印刷

标准书号：ISBN 978-7-5722-9636-9

定　　价：90.00 元

如发现印、装质量问题，请与本社市场营销部联系调换。

（联系电话：0571-88909719）

寻找江河的密码

徐剑

记得几年前，有一次与文坛朋友一道采风，傍晚到了一家酒店。窗外是河景，走到天台上远眺，碧水云天，青山凝翠，两岸人家倒映于碧波中。一艘画舫驶来，船娘摇橹，划破了时间的界河，仿佛一条唐诗、宋词之河，重又浮现人间。文友说，这几年最大的变化，就是家门前的河流变清了。我深以为然，不禁感慨，习近平总书记"绿水青山就是金山银山"的理念提出转眼二十年了，人们越来越重视生态环境。放眼神州大地，该治的污水，治理了，泛清波的河流，在视野中渐次多了起来，水生态环境治理持续深化，美丽中国未来可期啊！

那一刻，一个念头遽然闪现：策划一个写江河湖泊的大型非虚构文学项目，邀请百名鲁迅文学奖等大奖获奖作家来写自己心中的母亲河。

工业化、城市化快速推进，积累巨量物质财富的同时，生态环境承受了巨大压力。进入新时代，在"绿水青山就是金山银山"理念的指引下，我们经历了一场生态革命，深刻地感受到：挣再多的钱，不如有一个山清水秀的生活环境。这也是中国古已有之的宇宙观、哲学观、生活观，即天人合一，天地人一体。人须敬畏天地，择秀水青山而居，呵护身边一草一木，珍惜一水一溪。我心中的水文化意识也随之苏醒，组织创作"新水经注"文学出版工程的想法油然而生。可是百条河流，百部书，谁能接住这么大的一个出版盘呢？坐在窗前，仰望夜空，朝东南看，我突然想到一家出版社和一群出版人，他们颇具情怀，是"两山"理念最早的践行者，也是一群有理想、有信念、有担当的出版者。

很快，项目文案写成了，我第一时间发给了时任浙江教育出版集团总编辑周俊先生，并附言：拟将此项目，作为"两山"理念提出二十周年的一场倾情巨献，一次致敬性的书写，一次新时代中国作家对于故园水经的崭新的文学巡礼。周俊回复道，此创意很好啊，看了很激动。这是一项大型的文学出版工程，容他花一点时间思考，琢磨透彻。过了不久，他来电话了，说做，并已在做项目实施的准备工作。出版"赶潮人"的当机立断、敬业乐业令我感佩。

于是，我开始了约稿活动，得到了中国作家协会的大力支持，将获鲁迅文学奖、茅盾文学奖和"五个一工程"奖的诗人、小说家、散文家和报告文学作家悉数邀来，形成一个巨大的作家方阵，开始打造一条时间与文学的巨流河。可以说，这是一个巨大的文学出版工程，如果能够完成，对于中国作家的非虚构写作，是一次藉江河洗文心，用文化赋能中华大地的文学之旅。

　　搁下约稿电话，那些日子，有点抑制不住内心的激动。望星空，眺江河，离我最近的是永定河。明清以降，这条桀骜不驯的河流，曾一次次洪波涌起，水淹帝都，浪拍紫禁城。中华人民共和国成立后，高坝燕山，水库重叠，永定河变得温顺如处子。可是后来，它的下游干涸见底了，它的分水口延芳淀湮没在历史风尘中，变成遥远的记忆。我从书架上找出北魏郦道元的《水经注》，抚摩这部古代地理学经典。感谢《水经》的作者（无论他是汉代的桑钦，抑或晋人郭璞），留下了一部古代综合性地理专著，为郦道元作传、笺、注、疏、集解与训诂，提供了广阔空间，让郦道元的学识、才华、想象得以尽情发挥，穷极天涯，究亘古之远，通江河之变，成就了一部集大成者的古代地理百科全书，才使许多消失的典籍片断和断章得以保存于书中。《水经注》让我从眼前的永定河，潜入到书里古华夏的1252条河流中。书山作舟，沿着这些河流的源头、支流、沿岸地貌、水利工程等，我进行了一场春天的阅读和地理行走，横跨黄河、长江、淮河水系，了解各地的山脉、湖泊、气候、植被等自然地理特点，以及河流两岸的城邑变迁、历史遗迹、风俗民情、经济物产等人文流变，完成了一趟精神行旅。

　　我向作家同仁约稿，就一句话，照着《水经注》的风格与体例去写。从故乡母亲河的发源地出发，顺流而下，考证地学构造，尽揽两岸百姓风情，叙述重大水利工程始末，重点讲述河边人家百年间的历史巨变，创作一部真正意义上的江河志。对跨越中国大地的黄河、长江和珠江，还有那一条条知名与不知名的河流，做系统的文学科考，展开"新水经"的地理学、水利学、人文学探究，对江河大地进行一场崭新的认识和书写。这种书写，是镌刻在大地上的诗行，更是随江河流转的百姓生活世象，既是经济腾飞的中国故事，更隐藏着大国崛起的密码。

我以为，一个大国崛起的玄机，一个民族复兴的奥秘，就潜藏在我们生于斯、长于斯的河流里，等着我们去破译。黄河、长江都发源于青藏高原，这两条大河大江的源头，最远处，相距不过几百里，最近处，只是一山之隔，是阳坡与岭北的亘古守望。然而，从黄土高原冲刷而成的大河，北流入海，从横断山脉中裂峡而出的长江，东去江南，同一片大地，孕育的大河儿女与长江之子，性格迥然，铸成的文化与艺术、禀赋与气象，截然不同。大河上下雄浑奔放，气吞北面河山，秋风凌厉；而川江和扬子江则包罗万象，烟波浩渺，春日温婉，形成了独具特色的江河文明。因此，从这个意义上说，只有阅览江河，才能懂得祖先为何在江河边结庐而居，血脉何以生生不息，才能真正读懂自己的民族与历史、绵延与创造。

约稿极为顺利，一批著名作家纷纷应约加盟，他们在文坛上都是"顶流级"的存在。邱华栋、阎晶明、何向阳、梁鸿鹰、李舫、赵瑜、关仁山、葛水平、雷平阳、陆春祥、叶弥、黄咏梅、刘建东、夏天敏、金仁顺、温燕霞、温亚军、陈启文、肖亦农、肖勤、沈念、谢宗玉等挚友、同仁，他们组成了堪称"天团"的创作队伍。而第一个付印作品者，乃御风而行、敢立潮头的浙人，老友陆春祥是也。他以《富春江地理志》，载一舟渔歌而来，挟着严子陵钓台之隐逸，范文正公江湖之襟怀，黄公望富春之笔墨，接受读者与市场的检阅。

"新水经注"大型文学精品创作出版工程，会是一套怎样品质的文学之书，能与《水经注》媲美吗？请诸君翻开首卷，给出您的答案。

是为序！

2025年5月18日写于永定河孔雀城

目录

宝石般的河流

1

　　许多年前，一个盛夏的中午，那个少年，正蹲在水边，低头捧水洗脸。

　　路边有一担沉重的柴草，那是少年一上午的劳动成果，他要将柴草挑到窑厂去，100斤可以计10个工分。不过，这一担实在太沉了，超过了他平时的能力，少年感到前所未有的疲惫。好不容易挑到了溪岸，他要到水边洗洗。一处深潭，水面在烈日下一晃一晃的，碧水映着少年白皙的脸庞，有游鱼窜来窜去。

　　少年眼盯着水，他知道水往东流去，但他不知道眼前的水会去往何方，在哪里耽搁。他幼时，在母亲的怀抱里，最远只去过上海，他想：水会在上海入海吗？

　　后来，少年成了青年，他在大学里读到古希腊先哲泰勒斯的一句话："水是万物的始基。"他恍然有悟，天天住在水边，却从来不知水有这么伟大，它能孕育万物。他家乡那水，是分水江支流，分水江汇入富春江，富春江再汇入钱塘江，而钱塘江最终注入东海。

那个少年自然是我。我对水，似乎有种天然的喜欢，向来关注。少年时的夏季，在山间的岩石深潭边，我常常一坐就是一小时，什么也不为，就是傻坐着，躲荫，看水，想着水从哪里来，要往哪里去。山顶上的白云慢悠悠地飘荡，树上的蝉在狂嘶，林间的鸟儿却懒，偶尔才鸣几声。

我眼中，这自在而狭小的世界，有了水，就生动活泼了。

2

风烟俱净，天山共色。从流飘荡，任意东西。自富阳至桐庐一百许里，奇山异水，天下独绝。

水皆缥碧，千丈见底。游鱼细石，直视无碍。急湍甚箭，猛浪若奔。

夹岸高山，皆生寒树，负势竞上，互相轩邈，争高直指，千百成峰。泉水激石，泠泠作响；好鸟相鸣，嘤嘤成韵。蝉则千转不穷，猿则百叫无绝。鸢飞戾天者，望峰息心；经纶世务者，窥谷忘反。横柯上蔽，在昼犹昏；疏条交映，有时见日。

吴均写给朱元思的这封信，我是在大学的古代文学课上才读到的。我完全没想到，年少时日日相伴的那些水，能有这样让人惊艳的品质。从此文开始，我重新阅读母亲河，将她当作一部伟大的作品来读。越读，形象越丰满；越读，内涵越深奥。现在的感觉是，富春江要读一辈子，不，一辈子也读不完。

富春江给予了我们什么？

我觉得应该从物质与精神两大层面来说。

物质层面，其实是我们对富春江的索取。饮用水源、水力发电、灌溉用水、交通航运、鱼类资源等，这些都是对水的直接利用。因河水而生成的大小沙洲，顺河谷而建设的城市与村落，沿河岸而建造的高速公路、人行绿道，则是我们从她那间接享受到的好处。

精神层面，则是人类因傍河而产生的各种文化。我曾经在《水边的修辞》一书的序中这样说过："万物皆有灵，包括植物与水。"富春江的清流，与隐士桐君、严子陵、黄公望等的气质极为匹配，与诗人谢灵运、杜牧、范仲淹、苏轼、陆游等的审美也极为吻合，2000 多年来，因江生发的 7000 多首诗词，都可以证明这种奇妙……

最为关键的是，富春江能安抚我们紧张焦虑的情绪。

严子陵曾经焦虑，当他来到富春山，面对富春江时，焦虑立刻消散。春风骀荡，枇杷正鲜，富春山下的石濑旁，严子陵戴笠垂钓，没过一袋烟工夫，就拎上来一尾红点大鲥鱼，他立即站起收竿。看看篓中的鲜鱼，望着两岸的青山，严子陵捋须微笑，心中惬意感满溢——又可以上东台，醉卧春风读《老子》了！我这样幻想着，在朝阳或者夕阳的映照下，水边这位钓翁的影子拖得好长好长。

范仲淹曾经焦虑，当他来到富春山，面对严子陵祠堂，焦虑感顿失，被山水激发出千古名句。在我看来，"先生之风，山高水长"，不仅仅是范仲淹对严子陵的赞词，也是范仲淹人格魅力的体现。这或许就是一篇好作品带来的意想不到的连锁反应。换句话说，范仲淹的千古名句，将人们对严子陵的认知提升到了一个空前的高度，融进了家国情怀。自此，"山高水长"就成了严光的代名词。

诚如吴均所言，古往今来，富春山风、富春江水，治愈了无数焦虑的灵魂，且这种焦虑，经山水的浸染，大多演变成了悦耳动听的诗与文。望峰息心，窥谷忘返。面江，俯身，随手掬起一捧水，指尖流泻的尽是7000多首诗文碎句的清音。

3

六岁的小瑞瑞，见我每天写呀写，忍不住问了："爷爷，你今年在写什么书？"

我答："《富春江地理志》。"

她自言自语："是《水边的修辞》吗？"

我似乎有点懵，转而笑了："是呢，是水边的故事。"内心暗忖：《水边的修辞》是从人的角度写富春江，《富春江地理志》是从地理的角度写富春江。两部书完全可以看成上下部啊，小朋友一语中的。

瑞瑞问："爷爷，你能给我说说吗？"

我笑笑："好。我们这就来说说富春江的故事。"

她是一个几百万岁的老人了。

她从安徽休宁的高山上流出。

她从细流变成大河。

她起初叫新安江，她最美的江段叫富春江，她的全名叫钱塘江。

她一路奔腾，镂刻出了无数的山峦与绵长的河谷。

她所到之处的谷地平原两岸，诞生了无数的城市与村庄。

她的流域上，曾经生活着十万岁的"建德人"，一万岁的"桐庐人"，他们都是我们的祖先。

她是干流，还有许多支流、支流的支流，不管是大河还是小河，它们都是富春江的子孙。她安静的时候是碧波，发怒的时候是洪水。洪水带来洪灾，洪灾要吃人，吃房屋，吃土地，吃庄稼。洪灾就是毒蛇，洪灾就是猛兽。洪灾来了，横扫一切。于是，我们要在江中筑坝，将洪灾消灭。

她两岸广阔而肥沃的冲积土壤，她江中膏腴而鲜美的数百种鱼类，这些都是哺育几百代人生存的根本。

她挟带而下的碎石残屑，在江中堆积成了数十个富饶的沙洲岛。

她孕育的千年古城镶嵌在山水间。

时光熬制中飘出阵阵文化清香。

诸般形胜展现万千姿态。

品德品行天地间铭刻。

神奇土地自有神奇故事。

富春江绵延至今，她是两岸所有人的母亲。

"瑞瑞，你听明白了吗？"

瑞瑞看着我，点点头，又摇摇头，一脸的真诚。

4

富春庄的铜手模墙上，左边刻着巴金先生《我爱富春江》的全文，右边是55位茅盾文学奖与鲁迅文学奖获得者的手模，它们来自已经看过或将要来看富春江的作家，这也是当代写作者向巴金先生的集体致敬。

富春江是美丽的。

五十年代末期和六十年代中期，我曾两次到过富春江，都是因为去看看新安江水电站。同来的朋友，已经有几位不在了。其中有唐弢、魏金枝，还有萧珊。到了这里，想起往事，我不能不怀念他们。

岁月可以流逝，历史不能忘记。

1959年的富春江之行，我写下了《星光灿烂的新安江》。几十年过去，世事变化很大，但我当时写文章的感情是真诚的。

1991年春天，我第三次来到桐庐，已经成为只能坐在轮椅上看富春江的老人了，但我眼前的富春江更美丽了。

那些铜手模，瑞瑞在书院的时候，经常要去摸一摸，她也要读一读巴金的文章，"富，春，江，是，美，丽，的"，一个字一个字地读，声音很大。甲辰这个夏天，她已认识一千余字，能十分流利地将《我爱富春江》读下来。我每听一次，都有感触，瑞瑞稚嫩的童音，与巴金先生直抒胸臆的文句，极为相称。

5

对于河流，我们现在的普遍共识是——她是地球的血脉，她也是人类赖以生存的根本。而富春江及其两岸的历史，都极好地证明了这一点。

在我眼里，河流也是形容人生的重要隐喻之一。这一次写作，虽是一次全方位的深度解读，但我对富春江，依然一无所知，她如此博大精深，她如此纷繁多彩。这一条宝石般的河流，流光溢彩的盈盈碧水是她的俊丽外表，丰盈沉厚的历史文化是她的核心内里。她奔腾不息，涤荡所有，海纳百川；她亦随遇而安，沉潜深流，柔软而坚强。

写完关于富春江的若干本书，我终于确定了内心一直鼓荡着的动力，因为我是富春江的后裔，她是我的母亲，我愿意为她付出我所有的努力。

甲辰处暑

富春庄

大江

钱塘江自安徽休宁汩汩而出，新安江、富春江、钱塘江，一路看似曲折无序，但其实自有其逻辑，一切都是大自然的最佳安排。从源头到入海口，那一千多里的逶迤，演绎着无数的精彩。

两百余里富春江，奇山异水，天下独绝。宽广壮丽，蜿蜒流淌，水势澎湃。江亦是辈分极高的长者，讲述着她的今世前身（简史志），她的灾祸苦难（苦厄志），人类与她的和谐共存（营建志），她养育的子孙（食货志），她经过留下的足迹（沙洲志）。富春江始终以澎湃的方式激情地奔流着。

天下佳山水，古今推富春。

此谓富春江。

第一卷：简史志

浙江第一大河钱塘江,《庄子·外物》中称"渐河",《汉书·地理志》《说文解字》《水经》称"渐江",《山海经》称"浙江",郦道元《水经注》统称"浙江"。"渐""渐""浙",在古越语中发音相似。三国时始见"钱唐江"之称,当时仅指流经古钱唐县(今杭州)的河段。唐代为避讳,改称"钱塘江"。渐水、渐江水、罗刹江、之江,都是指钱塘江。而以"钱塘江"统称整条河流,则是民国年间的事。钱塘江全长668千米,流域面积约55500平方千米。

钱塘江看似曲折无序,但其实自有其脉络走向,一切都是大自然的最佳安排。

一、六股尖东坡与青芝埭尖北坡

六股尖东坡与青芝埭尖北坡,两坡都在安徽省的休宁县,它们是钱塘江干流北源新安江与南源马金溪的发源地。

北源与南源,流至建德市梅城镇汇合,向东北流出七里泷峡谷，进入受潮汐影响的河口区，穿桐庐、富阳、萧山、杭州城，继续往东北方向流，经上海市浦东新区芦潮港与宁波市镇海区外游山之连线注入东海。

钱塘江在杭州市境内河长322.7千米，流域面积13227平方千米，约占全市总面积的80%。

六股尖东坡，海拔1350米，高山上泉眼密布。真正的涓涓细流，是雨水降落之后，经过岩石长时间的层层过滤，最终涌出地面的，细如发丝。它们不仅清澈，而且如少女眸子般明净。那细流从地平线上汩汩而出，冒着欢乐的泡泡。这些泡泡跌入荆棘丛生的沟坎，与别的细流汇合成粗一些的流泉，再往下倾泻，接纳更多的湍流。于是，它们开始胆大起来，在山涧里奔腾，遇岩石激起的浪花，使杂树也生花，遇到几百丈高的大岩石，它们毫无畏惧，集体俯冲，长虹如练，气壮山河。

六股尖东坡的泉流，也有北流与东流两支。

北流近20千米，左汇龙溪，先称大源，再称率水、渐江，向东北蜿蜒流至歙县浦江，左纳练江后始称新安江，新安江干流长359千米。

新安江东流沿途左纳棉溪、昌源、大洲源，右纳街源河，在街口附近进入浙江省境内，继续向东南流，经淳安、建德，其间，左纳云源港、东源港，右纳郁川、武强溪、凤林港，穿铜官峡谷（今新安江水库大坝坝址），右纳寿昌江，流至梅城镇东与南源兰江汇合，始称富春江。

青芝坞尖北坡，源头海拔810米，它的地形地势与六股尖东坡一样，山林间皆流泉细涌。这些泉水形成了龙田溪，进入浙江省境内，流经开化（境内段称齐溪）、常山、衢州（境内段称衢江）、龙游至兰溪南郊的马公滩，右纳金华江后，始称兰江。兰江干流长303千米，经兰溪后折向北流，进入建德市梅城镇东，与北源新安江汇合。

北源与南源，在建德市梅城镇快乐地交缠，江面宽阔，富春江横空出世。

梅城至桐庐间，高山峡谷连绵不绝，此段河谷称七里泷，又称桐江，现为富春江水库库区。两岸高山，中流碧水，风景绝佳，严子陵钓台就在库区岸边山崖上。出富春江水库后，富春江在桐庐境内左纳清渚江、分水江，东北流左纳渌渚江、苋浦，右纳壶源江、大源溪，继续东北流，经富阳，下行至杭州市西湖区双浦镇的东江嘴，全长102千米，区间流域面积7176平方千米。

南北朝吴均那封写给朋友朱元思的著名书信片段，虽只有144个字，但足以说明富春江有多美。开头几句，就令人神醉，古往今来无数人为之倾倒："风烟俱净，天山共色。从流飘荡，任意东西。自富阳至桐庐一百许里，奇山异水，天下独绝。"

再说富春江的源头休宁县。

休宁县的历史不算太长，我关注它的两点：一是森林覆盖率，二是历史文化。

休宁的森林覆盖率高达83.52%。这个数值很漂亮，在全国是居前列的，我的家乡桐庐也算是生态比较好的地方，森林覆盖率也只有75%左右。我查了资料，浙江丽水的庆元县曾在2005年被评为"中国生态环境第一县"，如今森林覆盖率达

85.92%。休宁境内，林深树茂，泉流遍布，有26座山峰海拔超过千米，大小河流达237条。如此地理条件下，它能孕育出大江，也是情理中事。

休宁有中国状元博物馆，敢建这样的博物馆，想必此地培养出的状元应该不是个位数。果真，自南宋嘉定十年（1217）至清光绪六年（1880）的600多年时间里，休宁共出了19位文武状元。

我对此颇为好奇，对这些状元一一细观，结果发现，休宁在清朝时出的14位状元中，仅乾隆年间就出了7位：金德瑛，乾隆元年（1736）状元；毕沅，乾隆二十五年（1760）状元；黄轩，乾隆三十六年（1771）状元；吴锡龄，乾隆四十年（1775）状元；戴衢亨，乾隆四十三年（1778）状元；汪如洋，乾隆四十五年（1780）状元；王以衔，乾隆六十年（1795）状元。清朝的14位状元，都是文状元。这些状元，从翰林院修撰起步，有数人官至左都御史、内阁大学士、军机大臣、总督等要职。

再细看年份，黄轩、吴锡龄、戴衢亨、汪如洋四人是接连夺魁，这在中国的科举史上，大概是绝无仅有的。可以想见这十年会试中，全国的举子，人人皆在说休宁。

所谓地灵才会人杰，这休宁的山水，实在了得。新安江、富春江、钱塘江从休宁发源，而这些要去京城参加会试的举子，一般也是从新安江出发，沿江直抵杭州，再从京杭大运河至京师。

好一条灵动的江啊！

二、"建德人"与独木舟

在新安江流域的建德市李家镇新桥村后的乌龟山上，有一处古遗址，人称乌龟洞遗址，它是"建德人"生活的地方。

此处遗址，于1962年被发现，1974年经研究确认，目前是全国重点文物保护单位。

遗址洞口，坐北朝南，高出河面约15米，深7米，洞顶大部分已经坍塌，保留下来的洞内面积约34平方米。洞内上层，发现人类右上犬齿化石1枚及第四纪哺乳动物最后鬣狗等11种化石；洞内下层，发现剑齿象等17种动物化石。

那枚人类右上犬齿化石，属于智人类型，科学家将该智人类型定名为"建德人"，距今5万至10万年。此人牙化石，系浙江省内首次发现，"建德人"从而成为公认的浙江人的源头。

富春江的支流——分水江中游江岸的深山里，桐庐县分水镇盛村、延村自然村的西鹰排山，也有一个神奇的山洞。2000年5月，延村村民开发延村洞时，发现了大批动物化石及一块人类头盖骨化石。这块人类头盖骨化石虽在开挖时遭到破坏，但经中国科学院古脊椎动物与古人类研究所鉴定，其年代为晚更新世，距今约1万年。该化石所代表的古人类群体被确定为桐庐县最早出现的人类，并被命名为"桐庐人"。

从1万年前的"桐庐人"往后推2000年，在钱塘江、富春江、浦阳江三江交汇的三江口东岸，古湘湖地区，跨湖桥那广袤的水域中，常有粗大的独木舟在湖面上快速划过。湖边芦苇摇曳，水鸟时而腾空惊起；湖岸上，跨湖桥先民已经排水辟田，成片种植水稻；田野上，时有劳作者往来其间，呈现出一派祥和景象。

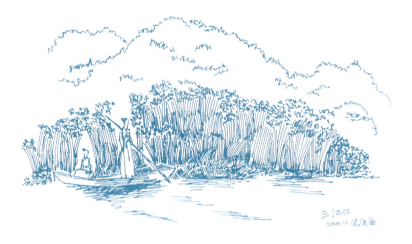

位于钱塘江南岸的跨湖桥遗址博物馆收藏有世界上迄今为止发现的最古老的独木舟。被发现的跨湖桥独木舟，号称"中华第一舟"，舟体保存基本完整，残长5.6米，最宽处约为0.52米，由整根马尾松制作而成。舟内外光洁，舟头上翘，比舟身窄，舟头有约10厘米的"挡水墙"，舟身内是大片的黑焦面（这是因为制作者已经开始使用"火焦法"，即先用火烧，再用石锛剁）。

我曾数次走进跨湖桥遗址博物馆。

我猜想跨湖桥一带应该是依山傍水的河谷村落，不远处就是三江口。干栏式的木构房屋，设计科学，上面住人，下面养猪、鸡等各种动物。先民们借助独木梯上下，冬暖夏凉，抵御寒冷，应对江南潮湿的雨季。江滩上到处都是大小不一的鹅卵石，他们会在村落的小径上，将鹅卵石铺成太阳或新月的形状。

他们会使用带孔眼的陶甑，用蒸汽来蒸熟食物。他们会用窖藏的方法储存食物。他们制作出了彩陶，还有便于清洗的、干净卫生的黑光陶。

我在跨湖桥遗址博物馆遇到了许多惊喜：有一件神秘的陶釜，釜内有一捆被煮过的植物茎枝，有学者认为，这很可能是最早的"中药罐"；还有跨湖桥漆弓，这是迄今为止在中国发现的年代最早的漆弓，虽因长期浸泡在水中，弓身已呈挺直状态，但弓的特征依旧明显，弓柎完整。

专家依此断定：跨湖桥文化，代表着人类寻求生存与发展的时代方向，奠定了浙江人"弄潮儿"的血脉基础，凝聚着中华文明在长江流域的智慧光芒。我深以为然。

三、始皇渡江

秦始皇统一全国后，大刀阔斧，锐意改革，比如实行郡县制，加强了中央集权；又如大规模修筑驰道，以咸阳为中心，向全国四面八方延伸。秦始皇的真实目的其实也简单，有了好的道路，可以很轻松地往来全国各地。他先后五次巡视全国，考察军事与政务，求神问仙，祭祀天地，这一切都是为了示强，为了威服海内。

据司马迁在《史记》中的记载：秦始皇三十七年（公元前210）十月癸丑，秦始皇第五次南巡，也是最后一次巡游，丞相李斯、少子胡亥跟随。十一月，行至云梦，遥望祭祀虞舜于九疑山。沿着长江而下，观沿途景象，经过了一个叫海渚的地方。再过丹阳，就到了钱唐。"临浙江，水波恶，乃西百二十里从狭中渡。上会稽，祭大禹，望于南海，而立石刻颂秦德。"

那么，"临浙江，水波恶，乃西百二十里从狭中渡"中的"百二十里"到底指哪里呢？

想必是富春江狭窄的地段。

宋元之际，史学家胡三省在《资治通鉴音注》中认为，"（秦始皇）西狭中渡，则今富阳、分水之间"，直接将过渡地点定位在今富阳渌渚镇新桐村（古称新浦）（北岸）至桐庐窄溪（南岸）。当代学者研究认为，"浙江狭中渡"主要指富阳汤家埠、桐庐窄溪两地。

秦始皇从丹阳到钱唐（县治），再到钱塘江边渡口（这应该是钱唐县治附近的钱塘江畔某古渡口）。只有明确了该渡口的具体位置，才能根据往西"百二十里"的行程推算出"狭中渡"的终点。2200多年过去，这个秦代古渡口会在哪里？古今学者的研究大致有五种观点：

一是南朝宋文帝时期钱唐县令刘道真的"灵隐山下说"，历代杭州史志大都沿袭其说。

二是清代学者倪鲁玉的"粟山说"（一名新石头山），认为秦代钱唐县治在粟山上。

三是"石塘说"，该说认为秦代钱唐县治位于今天的余杭石塘。此地有诏息湖（一名御息湖），相传秦始皇当年在此停船休息，并召集百官议事。

四是"钱湖门外说"，该说认为秦代钱唐县治就在今西湖古钱湖门外一带。

　　五是当代学者奚柳芳提出的"转塘说"，他认为秦代钱唐县治应该在杭州市西南的转塘附近一带。

　　以上五种学说，或因没有确凿的史料，或因距离远，或因只是传说，大多被否定。不过，从地理位置上看，转塘说相对比较靠谱。

　　转塘有个古定山渡。

　　秦汉之际，定山渡外还是钱塘江与富春江水域，南岸即春秋越国水师基地固陵城（今浙江省杭州市萧山区越王城山、湘湖一带）。此水域正是春秋时期吴越水师对峙的水上战场，其北岸定山渡，也是战国至秦汉时期先民南北往来重要的渡口之一。至六朝时，从定山渡到萧山渔浦，再到萧山、山阴、诸暨这条路线已成为众所周知的交通要道。

　　秦代的1里，相当于今天的415.8米，120里，即约为今天的49.9千米。如果以定山渡为起点，向西行120里会是哪里？

　　按常规推断，秦始皇沿江走的古驿道，大致与明清方志及现存古道遗迹反映的交通脉络吻合，即古定山渡—富阳县治—鹿山—汤家埠—程坟—新浦。这条古道，按今天的里程换算，刚好是50千米左右。

　　而新浦，属今富阳区渌渚镇，渌渚江和梅蓉沿江山脉等可能正好阻断了秦始皇继续西行的路线。且此地是富春江较为狭窄的流段之一，对岸即桐庐县江南镇窄溪村。

　　另外，有专家认为，秦始皇因"水波恶"改道，有可能是恰巧碰到了钱塘江大潮期。在农历每月的十四、十五、十六，钱塘江涌潮最大。钱塘江潮在定山渡一带仍属于潮头界，浪大时潮高可达数米。在富阳县治到汤家埠一段属于潮流界，这一段江面宽直，潮高仍可达一米。只有富春江中上游的新桐—窄溪段属于潮区界，经过大小桐洲两次转弯，涌潮趋于平缓，最适合渡江。

富春江水温柔地拍打着船舱的木板，虽已是冬季，但两岸青山依旧葱青显翠，与北方的万木肃杀形成鲜明对比。秦始皇心情大好，他们一行人浩浩荡荡、小心翼翼地过了江，到对岸窄溪稍作调整，随即沿着富春江南岸驿道，马不停蹄往会稽方向赶去。

据2022年12月14日"桐庐发布"消息：桐庐县对部分社区进行了调整优化，新增社区15个。其中，江南镇新增定安社区，鼓楼社区改称为秦渡社区。秦渡社区的四至范围是东至江南路，南至320国道，西至窄石路，北至金浦路。

秦渡社区就在富春江南岸，取名"秦渡"为的就是纪念秦始皇南巡的那一次渡江。我在前文所写的大部分内容，在秦渡社区的大厅里，都用宣传图板作了标示，其中，秦始皇"浙江狭中渡"行进路线的示意图非常清晰，还有明万历版《钱塘县志》中的定山渡图、清《富阳县境图》中的沿江古道路线图等。

清光绪版《富阳县志》则这样记载："史记秦始皇至钱塘……乃西从狭中渡。所谓狭中者，即今富阳县。绝江而东取紫霄宫路是也。江流至此极狭，去岸才一二百步，水波委蛇。始皇正从此渡，取诸暨界至会稽山。"

研究者将此渡确定为汤家埠。

汤家埠和窄溪，应该是最接近秦始皇所说"狭中渡"的两个地方。

有人说，秦始皇南巡还有一个重要目的是寻求长生不老药。作为一个欲寿与天齐的人，他绝对珍惜生命，寻找合适的渡江口并不是件容易的事，他一定在富春江边徘徊了很久。地名往往也是某些事的留痕，富阳临江的地方，就有秦望山、秦望桥、秦望闸等与秦始皇有关的古地名。

大禹陵碑廊中，有一块小篆书写的《会稽刻石》。刻石内容，先叙述秦国兼并六国战争的正义性，后着重宣扬法治，歌颂秦始皇兼听万事、运理群物，整治不良社会风气，使天下人皆遵轨度，国家得以长治久安的功绩。此刻石，与《峄山刻石》《泰山刻石》《琅琊刻石》合称"秦四山刻石"。专家评说，此刻石风格，与秦始皇巩固统一的施政理想颇为协调，字体表现出一种均衡和谐、秩序井然的美感。

据《史记》记载，秦始皇在会稽祭奠完大禹，北上抵达琅邪（今山东省临沂市），遇见了多年不见的方士徐福。受命出海的徐福对他说，仙药已经找到，可是有大鲛鱼作乱。第二次出海，秦始皇亲自前往并射杀了一条大鲛。此后不久，南巡队伍到了今山东省平原县，秦始皇开始生病，且越来越严重，至沙丘（今河北省广宗县），秦始皇病故。

秦始皇的故事结束了，他渡富春江的地点却成了未被世人确定的谜。江水日夜奔流，自此，富春江开始增添越来越多的人文因子，因为人的主动介入，它开始抒写自己的人文历史了。

秦始皇游浙江
2004.10.庞浜画

四、渔浦及其他

春秋时代，浙江分属吴越两国。秦始皇一统中国后，将天下设为三十六郡，浙江分属三郡——会稽郡、鄣郡、闽中郡。西汉时，浙江二十县分属两郡——会稽郡、丹阳郡。

秦汉时，设富春县，其境包括今天的富阳、桐庐、新登、昌化、分水等地。《郡县释名》曰："富春江在邑南，即浙江之上流，邑以江名。"三国吴黄武四年（225），始析富春县置桐庐县，属吴郡。东晋太元十九年（394），富春县因避简文帝生母太后郑阿春之名讳，又因县治在富春江北面，山南水北为阳，故改富春为富阳，富春江仍沿用旧称。

江两岸往往聚居着大量的人口，富春江两岸的谷地平坦肥沃，自然人口众多，随之发展起来的就是港口、码头、渡口。以前的人们，将这些地方大多称为"渔浦"，去远方，都得从两岸畅通便利的渔浦出发。自秦始皇渡浙江以后，富春江两岸的码头与渡口就逐渐兴盛起来。

以桐庐县桐庐港为例。

桐庐港古为滨江荒村。唐开元二十六年（738），桐庐县治由分水江边的旧县迁到桐庐县城，在城东沿江岸地段，逐步形成港区。通过分水江、富春江航道，人们可以轻松到达杭嘉湖地区，航运连通浙西，过钱塘江再进运河，入长江，生意一直可以做到江苏、安徽、江西、福建、湖南、湖北、广东等地，乃至全国。

唐朝越州女子刘采春，写给思念的情郎的诗句是这样的："那年离别日，只道住桐庐。桐庐人不见，今得广州书。"（《全唐诗》之《啰唝曲六首·其四》）抛开别的不说，单从交通而言，采春姑娘本以为情郎在桐庐，或许是与严子陵一样，被桐庐的山水迷住了，不愿意回越州，却没想到，情郎早就跑到广州去了。我猜测，采春的情郎从桐庐去广州，十有八九，为游历，也为做茶叶生意。桐庐有好茶、名茶呀，弄个几大箱，从桐庐港搭上船，一直运往广州，可以卖个好价钱。

800多年前的一天，南宋著名诗人杨万里过桐庐，他眼中桐庐港的景色是"人家逼江岸，屋柱入沧波"（《舟过桐庐三首·其三》）。钱塘江流域中，桐庐港是重要港口，特别在南宋时，是南来北往水路交通枢纽与客货运输集散地，即便是平日，泊港船只也有几百艘。帆樯上下，绕城聚泊，常常绵延四五里。这种热闹的景象，一直延续到周天放与叶浅予身处的那个时代，他们将繁盛的桐庐港景象收入文字与摄影集《富春江游览志》中。

自桐庐港至杭州，轮船停靠码头依次为：窄溪、东梓、场口、中埠、富阳、灵桥、里山、渔山、三江口、闻堰、杭州南星桥。

民国元年（1912）三月，分水县设立桐分快船公司，初有六舱划船两只，每日轮回，计程35千米，票价上水2.8元，下水2.6元。

民国三十年（1941）前后，分水江、桐江各埠快船公司（行）有新新、泰来、久兴、华兴、顺记、普益、协记等30余家，船70余只。

在《富春江游览志》中，周天放与叶浅予还将横港的繁荣进行了详细记录。

横港就是分水港。桐庐至分水可通舟楫，但要经过饭箩、旧县、牛厄、临源、茆渚、郭渚、马浦、盛渚、浪石、虎跑、潮逆、袁阄、洪石、四公、派溪、椒山、金潭、冻等十八滩。凌晨五点，天刚放亮，从桐庐港开往分水港的船就出发了，行行复行行，经过十八滩，到达分水时，已近傍晚六点。不过，从分水出发往桐庐的船，顺风顺水，快得很，上午八点开船，下午三点就到了。分水江滩水浅，上溯舟行，牵挽极艰，但两岸山峦层叠，渔舟往来，至晚常闻歌声，名"桐溪渔唱"。陆游有诗赞曰："吾船虽褊小，尚可著一榻。溪风吹醉颊，高枕堕纱帽。南山浮湿翠，偃蹇呼不答。"（《自东津泛舟至桐溪》）两山青翠，水平波静处，扁舟荡漾；中午暖阳下，半斤老酒下肚，人卧舱头，沉醉不醒。

回过头来说渔浦。

浦，《说文解字》解释其本义为水滨。浦淑，水边的美女；浦帆，水边的帆船；浦鸥，水边的鸥鸟；浦滩，水边的滩岸。我的第一个工作单位是桐庐县毕浦中学，土话称"毕浦"为"浦头"，也是分水江边的码头之意。所以，我一直认为，渔浦，十有八九是指渔码头。

富春江边大大小小的渔浦太多了，三五里就有一个。我在《天地放翁——陆游传》中，对陆游为桐庐留下的那首著名的《渔浦》中的诗句"桐庐处处是新诗，渔浦江山天下稀。安得移家常住此，随潮入县伴潮归。"作如下理解：

按《南宋咸淳图》标记，"渔浦"在萧山县西三十里处，六和塔对面。但我以为，陆游诗中的"渔浦"，只是指一般的渔码头，且是桐庐的渔码头，不是富阳的渔码头，也不是萧山的渔码头，就是桐庐港。陆游可能因七里泷枯水期滩浅，无法行船，便从陆路行至桐庐县城，再从桐庐港重新上船，否则无法解释"桐庐处处是新诗"了。南宋时萧山属绍兴，富阳属临安（今杭州），而桐庐属严州，如果萧山属严州，则尚可一说，因为严州又称桐庐郡。可是，一条江的头和尾流经的三个县，却属于三个地区，所以我猜测，该诗句应该是在桐庐县前码头候船时有感所作。桐庐真是个天下少有的好地方，到处都勃发着诗一样的激情，"桐庐县前橹声急，苍烟茫茫白鸟双"（《予欲自严买船下七里滩谒严光祠而归会滩浅陆行至桐庐始能泛江因得绝句二首·其二》），我真想将家安在这里！陆游也曾有此想法。诗人感性得很，见到好地方，想安个家，这很正常。

此书出版后，萧山的朋友不乐意了：这渔浦，不是一般的码头，是特指，陆游大诗人的思绪跳跃一点有何不可？陆春祥常拿陆游诗的第一句为桐庐做广告——桐庐处处是新诗，萧山人则拿陆游诗的第二句为自己做广告——渔浦江山天下稀。后一句广告语，就刷在义桥的山上面，开车在路上，隔老远就能看见。

好吧，这义桥的渔浦，是特指，特指钱塘江、富春江、浦阳江三江交汇处。它是人们通往浙东的重要渡口，它曾经是萧山最繁华的商贸关口，也是古代的水利枢纽，甚至还是军事要塞。

春秋时期，伍子胥一路逃难，他在七里泷峡谷中渡河，由吴国前往越国，当时的渔浦还是钱塘江下游入海口的海湾。秦时，渔浦由海湾开始演变成江湾了，那时，钱塘江江面辽阔，与西湖连成一片，杭州城区尚属波涛汹涌的浅海，秦始皇登秦望山南望，欲渡江而不得，只得向西百二十里寻狭谷处渡江前往会稽。两汉时期，渔浦逐渐开始形成。

据专家考证，渔浦不是一条沿江岸线，而是一个较大的区域，一个面积阔大的海迹湖，且连着平原，依山傍水。唐代中期，渔浦进入全盛期，它与西城湖（今湘湖）、西陵湖（今白马湖）连成一片，直接与钱塘江、富春江贯通，交通、文化、旅游诸业发达，文人墨客蜂拥而至，诗句华章喷薄而出。

明代初期，渔浦已经是商贸重镇，洪武三年（1370）建渔浦税课局。弘治十一年（1498）设渔浦巡检司，建巡检司廨：厅三间，厢房三间，门三间。巡检一人，攒典一人，弓兵四十人。

受钱塘江、富春江、浦阳江三江洪潮交替冲击，日侵月蚀，此涨彼塌，渔浦镇自明成化年后日趋冷落，最终被逐渐分割，甚至被冲垮而沉陷于浦阳江中。

我几次伫立在萧山义桥的三江口，看宽阔的江面，回望此江悠久的历史。现今，我们只能从诗词文化和地理历史的角度去复原渔浦昔日的辉煌。不过，别的地方又何尝不是如此呢？即便花大代价，将那原来的渔浦驿、渔浦寨、税场、巡检司等机构都重建起来，也只是流于表面而已。真正良好的文化传承，应该内化并融入到日常的自觉行动中。

五、东梓关

沿富春江进入富阳境内后，便可见东梓关的庙墩头，此墩头伸向江中，与对岸桐洲成掎角之势，这样的江边地形，似乎有了点战略意义上关口的感觉。

相传，孙权后人孙瑶为南北朝刘宋元嘉时的大将军，镇守富春江畔的青草关。刘宋覆灭，孙瑶即定居青草关，其子孙在此繁衍生息。

地理上的关隘，军事上的关口，东梓关就这么诞生了。《咸淳临安志》卷之三十六如此记载：

> 东梓浦，在县西南五十一里，东入浙江，旧名青草浦。宋，将军孙瑶葬于此。坟上梓木枝皆东靡，故以名。

东梓关的东面，即孙权故里王洲。梓木，就是常见的檫树，每年早春，檫树的叶子还在沉睡中，米黄色的花朵便满树绽放，数里外都能看见，是枯黄山林中的"迎春使者"。有意思的是，孙瑶坟上梓木的树枝，都朝东面的王洲伸展，是在凭吊他的祖先孙权吗？

到东梓关，或"东指关"，许彧求鱼、巡检司的故事等民间传奇纷纷灌耳。

郁达夫在其创作的小说《东梓关》中，借人物徐竹园之口叙述了"东指关"一说的来历：

> 东梓关本来叫作"东指关"的，吴越行军，到此暂驻，顺流直下，东去就是富阳山嘴，是一个天然的关险，是以行人到此，无不东望指关，因而有了这一个名字。

许彧求鱼的故事，在《富阳县志》《富春许氏宗谱》中都有记载。

　　东梓关许氏始祖许彧，其母亲孙氏爱吃富春江鲜鱼，寒冬江面被冻，孙氏吃不到鱼，生病了。许彧到处都求不到鱼，忧心如焚，就去江边痛哭。他的孝心感天动地，江中就有鱼儿穿过冰层主动跃到冰面。许母吃了鲜鱼，不久后疾病痊愈。这个故事，与《二十四孝》中王祥卧冰求鲤的故事如出一辙。北宋雍熙三年（986）、明隆庆年间，孝子许彧都得到过官方的表彰。许彧之后，东梓关还陆续出过不少孝子，东梓关许氏曾有二十四块孝子牌匾，其中，最著名的当数建于清康熙十八年（1679）的许佳贤（许心寰）的"百岁孝子坊"。

　　清嘉庆年间，许氏家族又迎来发展兴盛期。许廷询娶三妻生十子，人称"许十房"。一直到民国年间，"许十房"的后人中人才辈出，有孝廉方正一、举人一、拔贡二、秀才一十八，经商置业者也均有所成。清光绪《富阳县志》赞许十房一族"家门之盛，为邑中首屈一指"。

　　南宋《乾道临安志》卷二，有对东梓巡检司的最早记载：

　　东梓巡检司寨在富阳县界，额管土军一百二十人。

　　《两朝纲目备要》卷五"六月丁逢罢"条目，有一则南宋庆元五年（1199）的故事，这是东梓巡检司行使职责的重要证据：

　　何澹为参知政事，其弟涤新除通判临安府，自行在舟行归处州。舟人江乙市私盐万余斤以往，东梓巡检司逻卒林广等捕之。涤仗剑伤广，事至临安。司农卿丁逢知府事，当乙杖罪，而广以受贿杖脊编管，时庆元五年六月也。程松为监察御史，上疏劾之。戊辰，诏逢与宫观，而以工部侍郎朱晞颜知府事，且命大理劾江乙以闻，毋得观望生事。辛未，澹乃丐免。上批其奏略云："遽以小嫌，力求引去，卿初无预，朕亦何心？"澹乃即起视事。上寻批付大理，以伏暑恐致淹延，命有司据见追到人结绝。秋七月，狱成。甲午，涤降一官，为朝奉郎，罢通判。逢降一官，罢祠。

　　一本权威的史书，在这条短短几百字的记载里，出现了多个人物，他们之间因"东梓巡检司逻卒林广等抓获私盐贩子"这个引子，演绎出一系列错综复杂的故事。在这段关于南宋官场政治生活的记录中，我们可以窥见巡检司的工作日常。

　　刚被提拔为京城直辖市副市长的何涤，他的哥哥何澹是副宰相，他自然胆大。他从京城坐船去老家处州（今丽水市），走的是钱塘江水路。船老板江乙想必与何涤有利益关系，否则，装载万余斤私盐的船为什么任凭何涤调度？船到东梓关，起冲突了，巡检司要例行检查，但何涤不让检查，不仅不让查，还出剑伤了巡检司的巡警林广。如此，事情就闹大了。此案由司农卿兼临安市长丁逢主持审理，江船主只是被杖罪，那林广却因受贿被杖脊流放。

　　事情显然闹大了。这下一般人都看不下去了，监察御史程松跳将出来，将此案告到皇帝那里，丁逢于是被免职，只享受闲职待遇。工部侍郎朱晞颜代理市长后，继续审理此案。这朱晞颜，爱写诗，是著名文学家洪迈的妹夫。他的老家，就是本章第一节中提到的钱塘江的发源地安徽休宁。宋宁宗还不放心，他又下令大理寺协助审理。何澹一看情形不对，立即向皇帝申请辞职，皇帝没有批准，还委婉批评何澹因为一点点小事就想撂挑子，他要求何澹迅速将这些烂事处理妥当，并抓紧时间结案。案件最后的结果是：降何涤为朝奉郎，免去副市长职务；而丁逢再次被降官，连退休待遇也不给。

因东梓关的查私盐案而引出一连串的政治事件，几经审判，已经不单单是案子本身的问题，而是南宋官场上权力与派系的角逐。

明洪武十三年（1380）八月，朝廷定天下巡检为杂职，至明洪武十七年（1384）十月，又改巡检司巡检品级为从九品。明后期，因朝廷经费不足等原因，巡检司多有裁撤。清朝时期，东梓巡检司退出历史舞台。

儿时，我从大人口中知道富阳有个东梓关，凡是跌打损伤的毛病，治不好，抬着病人去东梓关就行了，因为那里有个姓张的骨科医生，医术十分了得。后来才知道，张姓医生全名张绍富，祖上三代都是治骨伤的高手，他生前被誉为"富春江畔活华佗"。那些南来北往的骨伤病人，都把张绍富的"骨伤科"叫作"东梓关"。

从孙瑶算起，东梓关已经历1500多年风雨了。

郁达夫到东梓关的那一天，江风寒冷，却有冬日的暖阳拥抱着他。今日的东梓关村，"东梓关"三字由郁达夫手迹集字而成，被镌刻在立体的墙头上，指引着人们进村的方向。金黄色油菜花铺就的"地毯"包围着徽式农居，这里早已成了"网红"

打卡点。2022年，电视剧《富春山居》在东梓关拍摄，长塘边摆起长桌宴，清蒸白鲈、白鱼、红烧江团、包头鱼……富春江中的著名江鲜令人目不暇接。

梓树花的花语是希望，代表循着执念的方向。这正是在比喻富春江水吧，它们从休宁山中一路奔腾而来，在东梓关作短暂停留，又往前方奔涌而去，入钱塘江，再跃进东海，最终汇入无垠的太平洋。

富阳东梓关村
2014.9. 侯宾生

第二卷：苦厄志

一、灾祸记

江的灾祸，其实是指江两岸百姓遭受的因水而来的灾祸。

对富春江来说，它并不知晓它的奔腾与宣泄会给两岸百姓带来怎样的危害。当洪流从各条支流向大江汇聚的时候，它们犹如出笼的野兽，面目狰狞，张牙舞爪，肆意横行，穷凶极恶，几乎横扫所有。历朝历代，细究每一次江祸，归根结底，实际都是人祸。它们被简洁而冰冷的文字记载，但我们只要稍加考究与想象，就可以将灾祸现场还原。

《杭州市水利志》中，有杭州古今重大水灾辑录，部分与富春江有关的记录整理如下：

东晋太和三年（368）六月，吴郡（今杭州市区及富阳、桐庐、建德等地）、吴兴等郡大水。

南北朝宋昇明二年（478）二月，於潜县北翼异山（今西天目乡大有村）一夕五十二处出水，漂流民居。

唐咸亨四年（673），桐庐山水暴涨，溺多人。

唐大历元年（766），浙西水灾。富阳水灾，人民漂溺无算。

唐长庆四年（824）夏，睦州（今桐庐、建德、淳安）山水暴发；七月，桐庐、分水大雨，山谷发洪，水泛滥，漂城廓庐舍。

南宋绍兴元年（1131）二月，行都临安雨，坏城380丈。严州府（下辖建德、淳安、遂安、寿昌、桐庐、分水6县）大水。

南宋绍兴九年（1139），分水大水，坏沿溪庐舍，民多溺死。

南宋绍兴三十二年（1162）六月，浙西大霖雨，山涌暴水，漂民舍、坏田、覆舟。分水大水，公私廨舍尽倾。

南宋乾道二年（1166），浙东、西正月淫雨至于四月；富阳春正月，淫雨至于四月，蚕麦不登，民饥。

南宋庆元五年（1199）五月，行都雨，坏城。浙东、西六月霖雨至于八月；夏，桐庐大水，漂民房，害田稼。

南宋开禧三年（1207），浙郡县水……分水街市水盈6尺，大水漂禾。

明洪武八年（1375）七月，分水大雨9日，田禾悉没……

明永乐四年（1406），分水大水弥月，水溢城市，沿溪房屋皆没。丙戌，严州大水。

明成化十年（1474），严州府春6县多雨，蚕麦无收。

明嘉靖十八年（1539），淳安大水漂没田产。遂安水灾。建德春大水，大水逾城及府仪门（今测水位高31.19米），漂没田庐无算。萧山六月六日西江塘坏，县市可驾巨舟，大饥。桐庐六月淫雨，坏民庐舍，市郭平地水高2丈余。

明万历十六年（1588），萧山自正月逮五月淫雨，麦不登，米价斗一钱八分，丐人死者接踵，官设粥以赈，民竞就食，多卧于道，疫痢大作，十室九空，盗起。自三月至五月中旬，杭州连雨不止，蚕麦无收，十有八家卖妻卖女，死者枕藉，骸骨满山谷间。桐庐、分水山洪暴发，田舍多没，无麦，其年大饥，斗米银三钱六分。富阳三至五月，淫雨兼旬，田舍尽没，麦禾无收，米价昂贵。

明万历三十五年（1607）夏，严州府山水大涌，建德、桐庐、淳安、遂安、分水漂没数千户。桐庐洪水泛滥，桥堰俱坏，田地淹没。建德损田万余亩，漂没房屋无算，溺毙者尤众……

清康熙二十一年（1682），严州府五月十七日6邑大水，二十一日方退。六月初五日又大水。萧山五月连雨，西江塘溃，城市驾舟，田禾三种无收。富阳夏五月大水，六月又大水，秋无禾。桐庐自春徂夏，淫雨二月余，至五月大水，十七日夜，坊郭平地水涨2丈许。淳安五月洪水。建德五月大水逾城，六月、七月大水。

清乾隆九年（1744）七月，萧山、昌化、富阳、桐庐、建德、淳安、遂安均大水，江涛怒涨，城市漂没。萧山河南9乡田禾被淹；桐庐坊廓高至2丈许，居民升于屋上，凡浸5昼夜；淳安不浸者唯县治学宫及城隍庙，男妇骑屋，危号呼声相闻。江南北岸，各乡村落，共坏民居万余间……淹者有名姓者368人，余不可计数。

清光绪二十七年（1901）五月，富阳、新城、桐庐、分水、建德、寿昌大水，上游漂流棺木、人畜、房屋，淹没禾苗，冲毁堰坝无算，更楼因新安江水涌入，几与街窗相近，高约丈余，损失甚重。富阳大水过城盈尺。

　　民国二十二年（1933）6月17日至19日，桐庐大雨3天，洪水暴发，县城水深3米多，沿江6万多亩农田尽成泽国，灾民5千余人。

　　民国三十一年（1942）6月18日起，淳安倾盆大雨连降三日，成灾田16万亩，冲毁水利设施351处，防洪堤、道路500余处，倒坍房屋1.58万间，灾民2万户，淹死10人……寿昌大水，又遭日寇扰境，不能耕种，有灾田7.8万余亩、地7000余亩。桐庐大水，庐舍为虚，哀鸿遍野，颗粒无收4.2万余亩，灾情惨重。富阳水高城3尺，早稻无收，全县受灾31168人，受灾田亩32591亩……

　　"大水"是多大？"暴水"有多暴？"多人"是多少人？"无算"又是多少？"街市水盈6尺""大水弥月""死者枕藉，骸骨满山谷间"……仅这样一些描述，就足以让人胆战心惊。

　　一场大水过后，留下的一定是满目疮痍，而客观冰冷的文字实在记录不下民众的哀怨与呼号。如果还原现场，那些洪水中的哭天抢地，那些灾后的流离失所，一定令人触目惊心。

　　越是往前回溯历史，人们抗洪防灾的能力就越弱。面对如此暴烈之水，历代官府能做的一般只有两件事：灾前的防御、灾后的救助。而限于环境保护意识淡薄，生产力发展水平较低，政府财力储备不足，以及各级官员责任心与道德品行不一等因素，以前的百姓面对江水带来的苦难，基本只有被动接受。

　　温顺与暴虐，欢乐与悲苦，似乎就在转瞬间变换。

二、《四库全书》避难记

1937年8月5日下午一时许，烈日将江水晒得有些发烫，富春江畔的渔山江边码头（当时在乌龟山，现富阳渔山村沙头自然村）显得有些空旷，一只大船慢慢地靠了岸。船自杭州来，船上载着两百多只大木箱子，箱子很沉，里面皆是砖头般厚重的古籍。

船上跳下几个书生模样的人来，其中一人，操富阳土话，大声招呼着在此等候的挑夫："箱子里都是古书，国宝！大家帮帮忙，两人一箱，抬到石马村的赵家老宅！不要弄坏了，脚钱优厚！"江边至石马村有十五里山路，抬一趟需要两个多小时。喊话的人，这些挑夫大都认得，是村里的富户，在杭州工作，挺有信誉。山路上于是人来人往，川流不息，至夜晚，228箱书全部藏入赵家老宅。

这一大船书中，就包括浙江图书馆收藏的原杭州文澜阁《四库全书》。

《四库全书》的名声如雷贯耳。它共收书3460余种、79338卷、36000余册，分经、史、子、集四部，故名"四库"。在四部下又分44个子类，其中经部分为易、书、诗、礼、春秋、孝经、五经总义、四书、乐、小学10类；史部分为正史、编年、纪事本末、别史、杂史、诏令奏议、传记、史钞、载记、时令、地理、职官、政书、目录、史评15类；子部分为儒家、兵家、法家、农家、医家、天文算法、术数、艺术、谱录、杂家、类书、小说家、释家、道家14类；集部分为楚辞、别集、总集、诗文评、词曲5类。

此书从编纂到成书，清政府都投入了巨大的人力物力：乾隆皇帝亲自主持，纪昀等360多位学者合力编撰，3800多人抄写，耗时10多年，共成书7部，分别藏于全国各地。存放在杭州孤山文澜阁的这一部，因文澜阁曾在太平天国时期遭兵毁，大量散佚，后经杭州丁丙、丁申兄弟的苦心搜集，又经过数次大型补抄，《四库全书》藏书才得以恢复旧貌。

1933年1月，日军侵占山海关。

1935年2月24日发行的《浙江图书馆馆刊》上，刊登了《文溯阁四库全书被敌东运》一文，有如下信息：

> 日本近年来对中国文化之研究及材料之搜求，积极进行，不遗余力，如东北失陷后，沈阳故宫所存之文献及四库全书，多已运抵东京……

随后，战火很快被蓄意点燃。

1937年七七事变后，日军战机不时对沪杭一带实施轰炸侵扰，时任浙江图书馆馆长陈叔谅（即陈训慈）恐《四库全书》毁于兵燹，急命总务组赶制木箱，准备迁移阁书。

选择在富阳渔山存放《四库全书》的背景是这样的：

1933年春，富阳里山镇古溪坞人夏定域，入职浙江图书馆善本馆，任编纂。夏定域潜心于版本、目录学和古籍的搜集与整理，后任研究员、推广部主任、阅览室主任、古籍部主任等职。

夏定域在一份手迹中这样记录此次迁移：

　　……为谋求《四库全书》及善本安全，拟将这些书转移到杭州乡间，条件一则是交通要距杭州不远，可常去人照料；二则是有人聚居的地方，可以保护帮助；三则是房屋要宽大，不起烟火。这样，由我去与赵坤良联系（我们到他家查勘过），就将书运到他家余屋内。后来杭州将沦陷，才搬出渔山。

　　富阳渔山人赵坤良，与隔壁乡的夏定域是旧相识。作为一位有责任心的新闻记者，赵坤良很清醒地认识到民族文教事业之于抗战的重要性，而且，他曾任杭州民众教育馆教导干事，平时热心于民众教育推广的工作，在渔山老家办有小型识字班和图书室。当他得知浙江图书馆的《四库全书》需要转移时，毫不犹豫地答应提供闲置旧宅，并不遗余力协助运输图书。

　　据浙江图书馆馆员毛春翔事后撰写的《文澜阁四库全书战时播迁纪略》记载：

　　八月一日，全馆职员麇集孤山分馆，点书装箱，至三日深夜装竣。计阁书一百四十箱善本书八十八箱，共二百廿八箱。四日晨阁书离馆，运往江干装一大船，余奉命随书出发，负保管之责。五日午刻，抵达鱼（渔）山……赵君坤良昆仲，富有资产，待人和善，号召力强，一声令出，数百挑夫立至，故搬运书箱，毫不费力。

1937年10月，日军战机对杭城轰炸日益频繁，渔山亦可闻爆炸声。因富阳临杭，故浙江图书馆商议将阁书迁往建德。据《运书日记》记载，1937年12月，这二百余箱书由富阳装大船转运，但因冬季枯水期，水小被阻滞桐庐不能行，后急调浙江大学卡车协助，分运三天，抵建德之绪塘（今建德杨村桥镇绪塘村）。

古籍由渔山再往西转移的决策，无疑是及时且正确的，十几天后，杭州就沦陷了，富阳也随后沦陷。

富春江水依旧日夜奔流，她万分想念离她而去的那只装运古籍的大船。那些古籍，其实不应如此流浪，它们本应挺身站立在图书馆，供世人阅读使用。

原存放于文澜阁的《四库全书》从杭州至富阳渔山，再经桐庐到建德，至金华，转龙泉，再往江山，由江山入赣至长沙，再由长沙经湘北、湘西入黔，直达贵阳。书到贵阳，又几经转移，再到重庆。抗战胜利后，《四库全书》又开始踏上重返浙江故里的漫漫长途。至1946年7月5日，历经长达8年11个月的时间，跨越多个省市，辗转万里，《四库全书》终于又回到了杭州。

西迁护宝，富春江两岸青山作证，富春江水作证。

三、建德秘密机场

当《四库全书》被运往渔山赵家老宅秘密储藏9天后，杭州钱塘江上空，爆发了一场举世瞩目的"八一四"空战。

1937年8月13日下午两点，中国航空委员会给空军下达了作战命令：各部队应于14日黄昏以前，秘密到达准备出击之位置，完成一切攻击准备。

当时中国空军主力部队正紧张有序地转场，他们要进驻笕桥、广德等数个机场。从14日拂晓开始，转场中的空军并没有消极避战，而是频频出击、英勇御敌，他们轰炸日军停泊在长江口的军舰、在上海的军械库及日军停留的纱厂和码头，并多次击中目标。

1937年8月14日下午，为报复中国空军，日军第一联合航空队18架"九六式"轰炸机分两个编队直飞笕桥机场和广德机场展开轰炸。就在同一天下午，中国空军第4航空大队从河南周家口机场转场笕桥机场，此时飞行员们已经冒雨飞行两个多小时，飞机油料将尽，第21中队飞机刚停稳，空袭警报就轰然拉响，中队长李桂丹未出座舱就高喊："快给飞机加油！"紧接着，巨大的轰鸣声中，又一架运输机着陆，大队长高志航迅速跳下飞机，他一面挥臂高喊："立即起飞！第22中队不要着陆！"一面疾步跑向自己的飞机，率先升空，第21、23中队等随即按序跟进起飞。

此时，笕桥机场有连续小雨，且被厚云层遮蔽，能见度不高，高志航等驾机冲出云层后却未见敌机，于是穿云而下，终于发现几架日机编队。高志航与分队长谭文相互配合，首先击落敌机1架，宣告了中日空战史上中国飞行员击落敌机零的突破，接着又重伤日机1架。李桂丹与队员柳哲生、王文骅合力将另一架日机击落。第22中队中队长郑少愚也击落日机1架。其余敌机匆匆丢掉炸弹，仓皇而逃。第34中队中队长周庭芳，在广德上空巡逻飞行时，遭遇返航日机，重伤日机1架，该机在基隆港海面迫降，最后沉没。空战仅半个小时，战绩4∶0！中国空军无一伤亡。

这是首次空战大捷，国民政府为纪念这次胜利，也为进一步激励前线士兵英勇抗击日军，鼓舞全国人民的抗战热情，将8月14日这一天定为"空军节"。

胜利来自抗敌的勇气及全面的准备，全面准备的其中之一便是秘密修建建德机场。

日军的侵略计划中，有一项就是摧毁中国空军主基地，如此便能全面掌握对华制空权。初创时期的中国空军，从飞机的数量到质量都无法与日军抗衡，而被称为中国空军摇篮的中央航空学校，当时就坐落在杭州笕桥，这里自然成为日军轰炸的首选目标。

有鉴于此，1934年上半年，航空委员会作出一个决定：尽快建设隐蔽的备用机场，以便战时飞机临时起降、加油、疏散和隐蔽。

经多处勘察比较，建德梅城乌龙山下、富春江边的一块地被选中。此处为东乡下二都至宋村山一带，群山环抱，2000多亩的地平整开阔，非常适合建设飞机跑道。而且，此地气象条件好，风向恒定，又不通公路，便于隐蔽。1934年10月10日，航空委员会征用土地913.024亩，建德县政府先后动员了数万民工，以工代赈，开始了大规模的机场建设施工。经过一年多的突击工作，东西长1560米的机场修建完成。1936年7月，机场正式通过验收。

当时负责下二都机场监修的建德航空站站长，是在航空委员会任职的朱鸿道。

朱鸿道，杭州人，1908年出生。1928年，他从黄埔军校第六期工兵科毕业，随即进入国民革命军事委员会航空班学习飞行技术。1931年春，航空班从南京明故宫迁至新建成的杭州笕桥中央航空学校。朱鸿道从中央航空学校毕业后，担任过空军第三队飞行员、航空署参谋、飞机场站站长等职务。

朱鸿道的儿子朱祖平先生，在发给我的回忆文章《父亲的四次选择》中这样写道：负责建德秘密机场修建前，父亲当时是空勤少校（相当于陆军上校），每月薪酬450大洋，如改做地勤，薪酬降为300大洋，但父亲权衡再三，毅然做出了人生的一次重要抉择，开始了建德机场的监修工作。作为杭州笕桥机场的唯一备用机场，建德机场在抗战初期，特别是在1937年"八一四"空战中发挥了极其重要的作用（《联谊报》2015年8月22日）。

而在朱祖平发给我的另一篇文章《建德秘密机场修筑记》（他的姐姐朱祖美所写，《联谊报》2016年4月16日）中，关于朱鸿道负责修建秘密机场一事，则增添了更多的具体细节，我综合整理为以下文字：朱鸿道是飞行员和工兵出身，熟悉工程，他性格温和、诚实，对人友善、宽厚。他到任后，便和当地政府官员一起进行动员工作，督促施工。他与同事和民工们同甘共苦，大大加快了机场建设进度，1936年秋（不到两年时间），工程完工。

完工后的下二都机场，编制精简，站长、事务员、司书、机械士和信号士各一人，场务兵七八人，另有一个警卫排担任机场警戒。一切都显得简陋，他们借民房当办公室，借寺庙做飞机油料库。没有塔台，没有信号灯，只能用白布在机场摆成T字形，以指示飞机的起降方向。

然而，一切还是让人振奋。

下二都机场完工不久，笕桥机场就派来一架战斗机进行试飞。机场四周的人们顿时沸腾，附近村民奔走相告，他们扶老携幼，纷纷前来观看机场和飞机，现场气氛热烈，大大激发了军民的抗日热情。

我从其他史料中得知，从1937年开始，就陆续有飞机秘密转移到下二都机场，或加油复飞，或隐蔽待命。1937年11月，机场被改名为"中央军事委员会航空委员会第二机场"。常驻的是一个中队的兵力，有十几名飞行员，五至六架飞机，他们驾驶霍克Ⅲ型战斗机。

机场从营建到完成历史使命，始终没有被日军发现，这得益于其得天独厚的地理条件及各方的高度保密。机场运营后，当时的建德县政府加派士兵保卫，并召集机场附近的各乡保甲长开会，制定了8条警卫事项：

防止汉奸逗留境内；严密监视附近住户来往亲友及陌生人客；注意小贩及僧道；遇有形迹可疑者立即报告当地军警；盘查行旅；对于飞机场一切设备、军事行动，住户应绝对严守秘密；

整顿户口；飞机场附近要道应经常巡查。

癸卯春日，我伫立在乌龙山顶俯瞰，陈利群兄指着富春江东边三江口偏下方那一大片平静的水域对我说："那里就是三都。"1937年底，因杭州沦陷，省政府南迁，航空站也奉命撤离，机场物资转移储藏，设施被主动破坏，航空站员兵转移待命。机场内纵、横各开挖一条宽5米、深3米的沟渠，将场地改为水田，还耕于农。富春江水库大坝蓄水后，下二都机场就被淹没在水下了。现在，这片水域属于建德市三都镇春江源村，有部分区域用来养殖。

从乌龙山顶俯视，机场水面上，不时晃动着散碎的光线，乱影交替，边上时有货船与游轮穿过，将那一片平静打破。陈利群兄又补充了一句："那里的三都橘子，味道好得很！"

四、篾涧泷封锁线

水是江南最核心的地理元素，自然也成了江南交通线的基本骨架。在古代，江南的交通以水运为主，水路航运是江南传统交通之魂。据1932年6月国民政府交通部报告，（当时）江南地区注册的船舶共有1840艘、载重量337699吨，分别占全国的39%和54.34%。

从古至今，富春江一直是航运主动脉。数千年来，不说别的，只说那些来来往往的文人墨客留下的无数诗文，就足以使山增色、水增辉。富春江的碧波中,文学因子时时跳动。

1937年12月,国民党军队撤离杭州。

部队撤离时,钱江、振兴等四家航运公司的全部船只被征用,运兵到桐庐县。

桐庐沦陷前几天,桐君山脚至排门山一带的江面上,扑面的寒风虽凌厉,气氛却热闹异常。江面上究竟发生了什么?

在十几艘大型客轮上,船工上上下下,来来往往,他们在清空船只,拆下船上珍贵的发动机,卸下桅杆,拆下船帆,该扎紧的扎紧,该封闭的封闭,然后,让船舱慢慢进水,直到整船灌满水,沉没到江底深处。另一些小型客船上,船工则大刀阔斧,锯的锯,砍的砍,破的破,一句话——将船弄坏。

为避免被日军利用,船工将恒兴、恒胜、振川、杭兰、浦江、老江兴、和兴、新处州、新振隆等10余艘船清空后沉入富春江深处。其余船只,就地毁损。据桐庐县档案记载:钱江公司毁损轮船6艘,码头船8艘;振兴公司毁损轮船9艘,码头船8艘。桐庐至杭州客运全部中断。

战事越来越吃紧。

1939年4月,国民党浙江省抗战总司令部颁布《浙江省沿海及内地各河川实施封锁概要》,命令各县封锁通航河道。

1940年2月,国民党驻浙192师,奉命会同富阳、新登、桐庐三县,在富春江上构筑封锁工事,主要封锁日军的汽艇。那江上的工事如何构筑呢?这工事简称篾涧泷(又叫密涧垄),先用松木拦江打桩,桩排列成三四行,每行桩用长3米以上的松木料千余根;再用毛竹制成竹笼,以块石、卵石填充压紧竹笼，密密地埋设在木桩间。江水会使不断冲积下来的泥沙慢慢淤积，积久了，积厚了，通航河道自然堵塞。

自富阳新桐洲以上，富春江上的马浦、窄溪、柴埠、上洋洲、放马洲五处航道，以及分水江与富春江交汇处的浮桥埠航道，都是设置篾涧泷的主要水面。

二三月份，天气乍暖还寒，富春江水依然冷得刺骨，而这些工事，都只能人工推进。民工们将一根根松木的一头削尖，用船将木料运到江中心。江底大部分地段虽有淤泥，但有深浅，有的地方板结得如石头一般硬，那就要奋力打压才行。而且，封锁线不是打几十根或几百根木桩，而是几万根，这整日泡在江中的工作量与劳动强度，非一般人可以忍受，但政府只能提供每人每天贰角伙食费的补助。好在桐庐民众万众一心，有齐心抗战的高涨热情。这是保卫家园，这是在家门口抗击侵略者！桐庐百姓自发组成慰问团，每日都会送来姜汤，有的甚至送来家酿的土酒，让在水中打桩的民工御寒。温暖而热烈的场景，时时在富春江畔上演。

千余民工，一日复一日，一月复一月，从初春一直干到秋天，富春江边的草木，从春意萌动到叶片泛黄，历时半年，终于将篾涧泷封锁线全面建成，这在富春江的历史上，绝无仅有。美丽的大江，本应江流顺畅，鱼虾丰富，这些松桩，既是拦截日军汽艇的利刺，又是在富春江江面刻下的道道伤痕，深深刺痛了同胞的心。

然而，侵略者的野蛮与残酷，一条江是拦不住的，两岸百姓还是饱受折磨。

看《杭州抗战纪实》中有关1942年5月的几则记载：

5月中旬，驻扎杭州、富阳之日军数量骤增，准备进犯桐庐。

15日：桐庐县政府开始疏散物资。

17日：日军前部抵达上港，桐庐居民开始撤逃。

18日：15时，敌便衣队60余人乘船抵达桐庐县城外7华里远的杨家坞，城内民众疏散。是日夜，新登县日军分两路推进。

19日：桐庐沦陷。凌晨，日军飞机开始低飞侦察。7时，派出汽艇6艘进攻东门码头，杨家坞之日军登桐君山，机枪大炮轰击桐庐县城。国军预5师，县自卫队不敌撤退。当日，寿昌县开始将重要物资、军火向山区转移。

20日：日军继续推进，兵分三路进犯建德。

21日：日军进犯至建德东北之大溪口、大畈、程头、包家防线。

22日：国军与日军在乌龙山阵地展开白刃战。当日，建德县政府、寿昌县政府转移。

23日：日军攻入梅城，随后部分梅城日军入侵兰溪。

26日：寿昌沦陷。

日军是如此张狂与凶恶，但中国人民英勇抗击，奋力保卫家园。

富春江南岸的民众，民风剽悍，下面两例可见一斑：6月10日，国军79师一部挺进至白鹤乡（现桐庐县江南镇），窄溪区民众500余人，手持利器前往协助杀敌，次日晨四时，与敌战斗，毙敌数人，缴获军马27匹。6月16日凌晨三点，300余敌人携小炮、重机枪等重武器，偷袭国军阵地，窄溪民众600余人前往协助退敌，毙敌数十人。是役，民众牺牲17人。事后，浙江省收复地区抚慰第四团团长贺扬灵赞扬：桐庐南乡民众积极抗日，属浙西少见。

敌人逼近，我方抗击，抗战进入了最艰苦的相持阶段，而篾涧泷中的那些松桩似乎也有些无奈，日军汽艇常常突破松桩的防线，横冲直撞。

五、宋殿村受降

1945年7月26日傍晚,《波茨坦公告》通过无线电波传向全世界,它由中、美、英三国联合发表,敦促日本无条件投降。8月8日,苏联正式对日宣战并加入公告。8月15日,日本天皇宣读《终战诏书》,正式宣告无条件投降。

9月4日,富春江畔的富阳长新乡宋殿村,整个村子喜气洋洋。这一天一早,地主宋作梅家门前的空地上就热闹起来了,人们在搭建一个台子,此台可是要作为临时的受降台派大用场的,将见证重要的历史时刻。台子的背后及两旁,要用大布挂起来。裁缝楼福永显然是最忙的一个人,虽有帮手,但他仍然是主力,他要将从杭州运来的那些白色龙头细布和阴丹士林布,拼接缝成整块,上自屋檐挂下,下贴地面。而台子的上空,中、美、英、苏等国的国旗高悬,日本国旗则像举哀似的在一旁半降着。

宋殿村地处杭富公路旁,公路两旁早停满了汽车,每百步就有一名中国士兵站岗放哨。中国士兵钢盔革履,庄严中透着威武。宋法师庙前,聚集着待命的日军官兵,个个神情紧张。

下午,仪式即将开始。中国受降代表、第三战区副司令长官韩德勤中将率员先到会场,他们围坐在受降台中间一张大桌子的周围,气氛庄严肃穆。随后,日军洽降代表率员进场。进门后,他们先是立正,然后脱帽向中国受降代表鞠躬。中国代表指示他们站在指定的位置,日军第133师团参谋长通泽一治低头呈缴日军分布图、官兵名册和武器清册等。

仪式简单却举世瞩目，被世人永久铭记，它是国人多年苦难的见证及英勇抗击的成果。此后，长新乡改名受降乡（今受降镇），宋殿村改名受降村。

我去受降村，参观抗日战争胜利浙江受降纪念馆。

纪念馆的受降厅内，受降场面被原样复制，中方与日方代表的蜡像神情肃穆。全面抗战八年，全中国，全浙江，文字与图片，数据与细节，似乎都在呐喊着，它们在控诉日本法西斯的惨无人道，它们也在赞颂中国人民的顽强抵抗。

紧挨着纪念馆的"千人坑"遗址，则更让人揪心。

受降村地处杭富公路的咽喉，此地曾是日军江北指挥所。日军在此修筑碉堡，挖掘战壕。为扑灭周边中国军队的活动，他们将抓捕来的中国人关在碉堡下的水牢中，次日拉到村南公路边一个大坑内杀害，大坑内掩埋着的尸骨无数。

我将这受降仪式，看作是一道紧箍咒，希望它永远遏制住坏人的所有坏念头，让世人知道，恶行必有恶报！

六、清障

与此同时，箓涧泷封锁线上的那些拦江松木桩，则成了富春江的累赘。

《杭州市水利志》《桐庐县交通志》对箓涧泷清障有一些记载，整理如下：

1947年5月19日，浙江省参议会决议，请浙江省政府尽速拆除桐江上下游的封锁坝。该年冬，省政府拨款1.33亿元，由浙江省水利局会同建德、桐庐、富阳、新登各县，组织力量拆除。因工程浩大，经费不足，至1948年4月结束，仅炸开一条宽10—20米的缺口，供木帆船通行。同年8月，又派民工清除马浦段，拔除松桩482支，使水位正常可以通航。

新中国成立后，1950年至1951年，桐庐县人民政府筹拨大米7.95吨，在浙江省内河航运管理局钱江航管处的配合下，组织大量人力，两度疏浚航道，桐庐至杭州的客轮航线终于恢复，但枯水期，航路仍然不畅。

1956年，航管部门组织浙东河道养护队实施水下爆破等措施，并组织机械疏浚船两艘，对阻塞航道疏浚清障，拔除松桩1000多支，将航槽拓宽至50米，使水上通航能力达到五级、300吨位。至此，篾涧泷封锁线基本清除，桐庐至杭州的航班恢复正常，亦有利于河道行洪。

我反复阅读仅有的记载，并去桐庐县档案馆，想再查找一些相关资料，从而理出一些线索，如能找到相关当事人进行采访，那无疑会使细节生动许多。无奈的是，或因负责清障的相关人士故去，或因没有详细记录，最终均无头绪。或许，对事实的挖掘就只能如此了。这条封锁线，并没有完全阻止侵略者的脚步，却是国人抗击侵略者的真实记录，它是富春江的记忆，也是民族的伤痛。

我的推断是，抗战胜利后，桐庐至杭州的客运线路慢慢恢复正常，只是客轮经过封锁线江段时，需要特别小心，好在船体不宽，只要几十米的缺口便可通过封锁坝。另外，富春江每年春夏季都有数次洪水，洪水的力量不可小觑，大部分坝体及松木桩都因洪水冲击而被毁。不过，我相信，如果进行水下考古式搜寻，这六处篾涧泷航道一定还会有当年打下的松木桩遗存。

写到此，我突然想起，要向桐庐文化部门提一个建议：如果再寻到篾涧泷松木桩遗存，请一定将其存放到档案馆、博物馆之类的地方，妥善保存，这些松木桩的历史虽没有一百年，却也是难得的文物。

第三卷：营建志

近一百年来，富春江以另一种形式为人类提供粗放式服务。人民要温饱，经济要全面复苏，于是开始了对江的综合开发，筑大坝、建水电站、养殖，让水能转变为电能、光能、机械能，水成了黄灿灿的金子。

一、赶"羊"事故

将山上的木头成片砍伐、剃光，然后截成数米长的段，再一根根流放下山，堆在江边，等待雨季的来临。等到水涨得江都盛不下时，人们就将那些木头全部丢进水中，木头便浩浩荡荡往下游奔去，横冲直撞，任意东西。而在下游的特定江段，人们将粗绳拉紧，当成桥梁，用来挡木头，木头遇绳阻拦，便慢慢停顿下来，等候着的人们将木头拖到岸边。

所以，这里所说的"羊"，就是木材；赶"羊"，就是流放木排。据说，这是向苏联学习的经验。苏联的木材积蓄量十分丰富，他们运送木材的经验丰富，流放，就是其中之一。

将木扎成排，顺江流而下，古人其实早就熟练掌握了这种"放排技术"。《诗经·魏风·伐檀》中就记录了这样动感极强的场景："坎坎伐檀兮，置之河之干兮。"虽然此场景是为了讽刺那些不稼不穑的奴隶主，但从技术源流上考证，它或许就是中国最古老的放排技术。

1958 年，全中国大炼钢铁、大办食堂、大种粮食，是谓"大跃进"。

从 1958 年的冬天开始，杭州采运大队就进驻到了昌化县湍口公社，他们是来采运木材的。风景林、水源涵养林、防护林，统统不管，砍下树木烧炭，炭用来炼钢铁，粗一点的木材则用来卖钱。对于砍伐下来的木材，采运大队决定，次年春季利用洪水流放。他们先在下游桐庐的旧县埠、浮桥埠建起两处拦河绠（粗绳），拦截木材。

1959 年 4 月 10 日，清明过后，雨照例纷纷而下。

这一天，浙西地区普降大雨。分水江上游，多条"黄龙"咆哮着奔腾而出，分水江一下子就成了黄色的海洋，洪水几度激岸，本来堆放在岸边的木材就自动下漂了。4 月 12 日晨，赶"羊"的时机已经成熟，昌化县领导召开电话会议指挥，沿昌化溪两岸的木材纷纷被投入水中。一时，江中的木材如羊群在广阔的大草原上奔跑一样，满江都是。

洪水中的"羊"，你推我挤，奋力朝下游冲去。至中午时分，不幸的消息传到指挥部，"羊"还没冲到设拦河绠的河段，两处拦河绠便已经先后断裂。

或许是分水江的洪水太猛烈，抑或是水中汇聚的杂物太多，事先设好的拦河缆经不起连续的撞击与磨损，早于"羊群"到达之前就已断裂。

这就算是突然发生的事故了。

木材就如奔腾的羊群，大江就是羊群宽阔的跑道。它们一路毫无阻拦，欢快冲锋，集体喧嚣着，冲过旧县埠，又跑过浮桥埠，直接杀入了富春江。而涌入更宽阔的大江后，它们就如强大的军团，向下游富阳县浩荡而去。

下游的富阳县，早已接到杭州市的通知，他们短时间内组织起沿岸十个公社的农民、干部、师生、当地驻军等负责打捞木材。这不仅关乎国家财产的安全，还关乎下游民众的安全。因为这些木材顺流而下，会不断撞击钱塘江大桥的桥墩，会给大桥带来危险。384艘船，51张竹筏，近万人，在沿江两岸，一层层拦截。洪水滔滔，木材流动的速度太快了，撞击力还不小。渌渚、新桐、场口、春江、灵桥、里山、渔山等，都是一个个"狙击点"。一根根漂木、一支支毛竹，皆光滑如泥鳅，用篙钉扎，用绳子拖，用双手抱，终于，6.66万根漂木（约3000立方米）、一万余支毛竹被一一捞上岸。

据《杭州市林业志》记载，同一时间，淳安县因境内洪水，发生漂木事故5起，共冲失木材26711立方米，后打捞回一部分，损失一万立方米，价值30万元。

这一年8月，杭州市人民委员会根据浙江省人民委员会的指示，责成杭州市农林水利局专门成立木材打捞办公室。经过3个多月的工作，共搜集木材8086立方米，旧木料500余吨，毛竹3.63万支。

1958年至1961年，建德烧木炭28万担，淳安烧木炭68万担，损失林木100余万立方米。富阳、新登两县受破坏山林面积近百万亩。

肆意伐木，毁林开荒，大雨滂沱，洪水自然成灾。

人正在慢慢地杀死一座座山，继而又慢慢地杀死一条条河。

在彼时的大高潮中，人们正集体无意识地走向另一个极端，对洪水视而不见，反而借力洪水，将数十年艰难养育的山林损毁殆尽。

更大的灾难还在后面。

二、一株苦楝树

这里，我要记述一次分水江流域的特大洪水。这场洪水，损失无算，一个江边村的200多人被洪水吞噬，200多户人家除房屋建在山坡上的10多户外，仅存半间屋架、半个柴灶头，园林果木只剩一株苦楝树。

这一天是1969年7月5日，此江边村为桐庐县印渚公社南堡大队，此场灾难史称"七五"洪水。

南堡的上游，山高坡陡，海拔超过千米的高山众多。临安昌化溪，其主源昌北溪，河道比降30%，西源昌南溪、东源天目溪，河道比降也在20%以上，源短流急。

这里还是杭州市的暴雨中心之一。

梅雨、台风雨是引发洪水的主要气象因素。《杭州市水利志》记载的资料表明，从1950年至2003年，分水江流域内共发生较大洪水18次，其中14次由梅雨造成，4次由台风雨造成。

"七五"洪水的罪魁祸首就是梅雨。

南堡村处于分水江流域中游的一个江湾滩头。分水江道在此段基本上呈现出一个S形的急弯，而南堡村就在急弯下方突出部位。当江水脾气暴烈之时，它就不再沿着江道乖乖流动，而是直接冲上滩头径行，然后旁若无人地呼啸而去。

1969年7月前后的梅雨季，天似乎烂透了，雨下得让人几乎绝望。

当时刚读小学一年级的我，仅存着这样几片零星的记忆：

白水小村，一个大约五六度的坡上，有一座四合院一样的老屋，那是外公家的老房子，老屋的几个厢房，当时住着几户人家，我们家住东厢房。天井里的水已经四溢，外面雨还在如珠帘似的落着。大人们不时跑出去探查洪水的涨溢情况，我和妹妹站在堂屋八仙桌的边上，三岁的弟弟坐在桌上玩。母亲盼咐我："带好弟弟妹妹，不要乱跑！"她在持续观察洪水的情况，如果洪水漫进村里，我们就得往后山上跑。

小孩们根本不知道洪水的严重程度。不一会儿，传来了木桥断了的消息。白水村在罗佛溪边，靠一座木桥与对岸连接。木桥用一个一个桥柱撑着，再用铁链子连着，水急浪大，木桥就会被冲毁。木桥每年总要断个几次，木桥倒塌，表明洪水来势汹汹。一会儿又有消息说，洪水漫到河岸了，有知识青年被水冲走了。那时，我们大队的几个村里，都有从杭州下放来的知识青年。一会儿还传来消息说，有好多头猪从东辉冯家上游方向漂下来了。满河黄浪滔滔，水中皆是杂物，有猪、有鸡、有鹅、有鸭、有房梁、有粪桶，什么都有。不知消息真假。

那一日，我们就这么待在八仙桌边，不敢跑出门去，母亲终究没有带我们跑到后山上去。

到了9月开学，老师就给我们讲南堡，讲"泰山压顶不弯腰"的故事。

2

在分水镇的南堡精神纪念馆，有关这场洪水的故事几乎可以得到全部还原。

南堡村所处的特殊地理位置，蒙蔽了南堡人对洪灾到来的危险性的认识。南堡的先民被温顺而碧绿的分水江水所吸引，此处湾滩，地肥、水清、鱼美，适宜人居。然而，当连续的梅雨倾注在那窄而陡的上游山区时，那些变了颜色的水，随即性情大变，蛮横暴烈，如一只受伤的恶狼，逮谁咬谁，每一口都致命。

连续一周的梅雨，似乎将所有的危险因素都酝酿充足，只等那洪水最后汇合。《桐庐水利志》中有这样的记载：7月4日，上游昌化水文站降雨129毫米，浦村水文站降雨147.7毫米；7月5日，以上两站分别降雨78.3、183.2毫米，而这一日，南堡上游的另一条支流，合村溪边的小茆坞水文站降雨148.8毫米，分水水文站降雨182.4毫米。如注的大雨，再加上临安129座山塘水库被冲塌后倾泻的洪水，至7月5日中午11时，分水江边的五里亭水文站水位已高达39.58米。据推算，洪峰流量达到10100立方米每秒，这是分水江历史上最大的洪峰，它们张牙舞爪地向南堡村袭来。

从洪水袭击到南堡几个自然村形成汪洋一片，再到房倒屋塌，村庄被夷为乱滩，只有短短的几个小时，但在此期间的惊心动魄却是几本书也写不完的。每一户家庭、每一个人，都有不同的故事，但故事的底色，皆为凄惨悲绝，1000多人的村庄，800多人落水，200多人失去生命。桐庐中学老校长李相荣对我说，彼时，他大学毕业被分配在桐庐中学当老师，老家就在南堡村，灾难发生时，他父母及两个妹妹都落水了，母亲及大妹没能从洪水中逃出来。我采访他时，他说到母亲与大妹，虽已过去50多年，但他叙述的声音里依然明显带着哽咽。

在灾后家园的重建上，南堡人的顽强令山河也动容。

不信命，不靠天，只靠自己的双手。巨洪袭来时，正是水稻成熟季，1500余亩田地全部被冲毁，400多亩田地成了乱石滩。但仅仅半年时间，南堡人就从沙石堆里挖出20多万斤稻谷，又种下300多亩晚稻、600多亩玉米，盖起了200多间简易房，防洪大坝、抽水机埠、渠道、台沟等水利设施基本恢复。受灾当年，南堡村粮食自给自足，并向国家出售余粮。1970年6月3日，《人民日报》头版头条发表长篇通讯《泰山压顶不弯腰》，出色自救的南堡村一下子站到了全国的舞台中央。

所有的过往，都成了记忆。今日说起南堡，更多的是对其人民不屈精神的褒扬。

其实，人类的这种不屈，与那江水的不屈是一样的，遇山而绕，遇滩即过。天地间，有对抗，也有协作，或许这就是大自然完整的运行规律。

至柔至刚的水啊，你不能被制服吗？人类不信。

三、锁桐江

～1～

南宋淳熙七年（1180）十一月的一天上午，在抚州任上不久的陆游，正紧张地处理着公务，突然就接到了朝廷的通知：到京城去见皇上！他接下驿吏的文件，心里一时五味杂陈。他先是开心，估摸着皇帝又想起了他，多半会有好事情。但他的喜悦瞬间又被浇灭，入蜀的情景仿佛就在昨天，当时他也是希望会有一个实现政治抱负的好平台，却没料到要远去夔州，而且一去就是9年。这几年，在建安、抚州，他都踏实努力地工作，但心中收复河山的念头并没有就此沉寂，他多么希望能有一次面圣陈情的机会呀！

不敢多耽搁，陆游日夜兼程，幸好此地去京城并不遥远，从抚州到弋阳，再取道衢州，不久就进入了严州境内的寿昌县。这一日的清晨，在寿昌的江边小村，陆游刚刚歇息了一夜，朝廷的命令又追到了（南宋政府驿路的发达及传递信息的迅捷令人惊叹）：不必到京城面见圣上了，许免入奏，仍除外官。面对突如其来的变化，陆游似乎早有预感，却又说不清楚到底是什么原因。他自我安慰着，皇帝要处理的事太多，这次就不见了吧。其实，朝廷里确实有人不想让他见皇上，这个人就是赵汝愚。不过，此时罢免令还没下达，只是不让他进京，表达的意思就是：你就在家等着吧，到时候，我们会通知你去哪里任职。

走吧，走吧，先去严州，从富春江泛舟而下，顺道去拜望一下严子陵，陆游觉得，不事王侯的严先生，会给他的内心一些力量。他知道，他的高祖陆轸，曾知睦州（后称严州），并留下了不错的名声。当时他自然不知道，6年后，他会和严州这个地方结下不解之缘。他更不知道，在他任职严州之后，他的小儿子陆子聿会再知严州。

陆游到了严州的梅城码头了解到，自梅城以下到桐庐县城这一带的富春江称"七里濑"，又称"七里泷"。两山夹岸，江窄流急，此时正值冬季，水枯滩浅，无法行船，只有从陆路行到桐庐，然后在桐庐乘船至钱塘江，过萧山，辗转回山阴老家。

这期间，他在桐庐享受美酒美食，为桐庐留下了数首诗，比如：

> 桐江艇子去乘月，笠泽老翁归放慵。
> 一尺轮围霜蟹美，十分激滟社醅浓。
> 宦游何啻路九折，归卧恨无山万重。

醉里试吹苍玉笛，为君中夜舞鱼龙。

（《剑南诗稿》卷十三《桐庐县泛舟东归》）

面对如此山水，陆游的心情显然是放松而舒畅的。富春江有他崇敬的严光，严光是这条大江的精神核心，还有前辈范文正公（即范仲淹）知睦州修严陵祠的著名事迹。如此种种，都让这条江充满了神秘色彩，使他在精神的大池中自由荡漾。

2

陆游坐船从梅城往桐庐，必须经过长长的七里泷。丰水期，此地是无风七里，有风七十里，但枯水期，稍大一点的官船就走不了了。

不仅仅是富春江，大部分江河随着季节的变化，也都有丰水与枯水现象，如南堡"七五"洪水那样的丰水现象就属于百年一遇的特例。富春江干流常有丰水期，比如，1955年6月中旬，钱塘江上游暴雨连降，罗桐埠总降水量达484.1毫米。当时，新安江、富春江水库尚未兴建，洪流直泻而下，富春江的洪峰流量达到29000立方米每秒，桐庐县城街道水深丈余。如本书第二卷"苦厄志"所记，每一次遭遇这样的洪水，受灾的良田、倒塌的房屋、两岸的灾民，均无法计数。

每一条自然河流，人类如果不加以干涉管理，与丰水期和枯水期相对应的就是洪灾和旱灾，无论什么灾祸，其破坏能力皆触目惊心，从这个角度说，水火无情，确实如此。它们只听从大自然的召唤，并不按人类的意志行事。

据《杭州市水利志》记载，1932年至2003年的71年内，对富春江水库坝址年最大洪峰流量进行的统计表明，流量大于15000立方米每秒的大洪水，共有8次，全部发生在梅雨期。

拦江筑坝造水库，能储存水，让水量稳定下来，且维持丰俭有度。管理山河，这对人类来说，就是一种敢想敢做的大胆创新。

1957年4月，建德铜官镇附近的新安江段，中国第一座自行勘测、设计、施工和制造设备的大型水电站开工。3年后，第一台机组投产发电。这座面积580平方千米的巨型水库，是以约30万人的移民为代价的。水库改变了水的性格，使它变成了一个温文尔雅、千姿百态的俏丽姑娘。崇山峻岭换了模样，千岛湖碧波荡漾，风景如画，人见人爱。

新安江水电站开工的次年，富春江水电站的建设紧接而来。

富春江是一条自然大江，更是一条人文大江，如果能将江水制服，再让它出力、出大力，那么，它就会迸发出更多光芒。

其实，富春江水电站建设的勘察设计，要追溯至1946年2月。

那一年的2月15日，浙江省政府建设厅制订了《浙江省水利事业实施方案》，将富春江水力资源开发列为首个开发项目。1947年的上半年，钱塘江水力资源勘察队开始对富春江水电站坝址及库区进行地形测量和初步地质勘探。1947年底，浙江省地方银行经济研究室发表《钱塘江流域水力发电计划述要》。1948年4月至7月，调查队对富春江等计划兴建的4处水电站的水库淹没区进行社会经济、建筑材料、劳工状况等方面的调查。

中华人民共和国成立初期，百业待兴，但富春江水电站建设的计划并未被放弃，待时机稍一成熟，项目即重新启动。

1958年初，上海勘察设计院完成了富春江水电站的水文勘测、地形测量、地质勘探、动能经济研究等专题报告。当年6月，经论证比较，放弃原严陵坝址区，选定芦茨为电站坝址区。7月10日，浙江省富春江水力发电工程局正式成立。

富春江水电站的建设，中华人民共和国成立前立项，新中国成立后开工，虽坝址有变化，但各方专家对这片山水总体上还是高度认同的。

1961年秋天，富春江两岸满山红叶，水库工程建设热火朝天，大坝已粗具雏形。著名诗人郭沫若时任全国人大常委会副委员长、中国科学院院长，他实地视察工地后，题诗一首：

横斩溪流七里泷，半江大坝已凌空。阻拦水力磨成电，灌溉山田以利农。

不让新安独称步，要同坛口比雌雄。个个都是红旗手，笑彼严光作钓翁。

或许是时间匆匆，郭沫若当时作诗的水平离他的成名作《女神》有不小的距离，但诗中饱含的激情依旧，最后一句也可作金句。郭沫若这一次桐庐行期间，其实还在严子陵钓台、桐君山各赋诗一首，并为《桐庐报》、桐庐中学都题了名。

插一小段题外话。

1992年底，听闻《桐庐报》将复刊，我特意跑到县档案馆，将郭沫若为《桐庐报》报头题的名找了出来。对我这个不怎么写字的人来说，我更喜欢他的书法。

1968年12月13日，富春江水电站开始蓄水。

12天后，富春江水电站第一台机组发出的电流连接上了华东电网。

1977年4月，富春江水电站全部投入运行，5台机组，总装机容量达29.72万千瓦，年平均发电量9.23亿千瓦时，替代火电每年可节约原煤40万吨，有效缓解了当时华东电网供应紧张的状况，意义重大。

富春江水库，属于低水头坝式水利工程，主要任务是发电。它的库容只有4.4亿立方米，故水库仅辅助承担防洪、滞洪任务，主要依靠上游新安江水电站调节水量，采用与兰江错峰的办法防洪。当出现8000～13000立方米每秒的大洪水时，富春江水电站采用洪峰到来前发电或开闸预泄的方式，腾出一定的库容，拦蓄洪水，削减下泄洪峰流量，最大可以削减洪峰流量2000立方米每秒，以保护下游地区农田不被淹没。

举一个例子：

对1983年6月底至7月中的洪水，新安江水库拦蓄来水总量26.3%，削减洪峰流量的48.3%，再经富春江水库的预泄错峰，将富春江河道流量控制在1.3万立方米每秒以下。如此，下游沿江城镇及杭州市区的防洪工作，均获得了明显的调节效果。

从《富春江水电站志》记载中得知，整座水电站的建设过程中，上游总移民42596人，移民主要来自建德，其次为兰溪、桐庐，受淹耕地25375亩，电站实际造价24294.44万元。

3

陆游那一次归乡未能直接行船，是因为恰逢枯水期。实际上，富春江往上，河道弯曲，坡降大，浅滩密布，舟行本就困难，特别是在新安江段。

对于新安江这一段江面，清代诗人黄景仁有诗咏叹：

一滩复一滩，一滩高十丈。三百六十滩，新安在天上。

枯水季节，该江段只能航行15吨以下的木船，而且，上行船经过险滩，均需人工背纤驳运，耗费时日，运费陡增。

富春江水库蓄水后，水库区的航道得到彻底改善。船帆点点，马达阵阵，舟来楫往，两岸青山倒映碧水，人行明镜中。

从桐庐至杭州的船运状况也有明显改善，丰水期、枯水期的影响不再明显，一年四季都能正常通航。

1980年至1984年，我在金华浙江师范学院读书，寒暑假回百江老家，大多坐车，但其间也走过几次水路。几个同学结伴而行，先坐车到兰溪，再从兰溪坐船回桐庐；或者先坐火车到杭州，再从杭州南星桥码头坐船回桐庐。兰溪至七里泷的航线，是富春江水库建成后开辟的。这里有一个数据，1988年，该航线完成客运量29.81万人次，看来选择坐船的人，还真不少。桐庐至杭州的航路，是陆路交通的重要补充，不，应该说是千百年来最重要的通行途径之一。那些去钓台拜见严子陵的人，十有八九走的是水路，便捷不说，仅两岸的风景就让人陶醉了。

从灌溉的角度看，富春江水电站的所在地桐庐县受益最大。

富春江水电站大坝左右两边都修筑了渠道，用以引水灌溉。右岸的灌溉渠，被称为富春南渠，走向与富春江一致，流经桐庐县当时的金西、三合、洋洲、凤川、窄溪、石阜、深澳等乡镇及一个县属农场，全长30多千米，可灌溉农田5万亩。渠道还拦截溪流25条，各小溪汇入渠道，经过一些地段后，再自渠道排出，大大减轻了梅雨季渠道沿岸农田的内涝。左岸的灌溉渠，全长14835米，主要保障富春江镇沿线10个村万余亩农田的灌溉。

富春南北渠，都有专门的江南灌区管理，隶属桐庐县水利局。

2024年3月18日中午11时，游宏兄及桐庐县江南镇窄溪村的党委书记沈雪炎陪同我，一起看富春南渠。游宏兄当过分管农业的副县长，如今对农业依然钟爱。这一段渠道，位于窄溪村的沈家自然村上畈，数百亩连片的田野上，南渠深深地嵌在大地之间。渠深而宽，渠岸是道路，可以行车，渠底有水平缓流动。这段渠道还汇集了大源溪流入的溪水，干旱时灌溉，洪灾时排涝。眼前这些农田除了种两季水稻，还间种小麦、油菜，可以实现稳产高产。富春南渠的保障，就是丰收的重大前提。

我知道，一到炎夏季节，这些田野就会因水而生动起来，这是我们的饭碗，有了水库，它们简直就成了铁一般的饭碗。水听人指挥而流动，灵性十足。

富春江水电站的建设，有成效也有遗憾，但成效更明显。

钱塘江水域鱼类繁多，据调查曾经有200种左右，经济价值较高的就有鲥鱼、青鱼、草鱼、鳊鱼等40多种。富春江水电站的建成，截断了鲥鱼的洄游通道，水电站以上鲥鱼绝迹，这是一个大遗憾，我在本书第四卷"食货志"中有专门的论述，这里不再赘述。

富春江水库形成前，富春江、新安江、兰江水域的鱼类几乎全靠自然生长繁殖。水库形成后，对应水面面积达8.4万亩，其中建德约5万亩，兰溪约3万亩，桐庐约3600亩。这座平均水深10米的水库，水位稳定，饵料丰富，十分适宜水产养殖。1989年的相关数据显示，富春江水库年捕鱼量为183.34万千克，捕蟹量为13.63万千克，产量是建库前的10倍以上。

4

细看《富春江水电站志》"大事记"，拣两件记忆深刻的简说之。

一为事故。

1972年5月25日21点左右，调速机班两名工人在电站尾水渠边捉螃蟹，溺水而死。为组织抢救，两台机组紧急停机，从而酿成事故。

综览曾发生的事故，大致分两种，一种是施工阶段发生的，如围堰失事，卷扬机钢丝绳扭断斗车翻车；另一种是设备运行阶段发生的，如B相消弧室瓷瓶因质量差而爆炸，C相靠主变侧瓷柱折断倒下，因违反操作程序造成短路，推力轴瓦烧损，深井水泵先后断轴，进而造成水淹廊道。

打一个比方，水电站就如一架极度精密的大型仪器，所有操作都要按程序精准执行，只要有一处细节失误，哪怕是极细极小的失误，都会引发事故。大部分事故都在可控范围内，但有些事故，却是想也想不到的，比如前文提到的捉螃蟹引发的事故。富春江的螃蟹，人称"铁壳蟹"，味道极鲜，我猜测，值班工人捉螃蟹不是第一次了，只是平时捉了也没发生状况，而危险往往就在不经意间发生。

二为鱼道。

富春江水电站的整个鱼道，设置在上游的导流墙、厂房右装配间边墩和下游导流墙上，平面总长度158.75米，外形宽9米，内宽3米，全部用钢筋混凝土浇筑而成。设计的宗旨，就是专门为鱼建设一条通道，形象地说，就是保障鱼不会被大坝阻拦，它们可以沿着这条特别的通道自由地上下游动。

但这显然是人的一厢情愿。鱼道建成后，从1973年至1976年，浙江省水产部门、工程设计部门，会同施工部门一起进行了多次过鱼试验。试验人员在下游河道捕捞各种亲鱼，做上标记，再放回河道，然后在上游鱼道出口附近打捞，但遗憾的是，除了鳗鱼，没有其他鱼类从鱼道上下水库。

专家分析，主要原因有两个：

一是发电尾水流态紊乱，鱼道进口被封死在静水区内，鱼群难以发现鱼道口，逆水上溯的鱼群会游到机组尾水管而不进入鱼道口；二是诱导设施问题和鱼道池室内部照明问题一直未解决。

但令人欣慰的是，上游水库人工繁殖鱼苗已大获成功，因此，再花大量投资改造鱼道已无必要。

主观愿望与客观现实往往会发生抵牾，如果鱼道设计成功，那么，鳡鱼就不会这么快绝迹，至少，它们可以往西游得更远一些，到金华江一带去产卵。

20世纪90年代初，我刚调到县委宣传部工作，租住在富春江边的马家埠，清晨起床，抬头入眼的就是宽阔的大江，但也发现，不少时候，江边的水会浅下去一小半，我知道，那是富春江水电站在拦水发电。彼时，江边的滩上，到处是弯着腰捡黄蚬的人，一盆一盆地捡，一桶一桶地拎回家，用黄蚬做汤喝，清淡鲜美。

四、分水之江

1

分水江，古名桐溪、学溪，别名天目溪、横港，是钱塘江下游左岸最大支流。

浙皖交界的山云岭，是分水江的源头。分水江的主流自西北向东南，流经昌化、印渚、分水、瑶琳、横村，至桐庐县城。桐庐境内，汇两岸众多溪流，由西北而东南，次第纳后溪、保安溪、前溪、马源溪、锦溪、夏塘溪、毕源溪、漕源溪、琴溪、九岭溪、云溪、大坑溪、龙伏溪、尖山涧、旧县溪、双溪共16

条，至桐君山脚进入富春江，流域总面积3444平方千米，主流全长164.2千米。

唐武德四年（621），刚建立不久的唐朝政府，析桐庐县西北七乡建分水县，县名意为"一水中分"，"一水"指的就是分水江。自那时起至1958年撤县并入桐庐县，分水县已有1000多年的历史。

而分水江，因流经区域中影响最为深远之地得名，足见分水之重要。

分水江上游天目、昌化两支流溪河段，山峦重叠，坡陡流急，具有典型的山溪性，源深，流长，河床坡度大，每逢暴雨时节，山洪暴发，两岸损失惨重。

从明洪武八年（1375）至2004年，有记载的重大水灾共98次。其中，近代影响较大的水灾发生在民国二年（1913）、民国十一年（1922）、民国二十年（1931）、民国三十一年（1942），洪水泛滥时，分水、桐庐地区哀鸿遍野，民不聊生。中华人民共和国成立后发生的重大洪灾有1954年的"六二四"洪水、1961年的"六九"洪水、1969年的"七五"洪水、1996年的"六三〇"洪水等。

关于"六三〇"洪水，我记忆犹新。1996年6月，桐庐县政府还在圆通路5号，洪水发生时，我跑到曾经租住过的马家埠，站在二楼看富春江。富春江已经没边没岸，如汪洋大海一般，县政府前马路上的积水深度至少半米，救援冲锋艇只能往大街上开了。彼时，我负责《桐庐报》的编辑出版。灾后，我们的记者编辑全部出动展开采访报道，我与《杭州日报》记者一起，去重灾区方埠镇采访。大街上，竟然到处都搁着船；田野间，田垄几乎消失殆尽。不时有水稻、玉米从淤泥很厚的间地里顽强地探出头来，脱缰的洪水，似乎横扫了一切。

纵然如此，江两岸的百姓，一直在用自己的智慧与能力对抗着肆虐的江水。关于富春江、分水江流域的治理，在本书的"山水志"卷中会有叙述。

20世纪90年代末期，桐庐县治理分水江，有两个失败了的水利工程，这里特别记之，以作大地的记忆。

～～2～～

这两个工程的全名，一是龙潭工程，二是七坑弯工程。

先说龙潭工程。

龙潭在分水江中游右岸，是一段呈C形、近90度急转弯的河道，长3.725千米。龙潭河道较宽，水流紊乱，易洪水泛滥，沿岸分水、东溪、毕浦等地的江堤和农田，常常被洪水冲毁。

1977年11月11日，如同大地刚刚复苏过来一般，政府工作百废待兴，当时还叫县革委会的桐庐县最高政府机构，向省市提出《关于分水江龙潭改道工程的规划报告》。报告的主题，就是计划将龙潭河道截弯取直，劈开董家山，凿出一条新河道，改原来3.725千米长的急弯道为1.33千米长的直线河道。劈开董家山，其实是为了打造一条底宽120米、高7.5米的隧道。

龙潭工程的效益如何呢？据当时测算，改造后，龙潭河道的防洪面积可达8000亩，沙滩造田可达3000亩，人造平原可达1000亩，另外还可以建设装机5000千瓦的水电站一座。整个工程，需要用2000万日工，搬动土石方822万立方米，消耗炸药1300吨，总投资概算为1020万元。

报告递交仅10天，杭州市委领导表示大力支持，龙潭工程就在鞭炮齐鸣中开工了。我当时还在读高中，父亲在东溪公社任党委副书记，我去东溪玩的时候，干部们坐在一起，谈论的主要话题就是龙潭工程。我也好奇，跟着去施工现场看过热闹，只见人山人海，车来车往，不时炮声隆隆，像战争电影里的大决战场面。而《桐庐水利志》上的记载是，为了这个全县重点建设项目，政府先后从20多个公社抽调1837名农民开挖土石方，最多时一天出勤2000人以上。

工程轰轰烈烈，但一年以后，问题逐渐暴露。因难度大、周期长、投资多、效益差，省水利主管部门不再同意工程兴建，取消拨款补助，而桐庐县财政也无力负担。更关键的是，党的十一届三中全会后，一纸命令就可以平调农村劳动力的做法被明令禁止，工程难以为继。1979年2月23日，农历正月还没过完，龙潭工程被迫停工。

但工程遗留的代价触目惊心：15个月的时间，累计投入48.64万个工日，搬动土石方48.89万立方米，耗用经费97.53万元（不包括劳动日折价和乡镇支付的民工补贴），并赔偿龙潭村土地、山林、水利设施等费用9.82万元。

龙潭工程匆匆推进之时，未经科学论证，未经科学决策，仅凭一腔改造山河的热情，因此未产生任何效益，这算是桐庐人在分水江治理过程中交的学费吧，一笔大学费。投工量只完成了规划量的四十分之一，所幸及时终止了，避免了造成更大损失。

再说七坑弯工程。

七坑弯位于印渚、贺洲至保安溪出口，这是分水江自临安入境以来的第一个大C字形弯道，坡陡滩浅，水流不畅，贺洲、印渚、砖山等4600多亩农田，常因此弯道而遭洪灾。

几乎和龙潭工程同时间，桐庐县向省市水利部门提交兴建分水江七坑弯分洪发电工程的报告。项目主要内容是打通两个隧道，建一条明渠、一个电站，工程需用工150.4万个工日，耗费总资金498.4万元。

神奇的是，七坑弯工程在报告递交前就已动工了，次年1月才匆匆成立工程指挥部，建设主体为印渚、保安、怡合、合村、岭源五乡的民工。

七坑弯工程的结局，几乎与龙潭工程如出一辙，上级水利部门未批准，不给经费，地方财政无力负担，在已投工15.7万个工日、用去资金55.27万元后，桐庐县革委会决定缓建，最后的结局自然是停建。

几年前，我又一次去龙潭，看那未劈开的董家山。山洞幽深，洞前长满了荆棘与芒秆，那芒草带着锋利的边刺，似乎在警告着人们：不要乱碰，弄不好会刺伤你的。而龙潭所在的新龙村，因分水江枢纽工程的建成，已成为分水江边的明星村。分水江碧波荡漾，岸边绿道伸向远方，时常有游人骑着单车指点而过。

~~~~ 3 ~~~~

　　龙潭工程、七坑弯工程，只是分水江综合治理大文章中两个点错的标点符号而已，与富春江水电站建设一样，分水江中筑坝抗水的工作也经历了艰难曲折。

　　明隆庆二年（1568），分水县令游潘计划"筑石障天目、昌化两溪之水"。

　　明万历四十一年（1613），分水县令游之光下令"筑石障流，并挽之使南"。

　　但这都是些不上规模的小坝，且屡筑屡废，到了民国年间，政府再也无力筑坝，仅剩一处护岸工程。

　　新中国成立后，1958年10月，上海水力发电勘测设计院提出《分水江梯级开发要点报告》，建议采用五里亭、尖山两级开发方案。1959年8月，该院与华东水利学院勘测设计院联合提出《分水江梯级开发方案报告》，建议采用青山殿、五里亭、毕浦、浪石埠四级开发方案，共装机79750千瓦。1960年，两院完成《分水江五里亭水电站初步设计报告》。时光荏苒，至1983年，这个报告又从尘封中被重启，修改为五里亭、毕浦、尖山三级开发方案。1989年7月，华东勘测设计院编制成《分水江规划暨青山殿水电站初设复核查勘报告》，报告提出对分水江进行多级长径流式开发，梯级水位不强求衔接，建议按华光潭、荞麦岭、青山殿、西乐、五里亭（或印渚）、毕浦、浪石埠、尖山八级或九级方案开发，并作进一步论证。

　　每逢梅雨季，分水江总要"脱缰"，危害两岸，可以说，桐庐的历届政府，基本没有打消过治理分水江的想法。上述那些没有实施的方案，足以说明一切。

或许是因龙潭等工程的教训，桐庐人在治理分水江时，显得特别慎重。

1997年2月，浙江省水利水电勘测设计院开始对分水江流域的综合治理进行勘测规划。

1998年4月，杭州市委、市政府专题讨论分水江流域综合治理有关问题。会后，省水利水电勘测设计院立即启动针对性勘察，对工程区、枢纽区等进行全方位调查；从钻探、坑探、室内外试验等多角度进行勘察。

终于万事俱备了。

2001年10月工程纵向围堰动工，2005年5月水库下闸蓄水，终于，在分水江五里亭的峡谷中，浙江省分水江水利枢纽工程"横空出世"。

　　这项工程，以防洪为主，兼具发电功能，同时兼顾灌溉、供水和旅游等综合效益。大坝是混凝土重力坝，电站为河床式水电站。坝址以上集雨面积2630平方千米，占流域总面积的76%左右。水库总库容1.926亿立方米，正常蓄水位为45米，水电站装机容量30兆瓦。

　　但伴随此项工程而来的代价是，库区被淹没，桐庐县印渚镇、临安区乐平乡的15个行政村共2420户、7000人被迁移（以桐庐为主，临安迁25户81人），工程总投资9.25亿元人民币。

　　如前述，南堡在"七五"洪水中遭受重创，只剩下一棵苦楝树，而南堡人齐心协力，又重建了美丽的家园。2005年5月28日，分水江水利枢纽工程竣工，南堡村连同灾后重建的房屋、良田、大坝、机埠，全部被淹没在坝上水域之下。1300多名南堡人，再次泪别故土，移居到桐庐全县各地。

—— 4 ——

　　分水镇三槐村，背靠逶迤青山，那山一直连绵，而村口即广阔的湖面，它是分水江水利枢纽工程蓄水后形成的。因大坝的拦截，分水江由江成湖，人们为它取了个新名——天溪湖。天目千重秀，灵山十里深，"天目"之名始于汉，有天目山、天目溪等。这眼前的湖，天溪湖，如大地巨人之双眸仰望苍穹，又如天眼倒映于明镜中。明崇祯九年（1636）十月初五的午时，徐霞客就是从保安的马岭关上下来，从这里往分水再转去桐庐的。

　　三槐村口，天溪湖边，有一家民宿很特别，它叫"水边的修辞"，显然，名字来自我的一本书。《水边的修辞》中有13个章节，其中有9个标题被直接用来做房间的名字，前8个是桐树下的茅屋、黄昏过钓台、春山、公望富春、欢喜树、乃粒、主角、羽飞，第9个是"在'美院'的日子"。民宿主人陈爱军毕业于毕浦中学，虽和我没有交集，但与我一样，对那所被称为"美院"的学校有着不一般的感情，所以，我毫不犹豫地无偿授予他使用权，我相信，情怀与经营相结合，效益一般不会差。同样是住一晚，但住哪里却有讲究。我希望，在"水边的修辞"，不仅能领略眼前的万千美好，还能将桐庐乃至整条富春江的悠久历史文化尽收眼底。

　　当江变成湖，其实，整个生态环境都在改变。天溪湖四周，都是高低相间的半岛山头，坐山临水，碧带缠腰，与"水边的修辞"一样，许多酒店民宿在此选址，借天地之景，享避世之福。

　　甲辰年底，我又一次来到天溪湖边，此地属原南堡村范围，如今已经变成著名的南堡省级湿地公园。这里是观鸟佳处，成群的中华秋沙鸭，还有红嘴鸥、鸳鸯等候鸟来这里越冬，它们与苍鹭、白鹭、斑鱼狗、红尾水鸲等众多常住鸟类一起，组成了充满生机的妙趣景象。

五、春水东流

富春江一路逶迤，自富阳长岭头进入萧山境内（黄混沙），流经西湖区双浦的东江嘴，至闻堰小砾山附近的三江口，南汇浦阳江，北合钱塘江。钱塘江环绕萧山西北、东北陆岸，经闻堰、赭山至东江闸后出境东去。

而萧山境内义桥地界的浙东引水工程，则将富春江水通过杭甬运河由杭州又送往更远的绍兴、宁波、舟山等18个县（市区）。

这个设想，在1971年的浙东地区大旱之后得到加速论证。

经过多次规划论证，浙东引水工程的总体思路确立如下：从富春江引水至萧绍宁，再通过曹娥江北线、南线，形成分源配水、分质供水的水资源配置格局，遭遇较大干旱年份时首先保证生活和重要工业用水。整个引水工程主要由富春江引水枢纽及输水河道、曹娥江大闸、曹娥江上游水库、曹娥江以东配套输配水建筑物及河道工程组成。

2003年，浙东引水工程开始逐步实施。

一江春水向东流。我在三江口，看浙东引水萧山枢纽工程。

蓝天下，灰白色的连体屋宇建筑横跨在河口，河口波平如镜，翻板闸门紧闭，富春江水随时可以通过开启的闸门"听从命令"，以每秒50立方米的速度集体上扬。富春江的水质，要远胜于其他江河，通过富春江水的水源调节，浙东沿线总体水质可以维持在二类或三类标准。

2023年3月，浙东引水通水十周年新闻发布会发布消息称，

通水十周年以来，从富春江中累计调取的水量达到50亿立方
米，约等于360个西湖的水量，惠及沿线1750余万人。

　　富春江水浙东流，沿线百姓欢欣鼓舞。听从人们调遣的富
春江碧水，可爱可敬。在我看来，即便是咆哮着的富春江洪水，
也是富春江水常见的一种自然变化形态而已。撇除富春江那一
江的诗词人文，仅就水而言，我们对她，就应该树立起足够自
觉的敬畏。

第四卷：食货志

　　富春江两岸之物产，如水稻、豆麦、蚕丝等大宗，太多，说不过来。《富春江游览志》列举的小宗，如白画眉、严滩细石、钓台枇杷、钓台茅草、碧鸡、青栗、赤松子果、清溪蟹、茶、白术、杨梅、兰、孝子西瓜、大源竹纸，也无法一一细说。

　　无数动植物，它们与人一样，都是构成富春江地理的主体。本卷"食货志"，侧重于书写生长在广阔富春江中的5种代表性鱼类，只能是窥斑见豹。《钱塘江志》中记载，富春江流域是钱塘江流域主要鱼产地，鱼类品种多达121种，分属34科，其中以鲤科最多，达58种，以富春江鲥鱼最为名贵。

一、永远的鲥鱼

1

　　春夏之交，钱塘江口，宽阔的江中，一群海鱼在嬉戏，有黄鱼、鲳鱼、鳓鱼、鲻鱼等，它们从东海而来，在这咸淡相间的水中，惬意无限。

突然，一群箭头、燕尾、窄背、宽腹的鲥鱼闯过来了，它们通体略呈苍色，银鳞闪光，肚子上都有坚甲似的鳞，此鳞如刀刃般，极其锐利。领头的鲥鱼问一头大黄鱼："听说此江上游富春江，水质清冽，食物丰富，不如我们游去富春江吧？"大黄鱼点头，又摇头，问话的鲥鱼疑惑了："黄老兄，您这是什么意思呢？"大黄鱼急忙答："富春江确实美丽，文人们那般这般称赞，但听说那里急流险滩多，江中又多乱石，听听都吓坏了。"鲳鱼也凑过来搭腔："黄老兄说的没错，我也不敢往上游，头本来就小，身体还扁，经不起那些乱石的挤压。"

问话的鲥鱼似乎有些泄气，但它身后的鲥鱼们却摩拳擦掌，似乎要与富春江的急流和乱石斗上一斗。此时，鲻鱼们也高呼口号："鲥鱼大哥，我们一起去富春江吧。"于是，一群群神情激昂的鲥鱼、鲻鱼，分队向富春江奋力游去。而与此同时，黄鱼、鲳鱼之流，则在钱塘江口溜达了一番后，被吓回东海里去了。

为了安全起见，领头鲥鱼决定，先深潜，贴着水底游，少吃少喝，待到合适的江段，再浮游，掠取食物。富春江果然水质清澈，两岸逶迤，青山倒映着的影子便是鱼儿游行的背景插图；那强烈的阳光，甚至可以穿透到水下数米，使水温保持在20至30摄氏度，真是生活的天堂啊。合适的时机到来了，鲥鱼们迎来了爱情的"高光时刻"。飞翔在蓝天中的鸟儿，也羡慕水下鲥鱼们的生活：雄鲥鱼，三五成群，在追逐着雌鲥鱼。那些受精成功的鱼卵，一路被水流激荡，不用过多少时日，就会孵化成小鲥鱼。

鲥鱼们不遗余力地向富春江游去，游到桐庐段的漏港滩附近时，早已被江中乱石撞得晕头转向。终于游到严子陵钓台江段，鲥鱼们这才决定安顿下来，开始享受悠闲生活。有时它们会互相瞪眼，有点惊奇：咦，你额上怎么有红点呀？

四五个月后，约在秋末初冬，富春江中的水温降到16摄氏度左右，领头的鲥鱼感觉有些不自在，仔细一琢磨，这逍遥生活也享受得差不多了，那些小屁孩也长到寸长，该带它们回东海老家了。带头大哥一声令下，全体大小鲥鱼，即刻顺原路返回大海。

呵，各位看官，上文自然是虚拟的传奇。

不过，鲥鱼从富春江中来回，确实是依固定的时间、固定的线路，且方向都是固定的。它们甚至会从富春江再沿兰江，远行至兰溪、金华、衢州，而朝北的渌渚江、分水江及梅城往上的新安江，几乎没有鲥鱼的踪迹。

鲥鱼以富阳、桐庐的富春江水域最多，在富阳境内捕获的鲥鱼被称为"春江鲥鱼"，因体内海水尚未完全泄出，其味不是最美。而洄游至桐庐境内的鲥鱼，开始浮出江面吸食浮游生物，它们的生理机能也已经成功转换，故桐庐境内捕获的鲥鱼，味道特别鲜美，尤其是游过漏港滩后的鲥鱼，其额上有一红点，被古人誉为"严州美鲥"，这就是鲥鱼中的极品了。

2

其实，中国有鲥鱼的地方不少，历史上长江、珠江、钱塘江流域都有。鲥鱼、河豚、刀鱼，素称"长江三鲜"。史籍记载，中国人自汉朝始吃鲥鱼，宋朝最兴。

苏东坡曾作诗咏鲥鱼：

芽姜紫醋炙银鱼，雪碗擎来二尺余。
尚有桃花春气在，此中风味胜莼鲈。

梅尧臣也曾作诗咏鲥鱼：

四月时鱼逴浪花，渔舟出没浪为家。
甘肥不入野师口，　把铜钱趁桨牙。

郑板桥有诗云:

扬州鲜笋趁鲥鱼,烂煮东风三月初。
为语厨人休斫尽,清光留此照摊书。

　　两尺长的鲥鱼,别去切断了,整条烤熟后摆在长长的雪白
瓷盘中,搭配鲜嫩的姜丝和上乘的红醋。鲥鱼可是伴着桃花的
春汛、踏着江浪而来的,身上似乎带着春的气息,味道要远胜
过鲈鱼!那些吃客,吃过鲥鱼,抹抹嘴,直喊着还要吃。江南,
吃鲥鱼的季节,正是鲜笋大量上市的时候,郑板桥吩咐厨师:
笋烧鲥鱼,不过,笋不要多用,还要留着长竹呢,我喜欢在竹
荫下读书。诗人梅尧臣,却看着渔人捕鱼的场景摇头感叹:你
们不知道渔夫打鱼的累与苦吧,他们虽终年打鱼,却舍不得吃
鱼,更不要说这么名贵的鲥鱼了,换钱,多换些钱吧,温饱要
紧。是的,无论卖鱼还是卖炭,渔翁与炭翁的命运都是一样的。
这些诗句,我推测大多描写的是长江鲥鱼,但富春江水质要远
优于其他江,鲥鱼的品质自然更为上乘。
　　严子陵选择隐居于富春江边的富春山下,我猜测,十有
八九,他喜欢吃鲥鱼。
　　南宋周密曾在《武林旧事》中描写鲥鱼季的盛况:

每五月,富春江上鲥鱼最盛,渔人捕得,移时百里达于
城市。

　　清代浙江人陆以湉在《冷庐杂识》中，这样说鲥鱼的名贵：

　　杭州鲥初出时，豪贵争以饷遗，价甚贵，寒窭不得食也。凡宾筵，鱼例处后，独鲥先登。

　　鲥鱼们其实是来寻找产卵之地的，那些小鲥鱼出生在淡水里，却主要成长于大海中，它们在洄游的过程中，大部分成了人们餐桌上的佳肴，而如上文所叙述的，能回到大海的大小鲥鱼，只是少数。如此极品的鲥鱼，自然会有很多神奇的传说，因而诗文中，鲥鱼也往往是主角。

　　鲥鱼成了身份的象征，如前文所言，桐庐、富阳一带的鲥鱼一出水就会被送往杭州城中，成为权贵餐桌上的佳肴。远距离怎么办？那也可以"一骑红尘妃子笑"，八百里加急。明朝沈德符的历史笔记《万历野获编》就有相关描述：去往京城的贡船，装的都是各类吃的用的。其中干货几个月后运到也没有问题，鲥鱼，最麻烦。鲥鱼出水即死。按要求，每年五月十五开始，从南京进鲜，因七月初一，太庙要祭祀，故六月下旬，必须到京。

　　鲥鱼捕上后，运输的船只昼夜行驶，每停一个码头，立即换冰。即便这样，鲥鱼仍然臭不可闻。夏天北上的时候，靠近运鲥鱼的贡船，臭鱼的味道令人作呕。鲥鱼运到京城，加以各种美味佐料，做成珍馐。皇帝将其赐给朝臣，大家虽然一再谢恩，却不敢下箸，因为太臭了，味道太怪了，但大臣们能不吃吗？吃着吃着，也就习惯了，以为鲥鱼就是这个味道。

有个宦官到南方任职时，正值吃鲥鱼的时节，有一天，他将厨师叫来，大骂道："怎么回事？为什么不烧鲥鱼给我吃？"厨师很委屈："长官，我每餐都做给您吃的啊！"宦官怒而不信，厨师将鲥鱼指给他仔细看，宦官很惊讶："这鱼的形状倒是很像，但为什么闻不到臭味呢？"

这桩轶事，被南方人传为笑谈，闻之无不捧腹。为了彰显奢侈或者富贵，却要让味蕾作出牺牲，直至麻木，这也算一种惩罚吧。

这条笔记，如果和下面这首《富春谣》对照起来读，一种辛酸感油然而生。此民谣为明朝正德年间巡查富阳的浙江佥事韩邦奇整理收集：

富阳江之鱼，富阳山之茶。鱼肥卖我子，茶香破我家。采茶妇，捕鱼夫，官府拷掠无完肤。吴天胡不仁，此地亦何辜！鱼胡不生别县，茶胡不生别都。富阳山，何日摧！富阳江，何日枯！山摧茶亦死，江枯鱼始无。山难摧，江难枯，我民不可苏！

明清时期，富春江鲥鱼、茶叶都要岁贡。这情景，与柳宗元《捕蛇者说》中所提及的是一样的，苛政猛于虎，各级官吏借岁贡层层加码，横征暴敛，百姓灾难深重。韩邦奇算是正直官员，他将此谣写入奏折，希望朝廷"裁减鲜贡额"，不想却触犯龙颜，被削职为民。

3

不少风俗文化因鲥鱼而诞生。

比如吃鲥鱼。

清蒸，大约是最佳的烹饪方法。元代苏州人韩奕的《易牙遗意》记有清蒸的方法：从中对剖鲥鱼，去内脏，洗净，沿脊骨剖成两片（鱼小背部相连），不能去鳞，用洁布擦干。将鲥鱼鳞面朝下，放入盘中，其上再放熟火腿片、香菇、笋片，撒上葱白、姜丝等。鱼身上抹过猪油，再倒进适量黄酒，上笼，或隔水，用旺火蒸熟即可。

在清末女中医曾懿的饮食笔记《中馈录》中，"蒸鲥鱼"相对简单：将去肠而不去鳞的鲥鱼，加上花椒、砂仁、酱、酒、葱，蒸熟以后去鳞即食。

说鲥鱼，都会说到鲥鱼的鳞，这是因为它的脂肪就储存在鳞片中。鲥鱼仿佛也知道自己鳞片的重要性，渔民捕鲥鱼，通常都用丝网，丝网并不重，但因为鲥鱼惜鳞，一旦触鳞，它就一动不动，因此，即便10多斤重的鲥鱼，轻巧的丝网也能网住。苏东坡就称鲥鱼为"惜鳞鱼"。

比如送鲥鱼。

《桐庐县志》记载：清朝及民国时期，渔民每年捕获的第一尾鲥鱼，都要奉献给县官，冀得厚赏，并视为光彩，这成了桐庐一带的风俗。

这风俗，倒不是讽刺县官的权威与贪婪，反而显示出某种民间智慧：按民国时的规矩，收到第一尾鲥鱼的县长，必须赏十块银洋，但渔人仅得五块，另外五块就落入送鱼人的腰包了。即便如此，这个价格也还是远远高出市场价的，因此，渔民也乐得将第一尾鲥鱼送出。到了捕鲥鱼的时节，有人在江面上捕到第一尾鲥鱼，连撒在江中的渔网都顾不上收，便急急忙忙朝县城方向去送鱼，生怕第一尾的"头功"被人抢了去。

70多岁的桐庐人许马尔，祖辈都是富春江上的船民，他喜欢搜集整理渔文化方面的故事，他给我讲了送鲥鱼的几个故事，听着新鲜：

1949年5月初，桐庐刚解放几天，正是鲥鱼上市时。第一尾鲥鱼捕获后，有渔民立即送往新成立的县政府。新任县长王新三无论如何也不肯接收，人们告诉他这是桐庐的风俗，他才接过鲥鱼，然后拿出钱让人去买了热水瓶、脸盆等生活用品，回赠给送鱼人。

桐庐城关运输社船民许关智，20世纪50年代末回到窄溪渔业队捕鱼，头三年的第一尾鲥鱼都是他捕获的。第一年送鱼邀赏，得到一个铝合金锅，第二年得到一只铝合金热水瓶，他都孝敬给母亲了，第三年得到的生活用品才留着自己使用。

比如谚语。

"鲥鱼不到七里泷滩不转头。"富春江水域桐庐七里泷一带，水质纯净，滩多潭多，为春夏之交鲥鱼最佳产卵场所。

"农历四月半，南洋鲥鱼来，五月中旬北洋鲥鱼来，继之黄嘴鲥鱼来。"农历四月至六月，鲥鱼陆续从南洋、北洋进入内河产卵，黄嘴鲥鱼最后到达。

4

然而，如今富春江鲥鱼已经绝迹30多年。

此前，不少数据都表明，鲥鱼虽名贵，但上市时期，人们依然可以大享口福。1936年，钱塘江流域捕获鲥鱼达175吨。1959年，桐庐县收购鲥鱼300担。之后，统计单位由担变成了千克。1971年，桐庐收购鲥鱼1281.5千克。10年后的1981年，桐庐仅捕获可怜的10千克鲥鱼。1982年，桐庐仅收购8条鲥鱼。1989年，桐庐水域捕获最后一条鲥鱼。作家李杭育的小说《最后一个渔佬儿》被改编成电视剧，剧中那尾鲥鱼就是富阳水域1992年捕获的最后一尾。

富春江鲥鱼的消失，最主要的原因有两个：一是水利工程的影响，二是水质被严重污染。

富春江上游有新安江水库，中游有富春江水库，而鲥鱼最佳产卵地——子陵滩产卵场被水库淹没，水电站大坝阻隔了它的洄游通道。电站以下排门山至河湾江段，因水温降低、流速变低，已不适于鲥鱼产卵。

在建造富春江水电站的时候，设计者或许已经考虑到这个问题，特地建设了一条特别的鱼道，但事实上，只有鳗鱼能够进入鱼道上溯至水库，而其他的鱼都没能找到或游过鱼道。20世纪70年代的前六七年，桐庐、富阳两地的富春江水域每年依然还有较大的捕获量，但后来，富春江沿岸工矿企业的大量污水排放，加速了鲥鱼绝迹。

鲥鱼的消失，不仅仅是一种美味的消失，更是对人类的严重警告。

富春江由新安江汇合兰江逶迤而来，它一直往下流，汇向钱塘江，继而奔往东海。住在江两岸的人们，受惠于江，对由江产生的几千年悠久而深厚的文化更是深深着迷，我们现在如此怀念鲥鱼，其实是对文化的一种追忆与向往。

每当我伫立在江边，看着汩汩流淌的江水，就会心平气和，浮躁之心顿除。这江啊，她流了几万几十万年，实在是我们赖以生存的根本。富春江的鲥鱼还会回来吗？会的，我这样想，一定会的。

富春江的激流，堆积出了九里洲、洋洲、桐洲、王洲、东洲、五丰洲等那么多美丽的沙洲，沙洲上充满了肥沃的冲积土壤，人烟稠密，鲜花盛开，万物生长。富春江为我们提供了丰富的鱼类水产，随着我们使用河流的方式越来越科学合理，我相信河流的生态系统终会恢复。到那时，领头鲥鱼就会带着大部队，再次每年定时定向，溯富春江而上。

二、子陵鱼咏叹

1

严子陵其实叫庄子陵，就如他生前不知道后人避汉明帝刘庄讳改其姓一样，他也不知道有一种鱼日后会被叫作子陵鱼。子陵鱼的学名曰"普栉鰕虎鱼"，体细长，不盈寸，每年的7月至9月，它们成群结队，沿富春江上溯至子陵滩一带聚集，故得名。

　　旧时，桐庐渔民称子陵鱼为"朝天眼虾虎鱼"。如果将子陵鱼放大观察，就会发现，雄性鱼在繁殖季节，通体呈鲜艳的米黄色。此鱼的一对腹鳍可愈合成吸盘状，遇急流时，会紧紧地吸附于石壁之上，昂着头，眼睛突出，似乎朝天望，而它们细如针尖的体形又如小虾，故有此称呼。

　　清乾隆二十二年（1757）的《桐庐县志》如此记载子陵鱼及其捕捞方法：

　　（子陵鱼）出严陵濑，五六月间渔者布网于江湾大滩两岸，日中群浮水面，就而捕之，形如细针，风味不减莺脰湖银鱼。

　　莺脰湖在苏州的吴江平望镇，相传是春秋时越国大夫范蠡所游的五湖之一，极有名。该湖出产的银鱼，色白而小，其味鲜美，尤其宜作羹。春末夏初及秋季为捕捞汛期，黄梅季节收获最多，河道急水滩处，可以密眼网张捕，渔民则用大网在湖中捞捕。将子陵鱼与莺脰湖银鱼相比，实在是因为它们的体型与品质太相似，连捕捞方法都差不多，只是子陵鱼产于激滩活水，而莺脰湖银鱼生活在相对稳定的湖水中。

　　如此细小的鱼类，它不仅仅是富春江一带的特产，还广泛分布于中国的其他地方，朝鲜、日本、越南等国的江河水域也有。

　　南宋范成大的笔记《桂海虞衡志》中的"志虫鱼"曾记载，

漓江也有此鱼，不过其被称为"虾鱼"：

> 虾鱼，出漓水，肉白而丰味，似虾而松美。

每年的农历五六月份，在子陵滩上下游地段的浅滩河湾，如桐庐的漏港滩、建德的乌石滩等水域，渔民用麻布网、鱼帘等竞相捕捞子陵鱼，一天可得数十斤。子陵鱼可以鲜食，但晒干干烧或作羹，则独具风味。阳光强烈，渔民将捕捞的新鲜子陵鱼摊开晒在竹席上，不断摊翻，两天即可晒成有些坚硬的鱼干；如遇连续阴雨天，则要用大铁锅，微火烤干，如此才能长久保存。一般来说，每六七千克鲜鱼，可制成一千克左右的鱼干。子陵鱼鱼干，细小如米粒，肉质细嫩，味极腴美。

子陵鱼的烧法多种多样，常见的有红烧、扒烧、焖烧、干烧等数种。

20世纪90年代初，我在桐庐县城工作，还经常能吃到子陵鱼。我比较喜欢吃干烧的子陵鱼，加入切碎的小青椒和碎肉沫炒好，没夹几筷子，半碗饭已落肚中。

干烧子陵鱼成为桐庐的一道名菜。

许马尔在《桐江渔韵》中，详细介绍了子陵鱼独特的干烧法：旺火，先在炒锅内放入菜油，油至六成热时，将子陵鱼投入锅，并加入肉沫，略煎炸，再加辣椒、酱油、黄酒、食盐、白糖等调料颠翻，烧熟即可起锅。

"子陵鱼，加皮酒，喝得太白不放手。"（富春江鱼谚）在富春江畔的一间酒馆里坐定，点一盘干烧子陵鱼，再要几两建德严东关五加皮酒，菜色酱红，酒色醇厚，窗外夜幕垂碧波，是美味，更是文化。仅是想象，口水就要流下来了。

～～～2～～～

既起名子陵鱼，那么，这细小如银针的鱼，便不只是味道好那么简单了，它被注入了文化。自然，它一定与严子陵有关。

清代著名文学家、杭州人吴锡麒，著有大量的骈文及诗歌，曾出版《有正味斋诗集》，还写过笔记传奇《渔家傲》演绎严子陵的故事。有关子陵鱼，他在诗中是这样写的：

更比银鱼小，来逢五月时。
上滩争一雨，出网罥千丝。
匕箸情何忍，烟波味可知。
高名肯相借，钓竹莫轻垂。

我似乎听见了诗人深深的叹息声。

子陵鱼啊，你那么小，那么细，你乘着五月的东风而来，你争着富春江的急流而上，可是，等待你们的却是致命的细网。那些吃客呀，你们只知道子陵鱼味道好，却不知它们也是鲜活的生命呀。名为子陵鱼，子陵见了一定会伤心的，我们为何要去伤害那么脆弱的生命呢？向严子陵学习吧，简朴生活，尊重生命，赶紧放下你手中的渔具吧！

清人徐钠，用一阙《簇水》词，来咏子陵鱼：

　　半寸银花,桐江上番春风起。高台坐钓,不信是、为伊投饵。还似羊裘残氄,卷共杨花坠。迎浪花、千头针细。真好事,千载下、鳞鳞白小,谁为注、先生字。冰衔弹铁,喜乍见香羹至。想像梅家仙耦,举案耽风味。更不用、戏赌金盘鲤。

　　严光节,钓台风,子陵鱼,馋嘴人,丑陋像,古人的诗词在对比中表达对子陵鱼的咏叹。

　　与鲥鱼一样,子陵鱼变得罕见。我在杭州工作生活的20多年时间里,每次回桐庐,在餐馆吃饭时总是不死心,常问有没有子陵鱼,却是再也没有吃到过了。

　　癸卯年底的一次采风,我与全国各地的一批作家一起在富春江边的一家大餐厅吃"春江全鱼宴"。我先看菜单,居然有"子陵鱼",一阵兴奋,待端上来一看,却是一盘红烧的小型棍子鱼。外地作家们吃得兴致勃勃,说鱼肉质细嫩,无刺,味道好,我心里只有苦笑。子陵鱼自20世纪五六十年代起,产量从每年的几百担逐渐减少,直到现在已不见踪影,除了叹息,我不知道再说什么好。

　　我总是念叨着子陵鱼。前几日,一位朋友说,他新近吃过子陵鱼,在分水江边的一家餐馆,也是运气好,只有一小盘,是主人抓来准备自己享受的。我与他就子陵鱼的形状仔细探讨,基本确定,他吃的应该就是我念叨的子陵鱼。不过,我心中还是有疑问,哪里捕到的?如果只有一小群,为什么要捕它?还是不敢打电话询问,我怕那不是原来的子陵鱼。

　　其实,对我而言,享受美食,已经不重要了,重要的依然还是那一份牵挂。当一样事物离你而去，再也回不来时，你才会觉得它重要，可是，它只能存留在你的记忆中了。

三、文艺的鲈鱼

~~~ 1 ~~~

我猜测严子陵选择富春山隐居，可能是因为富春江那段水域的鲥鱼大多是极品，但韦庄想的和我不一样，他推测，严子陵最喜欢的还是鲈鱼。

钱塘江尽到桐庐，水碧山青画不如。
白羽鸟飞严子濑，绿蓑人钓季鹰鱼。
潭心倒影时开合，谷口闲云自卷舒。
此境只应词客爱，投文空吊木玄虚。

韦庄这首叫《桐庐县作》的诗，开头两句最著名，常常被桐庐人自豪地引用作广告用语，颔联和尾联则将严子陵垂钓的场景与内心的思想写深刻了。

韦庄虽中年生活潦倒，但他的诗情才情却是风发泉涌的。《桐庐县作》一诗大约写于唐光启四年（888），这一年他因躲避战乱而到南京小住，又南下经安徽当涂到苏州，再转湖州，经桐庐县，向东再到绍兴、宁波。韦庄这一路行来都有诗作，过桐庐县作的这一首最为著名。

诗中用的"季鹰鱼"典故也非常有名。

"季鹰鱼",就是鲈鱼。吴郡（今江苏苏州）张翰,字季鹰,是西晋著名文学家。彼时,张翰在洛阳做官,秋风吹起时,他就开始思念家乡的莼菜羹和鲈鱼脍,并用文字表达了自己的强烈愿望:人要遵从自己的内心行事,怎么能为了一点点的名利而羁绊在离家数千里之外的地方当官呢!他忘不了家乡的莼菜羹,更忘不了鲈鱼脍。我们现在常用"莼鲈之思"表达思念家乡的这种情绪。

张翰吃的鲈鱼,多半是松江鲈,属鲈鱼中的名品。

唐代刘餗的笔记小说《隋唐嘉话》里有这样的记载:

> 吴郡献松江鲈,炀帝曰:"所谓金齑玉脍,东南佳味也。"

金齑玉脍,其实就是将松江鲈切成生鱼片,蘸着调料吃。松江鲈,鱼肉洁白如玉,粟黄齑料,色泽金黄,鱼肉蘸料,美味加倍。

而富春江流域的鲈鱼,属白鲈,因白底黑花得名"花鲈",它也是与富春江的文艺气质匹配度最高的一种鱼。

富春江鲈鱼

白鲈的这种文艺气质，应该是范仲淹赋予的：

江上往来人，但爱鲈鱼美。君看一叶舟，出没风波里。

我在《水边的修辞》中写过，我教儿子陆地的第一首古诗就是《江上渔者》。彼时，我刚从毕浦中学调到县委宣传部工作，政府安排的房子还没轮上，就临时租住在马家埠。春夏秋之清晨，站在阳台上，常见富春江的江面上雾气蒙蒙，时有小舟出入，我知道，那是渔民在收网。渔民一般半夜放网，凌晨收。看似平静的江面，其实有浪，渔民乘一叶小舟，真的是浪里来，浪里去，赚几个钱辛苦至极。不过，这样的场景却是活生生的白描。我常指着江上小舟出没的画面，给刚上幼儿园的陆地解读此诗，解读虽然浮于表面，却也是范仲淹诗意的生动再现。

范仲淹在睦州只住了短短八个多月的时间，但其诗中竟然多次写到鲈鱼，比如"铜虎恩犹厚，鲈鱼味复佳"（《谪守睦州作》）、"不道鲈鱼美，还堪养病身"（《出守桐庐道中十绝》）。我知道，他不仅仅是写鲈鱼的味美，更是表达一种莼鲈之思。

南宋淳熙二年（1175）六月，范成大到了成都，任四川制置使，这是该地区的高级军政长官。范成大的到来，给陆游的工作和生活带来不少信心，甚至可以说是莫大的希望，因为范成大虽不是主战派，但主张显然与那些主和派完全不一样。

但显然，陆游有点兴奋过头了。作为朝廷委派的镇守大员，范成大无疑是带了圣意来的，他无意冒进开拓，只想全力守边，维持安稳的现状。事实上，这一点范成大做到了，其在边境严密防守，加上自身的声望，边关一时无事。纸醉金迷，灯红酒绿，就成了南宋官员们的常态。

而对于陆游而言，北伐无望的失落，时时吞噬着他的内心，他极度忧虑，酒和诗成了他最好的排遣方式。羯鼓、琵琶、歌舞，俏丽的姑娘、长夜的纵饮，他一概不拒，甚至有些放荡，花赏了一处又一处，诗写了一首又一首，酒喝了一场又一场。陆游和范成大多有唱和，关系和谐，范成大让人建了个亭子，问陆游取啥名呢？陆游一想，范成大和张翰都是苏州人，就脱口而出："思鲈呀。"（《老学庵笔记》）对官员来说，异地为官，思乡归隐似乎是最潇洒的事情，但这样的生活，显然只是消极避世的托词："平生嗜酒不为味，聊欲醉中遗万事。酒醒客散独凄然，枕上屡挥忧国泪……"（《送范舍人还朝》）唯有酒，可以暂时排遣那积郁难平的未酬壮志。

2

鲈鱼与鲥鱼一样，都是洄游鱼类。春夏之交，鲈鱼无论成鱼幼鱼，都集群从钱塘江河口溯富春江而上；秋末冬初，在河口产卵；冬季返回大海。

富春江鲈鱼美，是因为水质清澈，水流湍急。如果将它们的样子以慢镜头回放，你就会观察到这样的场景：一群鲈鱼游过来了，它们体长侧扁，大小不一，体侧有条金色丝线与体背部边缘平行，散布着不规则的黑色斑点，背部青灰，腹部灰白。鲈鱼嘴巴特别大，呈撇嘴状，下颌突出，前背鳍发达，有多根锋利硬棘，后背鳍部呈浅黄色，尾鳍叉形，呈浅褐色。

如范仲淹诗中描绘的那样，鲈鱼好吃，但渔民得放长线钓，这其实是最为辛苦的一种捕鱼方式。在一根长长的干线上，系有许多等间距的支线，每根支线上都有一个鱼钩。干线、支线都用苎麻线制成，每根干线大约系有500个鱼钩，苎麻线结实，不容易断。鲈鱼喜食河虾，因此，钓鲈鱼，最好的饵料是河虾。渔民先要捕河虾，而捕来的河虾得养在有水的桶中，扎钩时，将活虾一只只扎进钓钩。鲈鱼和别的鱼不太一样，一旦咬钩，均在嘴唇处。它看似凶猛，实则无知无畏，会直接将饵料连钓钩一起吞进肚里，这就使它难以脱钩了。所以，渔民在捕获鲈鱼时，会将支线直接剪下，再换上新的钓钩。

无论是富阳抑或是桐庐，富春江中鱼儿的生活习性与钱塘江潮汐的涨落紧密相联。一个有经验的渔民，一定会识别潮汛，继而识别由潮汛带来的鱼汛，例如小潮汛是没有鱼的。所谓的鱼汛，是指鱼儿为了产卵或者繁殖，在一定时期内，集中于某一水域。那时捕捞，常常十网十满。而不同种类的鱼，因为生活习性不同，形成鱼汛的时间也不一样。

每年的九月、十月，是桐庐、富阳富春江水域野生鲈鱼的捕获旺季。但也有例外，据《富阳日报》报道，2009年4月，富阳一钱姓渔民，在杭新景高速出口附近的江面上，一网捕获750多斤白鲈鱼。

再回到之前说的松江鲈。

据《上海鱼类志》相关资料记载，20世纪60年代，一个捕捞大队在一个半月内，就能捕获5000千克以上的松江鲈。但到了70年代，松江鲈已经是一鱼难求。到了80年代，松江鲈几乎绝迹。

然而，20世纪七八十年代，在富春江流域的桐庐、富阳段却发现了少量松江鲈。这说明，富春江水域也适合松江鲈的生长。

《都市快报》2023年3月报道：2009年，钱塘江富阳段设立了松江鲈省级水产种质资源保护区。富阳区农业农村局相关工作人员介绍，整个浙江范围内野生捕获的松江鲈是不可食用的。只要渔民捕捞到了松江鲈，必须马上放回原水域，否则会处以2～10倍价值的罚款。按照《水生野生动物及其制品价值评估办法》，每条松江鲈评估价是500元，如果被发现捕捞、售卖、食用（松江鲈的），最高可按照每条5000元处罚。

2019年，浙江省规定，每年的3月1日至6月30日，钱塘江流域实行禁渔期制度。该制度规定，在鱼类的繁殖期和幼鱼的生长期禁渔。为该水域的鱼留4个月让它们休养生息的时间，总要好过对其全年无休止的捕杀。我的《笔记中的动物》的主题词是："我们和动物在同一现场。"动物与人类之间存在着相互依存的关系，某种动物的消失，短时间内或许不会对人类产生大的影响，但倘若其消失的时间长久，难免会引发不良后果。有这样一句评价蜜蜂的话："如果没有蜜蜂，人类只剩下4年的光阴。"

我相信，只要节制有度，在不久的将来，富春江清澈的水中，白鲈、松江鲈与其他鱼类就会互相追逐游戏，这也应该成为日常风景。

2024年8月18日清晨，窄溪渔业村的徐晚仙在电话里对我说，他们今晨渔获不多，多是一些毛鲚鱼，但有两条白鲈还不错。我连连说给我留着。在车后备箱里放了个桶，我就从书院出发了。二十分钟后，到了指定地点——富春江边窄溪大桥下的一个渔码头。七八条小船泊在水边，有几条船上的渔民正往岸上搬鱼，徐晚仙的船是其中一条。我递过桶，她从舱中水池里捞出两条白鲈鱼，还往桶中放进几条红珠鱼，白鲈鱼110元一斤，红珠鱼是送我的。车往回开时，我将桶放在副驾驶位前卡着，桶内不断传出噼里啪啦的声响，那白鲈鱼激起的水花，都溅到了挡风玻璃上。

前一晚我问过瑞瑞："明天早晨我要去江边买鱼，你喜欢吃什么鱼？"她回答的声音很大："没刺的鲈鱼！"

四、渔歌子

为了张志和的那阙词，我必须写一下鳜鱼。

～～1～～

唐开元二十年（732）正月初一，长安城，翰林张游朝的府第，当寒冬的太阳将整个院子照得暖洋洋的时候，一阵阵有力的男婴啼哭声令整个张府喜悦溢满，夫人为张游朝诞下一子。这个孩子，起初名叫张龟龄，因张母在怀子时，曾梦见一位仙人带着一只神龟并让她吃下，遂取此名。

张龟龄的祖籍为浙江婺州（今浙江金华），这儿本就是个人文荟萃之地。而张龟龄生长在翰林家庭，其舅舅李泌，更是唐朝知名人物。张龟龄自三岁时开始读书，且过目成诵，六岁就能作文章，自然被视为神童。

七岁那年，张龟龄去父亲的翰林院玩，一群大学士来考他，他居然没有被难倒。此事传到唐玄宗李隆基的耳朵中，皇帝也很感兴趣，想见见这位小才子。后来一测试，这位小才子果然不同凡响，于是皇帝宣布了一个特别的决定：小才子，你以后就留在翰林院和大人们一道读书吧。到了十六岁，少年张龟龄毫无悬念地明经及第。在大唐王朝，这个年纪就明经及第，那是一件非常了不得的事情，太子李亨为少年张龟龄改名志和。安史之乱后，二十出头的张志和就已经被唐肃宗（即李亨）提拔，享正三品待遇了。

但没多久，张志和却因一个建议得罪了皇帝，并受舅舅牵连，被唐肃宗贬为偏远地方的九品县尉。紧接着，张志和的父母先后去世。三年守孝刚结束，妻子也病故了，张志和顿感人生无常，遂弃官弃家，开始了山水间的隐居生活。

吴楚秀丽的山水，彻底激活了张志和卓越的文艺才能。诗词、书画、音乐，张志和恣意挥洒。诗、禅、茶、儒、释、道，在湖州的西塞山一带，张志和、陆羽、皎然常化身为钓翁、茶翁，悠闲游于江湖。在花竹掩映、流水环绕的茅屋，他们伏案书写的身影亦使山野增色。

唐大历七年（772），颜真卿到湖州任刺史，张志和的精神世界似乎一下子又丰富了许多。次年春天，颜真卿组织编写的大型音韵学巨著《韵海镜源》成书，他组织了一场类似兰亭雅集那样的文士聚会。暮春时节的西塞山前，春风习习，春水初涨，桃花怒放，鹭鸟飞翔，酒酣处，张志和词兴勃发，《渔歌子·西塞山前白鹭飞》一挥而就：

> 西塞山前白鹭飞，桃花流水鳜鱼肥。
> 青箬笠，绿蓑衣，斜风细雨不须归。

张志和不仅词文好，也擅长山水画。据说，他还将此词绘成了画。苍岩，白鹭，桃林鲜艳，流水清澈，鳜鱼肥硕，连斗笠和蓑衣，都被山水染成了青色，生动的水乡春汛图，跃然纸上。

但《唐书·张志和传》却提供了此词写作的另一个版本：

> 志和居江湖，自称江波钓徒，每垂钓不设饵，志不在鱼也。宪宗图真，求其人不能致。尝撰《渔歌》，即此词也。单调体，实始于此。

两种说法，其实并不矛盾。不管怎么说，西塞山出名了，《渔歌子》词牌诞生了，当然，还有那鳜鱼，跻身中国名鱼的图谱，也正式进入名菜行列。

张志和的《渔歌子》影响太大了，苏东坡、黄庭坚等人都成了他的粉丝，连日本的嵯峨天皇，都仿写了多首《渔歌子》。

~~~ 2 ~~~

桐庐县城大奇山路，有一家两层的酒楼，名曰"渔歌子"。其门楼上，还有一句气势磅礴的广告语："不负江南三千年。"想来，江南人吃鳜鱼，估计已经有三千年的历史了，虽无法考证，但谁也反驳不了。一楼门厅内，店家将"渔歌子"当作横批，左右两联自然就是张志和词开头的两句了。

当书院来了外地作家，我大都请他们去"渔歌子"，可以好好品尝富春江的鱼鲜。这家店的招牌菜就是鳜鱼，红烧还是清汤，随客人口味。

每次走进"渔歌子"，我们总要引导小瑞瑞念念张志和词开头的那两句。她不太识字，但店名她已熟悉了，张志和的词她也基本会背，"西塞山前白鹭飞，桃花流水鳜鱼肥"，西、山、白、花、水、鱼，这几个字，瑞瑞差不多都会认了。待瑞瑞用高八度的童音，一字一句念完，我们就点第一道菜——清汤煮鳜鱼。一大锅鳜鱼上来后，先喝汤，其鲜美引出"啧啧啧"的赞叹，再从鱼背上夹下一块给瑞瑞。鳜鱼基本无肌间刺，适合老人和小孩吃，它肉质紧致，且丰腴细嫩。鱼的肉质紧致与否，是我用来判别鱼是野生还是养殖的主要方法。桌子转过一轮后，锅中的鳜鱼差不多就剩头与尾了。

鳜鱼，因这个"鳜"字比较难写，也容易读错，古代的庖厨、鱼贩子写不出，就写成"桂鱼"。鳜鱼还有不少俗称，比如"季花鱼"，桐庐人的方言中，也有叫"鲐花鲈鱼"的。鳜鱼体扁，腹宽，嘴巴大，鳞片细，黑点斑纹，属于淡水中的凶猛鱼类，常袭食鱼虾，故也有人叫它"老虎鱼"。

按张志和的描述，春季是鳜鱼最肥的时节。其实，鳜鱼在每年的三四月份产卵，此时鳜鱼的肥硕很大程度上是由于有鱼籽。真正的肥美，却要等到由春入夏，甚至过了整个夏季，到了秋天，才"时值秋令鳜鱼肥，肩挑网箱入京畿"（清人诗作）。

秋令时节，第一次回山阴故乡隐居的陆游，也常常因这样的田园生活迷醉：

正当九月十月时，放翁艇子无时出。

船头一束书，船后一壶酒。

新钓紫鳜鱼，旋洗白莲藕。

（《剑南诗稿》卷十一《思故山》）

暖阳与小舟，诗书与老酒，鳜鱼与莲藕，人生夫复何求？绍兴鉴湖的鳜鱼也是精品，清时还成为皇家贡品。鳜鱼喜欢水质清新的江河湖泊，而富春江水域的鳜鱼，则主要分布在富春江水库及以下的大部分水域。于是，富春江两岸的人们就有口福了。

每次回桐庐，去餐馆吃饭，我点的第一、第二道菜都是鲥鱼、子陵鱼，当然，是在心里默默地点的，这似乎是一种仪式。随后必点的有鳜鱼、鲈鱼，点菜的时候，张志和、范仲淹的形象就在脑中一闪而过。除此之外，还要点一盘天下第一好吃的生粉圆子，不过，一定要像我妈那样做的才行。

附记：

明日（2024年5月11日），毕浦中学要举行陈爱军校友捐赠《水边的修辞》仪式，爱军电联我，说相关人员在"双陈记"晚餐聚会，想讨论一下细节，我立即吩咐：给我加一品锅鳜鱼，浓汤煮。

五、鲂之歌

～1～

2700多年前，陈国，一个春夏之交的傍晚，夕阳躲进地平线不久，明亮的圆月就悄悄爬上了柳梢。

城门下，寂静无声。一对青年男女紧紧地拥抱在一起，两人卿卿我我，甜甜蜜蜜。长时间过去，两人依然激情难抑，于是手牵着手，来到郊外的河滩边。茂密的青草地，用它们的无限柔软迎接着这对青年男女，哗哗的流水，见证了男欢女爱。小伙拥着温软的爱人，陶醉之至，发表了一段深刻的爱情宣言：

岂其食鱼，必河之鲂？岂其取妻，必齐之姜？
岂其食鱼，必河之鲤？岂其取妻，必宋之子？

吃鱼何必一定要黄河中名贵的鲂与鲤，娶妻又何必非齐国、宋国的公主小姐不可？只要两情相悦，谁人不可以共度韶光？

　　没想到，这首出自《诗经·陈风》中的普通爱情诗，却被郭沫若认定是一位潦倒的破落贵族所作，含有阿Q式的自我安慰精神：他本来有吃河鲂、河鲤的资格，但落魄后，吃不起了。他本来有娶齐国、宋国美女的资格，但贫困了，娶不起了。吃不起，娶不起，偏偏还要说几句漂亮话，这正是破落贵族的根性，我们在现代也随时可以看见。

　　是安贫乐道式的自我安慰，还是发自内心的感叹，抑或是破落以后的讽刺与愤懑，在这里不作讨论，各自皆有一定的道理。我想讨论的是，诗中的喻体——名贵的鲂鱼。

　　鲂鱼，其实就是我们现在常吃的鳊鱼，银灰色，腹部隆起，是常见的淡水鱼类，类似的还有三角鲂、团头鲂等。鳊鱼身短肥壮，肉质细嫩，是鱼中的上品。

　　富春江中的鳊鱼，大致有三种，即圆头鳊鱼、三角鳊鱼和草鳊鱼。三种鳊鱼中，以草鳊鱼味道最佳，它被桐庐渔民称为"像鲢鳊鱼"，意即像鲢鱼一样的鳊鱼。

　　鳊鱼的生活习性是集群越冬。在桐庐富春江水域，关于鳊鱼，渔民中流传着一句俗语："窄溪多鳊鱼。"秋冬季节，窄溪段的江中，鳊鱼多得就像去那里开鳊鱼大会一样。有数据表明，20世纪50年代中期，窄溪江域，曾有一网捕获三千多斤鳊鱼的记录。近年还时而有渔民一网就捕获几百斤鳊鱼的新闻。鳊鱼不像别的鱼类，冬休后食欲消减、体内脂肪减少，鳊鱼们在冬天可谓是"入冬之鲂，美如牛羊"。

　　每年的四月至六月为鳊鱼产卵季，桐庐富春江水域内，漏港滩、放马洲、舒湾滩一带，鳊鱼集中产卵。江面上，经常可以见到白花花的鳊鱼成群溯流而上，场景甚是壮观。

~~~~~ 2 ~~~~~

　　说起鳊鱼，许马尔眉飞色舞，他直赞鳊鱼味美胜于鲥。

　　许马尔的爱人，曾被下放窄溪古城村。他说，20世纪70年代中期，每逢周日，他与爱人都要去窄溪古城村休息。许马尔爱人的表叔在窄溪公社工业办公室工作，每逢到表叔家做客，表叔都会买上一条三四斤重的鳊鱼，然后请许马尔烧桐江醋鱼。

　　而许马尔的拿手好菜就是鳊鱼的"一鱼两吃"。他坐在我面前，用手上下比画着——三斤左右的鳊鱼，一剖为二，一半用家常法红烧，另一半用来醋溜，一味咸辣，一味酸甜，口味迥异，让人大快朵颐。

　　壬寅、癸卯、甲辰三个春节，我们全家都在陆春祥书院过。年三十早晨，许国强同学总要送一些菜过来，其中就有鲜活的鳊鱼与鲫鱼，他叮嘱：这些鱼，都是富春江中捕来的野生鱼，用氧气泵养着，至少可以养一周。

　　两斤重的鳊鱼，刮鳞破肚，去内脏洗净，再将鱼身软边拦腰切断，在大鱼盘上摆个造型：一边顺着骨头片至鱼头部朝下翻转，一边顺着骨头片至鱼尾部朝下翻转，如此，头尾上翘，鳊鱼的腹与背，均能同时蒸熟。蒸之前，在鳊鱼身上加一勺米醋，撒上带葱的姜丝，再浇上麻油。妻做这道菜，显然已经很娴熟了。这样蒸出来的葱油鳊鱼，色白明亮，汤汁清澈，吃着晶莹似玉的鱼肉，不觉肥，不觉淡，不觉腻。难怪许马尔会说，鳊鱼美味胜于鲥。我没有吃过富春江中的鲥鱼，葱油鳊鱼是我极喜欢的。

2009年12月26日，严州三江鳊鱼节在梅城三江口举办。新安江、兰江、富春江交汇的区域，是鳊鱼生活的黄金水域。报道称，2009年梅城镇已经有5000多亩养殖鳊鱼的水域，年产800多吨。三江鳊鱼深受百姓的喜爱，某渔庄的人说，上海来的客人，最喜欢清蒸，店里一天要卖十七八条，一年卖出鳊鱼五六千条！

3

南宋淳熙四年（1177）六月，范成大离开只待了两年的成都，此前，他是四川制置使。范成大一路东行，至鄂州（今武昌）时，正好是中秋前夜。朋友热情相待，他就留下来过中秋。中秋之夜，朋友相邀游南楼，范成大写下这首名为《鄂州南楼》的七律：

谁将玉笛弄中秋？黄鹤飞来识旧游。

汉树有情横北渚，蜀江无语抱南楼。

烛天灯火三更市，摇月旌旗万里舟。

却笑鲈乡垂钓手，武昌鱼好便淹留。

范成大化用了崔颢、李白的诗句，但又写出了自己的新意：中秋之夜，哪里传来阵阵笛声？噢，原来是黄鹤飞回来了，它还认识它的旧游之地，此地甚好，此地甚佳，却笑生长在鲈乡的我，因为武昌鱼太鲜美，不舍得离开这里呀。

武昌鱼在历史上被俗称为鳊鱼。原来是武昌鱼绊住了诗人的脚。

其实，纵览古今，武昌鱼让多少人回味无穷。吃过武昌鱼，又在万里长江横渡，那么，今后的人生，不管风吹浪打，都能闲庭信步！

明日大暑，我决定，起个早去富春江边的渔人码头，至少买一条鳊鱼回来。

第五卷：沙洲志

钱塘江自安徽休宁发源后，一路蜿蜒曲折至建德梅城，三江口以下称富春江。两百余里富春江，南北朝的吴均早就盛赞：奇山异水，天下独绝。自中下游开始，富春江的江流渐缓，它携带的泥沙也慢了下来，江水与陆地展开了一场永不停歇的拉锯战，泥沙沿浅湾不断沉积，高空俯视，江上那一片片"落叶"就是沙洲。

富春江在桐庐以上多滩濑，桐庐以下多沙渚。

1931年，周天放、叶浅予在《富春江游览志》中这样记录观察所见：他们从杭州往上行，江心有两沙洲，一名铜盆沙（五丰岛），一名墅溪沙（新沙岛）。稍进则有长沙（东洲），延长数十里，人烟稠密。通沙遍植桑麻，居民以农桑为务。富阳蚕丝，唯此为最。过富阳城则有中沙，栽植农作物颇多。过场口镇，则有洋涨沙（王洲），周二十三里，居民错散而居，村临江上，有汉孝子孙钟种瓜古迹。至东梓关，则有桐洲，桐洲有二，在北者曰小桐洲，前临大江，后仅隔断一浦；在南者曰大桐洲，孤浮江心，半隶桐庐，半隶富阳。过窄溪镇，有九里洲（梅蓉），亦前临江后隔浦，交凡九里，故名。桐庐县城，有放马沙，横亘四五里，上有江心寺，今废。过桐庐西十余里，有漏港沙，乃聚沙石而成，隔阻航路。九里洲、桐洲、新沙、长沙、五丰沙，另外还有一个铜鉴湖，单独成章，放马沙、唐家洲、漏港沙等则简单综合叙述。

一、富春渚及其他

1

南朝宋元嘉三年（426）春的一个傍晚，当夕阳渐渐落入地平线时，谢灵运的船划进了渔浦潭渡口。谢灵运从始宁山庄出发，这一路还算顺风顺水，他在绍兴住了一夜，过西陵驿后，用过点心，继续赶路。看看天色已晚，谢灵运本打算在渔浦住一夜，第二天清晨再往富春江上行，但转念一想，这宋文帝刘义隆诏他为秘书监已经是第二次了。第一次他拒绝了，不想宋文帝找了光禄大夫范泰，请范泰做说客，说了一箩筐的好话，他这才勉强接受这个职位，既然答应了人家，上任就得快一点。

一番忖度，他就下了决心：还是连夜行船吧。

望着黑幽幽的夜空，谢灵运坐在船头，心中却如富春江水一般，漾起了阵阵波澜。三年前，他也是走这条水路，那时，他去做永嘉太守，心情还算好，路过严子陵钓台时还写诗抒情。不过，这太守做得憋屈，与他喜游山水间的兴趣大相径庭，一年后，他就因病辞官，因而这回去京都建康上任，更是有些不太情愿。

事情的起因是这样的：南朝宋开国皇帝刘裕死后，年仅17岁的长子刘义符继位，史称少帝，朝政由徐羡之、傅亮、谢晦等人扶助。但这个少帝很不成器，被扶助者废了，另立刘裕第三子刘义隆继位，是谓文帝。而此前，扶助者为使新帝治理顺利，将废帝刘义符及能力颇强的刘裕次子刘义真（庐陵王）一并杀了，而刘义真与谢灵运私交极好，刘义真曾许诺，若他继位，要请谢灵运为相。刘义隆虽与他爹一样，能力很强，也迅速为庐陵王平反，但谢灵运总觉得心里不太舒服。本来，从始宁到建康，走绍兴、杭州、湖州、宜兴一线，更方便，但谢灵运偏要从富春江到新安，再到宣城，如此绕路而行，应该就是为了纪念死于新安的刘义真。

三江口，这一段水面好宽阔啊，夜幕下的水面，黑幽深邃，深不见底。远山朦胧，诗人对这一带的风景还是熟悉的，他知道，江两岸有赤亭山，有定山，那些山都是名胜，但他今天却没好心情欣赏，远山那连绵的蒙蒙白雾，就如他无尽的愁绪。越往上行，江面越窄，江上还有座看起来面积不小的浮山，他连忙提醒舟子："小心，小心。"舟子笑着打趣道："放心吧，大人，这水路，我都行过百多趟了，熟悉得很。"

忽然，舟子撑着篙的身子打了个小趔趄，原来，是一个大大的惊浪将船撞得摇晃起来。船逆行，浪也大，崖岸曲折，参差凹凸，行船得倍加小心。看着行船又渐渐平稳了起来，诗人心中一阵庆幸，他突然想到了两个典故："尽管我没有春秋时郑国伯昏无人的气概，却也竟然如吕梁丈夫般闯过险泷。"诗人继

而又悟出了一个哲理：生活也如同这行舟，眼前满江的水相继
而至，是因为它习惯了山坎，两山相重，也正好能够托身安命。
那么，不久前经历的风波，也不必太在意了，自己平生之志，
本就是栖息养生，只因意志薄弱才陷于目前的困境。不过呢，
还是希望自己能出去做点事，这种意愿已酝酿很久了，而现在
有人请自己去做官，总算实现了自己的心愿。远游途中，往日
郁郁的心情渐渐舒畅，世间万事全都如枯叶般零落在地，不值
一提。想至此，诗人顿感心胸开阔，心地光明，就如庄子所说
的"神明虚空无所怀"的神人那般，忘掉了自身存在而任物推
移。从此，诗人下定决心，要与那蛰伏以存身的龙蛇和以屈而
求伸的尺蠖一般，与世委蛇，善养天年。

　　安稳地睡过一夜，船行六七十里，天亮时分，到了富阳县
城江面。想起昨晚的感受，谢灵运来不及洗漱，立即吩咐随从
铺纸研墨，将胸中澎湃的诗情喷涌出来：

> 宵济渔浦潭，旦及富春郭。
>
> 定山缅云雾，赤亭无淹薄。
>
> 溯流触惊急，临圻阻参错。
>
> 亮乏伯昏分，险过吕梁壑。
>
> 洊至宜便习，兼山贵止托。
>
> 平生协幽期，沦踬困微弱。
>
> 久露干禄请，始果远游诺。
>
> 宿心渐申写，万事俱零落。
>
> 怀抱既昭旷，外物徒龙蠖。

　　谢灵运这一次为官也很短暂，不久后，他就辞官回到了上虞的始宁山庄。

　　谢灵运写下这首叫作《富春渚》的诗，使得富春江中的沙洲有了专有的名词。"富春渚"这个词，已经流传了1500多年，想来谢灵运每次从富春江中行船，遇见那些突起的沙洲，都可能上岛欣赏一番。江中沙洲突起，沧海桑田，诗人每见此，常常感叹。

2

　　桐庐富春江上的放马沙、唐家洲、漏港沙，因无人居住，故在此一并简说。

　　放马沙，桐庐人称"放马洲"。《富春江游览志》中将放马洲称为"江心沙"，放马洲在桐庐江北的江滨公园附近，离岸咫尺，洲上绿树成荫，不过，大洪水来时，整个洲都会被淹没。

　　为什么叫放马洲，没有权威解释，或许，以前洲上真的有人放过马。

　　民国《桐庐县志》这样记载："县埠洲，在县南七十步江中，一名木瓜洲，长一里许，相传旧与县治同高，上有江心寺。有沉香木佛像，寺遭山洪冲塌，迁佛像于新会寺。"

据传这沉香木佛，在太平军进入桐庐县城时，被丢进泥涂中，被乡人当作燃料，挑到桐君祠去换钱米。祠僧连日闻异香，疑而迹之，似在香积厨下。釜底一抽薪，仔细看，却有佛的金身，和尚这才想起，这应该是沉香木佛，但已经烧剩无几了。

这样的故事，给人以极大的想象空间。彼时，并没有高高的防洪大堤，浅滩与岸相接，绵延长洲数里，在此建座寺，也是别有风景的。不过，我查遍手头志书，从南宋的《严州图经》《景定严州续志》到明代的《万历严州府志》，再到民国的《桐庐县志》等，都没有见到"江心寺"的影子，而"新会寺"倒是自宋代以来一直都有，就在县东十五里乌泥庄的万山间。

我以前在《桐庐报》工作，每日过大桥去上班，都会和放马洲照面。夏季的放马洲，因富春江水电站拦水发电，洲边江滩常常裸露。水浅的时候，不少居民会下江去戏水、捡螺蛳、黄蚬，一捡一脸盆。

唐家洲，在富春江水电站大坝下游的江中心，形狭长，长约2000余米、宽约200余米，如人一只朝天伸的脚，从脚尖一直到膝盖，膝盖以上还有长长的一截，就如劈了一大半的腿，狭窄如片。它的总面积约50万平方米，耕地面积300余亩。

唐家洲的东南面，就是富春江中的另一大洲——漏港沙。

原先的唐家洲，处于七里泷峡谷的出入口，西侧河床较浅，不宜航行，行船常走河床较深的东侧，但东侧水流湍急，落差大，行船极险。无数文人骚客，行船到此时，心中就充满着一种急切与向往——过了这段水路，就有著名的隐士严光在前方等候了。

富春江水电站建成以后，水利部门对此段河道曾开展多次疏浚。2011年至2016年，杭州市港航管理局对建于20世纪60年代的富春江船闸进行了大规模扩建改造。扩建后的富春江船闸，闸室主体长300米，宽23米，与唐家洲东侧航道相接，每天经富春江船闸上下的货轮在百艘以上。

唐家洲原是无名沙洲，唐朝时有唐姓人家在洲上居住，遂得名唐家洲。若干代后，江南石阜的方氏入赘唐氏。唐氏后来渐渐衰落，方氏却迅速壮大，但地名依旧。几百年来，方氏家族在洲上种田放牧、繁衍生息。民国五年（1916），唐家洲上还办过一座唐洲小学。

1937年1月，浙江省水利局曾设富春江唐家洲水位站，观察富春江水位、降水量、蒸发量、流量、含沙量等。1968年底，富春江水电站建成蓄水，唐家洲村开始整体搬迁。

1991年出版的《桐庐县志》中有关于"渡口"的记载："唐洲渡，位于湾里经塘（唐）家洲至沙湾，分大、小二渡。1970年洲上村民移居沙湾，渡运减少。现有木船一艘，为农渡。"也就是说，至1991年，农渡依旧存在，原因就是洲上有农田，附近百姓要上洲干活。

民国《桐庐县志》对唐家洲曾有如下介绍："在县西南十八里，北濒大江，南为小港，环洲树木葱郁成林，为上游胜景。"有人考证，黄公望《富春山居图》中的"洲渚"，就是唐家洲。清代文学家吴锡麟在黄公望《富春大岭图》上题诗：

高台兀峙千尺强，清滩此去七里长。

一路绿萝悬倒影，鲥鱼不上水茫茫。

这几句诗，据相关人士考证，写的就是唐家洲至严子陵钓台这段富春江的景色。

漏港滩，也叫漏港沙，位于富春江镇唐家洲东南下侧，上泗村外的富春江江心。因富春江水经此湍急下泻，如水之漏注，将江心沙石堆积成滩，故名漏港滩，区域面积约840亩。

三国吴黄武四年（225）桐庐建县时，曾设县治于漏港滩附近。隋开皇九年（589），废桐庐入钱唐，古县治废弃。漏港滩原是水陆码头，加上又是县治所在地，故商铺林立，商人云集，一直有渔民和村民居住。富春江水电站建成后，岛上居民全部移居上岸。原严陵公社曾在此建设农场。1970年，部分滩地被开垦，种植水稻、花生、芝麻等农作物。

到了20世纪90年代末，浙江金义集团曾出资在该地建设旅游景点，后歇业。2014年，漏港滩开始建设开发休闲旅游业，时称富春绿岛，有约2.67公顷草坪，约13.33公顷丛林。岛上绿树掩映、沙滩连绵，周边江面开阔，水质清冽，生态环境极佳。岛上还种植了多种果树，并配套提供餐饮、烧烤、垂钓、采摘等服务，同时开展拓展培训、定向寻宝等各类娱乐休闲活动。2017年，旅游业开发项目关停。

说到漏港滩，还得说一说这里曾经发生的奇观——江豚平滩。

旧时，每到农历十月中旬，便有数十尾甚至上百尾的江豚从下游浩浩荡荡来到这里，集体爬到漏港滩上，用身子拍打沙滩。这些江豚，小的五六十斤，大的一百多斤，它们在沙滩上滚动翻爬，或者用身子"噼噼啪啪"地拍打沙滩，整日整夜，即使滚爬得皮开肉绽、拍打得浑身是血也不停下来。对于江豚的这种行为，各种解释都有，有说是江豚进入发情期，有说是江豚在强身健体，有说是漏港滩的江水和沙滩适宜江豚追逐嬉闹。总之，江豚在沙滩上滚爬、拍打三四天以后，带着浑身的伤痕离开沙滩，返回江中。

桐庐老一辈人说，漏港滩上的江豚拍滩奇景，直至富春江水电站建成才彻底消失。

甲辰酷暑，我与喻昌国兄闲聊，他听闻我在写富春江上的沙洲，就说了一则关于漏港滩的旧闻：二十几年前，他在芦茨乡工作，有人说漏港滩上有不少野牛，他们就组织了几个人上岛打野牛。上岛一看，还真有好多头。大家费了不少劲，终于打倒一头。喻昌国说，牛皮很厚，牛肉很糙，吃起来味道一般。而所谓野牛，其实是以前生产大队遗留在沙洲上的。漏港滩上树多林广，沙洲上人迹罕至，牛隐于此根本没人知道，那些自由自在的牛就越生越多。他还说，说不定现在还有。我将信将疑。

我从江边的俞赵工业园区遥望漏港滩，它现在已是一个树林茂密、杂草丛生的荒岛了。

3

桐庐还有一个沙洲叫洋洲，它虽早已成了陆地，但也有必要说一下。

《严州图经》卷首中的"桐庐县境图"上，明确了富春江中的沙洲有三：洋洲、九里洲、桐洲。《严州图经》是中国现存图经中年代最早的地图，它其实有两部：南宋绍兴九年（1139），董弅编撰的八卷，已佚；我们现在看到的是南宋淳熙十二年（1185）由陈公亮、刘文富重修的三卷，而那时，正是陆游任严州知州的时光，陆游不仅重视出版，也重视文献的编撰。《严州图经》卷首有子城图、府境总图、下属六县县境图等九幅图，桐庐县境图是其中之一。

没有资料具体记载，洋洲是从什么时候开始有人居住的，但此沙洲与九里洲一样，都处于富春江的黄金地段，故有人推测沙洲一形成，就有人上去开发居住。九里洲在南北朝时就已经成为胜景，想来，附近的洋洲，风景也不会逊色多少。

北宋熙宁年间，王安石变法，实行保甲法，桐庐由18乡合并为11乡，下辖44里，洋洲已经被划为金牛乡的管理地面了。《景定严州续志》卷七中，桐庐县"乡里""金牛乡"一行标注有3处地方：通溪、孝泉、侯渚。其中的侯渚就是洋洲。

洋洲，一直悠闲地在富春江中积蓄成长。

《严州图经》中，洋洲似在江中心位置，而到了民国《桐庐县志》"桐庐县境分图品式"的细图中，洋洲西边的富春江已经变成了窄窄的一条，洋洲的标注上也分上洲、中洲、下洲，且中洲有桥与岸相连。这说明，这时期人口快速增长，此时的洋洲，由原来的一个庄至少变成了上、中、下三个庄了。

同样，九里洲也依然在富春江中，只是，九里洲东边的富春江变成了窄窄的一条。民国《桐庐县志》出版于民国十五年（1926）九月，也就是说，洋洲、九里洲从与陆地分开到与陆地完全相连，仅发生在100年不到的时间里。

洋洲何时与陆地相连，没有具体的资料记载，不过，从它成为乡或者公社的体制来看，当时早已与陆地相连。

1950年夏，桐庐县调整乡级建置，设4区、52乡、1镇，此时的洋洲，已经变成严陵区下辖的一个乡了。而到了1961年10月，洋洲成了窄溪区下辖的一个公社。时光飞至1985年4月，洋洲则成了桐庐37个乡镇之一的洋洲乡，下辖上洋洲、下洋洲、滩头、桑园、马家、天井坞、西坞里、尹家、蒋陆家、仁智、岩桥、桥外等行政村。此时，我已经大学毕业并参加工作，被调至县委宣传部工作后，也去洋洲乡出过差，只是，那时我根本没有想过，洋洲原来是富春江中间的一个沙洲。

现在的洋洲早已成了桐庐经济开发区的主力盘，江滨绿道不时有游人穿梭，每天晨光初出时，渔人码头总是热闹非常。我住书院的时候，夏日清晨，常去渔人码头买鲜鱼，宽阔的大江边，泊着不少小渔船，那些活蹦乱跳的江鲜一上岸，立即被晨起锻炼的人们团团围住。

洋洲在岁月间积淀而成，不过，它依然带着浓郁的富春江水的清冷气息。

二、洲上春深

洲有九里，古称"梅洲"，今名"梅蓉"。

时间让如落叶一般的沙洲与陆地融为了一体，梅蓉是富春江上的大沙洲之一。

九里洲在《严州图经》中早已被明确标注，它的形成甚至可追溯到2000年前，南朝《艺文志》描绘洲上"有梅一万枝"。梅，可能是这片沙洲最初的风景标志。自有了万般姿态的梅，九里洲便开始在诗文里流淌。某一天，唐朝著名诗人方干在回忆家乡时，脑子里跳出两句诗——"林中夜半双台月，洲上春深九里花"。想来，那个春天，他与朋友在梅洲尽情赏梅，畅享诗酒，其乐无穷。

1

承接着方干的诗情，无数的文人，都在九里洲尽情抒发自己的所见、所感、所想。

明朝的桐庐人姚建和，博览群书，著有《桐江诗话》三卷，曾做过福建左布政使姚龙的老师，宣德、成化年间，他三次参与编修郡志。他的《九里洲》诗，就是对彼时九里洲的真实写照：

江分燕尾夹中洲，百顷桑麻绿荫稠。

碧苇黄芦归塞雁，白苹红蓼浴沙鸥。

北溪船上南溪下，前港潮生后港浮。

最是夏来潢潦涨，玉人多倚仲宣楼。

江分燕尾，绿荫桑麻，江边芦苇摇曳，苇间大雁成群。白色的水草，红色的蓼草，鸥鸟自在浮游其间。洲上洲下，运货船北上南下；前港后港，卸货人往来穿梭。居民捕鱼种桑，流通经商，九里洲繁华如闹市。且洲上多植梅树，早春花开，疏影横江，清芬袭人，九里一色。诗句的最后两句，则显现出富春江水的另一种壮观。即便是夏日富春江涨洪水，九里洲也会呈现出别样的景色：风景楼上，有纤纤少女在悠闲地指指点点——好凶猛的水呀，水中有大鱼在冲浪！哇，那是逆流而上的大江豚！

清代新桐庐人张芸，自然也要上九里洲。当时他虽年幼，却写下了寓意十足的诗句：

凌风却月是梅花，冷蕊疏枝态自嘉。

九里沙洲梅不断，残香犹在野人家。

清康熙五十九年（1720），张芸的父亲张坦熊任桐庐县令，且一待就是6年。张县令是湖北汉阳丰乐人，在桐庐颇有政绩（本书下部第六卷"传奇志"中有"张县令破案"）。他十岁的儿子张芸，随他去九里洲赏了一次梅，就写出了《九里洲》一诗。在小张芸眼中，九里洲的梅花，连片成海，煞是好看，小小年纪就善于思考的他，还读出了梅在春天盛开的那种自信，他表示，在九里洲，无论富人抑或平民，家门口都有梅，人人都能品味赏梅之乐。有如此见解，难怪他二十岁就中了举。

张图南于清乾隆三十二年（1767）任桐庐县令，次年元宵节后二日，他坐船去窄溪公干，顺道去九里洲赏梅，写下《偶游梅花洲记》：

戊子上元后二日，以事维舟窄溪，倚舷凭眺，香气阵阵袭人，四目无睹。予曰："此罗浮世界，当去人不远也。"问之，从者曰："去五里而近，洲上梅花烂漫如雪，殊可观览。"亟呼小艇，溯流而上。芳气益浓，睇而望之，沿江以北，上下十余里，如琼林玉树布满于蓬壶瀛岛间，不复知为人间天上境矣！

按此段的描述，张县令先是远远地在窄溪那头的江上闻到了梅花的香气，富春江宽阔，自然看不见九里洲这边的梅花，但他断定，梅香如此馥郁，梅树一定不会太远。果然，两处相隔只有五里远，按直线距离，也就2000多米。那梅香，顺着江面飘过来，因没有东西阻隔，香气飘得很远。果然，小船没行多远，梅香愈来愈浓郁，他让小船沿着九里洲南面的江边慢行，十余里长的江边全是香雪海，几万株梅花同时盛开，他如进入仙境般不能自拔。

因为张图南的别样观察及其对主题的提炼，自此，九里洲就常被称为"梅花洲"了。

相传，当年林则徐船过梅花洲，正值梅花怒开之时，他上岸赏花并住了一夜，赞云：梅洲山水秀丽，乃文墨荟萃之地。

2

30年后，我再到梅蓉，也正逢春深好时光。

进村大道两旁，水杉比之前更显粗壮茂密。道路外，广阔的田野正呈现出浓郁的金黄，晴空下的蓝天与油菜花交织出一幅瑰丽的画卷。偶尔有三两白鹭从树林中穿出，在田野上低空快速掠过。

村中心的广场上，两辆旅游大巴上正陆续下客，看车牌，听口音，来自长三角地区的游客居多。游客们一下车，就朝花田中心奔去，他们仿若久困于笼中的鸟儿飞向自然，一个个欢天喜地。

空气平静，我往花田的深处走去。

面对油菜花的斑斓姿态，我竟难以言喻。花枝粗壮挺拔，叶片肥厚阔大，枝杈结实，枝上的花朵层层叠叠，每一朵花都知道自己绽放的使命，似一首言无言的诗，邀请人们来观赏体味。那飞翔的白鹭，也会不时从富春江上飞过来凑热闹，鸟儿似乎比我们更敏感，它们知道，几日不来，这春与油菜花一样，便统统老了。

忽然，前方花间的小道上有些喧闹，仔细看，是一群幼儿园的孩子。花花绿绿的衣服，一律搭配着红色小自行车，一辆接一辆地骑行过来，几十辆小自行车在花间穿梭，叽叽喳喳个不停。孩子们幼稚淳朴、天真烂漫，这或许就是花田间最生动的风景了。梅蓉幼儿园的老师们说，这是大班孩子的课间活动，今日天气好，大家享受一下家门口的春游。

贴近细察，漫天的金黄中，有白色纸片般的蝴蝶上下翻飞着，速度极快。这"纸片"东一张、西一张，它们扇动着翅膀，仿若先进的隐形战机。花间更多的是忙碌的蜜蜂，滚圆的小蜜蜂，一只追着一只，它们停在花蕊间，嗅一嗅，便立刻飞往另一簇花丛。在蜜蜂们眼中，这花的海洋，有它们吮之不尽的养料。蝴蝶与蜜蜂，为无尽的花朵带来了生机盎然的律动。

田埂边，有一蜂农，猫着腰在整理蜂桶。蜂农说，他不是专业养蜂的，只是感觉这花太浓密了，没有蜜蜂采实在有些可惜。蜂农告诉我，他有十来只蜂桶，梅蓉除了油菜花，还有樱桃花、李子花、杨梅花。他笑笑说，填满这几个蜂桶，花源绰绰有余。

靠近江边，花间有一两层"人"字形建筑，抬头望，原来是乡村会客厅。文友说，这地方原是梅蓉村的榨油坊，前几年引进了一家咖啡书吧。春和日丽，春水荡漾，小鸟叩窗，在田野间读书，再喝一杯自制的九里香咖啡，仿佛就是现代人缓解疲劳的最佳良方。负一楼的地下层，名为"做好土壤"的主题展览让我惊喜。看着这四个字，忽然觉得大地也言语了："我们的职责，就是做好土壤！"我听得出，"做"是重音、动词，"做好土壤"是动宾结构。嗯，有了好土壤，才会长好庄稼。又想到，这四个字，也是梅蓉村人常说的，"做好"是重音，"土壤"是宾语。人类与土壤的关系中，土壤其实是被动方，它需要人类的培养与呵护。唯摄取有度，双方齐心协力，大地才会繁花似锦。

在梅蓉精神纪念馆，"做好"得到了充分认证。老电影纪录片显示，20世纪五六十年代的梅蓉，滩高水低，田地星散，旱季无法取水，而一旦汛期来临，洪水会随时淹没土地。要将数千亩荒滩改造成良田，首要的就是筑起厚厚长长的防洪大堤，再让那野性的江水乖乖流进水渠。用多少形容词，都无法准确描绘梅蓉人为这片田地付出的艰辛，或许，大堤厚实，树密林茂，繁花似锦，顺流的田间江水，还有这眼前的大片金黄，就是梅蓉精神的最好诠释。这里的每一处风景、每一声鸟鸣，都在讲述着自己的故事，都在展现着生命的奇迹。

3

我知道，梅蓉所展现的春深之美，只是它蓬勃生机的画卷一角，时间再进入秋季，这片大地又将焕新颜。彼时，梅蓉人以大地为画纸，以稻穗为画笔绘出新景——以富春山居图、洋滩放牧、"杂交水稻之父"袁隆平等为主题的稻田画，将迎来最佳观赏期。万千稻穗以艺术的身姿摇曳起的波浪，与富春江的碧波交相辉映。我感觉，这已经不是简单的乡间风光，而是新时代绘就的一幅艺术画卷。同样的田地，经艺术与时光的碰撞与酝酿，田生财，地生金，它们透出的蓬勃与希望，让人着迷。

春风拂面，伫立在镶嵌着宝石般的富春江畔的梅蓉田野，我忽然想起八百年前，陆游从严州知州任上卸任回山阴老家，船经桐庐时写下的"桐庐处处是新诗"，眼前这满洲的郁茂春色，要是陆游看了，不知会发出怎样的感慨呢。我确定，大诗人一定会情难自禁，再次挥笔抒怀的。

三、烟波桐洲

～～～ 1 ～～～

桐洲，或许是富春江上最早形成的一座大岛，可能已有数千甚至上万年的历史。

《浙江通志》上这样记载它名字的来历：药祖桐君在此沙洲上采药、种药，所以此州叫"桐洲"。

这个传说，依然有很大的疑点——桐君是那位采药老人的真名吗？显然，那位老人只是因结庐桐树下默默给人治病而获此尊称的。

《富春俞氏宗谱》的清代谱序中，对此沙洲的来历有另一种说法：

> 知昔有仙子名周岩者，采药于此，常倚桐树而庐，以故得名。

两种说法，都指向桐树。或者，可以这么认为，此洲离桐庐最近，且有部分也属桐庐管理，那么桐君上过桐洲，也就是自然而然的事了。

不仅桐君来采药，《浙江通志》《富阳县志》上还记载，桐洲上有大石濑，严子陵也来此垂钓过。不管别人信不信，富阳人肯定信，严子陵从隐居地富春山钓台放舟而下，顺风顺水，要不了两个时辰，就会到达桐洲的。1935年，郁达夫在杭州为刘开渠题画诗：

扁舟来往烟波里，家住桐洲九里深。
曾与严光留密约，鱼多应共醉花阴。

郁达夫自豪的心情满溢于画纸。

悠久的历史与浓厚的人文气息，令人向往。桐洲自然是不
会让人失望的：

层峦拱顾，罗翠屏也。波澜回绕，珠玉带也。巍然高峙，
近对乎天子岗，上接乎严陵濑。舟楫络绎，樯帆绰绰；水秀沙
明，鹤汀凫渚；长波十里，遍野菽粟；平沙千顷，满地桑麻。亭
台几座，烟村数家。（桐洲《赵氏家谱》序）

富春江两岸连绵的翠色山峦，也是桐洲的美丽屏障。在洲
上望两岸，更有一种别致情韵，晴阳下，左右江水皆如闪亮的
白玉带，这玉带将桐洲缠绕得更妖娆水灵。不要小看这由细沙
堆积起来的沙洲，它可是对着孙钟葬母的天子岗的，上游更有
著名隐士严子陵留下的足迹。有王者之霸气，有隐者之风骨，
古老的桐洲忽然就无限灵动起来了。

伫立沙洲，左右四顾，但见顺行船只如梭，逆行船只如拖，
快行与慢行，皆构成动人的江上行舟图。俯视江水，碧水清澈，
游鱼戏石，连水底的沙子都粒粒可见。忽然，有一只长腿白鹤
飞过来，又有几只大野鸭带着一群小野鸭在沙洲边悠闲地寻觅
食物。慢行桐洲，田宽地阔，粮食与桑麻皆闪动着诱人的色彩，
而最动人的时刻，便是家家屋顶上冒出袅袅炊烟的黄昏时分。

自然，这是文人笔下的桐洲，与彼时的桐洲一定会有些距离，但四面环水、芳草连天且有深厚人文底蕴的桐洲，应该是富春江所有沙洲中独一份的。

2

我曾两次上过桐洲岛，印象最深的是那棵千年古樟。

古樟在江洲村的文化礼堂边上，树如巨伞，腰身约数十围，绿枝满天伸展，主干却中空，人可以进出。猫腰进树洞，发现树身内部一片焦黑，明显是被火烧过的伤痕，我询问原因，陪同的村委会干部解释，这场大火至少已经过去半个世纪了，那时他都还没有出生。起因是樟树冠上有一个大黄蜂巢，蜂巢里的黄蜂不时飞进飞出，叮咬路人，有村民便抱来麦草烧蜂窝，不想，引起大火。或许是古樟上本身就有不少枯枝，只是没有落下而已，那些枯枝一遇明火自然就着了。大火烧完枯枝，细小的新枝也被烤得火热，火愈烧愈旺，整棵樟树都被点燃了。那时没有举高消防车，一般的水根本到不了火烧的高度，村民只好眼睁睁望着古樟被大火肆虐全身。这场大火烧了一天一夜，整个桐洲岛似乎都被大火烧得通红，大火更烧痛了桐洲人的心。千年古樟，就这样被烧死了。

但眼前，这棵古樟却依然活得自在。那场大火，将树叶烧光，许多树枝经风一吹就落；将树干也烧焦，主干内里连地部分甚至都被烧成炭了。树洞就是这么产生的，小孩子在里面躲进躲出玩游戏。不过，神奇的是，古樟在若干年后又重生了。

我写过不少古树，古树之所以能活得久，并不是因为没病没灾，相反，它们往往如人一样吃尽苦头，这苦有人祸，更有天灾，真的是防不胜防，然而，它们都挺过来了。古树俨然已经成为活着的传奇，它们的顽强意志，简直令人无法想象。

沧海桑田，古樟见证了桐洲岛数千年的历史。看着古樟，我内心充满崇敬。

作为一个小岛，桐洲岛在300多年前的格局甚为宏伟。彼时，岛上有7个村、2座寺、3个庙、5座祠堂，人丁兴旺。2座寺为吉祥寺、栖霞寺。岛正中有高庙，北有关帝庙，南有亭子庙，祠堂属于5个大户人家，分别是：孙家、赵家、汤家、俞家、董家。寺庙大多成了志书上的记载，不过，只要细致查阅，依然能找到它们的蛛丝马迹。比如吉祥、栖霞两寺均为五代时的建筑，民国《桐庐县志》就如此记载："吉祥院，在县南四十里桐洲，晋天福年建，名吉祥寺。""天福"，是后晋高祖石敬瑭的年号，前后共计9年，也就是说，这吉祥寺，至少存在1000多年了。桐洲年长者告诉我，吉祥寺以前香火极旺，大约在清同治年间被洪水冲毁，但吉祥寺内石刻的菩萨像、石雕十八罗汉像、石狮子、石大像等，他们小时候还能看到部分残缺的石块。

而祠堂，现在差不多都修复完整了。

我去俞家村，此村为浙江省历史文化古村落。横街中间的路用的皆是古旧青石板，它们在细雨中泛着青光。街两旁，白墙黑瓦。高墙下，时有窄巷伸向远方。那小巷深处，沉寂无声，偶尔有几声清脆的犬吠传来，让人感觉一阵恍惚。伫立俞家祠堂前的空地上，正中悬挂"俞家祠堂"匾，左右为"元贡""文魁"，牌匾上的金字似乎要穿透幽暗的空间。进入堂内，柱子上的对联亦是黑底金字，给人沉重沧桑之感。我细看桐洲俞氏的谱系：元至正三年（1343），第一部《大桐洲俞氏宗谱》雕版刻印，此后的700多年，俞氏族人不间断地修谱续谱，自明万历二十九年（1601）第一次修纂，至2008年第十次重修，每次均有详细记录。我内心感叹，这其实极不简单，至少说明两点：一为桐洲岛相对封闭，俞氏族人外迁较少；二为俞氏族人的家风族训得到了良好的持守。

　　数千年的生活，进出靠的就是船，我坚持要去看一下船。陪同的文友带我拜访了老木匠俞木申的家。俞家的展陈室，放着数十条不同类型的船模，船都张着帆，似乎即将远航。这些模型，都是俞木申自己一刨一凿做出来的。七十六岁的俞木申，自述从三十来岁开始造木船，两头平的货船、捕鱼的网船、能装货百余吨的驳船等，现在他都能独立制作。造船虽不是造飞机，但从断料配料、破板分板、拼板组装，到打灰填缝、桐油漆船等，至少需要一百多道工序。虽然年纪大了，现在木船也没有什么市场，但俞木申造船的情结依旧深厚。为了手艺的传承，他做起了微型船模，于是就有了眼前这个小型家庭船模博物馆。

3

　　相比其他沙洲，桐洲岛并不大，但在乡村旅游圈中，它却很火。20世纪90年代，新沙岛开中国农家乐风气之先，而桐

洲岛紧随其后，近年来的海岸线皮划艇、亚联飞行营地直升机
（包括动力伞、热气球、动力三角翼等）项目，将桐洲的水面与
空中闹腾得热火朝天。

南沙洲边，6000多平方米的碧绿草坪，似乎是将蓝天裁下
铺就的。直升机的螺旋桨发出巨大的轰鸣声，"哒哒哒哒"，径
直往空中钻去。

我在空中俯瞰，桐洲躺在富春江宽大的怀抱中，轻烟薄雾
笼罩其上，烟波里的桐洲，着实透着几分神秘。

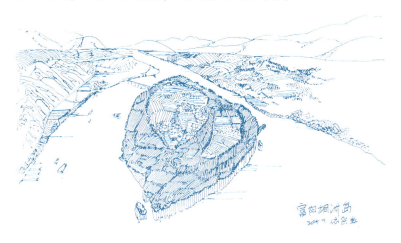

四、年轻的新沙

1

清朝同治年间，宽阔的富春江上，一只官船正从上游桐庐
方向往富阳"突突"而来。江两岸青山簇拥，江面上时而有白鹭

低旋，船帆满张，一路顺风。船上一官员（我们暂且称他为甲吧）由安徽调任浙江，他要到杭州见上司，等候训示。甲工作踏实勤恳，凡新到一地，必先调查研究，全面了解当地的民风民俗。

自桐庐开始的江面，水面开阔，不时有沙洲出现，甲知道，这钱塘江中，越是到富春江下游，沙洲沉积得就越多。这几日来，他已登上过梅洲、洋洲、王洲，那些沙洲上都有人居住，阡陌交通，鸡犬相闻，与陆岸相对隔离，平时难得有外人进岛，似乎就是陶渊明笔下的"桃源"，给人以方外世界的感觉。

船到了叫安吴川的江面，有大源溪从左边斜刺里冲出，右前方江岸就是富阳县城的鹳山了，富春江江面进一步开阔。咦，前方又有一个小沙洲！船上的役吏发出了小声的尖叫，役吏知道，甲喜欢登沙洲，品民俗风情。甲自然也发现了这个沙洲，他吩咐船只慢慢停靠。这个小沙洲的规模，显然和他前几天看过的不一样，他断定，此沙洲的形成时间不会太长。

甲登岛，他要上去看看岛四周的地形。他判断，上游洪水挟带的大量泥沙，被对面的鹳山挡了一下，便转向这里慢慢沉积，而前面大源溪带来的泥沙也在此慢慢沉了下来，河床就逐年升高，再加上钱塘江涌潮不断冲击、掏空两岸沙壁，此沙洲就形成了。甲见沙岛上杂草丛生，有些地方杂树已长得同人一般高了，他光脚踩地，沙质细腻，走着走着，不时还有水鸟从草丛间惊起。甲对随行的役吏说，这沙洲如我们看过的那几个沙洲一样，以后一定会有人上来居住的。

此沙洲，人们称其为"新沙"，位于富阳城南江中，与鹳山隔江相望。相对于富春江中其他各沙洲，它涨积起来的时间最迟，故名新沙。清光绪三十二年（1906）《富阳县志》载："新沙，在安吴川口。"《浙江舆图》中这样解释"安吴川"："在今江阴里会合大小二源之水入于江。"后来，定居新沙的百姓，将那位不知名官员到访过的南沙墩称为"官访墩"。

2

富春江南岸的灵桥外沙村，有个大户叫李向华。

李向华脑子灵活，凡事都比别人想得多，他早就发现新沙岛了，他曾带着儿子，几次悄悄上沙洲观察。他惊喜地发现，沙洲太大了，绕一圈得有十余里，洲上田地肥沃，很适合人居住。他也时常关注时事，清朝自鸦片战争后，一日不如一日，且兵乱、匪乱常起，有钱人家时时提心吊胆，他就想着，还不如全家老小都迁到岛上，那是个躲避战火的绝佳处。

李向华事先在岛上选择好地方，搭妥数间草屋，经过精心筹备，清光绪二十一年（1895）春天的某一日，风和日丽，他带着全家老老小小数十口人，上了新沙岛，搬进了岛上的新居。李向华一家成了新沙岛的第一批居民。十二年后，李家在岛上建起了一幢三间两层的砖木结构瓦房，这也是新沙岛的第一幢砖瓦房，至今仍然保存着。

对富春江两岸的人来说，新沙岛并不与世隔绝，弄条小船，风平浪静时，划着划着就可以上岛，水性好的人甚至可以横渡。李家在岛上自给自足的生活，很快就被岛外人所知。兵荒马乱的年代，哪里有片安稳地，哪里就是百姓的活命处。富春江南岸沿江的江丰、外沙、高阳、建设、老坟头和东洲的小沙、何埭、木桥头等村的百姓，为避兵乱、度饥荒，纷纷迁徙到新沙岛。荒无人烟的小岛，一下子变得热闹起来。

开垦农田种庄稼，显然是上岛百姓的当务之急。满足了基本温饱后，他们对荒岛进行整治，种植各种适合岛上生长的树，既可以防风遮荫，砍伐后又能作燃料。生命力强的麻栎树就成了他们的首选。《救荒本草》将橡子树之类的树种统称为麻栎树。麻栎树耐干耐寒，适合沙土栽培，其果子富含淀粉，果子、树叶、树皮均可入药。而砍伐后的成年麻栎树，木质坚硬，燃烧时间长，火焰稳定，是极好的煎中药燃料。据资料记载，在相当长的一段时间内，新沙岛的麻栎树干是杭州胡庆余堂的专用煎药燃料。除麻栎树外，新沙岛人还在沙洲周边种上了柳树、枫杨、构树、意杨、水杉、乌桕、芦竹等，几十年后，岛上已经是郁郁葱葱、绿草如茵、枝叶扶疏了。

彼时的新沙岛，有点像世外桃源，但其实并不安逸。富春江水，率性随意，它平静时，温柔可爱；发怒时，却是洪水滔天、地陷房淹，岛上的人们，几乎每年都要吃洪灾的苦头，十分无奈。岛上流传的"草舍庙"的故事，恰好证明了人们的无能为力。

1937年夏，一场突然的洪水将一尊木制迷肚菩萨像挟带到了新沙岛，随行的还有"小红脸"和"土地"两尊小菩萨像。岛上有位叫羊本树的老汉，他将这三尊菩萨像安放在一间简易的手工造纸作坊内。此事被另一位潜心向佛的羊氏知晓，他便天天前去上香叩拜，祈求出入平安。羊氏还动员家人，就地取材，建起了一间草房，人们称此为"草舍庙"。

为使香火更加旺盛，羊氏又去杭州灵隐寺，虔诚请来一尊灵隐菩萨。此后，每逢家里有什么大事情或是节日，岛上的乡邻都纷纷前来进香拜佛，甚至连岛外百姓也有前来祭拜的。1941年，经羊氏四处奔波，多方筹措资金，终于将菩萨像安置于砖木结构的平瓦房中，不过，人们依然叫它"草舍庙"。随后，又有多位菩萨被供奉于此，草舍庙一时兴旺起来。此种现象，在一些海岛极为普遍，人们建庙的主要目的，就是祈求出入平安。那愤怒的"巨龙"太可怕了，当时的人们觉得，唯有菩萨能降住"恶龙"。

时光荏苒，新沙岛人逐渐明白，菩萨靠不住，只能自己救自己。1967年开始，新沙岛上植树与修筑围堤同时进行。全体岛民按劳计工分，自带工具，肩扛手推，历时3年，修筑成了一条近5000米的防洪长堤，新沙岛人终于可以不惧怕发怒的洪水了。至20世纪70年代，新沙岛人每年从集体林木中疏伐整枝所得的薪柴多达20万千克，全村村民的烧柴和用材问题大部分得到了有效解决。

3

甲辰三月，虽已入春，寒风依然凛冽，文友陪我从东洲岛码头登船去新沙岛。船是铁制大型钢板船，可以渡十辆车。轰鸣的马达声中，我询问渡船的大致历史。文友说，最早上岛用的都是简易小木船。后来居住的人多了，每天有不少人进出岛，就常年需要有船渡。以前一般都是老年人管理渡口，全岛男性正劳力按序轮流摆渡，一人一天，且每天需向生产队上缴八角钱，生产队记一天的工分，多余可以补贴家用（碰到恶劣天气可能要自己掏钱补）。坐船的人，无论是谁，不管进出，上船都要付五分钱过渡费。

我们此次车渡，轮渡管理人员并没有收我们钱。是不是现在免费了？我没有具体问。

开车上了新沙岛，我们沿环岛公路缓行。

茂密的行道树，将岛的概念完全弱化，田畴平整开阔，屋舍掩映其中。我感受着岛上的生活，似乎一下子就进入了另一种慢节奏的世界里。快乐公社、风情小镇、玫瑰园、千米荷塘、烧烤区，4.2平方千米的新沙岛经过科学规划，每一个场地都展现出节日期间的人声鼎沸。我们驻足于采摘基地，草莓园、果蔬园、珍奇瓜果长廊、葡萄园，以及一大块湿地和垂钓园，让人目不暇接。温润潮湿的气候和优质肥沃的沙性土壤，使人对这里整个夏秋季的风光充满想象。1987年5月，时任国务委员谷牧来到了这里，他见中外游客都带着快乐的神情，愉快地题写下了"农家乐，旅游者也乐"。

新沙岛的新沙村，现有村民小组8个，259户，村民1059人，主要姓氏24个，其中朱、楼、许、陈、羊、董为大姓。村委副书记楼刚向我提供了一个有趣的细节：这个岛上，行政村只有新沙村，但土地却并不全属于新沙村，新沙土地分属3个镇（街道）的9个村。他一一举例：新沙属东洲街道，东洲街道的富春江村、何埭村、木桥头村也有土地；春江街道的春江村、八一村、建设村，灵桥街道的江丰村、外沙村，在岛上都有土地。我问个中原因。他答，当时不成文的约定是，谁开垦土地就归谁。除了上岛正式定居的，不少附近的村民也经常上岛，他们早出晚归垦荒，占有小块耕地，于是新沙的土地就多了这么多的主人。原来如此。

　　春绿，夏翠，秋黄，冬红，大道旁及水边成片成片的高耸水杉，为新沙岛的四季带来了无限的生机与韵味。和水杉及所有在岛上生长的植物一样，新沙岛人将这片土地看成是富春江的慷慨馈赠，他们必须要精心打扮它。如今的新沙，已成大江中一颗耀眼的明珠，富春江因新沙而生动。

五、长沙东洲

　　初夏的凌晨，已过耄耋之年的黄公望早早醒来，翻来覆去，再也睡不着。窗外的鸟已经在乱鸣了，而他心中的那幅图还没有完工，他在心里估算着，天气渐热，万物竞长，还得再去富春江边走走。

　　简单的行李，昨晚已经备好，天刚泛白，他就起身往山外走了。经过净因寺，寺中和尚们的诵经声与山间的鸟鸣声，互相奏和，黄公望心中一阵愉悦。行至庙山坞口，前面就是宽阔的大江。黄公望站在江边时，天色已大白，只见眼前的江面上，数十个小沙洲隆起，洲上树草茂盛，时有白鹭翱翔上空，令人目不暇接。望着那些错落的沙洲，黄公望不禁感叹，这几乎就是天然的好画面啊，转念又一想，要是在那洲上搭几间茅屋，也是极惬意的事。

黄公望眼前的那些沙洲，正是现在的东洲，别名"长沙"。彼时，东洲一带的江面上，泥沙沉积迅速，元末明初，数十个长长的沙洲逐渐连成片，形成了宜居的小岛。明万历七年（1579）的《杭州府志》记载，当时长沙这一带水面上已经出现了众多沙洲：

小沙、长沙、华墅沙、后江沙、和尚沙、铜钿沙、浮沙、笠帽沙等十几个沙洲，除天兴沙与陆家沙中间隔浦相靠，其余这些沙洲互不相连。随着这些沙洲逐渐增高、增广，渐渐有人迁徙到沙洲上定居谋生，沙洲上开始有了人烟。

黄公望自然没有上过沙洲。或许，对江中突然冒出来的沙洲，人们还是感觉不太踏实，不敢贸然上岛，不过后来，还是有人谋划上沙洲了。

那是天台来的邬姓人家。

元末明初，社会动荡，民不聊生，天台一户邬姓人家一路逃荒至富春江北的株林坞，开山种地讨生活，不过，日子过得仍然艰难。一个偶然的机会，他们看到富春江中有几个突起的沙洲，洲上树木茂密，远望像是一个个小村庄。之后，他们几次划船上岛察看地形，只觉沙地柔软细腻，泥土肥沃，于是便在心中盘算，这些沙地只需稍加整理，就是极好的田地，完全可以种庄稼。于是，邬姓人家就这样上了沙洲。此沙洲后来被人称为"老沙"（现红旗村），应该是东洲最早有人居住的沙洲。

没过数十年，老沙就已经人丁兴旺了。

据记载，明时洲上甚至建有一座纪念朱元璋的庙，叫"天兴第一庙"，庙内有一副对联颇有意思："元末结社来，一盏孤灯天子语；明初建庙始，五风十雨杜公灵。"对联中的上联，包含了一个传奇故事，据说朱元璋与军师刘伯温的船，在富春江上一路被元兵所追。船到了富春江南岸的里山渡口，一群人下大船换小船，想连夜过江，逃往庙山坞避难。当小船经过老沙旁的江面时，军师看见沙洲的树荫中透出一束微弱的灯光，刘伯温连忙提醒朱元璋，小心有埋伏，朱元璋看了看地形，沉着地说道："一盏孤灯，料人不多。"于是，他们放心地过了江。上联所述不知真假，下联却是人们对过好日子的期盼：勤劳努力吧，要风调雨顺啊。联中赞美的"杜公"，或许是蜀王杜宇，传说他死后化身为杜鹃鸟，而此鸟又名"布谷鸟"，春暮即鸣，田家候之，以兴农事。

自邬姓人家在洲上过起了自给自足的生活后，消息很快外传，东洲江面上的另外数十个沙洲不断有人上去居住。富春江两岸的农户，行走江湖的商人、工匠，甚至流离失所的乞丐、难民，都纷纷上沙洲居住。一些大户人家也看上了这些沙岛。相传，富春张氏先祖，原先居住在余姚烛溪湖边的张家湾，他们先迁至富春里山，后迁至天兴沙（现张家村）；富春许氏先祖，原先为元末睦州下辖建德县的县丞，后辞职，将一家老小都迁到长沙后面的高沙墩（现许家埭村）落脚；富春陆氏祖先，原是南宋丞相陆秀夫的后人，先迁至富春江北岸的羊姆山脚，后迁到沙洲（现陆家浦村）居住。

　　说到这里，我想就这些东洲岛上的望族宗姓说几句闲话。

　　有关张氏、许氏的叙述，我是相信的，但关于陆氏的叙述，我觉得不一定靠谱。桐江陆氏也说自己是陆秀夫后人，龙游的陆家村人也说自己是陆秀夫后人，还有不少地方都有陆秀夫的后人，盐城、潮州更多。我走访过陆秀夫的出生地盐城，陆秀夫的年谱上这样记载：夫人姓赵，侧室姓倪，有繇、七郎、八郎、九郎四个儿子。陆秀夫三十九岁时曾谪居潮州一时，他的长子陆繇就在那时和当地人结了婚，并育有三子。陆秀夫跳海，未成年的七郎、八郎也跟着跳海了。那么，陆秀夫哪还有那么多的后代？《江苏省志·侨务志》甚至这样记载：

　　　　南宋兵败崖山，全军覆没，左丞相陆秀夫负帝蹈海而亡；其幼子陆自立（号复宋）偕遗民逃亡至爪哇，率众据爪哇北部地区，自立为顺塔国国王。

　　陆秀夫虽不可能绝后，但除了盐城、潮州，全国各地也不可能有那么多的陆秀夫后人，我的猜测是，一些修谱的文化人，见是陆姓修谱，谱系又模糊，就将陆秀夫拉来做祖宗，以表达对这位宋末名臣的崇敬。不过，如果按照这种说法，再往上推，连陆游、陆九渊、陆秀夫也都算得上是陆终、陆机、陆云、陆赘、陆龟蒙等陆姓的后裔。他们若是陆氏宗亲，那一定是不错的。

《杭州府志》中记载的那十几个连着的长沙洲，有一处叫"和尚沙"，这一名称引起了我的兴趣。是说沙洲的形状吗？"长沙""笠帽沙"之类应该是以形状命名，但"和尚沙"显然不是。此沙洲原先属于和尚，是由和尚开发而成的。

哪里来的和尚？清康熙十二年（1673）的《富阳县志》如此记载：

> 和尚沙，在春明一图。沙洲为钱塘净慈寺僧世产，土人呼曰"和尚沙"。近亦渐次售人，所存十之二三矣。

原来如此。杭州城田地稀少，而寺庙要维持基本的香火，必须有寺产，或许是某一天，东洲来的香客间的交谈被净慈寺的主持听到了，他就连忙派人到那些沙洲上去开垦。滴自己的汗，吃自己的饭，谁开垦，谁占有。雇人种田种地有收成，即便卖了，也有不少的钱可以用以维持寺庙运转。

东洲那数十个沙洲，本来就相隔不远，每次大洪峰过后，都会留下大量淤积泥沙，那些小的沙洲就越积越大，洲间河道越来越狭窄、越来越浅。最终，在清朝中期，这些沙洲基本上连成了一个整体，这就是我们现在看到的东洲岛。

从杭州高速南到陆春祥书院，是我行车的常规路线。上高速，行数十里，每次都会看到"东洲岛"的标志。这一次，我终于从东洲岛口子下来，没几分钟，就到了东洲岛北侧的白鹤江（北支江）大桥，过桥就是东洲地面。

现在的东洲，全称为杭州市富阳区东洲街道，目前有东洲村、富春江村、木桥头村、何垷村、红旗村、陆家浦村、学校沙村、民联村、建华村、紫铜村、张家村等十余个行政村，是富春江上最大的沙洲。

第19届杭州亚运会"水上运动中心"，就在东洲北侧临江地段，这里已经成了亚运主题的体育公园，场馆主体设计以起伏的山峦为基本形态，与江的蓝、山的绿整体协调，在天地间呈现出一种别样的景致。

富阳区文联的柴惠琴女士陪同我走访。她近些年写了不少关于富阳的文史文章，对当地情况显然比较熟悉，一路娓娓道来。

我们去建华村探访省级非遗传承项目鼓亭锣鼓。鼓亭锣鼓，富阳民间习惯称之为"细乐锣鼓"，原为南宋宫廷音乐。南宋灭亡了，但音乐的种子依然流播，临安城中的不少乐师流落到富阳，细乐锣鼓就逐渐在富阳的东洲、新桐、大源、春江、三山一带流传开来。

浙江的民间非遗音乐，如温州、丽水的鼓词，金华的道情，松阳的高腔，遂昌的昆曲十番，萧山楼塔的细十番，以及沿海一些县市的渔民号子，都有各自悠久的历史。这些音乐遗存保存得还算完整，这些年，我跑了省内不少地方，经常可以欣赏到这些非遗音乐表演。东洲的鼓亭锣鼓也一样历史悠久，它分"古亭"和"乐队"两个部分：鼓亭为三层四角亭，整体造型类似古代皇宫的角楼，应该是乐队的演出场所，而乐队，则分全套（72人）和半套（36人）。乐器有笙、箫、管、笛、二胡、三弦、琵琶、月琴、锣鼓等，曲目大致有《大花鼓》《三百子》《乾坤镜》《分狄》《背疯婆》《水漫》《和番》七个，整套演奏下来通常需要两个小时。我设想的场景是，在某个节日，如中秋、元旦，在南宋宫廷某座角楼，清风习习，一群乐师正坐在亭中大厅演奏，而一群皇公贵族正悠闲地坐着，一边津津有味地嗑着瓜子，一边静静地欣赏着乐师们的精彩表演。然而现在富阳流行的鼓亭锣鼓表演中，古亭早已不是演出场所，它逐渐演变成了一个舞台道具或一种传统文化的象征。

我们在学校沙村，看到了一段挺有趣的历史。

1960年8月，富阳县被并入桐庐县，这里原来叫桐庐县东洲人民公社五星生产大队。1961年初，这里发生过一起重大事件：中央调查组赴五星大队调查农业问题。起因是这样的：1960年底至次年初，中央工作会议和党的八届九中全会先后召开，提出要实事求是，实行调查研究。中央派出三个调查组，分赴浙江、湖南、广东农村调查，要求"抓两头"，调查最差的生产队和最好的生产队，中间队不要搞。时任中共中央办公厅副主任田家英负责浙江的调查，五星大队被选为较好的典型。经过一个多月的详细调查，中央调查组完成了《桐庐县东洲人民公社五星生产大队调查报告》，报告中对五星大队在公社化前后的物质文化及思想动态变化、1960年的粮食产量、今后农业生产的发展方针、财务分配及经营管理、组织机构、整风整社等方面都给出了比较真实的反映，为修改完善"农业六十条"提供了第一手材料。

桐庐人自然关注桐庐的历史。我查阅1991年版的《桐庐县志》"大事记"，有关1960年的共6条，其中第四条这样记载：

8月15日，富阳县并入桐庐县。次年12月15日，复置富阳县，原新登县行政区域和原分水县贤德公社划归富阳。桐庐设置5区3镇30个人民公社。

3

东洲地广土肥，适宜种粮、种桑，是重要的天然粮仓。

在东洲街道的宣传资料上，我们看到了20世纪70年代末的辉煌。时任东洲人民公社党委第一书记余大白提出的"六三"规划：三千亩蚕桑，三千亩茶山，三千亩果园，三千亩鱼塘，三万亩粮田，三万头牲畜。这六个"三"，让彼时沉寂的东洲天翻地覆，百姓肚子饱了，钱袋也鼓了。这是中国农业从传统模式开始向集约化经营模式转变的初步尝试。

如今的东洲，早已华丽转身，同样的土地，散发出的则是现代农业的浓郁气息：农创空间、休闲观光、冷链物流、电商平台……沙洲上的变化让人眼花缭乱。

我们的车一直在江边的大道上转悠，10多个村，即便开车，也得好几天才能逛完。中午，我们在路边的一家小饭店吃了简单的午餐：一条红烧鲫鱼、一盘小笋炒蕨菜、一盘清炒紫云英、一碗米饭。它们均来自富春江及这片生机勃发的沙洲。

我查看地图导航，长沙东洲形如一只正在空中努力奋飞的风筝。

六、五丰沙

一个沙洲一旦形成，它便开始对水的步伐发号施令了。

富春江下游，阔大的江面上，五丰沙如一片硕大的海桐叶悠闲地躺着。富春江水只能听它的指挥，在这张叶片的左右分开行走。这张叶片肥厚、碧绿，叶片的南面与萧山区义桥镇的富春村隔江相望，叶片的东、西、北三面与西湖区双浦镇隔水相邻。叶片上生活着两个自然村约2500人，东南边的村子叫大沙村，西北边的村子叫小沙村。

1

五丰沙是何时形成的？

先说这一片水面。

富春江流至这里，江似乎变成了海，一望无际。钱塘江、富春江、浦阳江，三江交融，如此浩大宽阔的江面，那气势，已不再像普通江流般温顺。南北朝时期，称此段江面为"渔浦"，在富阳、钱塘、萧山三地的志书上均有注，《吴郡记》说此处属于富春，《舆地志》上说此处属于钱塘，《会稽志》上说此处属于萧山。各地争着说此水面属于自己，皆因历史上此处水域为淡水咸水交汇处，优质鱼虾成群。

富春江上所有的沙洲，并不是一夜之间从水底崛起的，基本都有一个逐渐累积的过程。明万历七年（1579）的《钱塘县志》中，五丰沙尚未见绘。200余年后，清乾隆四十九年（1784）的《富阳县图》中，渔山北面的江面上已经标识有沙洲，这就是率先形成的大沙。

接下来的志书，差不多都将五丰沙载录进来。《富阳县五里方图》将五丰沙标注为"铜盆沙"，《富阳县志》将其标注为"铜盘沙"，五丰沙就如那海桐树叶，遇着合适的雨露春水，就在富春江上肆意生长。

鸟依树栖息，有了沙岛，人也很快会登岛居住生活。

清同治四年（1865）夏季，曹娥江泛滥，洪水满岸，房倒屋塌，田地大片被冲毁，庄稼绝收，当地不少百姓只好外出谋生。上虞、嵊州的部分百姓奉政令以工代赈，到萧山加固西江海塘。干活的民工发现，三江口的富春江段江面上，有一个大沙洲，岛上不时有白鹭惊飞，江面上也时有舟楫来往，他们好奇不已，遂利用工歇时间上沙洲探秘。他们见洲上芦苇丛生，绿草遍地，鸟雀成群，却不见一个人，于是断定，此沙洲适合居住，如果在此自力更生，定可以丰衣足食，还可以避开官府的苛税。

探秘的几个人回到工地，将沙洲上的见闻与工友们说了，大家都兴奋不已，消息便在亲朋好友间传开了。经多次商量，

x647613

67671r

最终有十六户人家结伴上了沙洲。

这十六户上洲的百姓，就是五丰沙最早的居民。

他们起初的开垦经历，足以打开我们想象的空间。植物茂盛，表明五丰沙和别的沙洲一样，土地肥沃。想必，他们砍掉那些疯长的芦苇，深耕沙土，将绿草变成肥料，而有些坑坑洼洼的地方，则被改造成蓄水的池塘，用于饮水、灌溉、养殖，兼具其他功能。没过几年，沙洲上那些极容易生长的速生树，就连成了一片茂密的林子，草屋掩映其间。门前的田地间，水稻、玉米、甘蔗、花生、番薯、大豆、南瓜等，在不同季节里摇曳出不同的身姿，常常使居民们心满意足。江阔皇帝远，人们日出而作，日落而息，在这一片天地间滴汗苦干，飞鸟在空中肆意飞翔。

这十六户人家，不仅在开垦时齐心协力，还探索了令人称道的分配方式：大家共同劳动，共同管理，所有的收入都分成十六股，每户持一股。如此团结互助，抵御大自然的能力自然显著增强。"十六股"的故事也成了现今五丰沙上的传奇之一。

2

我从杭州市区的左岸花园出发，沿绕城西高速袁富互通下，由袁富路过之江绿道，五十分钟后到了吴家渡口，袁长渭兄在渡口等我，渡口对面就是五丰沙。车人混渡，十分钟后，我们就到了那片海桐叶的心脏部位。

摇下车窗，满眼的绿似乎要钻进车厢。长渭兄一边开着车慢行，一边向我详细介绍。想当初，那十六户人家成了最早的原住民，随后，绍兴及附近的萧山、杭县（今杭州市部分区域）等地，也有不少人上沙洲垦荒拓地，尤其是在1937年底，杭州城沦陷，整个富春江北均被日军占领，乡民纷纷逃难，其中有不少人投亲靠友，上了五丰沙。最终，五丰沙形成了沙洲南的大沙、沙洲北的小沙两个自然村，共600多户，2500多人，姓氏有100多个。

我问起五丰沙的管理体制，长渭兄告诉我，有人居住的地方都属于富阳区东洲街道，而这片沙洲上五分之三的土地，则属于西湖区双浦镇。双浦这边，以前有不少农家乐，还有各种养殖场，但没有居民在五丰沙上长期居住。

说起这几十年间五丰沙的发展，长渭兄如数家珍。他说，他少年时也上沙洲耕作过，而在富春江里捕鱼捉蟹更是他的拿手好戏。沙洲上的百姓，赚钱的活路很多，种桑养蚕、网箱养鱼、跑水上运输，只要肯吃苦，哪一样都能赚钱。

我们在沙洲上随机访问。

在一户人家的院子里，见一位老者在晒太阳，我们坐下来和他闲聊。老人自报八十多岁，却精神矍铄，他见证了五丰沙这几十年的发展。他虽是富阳人，说的却是一口绍兴话。老人讲，他年轻的时候，村里的3000多亩田主要种水稻、玉米，每年上交国家好几百吨。我问种不种桑树，老人随即答："种！有200多亩呢，村里每年要养好几轮蚕。"靠山吃山，靠水吃水，五丰沙人除了捕鱼捉蟹，芦苇丛中的野鸭、江滩边长势极好的杞柳都是他们的钱袋子。譬如那杞柳树条，长且柔软，又有韧性，是编织各种包装箱、包装筐、各式藤椅的好材料。

说话间，一年轻壮硕的男子走进院子，老人脸上瞬间漾出了开心的笑容。男子喊着"阿公"，笑着和我们打招呼。这是老人的孙子，他说他是经营休闲垂钓的，我们随即又聊起了垂钓。一个或几个大鱼塘，周边均种上果树，几间木屋架在水上，游客钓完鱼，可以采摘水果、吃饭。据他说，五丰沙上，有十几家生态垂钓经营户，采摘、观光、垂钓、露营、民宿、餐饮……什么都有。节假日的时候，每天有一万多人上岛游玩。

我们又开车到了东江嘴，这里是富春江的终点。从梅城往下，富春江行了102千米，右边浦阳江水冲进来后，接下来的江面就称钱塘江了。

南北大塘纪念碑前，我细看碑记。此碑由杭州市西湖区人民政府与杭州市林业水利局于2002年12月联合设立，碑文《南北大塘碑记》这样写道：

钱江之潮，万马奔腾，吞天沃日，天下奇观也。然时有暴潮肆虐，亦为一害。若会淫雨烈风，则江潮滔天，决堤漫顶，房倾田毁，洪涝之灾，遂为民生大虞。故世代百姓，皆以筑海塘、抗洪潮为要务。自故以降，土塘、柴塘、石塘，代代演进，年年修筑。然洪潮肆凶，旧塘故堤不固，水祸频生。南北大塘，长五十里，以东江咀为界，分南塘、北塘，地当要冲，水患尤烈。公元一九九六年伊始，市、区政府为百年抗洪之计，兴起宏图，全面修筑南北大塘，历七载而告成。五十里巍巍堤塘，如长龙卧岸，岿然雄镇，洪潮低首。自此，上泗地区十二余万人众，六万余亩耕地，旅游名胜，厂矿企业，皆赖此塘为安，千年水患可根绝矣。是役，凡迁房七万八千一百平方，异置农户二百三十九户，征良田一千零五十六亩，土方二百四十万立方米，石方四十六万立方米，浇混凝土十九万立方米，耗资三亿五千万元，其中民众捐资近二千万元。堤塘建设，百姓顾全民大局；工人奋勇忘我；领导赤心系大塘。万民一心，众志成城，南北大塘，固若金汤。民咸曰：此举利国利民，千秋伟业，造福百代也。爰立此碑。

大塘宽厚结实，塘上可双向行车，这样的大塘，足能抵御数百年一遇的大洪水。初春的江风，依然有点凉，我裹紧衣服。长渭兄指着前方和我说，对面就是富阳的渔山，那边就是萧山义桥。江上时有船只往来，这片水域依然繁忙。

我看过一篇资料，说这一段江面，是鱼的天堂。20世纪60年代，兴修、投产富春江水电站以前，此处每年捕获的鲥鱼就有几万斤。关于鲥鱼，我已在"食货志"卷中专门写它，不再多提。

3

靠近码头处，我们进了一片麦田。田埂上的树已经有合抱粗，田宽地阔，每丘田至少得几十亩。长渭兄指着那些青麦苗说，原来这里都经营农家乐、垂钓，但现在有不少都按要求恢复了农田，基本农田是国家的政策红线，事关百姓的饭碗，谁也不能动。

码头上方，有几处突出的沙咀，长渭兄告诉我，那叫磐头（盘头），是清代以前防洪用的。这磐头，如钱塘江两岸的丁字坝，能将汹涌的江水分割切碎，减轻冲击力。钱塘泗乡有十大磐头，从富阳东洲接壤处一直到萧山闻堰都有所分布。

五丰沙是目前富春江上使用轮渡的仅有的几处地方之一，不知会不会如新桐洲一样，什么时候架一座大桥过去。如果架桥，方便是方便了，富春江上沙洲特有的韵味却会减少。

7.3平方千米的五丰沙，确实五谷丰登。

七、镜子一样的湖

这一卷前面几篇讲的都是沙洲，这一篇为什么讲湖呢？看官别急，容我慢慢道来。

北宋熙宁六年（1073）正月二十七这一天，江南的梅花已纷纷吐蕊，杭州通判苏轼启程前往富阳县和新城县（今富阳区新登镇）进行巡查工作。杭州太守陈襄是苏轼的老朋友，他对苏轼很是照顾，听说苏轼要下乡视察，特意让推官李佖提前三天打前站。一边检查工作，一边欣赏风景，苏轼心里暖洋洋的。

苏轼一行从杭州市区出发，沿着钱塘江边行，再转到富春江边，那里有一大片风光独特的铜鉴湖，还有风水洞，值得好好欣赏。苏轼有感而发，《往富阳、新城，李节推先行三日，留风水洞见待》一诗就这样留下了。此诗在苏诗中算不得上乘，但诗中描写了诗人此行视察的心境及钱塘泗乡的风景：

> 春山礫礫鸣春禽，此间不可无我吟。
> 路长漫漫傍江浦，此间不可无君语。
> 金鲫池边不见君，追君直过定山村。
> 路人皆言君未远，骑马少年清且婉。
> 风岩水穴旧闻名，只隔山溪夜不行。
> 溪桥晓溜浮梅萼，知君系马岩花落。
> 出城三日尚逶迟，妻孥怪骂归何时。
> 世上小儿夸疾走，如君相待今安有。

早春，礫礫的鸟鸣声里，怎么能够不吟唱我的诗词呢？诗人显然自信。他的马车，沿着江边漫长的大道一路前行，他心中一直默默地与自己对话：哈，李佖啊，你早走三天了，我们的队伍中就听不见你的声音了。六和塔的金鲫池边没有见到你，车队一路追过了定山村。问路人，都说你还没有走远，那位骑马的少年风度翩翩。早就听说风水洞名气大，遗憾的是今日天色已晚，还隔了一个湖和一条溪，无法直接到达，今晚只能在定南公馆过夜了。

公馆前，溪流潺潺，梅花瓣随着溪水流淌。苏轼又猜想：李佖啊，说不定这是前几天你系马的岩石边的梅树上落下来的梅花呢。李佖啊，你已经出城三天了，道路逶迤，行路艰难，老婆孩子怕是要责问你何时才回家。这个世上，小人都说可以快步走，像你这样行事稳当的人还有吗？

一句"世上小儿夸疾走"在几年以后，给苏轼惹麻烦了，有人说此句是在讽刺王安石的变法。"乌台诗案"中，此句被拿来作为苏轼的罪证之一。

我欣赏到这里，抬头看看苏轼，对他道："从这个角度说，您的这首诗，确实可以看作是咏物诗，借风景及事物抒发内心感受。"

苏轼主要的游览目标是风水洞，而打前站的李似早就等在那儿了，他们自然游得十分尽兴，想来，李似也写了诗，因为苏轼一连和了二首——《风水洞二首和李节推》。

苏轼这次出巡，一路留下了不少诗词，如写富阳的《富阳道中》，写新登的《新城道中》，写桐庐富春江七里泷的《行香子·过七里濑》等，他的诗情词情，如富春江的浪花，时时喷涌。

话折回。

这一夜，苏轼留宿在铜鉴湖边的定南公馆，而公馆前的景色正如苏轼诗中所描写的那样，美得让他有些出乎意料。对于诗人而言，他所到之处的那些山水人文，总是会将他内心隐藏的诗情激发出来。

富春江与钱塘江交汇处的铜鉴湖，其实也是由淤泥逐渐堆积起来的沙洲，只不过它的洲上注满了水，水是洲的客人，它们与山水相融相合，犹如天成。

这一片由沙洲堆积而成的湖面，至少在汉代时就有了，那时，它叫明圣湖，郦道元《水经注》如此记载："县南江侧有明圣湖。"至宋代，更名为石湖，至于铜鉴湖的名字，不知取自何时，但《光绪杭县县志》这样记载："铜鉴湖在昙山东南。湖周围约三四里许，水清澈，产鱼极肥。菱茨之利，不可胜计，秋莼尤佳，埒于湘湖。湖藏山腹，境极为邃……"

当地还有传说。说是湖中有金牛出没，而金牛从湖中逃出，躲进了湖边昙山上的清虚洞（金牛洞），所以，钱塘泗乡本地百姓也叫它金牛湖。

唐朝的魏徵，梦中斩掉泾河老龙，然后涨起钱塘沙。这个民间传说故事很有名，而钱塘江边的泗乡，还有转塘、周浦、袁浦等，其实都是由沙洲堆积而成的，因此，当地百姓就将李世民对魏徵的著名评价和追思（"以铜为鉴，可正衣冠"）与魏徵的那个梦嫁接起来，这一片湖就被称为铜鉴湖。铜鉴，可以照自己，可以警示后人；铜鉴湖，像镜子一样的湖，人人喜欢。

此湖处于杭州近郊，历史上众多名人自然赶着来铜鉴湖欣赏。

南宋绍熙五年（1194）九月，朱熹被召入京城临安。船行至富春江畔的富阳，朱熹舍舟登岸，由陆路赴京城。在昙山，朱熹游览了郑涛的园亭，然后在一方棋枰石上留下一首诗，被人刻石："颓然见兹山，一一皆天作。信手铭岩墙，所愿君勿凿。"初读诗时，感觉他的心情不太好，"颓然见兹山"，为什么要"颓然"？原来，那次入朝不太顺，他似乎早有预见，而随后发生的事，也确实印证了他当时的心情：孝宗去世，光宗被逼退位，宁宗在绍熙政变中即位，朱熹被召至朝中，但他在朝仅46天便黯然去都。

一个怡人的秋日，杨万里也来了。他坐着船，游览了杨村的盐场，并将船泊于铜鉴湖之畔。早晨起来，他见到了与城中完全别样的风景，一时心情大好，写下《晨炊泊杨村》：

> 沙步未多远，里名还异原。
> 对江穿野店，各路入深村。
> 秋水乘新汲，春芽煮不浑。
> 舟中争上岸，竹里有清樽。

铜鉴湖边的杨村和湖埠，人来船往，货运繁忙，而湖周边，接山连水，人烟稠密，深入村庄，只见那一幢幢农家茅屋，呈现出幽静的秋日风光。秋水煮春茶，煮不浑的春芽，应该是指铜鉴湖畔产的好茶。清樽，自然是钱塘泗乡的特产土烧白酒。在富春江边的船上住一夜，茶与酒，还有眼前的风景，都别有一番韵味。

这里有大片的西湖莼菜田，仁桥村就是主要的西湖莼菜产区，村名几乎成了西湖莼菜的代名词。铜鉴湖牌莼菜，曾经热销日本和韩国。西湖莼菜有着悠久历史，苏轼、白居易都有诗纪念。苏轼曾念念不忘西湖莼菜："若话三吴胜事，不惟千里莼羹。"

铜鉴湖畔，还盛产九曲红梅茶，因其色红香清如红梅，滋味甜醇，曾获巴拿马太平洋万国博览会金奖，名气不逊于西湖龙井茶。

铜鉴湖一直如镜子般，在唐宋元明时代都大放异彩。至清朝咸丰年间，钱塘江南大塘两次决堤，大量的泥沙涌入铜鉴湖，铜鉴湖水面缩小了许多。到了20世纪70年代，大部分湖面都被改成了良田。

袁长渭兄自小就在铜鉴湖边长大，2017年，他力推铜鉴湖生态修复工程，四年后铜鉴湖终于基本恢复到了历史的原貌，水面由原来的200多亩，扩大到目前的2000多亩。烟鸥雪鹭，红树青林，云泉晨曦，铜鉴湖这独特的风光，几乎不输西湖。

甲辰春日的一个上午，长渭兄陪我看过五丰沙，看过三江口，再沿富春江大堤转铜鉴湖。车行入一片平畴之地，好大一个湖，山只是低矮的屏障而已。我知道，这里原来都是钱塘江与富春江交汇的江滩。沙洲的力量是慢的，又是快的。说慢，是因为它有一个渐进的堆积过程；说快，是因为在数万年甚至几十万年的河流演变史中，他的变化只是一个很短的瞬间，而某一次史无前例的洪水，就可能将大地的布局改写一次。而眼前这阔大的湖面，并不完全是一个整体，它有曲折，有分割，山峦、拱桥，或者小岛，都使湖变得更加有风韵。

看着这一湖的风韵，我忽然想，这一湖水，与富春江大堤外的那一江水相比，有什么不一样吗？肯定不一样。这不一样，我以为主要是性格，湖是水的家，江也是水的家，不过，湖水住的是小家，它们过着安定的生活，无风不动，有风也只是微动；而江水住的是大家，它们的生活是日夜流动的，随时会发生变化，有时平静无波，有时惊涛骇浪。而从这个角度上说，湖似乎是江的孩子，挟江而来的泥沙，不断被水淘洗，而留下沉重之粗砾，它们构成了湖的家底。这时，江对湖说："孩子呀，你就待在这里生活吧，好好生活。但我们还要往前方去，不到大海，永不停息！"

　　铜鉴湖，使富春江边的大地间多了一面亮亮的镜子，而它的底色，却是扎实细密的，来自崇山峻岭、大江大河、千锤百炼的广阔沙洲。

两岸

繁花似锦，翠色入船。江流碧玉，两岸红霜。雪霁波明，江山如画。

富春江两岸群山连绵，层次丰富。河谷地带阡陌纵横，村镇星布，田园似锦。以水为观照，山与田园，疏密有致，开合有度（山水志）。千年古城镶嵌山水间（古城志），在时光熬制中飘出阵阵文化清香（非遗志），诸般形胜姿态万千（形胜志），人们的品德品行于天地间铭刻（碑坊志），这片神奇的土地自有神奇的故事（传奇志）。

云山苍苍，江水泱泱，先生之风，山高水长。

此谓富春江之两岸。

第一卷：山水志

千百年来，人们傍河而居，河岸和山林与人们相伴相生。

对地球来说，天上飞的、地上跑的、水中游的所有生灵都是它的客人。弱肉强食，你死我活，并非理想的生存状态，最好的局面是，各方和谐、相济相生，如陶渊明笔下的桃花源，虽是乌托邦，却是人类一直追求的愿景。

一、长林堰

我在写历代笔记新说系列的时候，就关注上了文学家任昉，他生活在南北朝时期，与著名的数学家祖冲之写有同名的笔记小说《述异记》。只不过，祖冲之的十卷散佚了，而任昉的两卷却留了下来。

任昉，字彦升，乐安郡博昌县（今山东寿光）人，在南北朝时期的宋、齐、梁三朝都做过官，廉洁勤政，文学成就与政绩都很突出。这里只说他任新安太守时的一些事。

南朝梁天监六年（507），任昉出任宁朔将军、新安太守，妻儿老小随任。徽州史志如此评价任昉：

> 出为新安太守，在郡不事边幅，率然曳杖，徒行邑郭。人通辞讼者，就路决焉。为政清省，吏人便之。在郡尤以清洁著名，百姓年八十以上者，遣户曹掾访其寒温……郡有蜜岭及杨梅，旧为太守所采，昉以冒险多物故，即时停绝，吏人咸以百余年未之有也。

对任昉的评价，用词简洁：不注意衣着打扮（常常披着头发）；拄着拐杖（身体应该不是十分方便）；到城镇村舍走街串巷（不坐车，深入基层）；民间有是非官司，就地裁决。这样处理政事，真是清晰简练，官民都感到很便利。

这是一位真正的父母官。对年满八十岁以上的老人，任昉都要派官员前去慰问。新安郡中有蜜岭，产杨梅，以前杨梅成熟的时节，官府都要派人去给太守采摘，任昉认为，不能为一己之私让百姓去冒生命危险，立即命令停采，官吏百姓都认为这是百余年没有过的德政。

梁天监七年（508），任昉死于任上。《南史》这样记载：

> 卒于官，唯有桃花米二十石，无以为敛。遗言不许以新安一物还都，杂木为棺，浣衣为敛。阖境痛惜，百姓共立祠堂于城南，岁时祠之。

死于工作岗位上的官员，十有八九都是好官，任昉的生命时钟停摆在四十九岁的格子上,家里的遗产只有桃花米二十石。桃花米是什么米?是米粒红衣未经舂去的糙米。任昉还留下遗言,不许家人把新安的任何一件东西带回都城。他下葬时,棺材是用杂木做的,用平时穿过的旧衣服装殓。新安全郡百姓都很悲痛,他们在城南给任昉立了祠,每年按时祭祀这位好官。

那么,长林堰与任昉有什么联系呢?

长林堰在分水江支流前溪河畔,分水西门外(今天英村),曾被称作"新堰"。它的修筑,与任昉有关,但后人对此说法不一。《桐庐水利志》说是任昉在严郡任上下令筑堰蓄水;《杭州市水利志》说是梁天监元年(502)任昉镇守吴郡任上令筑分水长林堰。

严郡应该是指严州,但这显然有误,南北朝时还没有严郡。南北朝时的分水,倒是可能属于吴郡,但我查任昉的为官经历,不见他在吴郡任过职,且从梁天监二年(503)起,任昉一直在义兴(今江苏省宜兴市一带)任职。

走访天英村,天英村微村志上的说法,我认为比较可靠。

新安郡,当时包括徽州及严州的大部分地区,比如今天的建德(寿昌)、淳安(遂安)。而前文已经交代,如此尽心尽职的任太守,一定会跑遍全郡山水,他从淳安出发到分水,就一两天的事,且分水无论是在地理还是经济方面都是重镇。任昉率相关工作人员,边走边看,一路体察民间疾苦。一日,他行至前溪畔,见河道宽广,北岸又有大片土地,便发动群众修堰。百姓肩扛人驮,先用大量松木在溪中打桩,再在水流中垒砌,建造了长约120米、宽约10米、高3米多的拦河石坝,以此抬高水位，引流灌溉。这就是被后人称为"长林堰"的堤坝。

堰坝拦截的溪水，经北岸的引水沟渠（入口处有一人多深），蜿蜒曲折地流经分水城区西门外和南门畈的大片良田，滋润着大片禾苗。该畈因土地平展，阳光充足，土质优良，再加上有堰坝引水灌溉，旱涝无忧，年年保收，一直以来被人称为"金不换"。

长林堰设计合理，坚固结实，沟渠配套，它充分显示了古代劳动人民改造自然，发展农业生产的智慧、才能和力量。在雨量充沛的季节，溢坝滚滚而下的流水形成飞瀑，气势宏伟，颇显壮观。

明洪武二年（1369），分水县令金师古下令重修长林堰。资料表明，洪武二十七年（1394）又有重修。到了万历二年（1574），分水县令方梦龙再次大规模组织人员重修长林堰。

按我的推断，任昉发起了一场修堰运动，且当时分水还没有建县，他一定会在天英村驻留较长时间，肯定得等堰坝修筑有了眉目才离开。甚至他可能每天都会在工地上转悠，筑堰的石头、打桩的松木、民工的伙食，他都会关注与指点。如此大片的良田，只有让河水听从调遣，才能保证丰收。而让百姓丰衣足食，就是官员的主要职责。

其实，任昉与桐庐的关系，不仅仅是长林堰，他还写有两首与桐庐有关的诗：《赠郭桐庐出溪口见候余既未至郭仍进村维舟久之郭生方至》和《严陵濑诗》。前一首长长的诗名里还有个故事：一个春日，任昉途经桐庐，欲与桐庐县令郭峙（即郭桐庐）相见，郭峙见任昉未到，先进村去巡视春耕，任昉等了好久才等到他，于是留下了这首诗。此诗既见郭峙忠于职守，又反映出两人深厚的情谊。

天监是南朝梁武帝萧衍的年号，从502年至519年，郦道元的《水经注》中多次提到"梁天监"这个年号。丽水市莲都区的通济堰修筑于梁天监四年（505），这是浙江省最古老的水利工程，是灌溉工程的世界遗产，现在是全国重点文物保护单位。

在溪中筑坝引水，是南方一带保障农田灌溉的一种有效方式。如分水江两岸的合村，便存有修筑于唐朝的麻溪堰，沿麻溪右岸悬崖陡壁凿渠1700多米，至今可灌溉千亩农田。明朝洪武年间，朝廷专门差官，在分水县境内修筑柏堰、范堰、邵舍、西村、花桥、后岩、云峰、宝山、殿山、长枫、新堰、天目溪堰等12堰。邵舍堰、西村堰就在我白水老家附近，年少时候的夏日，我们常去那一带的溪中戏水捉鱼，而那堰坝下，有回水潭，往往藏鱼最多，有人也将"鱼梁子"装在堰坝下拦截游鱼，等着鱼从坝上冲下来。据民国桐庐《分水县志》资料，至清光绪三十年（1904），桐庐有堰179处；清光绪三十二年（1906），分水有堰247处。

堰坝大多为垒筑而成的石堰，或以河道中大的眠牛石为基础，或以松桩固定，再以篾笼填石，层叠而成。大溪的石堰，一般高50厘米至2米，小溪中常以柴草、沙土等堆筑成浮堰，浮堰易成也易毁。桐庐、分水的民间管理规定，常以小满日闭堰，八月朔日开堰，岁修则由管堰者监督管理，受益者如果不出工，则要按亩出谷子代偿。

据《富阳县志》记载，至明成化十一年（1475），富阳县有堰坝73条，新登县有58条；到明万历七年（1579），富阳县堰坝数已增至86条，新登县为101条。这些堤坝中，最著名的，便是吴公堤了。

二、吴公堤

富春江富阳段干流长达52千米，因江中多沙洲，河道在多处分流，形成南北两支。古代，富春江富阳段的防护大堤，主要修筑在县城。唐万岁登封元年（696），富阳县令李濬，在城南用条石修筑防护堤，大堤东起鹳山，西至苋浦，长1000多米，名"春江堤"。唐贞元七年（791），县令郑旱又对大堤进行了全面整修，并将堤更名为"富春堤"。明正统四年（1439），县令吴堂再次重修防护堤，沿堤筑城墙，开四门，建船埠，民感其德，改称"吴公堤"。

吴公堤修完，富阳人陈观正好从荆州府学教授岗位退休回家，他目睹吴县令带领民众修筑堤坝，就写了一篇《吴公堤记》，全文情真意切，娓娓道来。在陈观的文章中，我们能够体味600余年前吴县令修堤的壮举。

吴公堤，指的是古代所说的富春江的堤坝。不说"富春堤"而说"吴公堤"，是因为它由吴县令所筑，百姓这样喊它，表示不忘本。

富阳居杭州的上游，它背依山岭，面临大江，江水往下，直通钱塘江。潮水涨落往来，衢州、婺州、睦州、歙州等地的河流都会聚集于此。每当狂风大作,江涛汹涌,奔腾的江水就会冲击进溅,因而此处江段得名"险绝之江"。另外,从鹳山开始,到苋浦桥为止,从东到西1000多米,江流处于县城的南部,如果要抵御洪水,就只有建造堤坝才可以。但历朝历代,那些从政者,似乎都没有研究过这个问题。唐万岁登封元年(696),县令李濬所筑的堤坝,经雨洗风淘,也已损坏了。江流渐渐逼近居民的居住之所,形成了不小的隐患,百姓一天天为此担忧。

明宣德十年(1435),吴县令到富阳上任,他首先关注到这道已经差不多废弃的堤坝,意识到修缮的迫切性。他召开会议讨论,认为修筑堤坝是当务之急。众官员一致同意。于是他们立即打报告,向朝廷申请立项。朝廷很快批准,但偏偏当年收成不好,政府缺乏财力,修堤之事只得耽搁。明正统四年(1439),秋季谷物丰收以后,正要组织人员施工之际,又碰上有关部门要修筑钱塘江堤坝,征调服劳役者开凿巨石,动辄几千人。但修筑富春江堤坝的工程实在耽搁不得了,吴县令又急忙向上级汇报本县工程的重要性,申请富阳县免除此次劳役,力排众议,这才开工修筑。百姓闻听消息,一片欢腾。

这一年的十月八日,正是富春江的枯水季节,吴县令亲自带领一帮有经验、有名望的长者,遍访工程所涉江边各村,将人力物力逐一落实,石匠、木匠、铁匠、篾匠,能工巧匠们纷纷聚集,巨大的块石、方正的条石、粗壮的木材、长长的毛竹,筑坝材料堆成了小山。

吴县令又传授了新的筑坝方法,将堤坝结构分成不同层次,下面用木桩打底，上面用石块堆叠。任务分配井井有条，责任落实清晰而精准，不到一个月，堤坝就筑成了，上坚下固，宛若天成。

堤坝竣工那天，富阳百姓说："这里过去是富春江水的要冲之地，现在却成了我们安居乐业的好地方。这是靠谁的力量呢？这是靠吴县令的力量啊。"换言之，这一切，都是托吴县令的福。随即，百姓们请求将此堤改名为"吴公堤"。

写到这里，陈观也禁不住跳将出来，说：确实应该改名。接下来，陈观的思绪更加飞腾，他对吴县令带领民众修筑堤坝这件事十分感慨。他这样想：官府主导的大工程，虽需要用大量的民力，但只要有利于民众，百姓即便劳累也不会抱怨。此项工程，虽然时间紧，质量要求高，但吴县令将它一一落实，百姓高度配合，如此看来，吴县令是真心为民，而不是沽名钓誉。一个地点若不曾拥有姓名，则常被后人以人名命名。以前苏轼任杭州知州，疏浚西湖建成的堤坝被百姓赞为"苏堤"。现在，我们富阳将堤坝命名为"吴公堤"，个中道理是一样的，都是对官员为民办实事的褒奖。

吴县令全名叫吴堂，字允升，饶州乐平人，他从中进士开始进入仕途，他修筑的吴公堤，使富阳境内面貌焕然一新。

陈观断定，今后，人们想起吴县令的功绩的时候，一定还会有更多的纪念方式。

陈观感叹完，我也感叹，中国百姓是多么善良。官员只要为民做了一些好事，百姓都会将官员的功绩用官员的姓名命名，甚至还会替官员在生前立祠，百姓做这一切，就是想永远记住官员的恩德。

甲辰春日的一个下午，我拜访完郁达夫故居后，沿着滨江大道往南随意行走。江风从阔大的江面上不时拂面而来，亭台楼阁错落有致，树木花草随风摇曳，鹳山公园、东门渡、南门渡、下水门，这些都是久远的历史遗存。吴公堤延伸到此的下水门遗址，如今已经复建成一个码头了。

在南门广场，我细看富阳老城地图的铜雕，那些线条，深深地镶嵌进铜壁中。我知道，其中任何一条线，都承载着几百甚至上千年的历史记忆，它们仿佛与眼前的江水互相激荡，奏出富春江的时间之歌。

三、《耕织图》

传说，公元前44年，凯撒打败了所有的对手，成了罗马共和国的首席执政官，凯旋归来。喜欢讲排场的凯撒，随即在罗马大剧院举办了一次盛大的演出。

众目睽睽中，凯撒在众人的簇拥下隆重出场。一身精美绝伦的紫色宽袖长袍，质地轻柔，衣角不时飘扬起来，凯撒张开双臂，感觉好极了，他不断向民众挥手致意的样子，如大鸟张着翅膀。凯撒的这身轻盈羽衣，来自遥远的中国。此后，中国丝绸在罗马被追捧，价格最高时，一磅丝绸可卖十二两黄金。

其实，我们的祖先，早在4000多年前就开始生产丝绸了。西方人发现中国的丝绸后，叹为观止，古希腊及古罗马人称中国为"赛里斯",意即"丝国"。越王勾践被吴王放归后,与谋臣确定了"省赋敛,劝农桑"的国策,并"身自耕作,夫人自织",带头开发耕地,发展蚕桑,推行农战政策。那时,作为经济作物的桑树,已被百姓广为栽植。

《梁书·沈瑀传》记载,建德县令沈瑀,"教民一丁种十五株桑,四株柿及梨、栗,女丁半之。人咸欢悦,顷之成林"。百草初长,春水荡漾,新安江、富春江畔,民众初尝各种经济作物带来的好处,尤其是蚕桑种植之利。山与林与水,和谐相处,百姓欢歌阵阵。

天目山下,天目溪畔,有个於潜县。

南宋时,於潜距京城临安不过百余里,成了京畿之地。天目山下有数十家窑场,生产大量的日用瓷器,而天目溪两岸河谷,土地肥沃,良田连片,桑园成畴,这里皆为粮食与丝绸的重要产地。所出之物,在於潜县北的后渚桥码头装船,一路从天目溪至分水江,再入富春江,一两天即可抵达京城。

南宋绍兴三年(1133),苟延残喘、惊魂未定的宋高宗赵构,终于率领众官员在临安城安顿下来,当时,大宋江山已支离破碎。然而,江南的土地还真是养人,没多久,临安城就呈现出"暖风熏得游人醉"的大好局面,而就在这一年,四十四岁的楼璹,出任於潜县令。楼璹是宁波人,出身书香门第,工诗善画,当他来到这富饶的河谷之地时,就决心要让百姓丰衣足食,"笃意民事,慨念农夫蚕妇之作苦,究访始末,为耕、织二图。耕自浸种以至入仓,凡二十一事;织自浴蚕以至剪帛,凡二十四事。事为之图,系以五言诗一章,章八句"。

似乎是在不经意间，楼璹完成了世界农业科普史上的一项壮举。

耕、织二图（合称《耕织图》）横空出世，将中国农耕蚕桑的生产全过程，完整地向世人展示了出来。这不仅是农事生产的详细介绍，还是诗与绘画完美结合的艺术，有人将《耕织图》与后世黄公望的《富春山居图》一并称赞，称它们皆在中国绘画史上树立了里程碑。

浸种、耕、耙耨、耖、碌碡、布秧、淤荫、拔秧、插秧、一耘、二耘、三耘、灌溉、收刈、登场、持穗、簸扬、砻、舂

碓、籬、入仓，水稻生产，从浸下种子的那一刻开始，一直到
千辛万苦万粒归仓，共有二十一道环节必须完成，每一道环节，
楼璹都形象地配了耕图诗。我们看第一首《浸种》：

> 溪头夜雨足，门外春水生。
> 筠篮浸浅碧，嘉谷抽新萌。
> 西畴将有事，耒耜随晨兴。
> 只鸡祭句芒，再拜祈秋成。

　　连日春雨沥沥，溪头的水开始涨起来了，农人看看天气，
将上一年的种子小心地从梁柱上取下，将早就备好的竹篮浸入
溪水，再将谷种小心地淘洗。浸下谷种，就是埋下希望。这些
好种子，很快会饱满起来，它们钻出谷壳，那柔柔的、嫩嫩的
绿芽，惹人欢喜。做完这些，农人的心里稍稍安定下来，他想
着后面的一些事。这些事是必须一件件去完成的，每一年都是
如此，已成习惯：西边的那几块田，要好好整理一下，特别是
那块秧田，过几天就要将萌芽的谷种撒进去了。另外，春耕之
前，一定要祭拜一下春神句芒，那只大公鸡，可是养了好几年
了，足够肥壮。这一切，都是为了心中的希冀，期望今年风调
雨顺，五谷丰登。

　　再如第九首《插秧》：

> 晨雨麦秋润，午风槐夏凉。
> 溪南与溪北，啸歌插新秧。

抛掷不停手，左右无乱行。

我将教秧马，代劳民莫忘。

小麦旺，槐花繁，初夏之风习习，而天目溪河谷两岸的田野上，田边人们唱着小曲挑秧丢秧，田间人们弯着腰不停地插着秧。农人劳动时满脸嬉笑谐谈，玩笑照样开，插秧却一点也不含糊，笔直不乱行。而这个时候，楼县令亲自下田来了，他推着秧马（宋代发明的如木头船的坐具，上面堆满秧，人坐其上滑动插秧），告诉农人们："大家可以看看这种秧马，用了它，就能减少上下田的次数，速度也可以加快！"

蚕从下种起，一直到织出丝帛，依次有浴蚕、下蚕、喂蚕、一眠、二眠、三眠、分箔、采桑、大起、捉绩、上簇、炙箔、下簇、择茧、窖茧、缫丝、蚕蛾、祀谢、络丝、经、纬、织、攀花、剪帛二十四道工序，每道工序都有一幅图、一首诗，比如《一眠》诗：

蚕眠白日静，鸟语青春长。

抱胫聊假寐，孰能事梳妆。

水边多丽人，罗衣踏春阳。

春阳无限思，岂知问农桑。

沙沙沙，蚕宝宝不停地吃着桑叶，饱了，蚕宝宝要睡了，暖阳映照，蚕宝宝果真睡着了。鸟在窗外，不时地鸣上一两声，不知道蚕宝宝要睡多久，它们是醒了吃，吃了睡，它们的世界里，就这两样事。在这大把的闲暇时光里，人们都会干些什么？农人自然要忙于耕种、忙于养蚕了，而那些富贵人家的小姐却去闲游了，去水边、去山里，春光无限好，丽人多玩耍。她们有无限充裕的时间，她们根本不会考虑农桑的辛苦之事。

楼璹实在是悯农，否则不会如此仔细地绘出《耕织图》，还一首首地配上诗，他希望大地与河流生金生银，他希望他的《耕织图》能对农人的粮食生产及蚕织生产有帮助，他希望天下百姓靠勤奋耕织而丰衣足食。

山水默默，田地默默，但它们都尽量配合着守时而勤快的农人，憋着劲在酝酿，酝酿着天地间的朝气蓬勃。

四、《禁棚户示》

清嘉庆六年（1801），浙江巡抚阮元发布《禁棚户示》。禁令中明确要求，实行计划垦殖，禁止乱开垦，以防水土流失。

"棚"是什么？

明清时期，本就不大的浙江，土地利用已是比较充分，但浙东、浙南、浙西，特别是沿江两岸地区，依然有不少江西、福建、广东等省的客家人涌入。仅就湖州府而言，太平天国战乱后，河南、湖北、苏北、皖南及浙江本省上八府等地客民纷纷迁入湖州府下属各县，至清光绪十五年（1889），至少迁入12万人。这些新入浙江地界的移民，有不少就往人口稀少、基本没有战乱的山野里钻。他们用自己的双手垦荒，砍树烧炭，开荒种粮，个植作物。

道光年间，有这样的记载：

近来异地棚民盘踞各源，种植苞芦，为害于水道农田不小。山经开垦，势无不土松石浮者，每逢骤雨，水势挟沙石而行，大则冲田溃堰，小则断堑填沟。水灾立见，旱又因之。以故年来旱涝频仍皆原于此。（《建德县志》卷二十一）

一户或几户人家，砍树搭棚，就近安家，他们要生存，基本不顾生态保护，伐、伐、伐，只要能种玉米、番薯，只要能卖钱。他们砍树，只伐不植，从不间株；他们开垦，不管坡度，毫无节制。这些人，以山为生，被称为"棚民"。

夫山水同源，山有草木，然后能蓄水。种苞芦者，先用长铲除草使尽，迨根荄苗壮，拔松土脉，一经骤雨，砂石随水下注，壅塞溪流，渐至没田地、坏庐墓。国课民生，交受其害。且山川灵气，斫丧已尽。（《光绪分水县志》卷一）

因大量垦荒，一些森林在短时期内消失殆尽，一片片荒山秃岭，没有植被保护，一遭雨水冲刷便泥沙俱下。而严重的水土流失导致下流河川迅速淤塞不畅，水灾频发。另外，大量泥沙被雨水冲到平原上的良田中，致使耕地缓慢沙化，生产力严重下降。可以说，清代的大规模开荒运动，为中国带来了数百年也难以恢复的生态破坏。翻检史籍，各地都有对棚民开荒伐木的详细描述。

山林是河流的保护神，其实，在阮元之前，各朝政府也是重视山林保护的，发布过不少类似的禁令。

比如，明嘉靖十五年（1536）五月初一，官府在於潜县西天目山南麓朱陀岭顶的红庙边立禁碑，禁止开挖朱陀岭银矿，以免毁坏山林。

山高皇帝远，阮元发布的禁令，作用估计不太大，垦荒者还是我行我素，浙江的山林保护形势依然严峻。清嘉庆十九年（1814），嘉庆帝谕告军机大臣：

> 浙江各府属山势深峻处所，多有外来游民租场斫柴，翻掘根株，种植苞芦，以致山石松浮，一遇山水陡发……大为农人之害……不可不严行禁止！

嘉庆帝还特命李奕畴察看浙江山情，勒令棚民退山回籍。

结果可想而知，政策抓严了，棚民就会收敛，政策一放宽，山林间又会有人去垦荒，这种生存与保护的矛盾，持续了很久。到后来，不仅有政府禁令，民间也开始自发保护，因为百姓自己也认识到，如果不保护好山林，那江河就会不受控，最后遭殃的就是自己。

杭州市域内，近代最早的民间森林保护组织，出现在新登县。清光绪二十五年（1899），该县塔山乡的元村、炉头、东山、阴山四庄，联合成立禁山会。禁山会的作用极大，这些庄的山林得到了有效的保护。代代相传，1948年，禁山会更名为

"四庄联合保护森林作物委员会"。在这四庄人看来，山林就是他们的衣食父母，一切所需，皆产自山林，自然要保护好。

1915年7月，北洋政府定清明节为植树节。

1915年9月，浙江巡按使公署发布训令：设立森林警察，以重保护。

1917年8月，浙江省立甲种森林学校在建德梅城成立。当时全国仅三所森林学校，除浙江建德外，还有在江西庐山和辽宁安东的。

1924年7月，浙江省政府决定，停办省立甲种森林学校，在旧址上成立浙江省立第一模范造林场。山林、圃地、房产全部划归林场。这就是建德林场的前身。

甲辰三月，陈利群、沈伟富兄陪我去梅城乌龙山麓、富春江边的建德林场。建德林场自1924年成立至今，已有百年历史。建林场的目的，除首创国营林场外，还为科学造林树立榜样，以便推动科学造林快速发展。

从建德林场的发展历史来看，有两大事件值得一说。

一是日军侵华时期，建德林场曾遭受其发展历史上最大的劫难，森林资源与房产物资均严重被毁。1942年5月，日军大举窜扰浙西一带，建德沦陷，日军占据梅城后，在城内外要冲地区，修筑防御工事，所用木材均在乌龙山林区砍伐。林场办公室被日军占用，所有房屋门窗、板壁、地板等均遭破坏。同时，日军还在乌龙山顶筑一炮台，为防游击队的袭击，他们将山峰周边的大片林木尽数砍去。据不完全统计，几年时间，有30多万株成年树被砍，建林场以来营造培育的森林资源精华被严重损毁。

二是富春江水电站建设时期，为保护富春江两岸的水土，水电站库区建德移民的9万多亩荒山林地被划归林场经营管理。随后，建德林场开展了大规模的荒山造林行动，近4万亩以杉木为主的用材林迅速生长，为涵养两岸的水源发挥了重要作用，它们筑起了拱卫富春江水电站的生态屏障。

我们坐着观光车，从富春江边的酒店起步，沿山脚绿道，在森林中穿行，时而遇见行走歇脚的背包客。梅花一大片一大片地开着，梅香扑鼻而来。从林荫道的树缝间，偶尔可以瞥见江中平静的水波，碧绿怡人双眼，七里扬帆，葫芦飞瀑，子胥野渡；人群熙熙攘攘，层峦叠翠，峰岭锦绣。

建德林场的场长傅国林告诉我，全场林地面积11.43万亩，其中国家级生态公益林面积7.17万亩，2016年森林蓄积量达到81万立方米。境内分布有野生和栽培的木本植物642种，常绿阔叶林、针叶林、毛竹林、经济林、落叶阔叶林共同构成了现有的植被类型。

在子胥野渡，我伫立观水，遥想伍子胥当年的传奇，然后悠闲地坐在草地上，细观对面的森林。那高大的马尾松，笔直的杉树，显然属于乔木层；那正起劲开花的杜鹃、檵木等，应该都是灌木层；当然，江南的森林，自然少不了给山铺底的蕨类植物和各种茅草，这些应该都是草本层。再细瞧，岩石下，甚至脚边，都有一丛丛的苔藓，它们是山与土的黏合剂，是森林蓬勃茂盛的标志。

一行人闲聊林场，基本上是我问，傅国林答，陈利群、沈伟富兄作补充。

说起富春江中放木排。1978年，建德乌龙山采伐松木、杉木3000多立方米，扎成木排，从这里顺江而下，过七里泷，再过水电站的行船通道，一直到桐庐、富阳，再到杭州。当时，那成片的木排，一片接一片，几乎盖满整条江面，场面十分壮观。

说起索道运木。以前林场伐木，木材都是通过架设在空中的索道运送下山的。乌龙山索道全长2000多米，两根钢索如高压线一样架着，顺着山势延伸。人们将那些木头用铁丝捆住，吊在钢索上，然后一捆一捆滑下山去。

说起以前林区的文化生活。放电影是最主要的，大家赶来赶去看，反复看，放电影的日子，如同节日一般。20世纪七八十年代，林场购置电影放映机，先放8.75毫米胶片电影，后换成16毫米胶片电影，放映员翻山越岭下林区，每月要放20场以上的电影。

说起以前林场的收入。傅国林扳着指头说着林场的多种经营，包括苗圃、家具厂、纤维板厂、养鸡场、汽水厂、茶厂、五加皮酒厂，还涉及养蜂和种水蜜桃、黄花菜及美国薄壳山核桃。闻此，我们异口同声："靠山吃山。"

头上偶尔有飞鸟掠过，白云慢悠悠地走着，山水静静地听着我们的谈话，它们以博大的胸怀包容着人类的一切。山与水，其实都是我们的衣食父母。

五、绿树村边合

"绿树村边合，青山郭外斜。"孟浩然为我们描绘了理想的田园生活，绿树环绕，青山横斜，人行进在郁郁苍苍的绿道中，犹如一幅淡淡的水墨画。而富春江两岸，即使是支流的支流，只要有村庄人家，一般都有绿道，这就是孟浩然诗意的再现。或者是七八十厘米宽的塑胶跑道，红蓝相间，人踩上去软软的，或者是条石、块石，甚至是鹅卵石铺成的路。这些绿道沿着江，绕着水，与碧波为伴，与青山为伍，人行其间，犹如小船荡漾在平缓的水波上任意东西。

我在富春庄醒来的时候，常常是天未明，窗外鸟儿叽叽喳喳就闹个不停，我甚至都能听见它们在院子里"唰啦唰啦"扑腾的声音。枫叶丛中，杨梅树上，喜树林前，它们就这么蹿来蹿去，毫无顾忌。

晨光大亮，早起出发锻炼。我的路线一般有两条，一条是往右，进山。至大奇山，行十来分钟，前面就是大奇山国家森林公园门口了，随即往左转。曲折行几百米，豁然见一个溪旁水库，伫立一会，看整库碧玉般的水，看山峦倒影碧波中。此处不细说，我专门写过《寨基里的大奇》，大奇山也叫"寨基山"。

我重点说另一条往左的路线。出停车场，正对着巴比松米勒庄园走数百米，至庄园口，左转上坡，也是往山里去，路边的紫薇花、梨树、葡萄树、水塘陪伴着你一直上坡，看到一只大金牛正对着你，这就到金牛村地界了。

　　还需要再说明一下的是，无论往左往右，这里都属于大奇山风光带，全长10.17千米，上标"浙江省级绿道1号线"。我在杭州，住拱宸桥边的左岸花园，出门就是大运河，而运河边的绿道是"浙江省级绿道2号线"。可以这样说，我的行走路线，不在1号绿道，就在2号绿道。浙江省的绿道有多长？人工智能软件告诉我，有1.7万千米。绿道已如绿带，将人与山与水紧紧相连。

　　转一个"之"字形的大弯，右边有一大片草地，路旁靠山竖着"遇见"两个大字，草地遇见你，你遇见草地，都说得通。现在，我还不能停下，还得往里走。穿过桥洞，就是一个村，精致的屋舍，三三两两，错落在山边上，看标牌，此处有不少民宿，这是金牛村的岩下自然村。岩下，岩没见着（大奇山上应该有巨岩），各式古树倒是林立，礅头上那一棵大樟树，显然是岩下村有些年份的证明。

　　金牛村坐落在大奇山南麓，有童家、岩下、大塘、大元4个自然村，450余户人家，它的历史都写在道旁右边的长廊中。长廊上记载着，这个村的张姓先辈，明朝正德年间就来此居住了。不过我相信，大奇山这一带的人文历史其实更悠久，元朝诗人何骥子的《咏金牛山绝句》中有这样的诗句："奇峰探古寺，披雾上云程。"还有："人烟俯视小，禅宇仰观清。一饭同斋牛，时闻钟磬声。"云雾缭绕，古寺深藏，三五游人穿行。寺庙中，一干人正端碗举筷，忽然梵音阵阵，荡进耳中。

　　穿过长廊，就到了金牛公园。公园不大，属于微型，由一座小山包营建而成，小山脚下有几棵年岁已有几百年的古樟，晨阳中，树身朝东的一面，虬枝以蓝天为背景，在天空中构建出一幅强壮的骨骼。往山上行，有数棵松树，精瘦干巴，那些松树的枝条却长得夸张，几乎不受约束，肆意伸向天空。山顶有一小亭，亭边有松丝落叶，座位的木栏起皮，坐的人应该不多，我来过数次，没有碰见过其他人。

我很想去看一看那边的知青馆，只是每次来都是清晨，虽然田野里已有农人在菜地侍弄，但是馆不会这么早开放。我看菜地里那些挥锄耕作的身影，立刻想到知青，那时的知青，就整个桐庐范围来说，有不少都被下放在相当偏远的深山里，到金牛村插队的50多位知青，从地理位置上说，应该是幸运的。

折回的路上，遇见"遇见"，这片阔大的草地，必须要去打个招呼。

所谓的草，全是人工种植的，草的学名叫"粉黛乱子草"，株高可达一米，花期在9月至11月。此草的花絮，会生成云雾状的粉色，成片种植，可呈现出如粉色云雾海洋般的壮观景色。既然是花草，一般都有花语，粉黛乱子草的花语为"等待"。哈，看出种植者的心思了，这里要营造的不是一般的"遇见"，而是爱情——"等你"，这是以爱情为主题的花园。

粉黛乱子草的田野，面积有几十亩，有一对相邻的大稻草牛站着，金牛村嘛，必须要有牛，"牛"们屏息敛声，它们似乎也在等待。几个取景台的造型别出心裁，如数字造型"520""1314"等。我想象着，仲秋过后要不了几天，这里就会人头攒动了。周杰伦的歌声仿佛从远处的田边传来："不要你离开，回忆划不开，欠你的宠爱，我在等待重来……"

往回走到岩下村口，能看见路边停着一辆三轮车，车上挤着几只大桶，桶中有水、有肥。边上有一菜地，一位体健的老年人（估摸七十岁），头半秃，长衣长裤，正躬身于菜地，时而除草，时而铲地，时而摘菜，没见他有歇手的时候。白菜、豆角、黄瓜、茄子、秋葵、萝卜苗，所有的菜都在等他培育，他也天天在等菜的生长。

一个多小时后，我回到富春庄，虽一身大汗，却浑身轻松。几只小松鼠正在C楼文学院门前的雪松上追逐跳跃，我不打搅它们，悄悄进厨房，煮一碗饺子。我将饺子端到D楼文学课堂门前的老樟墩子上，一边吃饺子，一边看树上玩耍的松鼠们。低头抬头间，它们忽然一闪身，不知蹿到哪棵树上去了。

小松鼠们能闻着粉黛乱子草的花味，去那片大草地玩吗？念头甫一出现，我就暗自笑了，为什么不能呢？乱子草苍苍，赤雾迷茫，所谓伊鼠，宛在山中央。

山与水时刻在给予我们恩惠。

有绿树，有村庄，就有了十足的人间烟火。

第二卷：古城志

富春江两岸，人们在河谷集中地造屋、建村、筑城。集中居住，不仅是因为人与人之间需要协作，还因为人们追求一种相对安全的生活。街道、城墙、护城河、钟楼、角楼、鼓楼、佛塔四处可见，再加上人居城间，于是政治、经济、文化都产生了。

两岸村镇星布，这里只选择四座历史文化深厚的古城来说，一座古州城，两座古县城，一座王者后裔之镇。

一、梅花之城

梅花之城在浙江建德。

"天下梅花两朵半，北京一朵，南京一朵，严州半朵。"

睦州、严州、梅城，州名，州治，1800年的浑厚铸就了梅城的光辉。

1

严光将脚搁在汉光武帝刘秀的肚皮上酣睡，太史官将其行为与天象联系了起来，认为其引发了不祥之兆，《后汉书》称有"客星犯御座甚急"。也只有刘秀能理解这个老朋友，"朕与故人严子陵共卧耳"，罢了罢了，随他去吧。后来严光就回到了浙江老家，找了座奇异俊秀的富春山住了下来，山畔有江，曰富春江，其上游为新安江，下游为钱塘江。

地以人名。隐居在富春山下的严光，成了中国著名的隐士，为纪念他，严州之名诞生了。严光的岳父梅福，乐于助人，为了纪念他，富春山附近的这座小城，就被亲切地称为"梅城"。

这是我在梅城听到的第一个传说。我以为，以梅福称梅城，大概率是牵强附会之说，但无论如何，严光和梅福应该是中国比较著名的一对翁婿了。

建德建县于三国东吴时期的黄武四年（225），县治所在地就在梅城。据《光绪严州府志》记载，隋仁寿二年（602），设睦州，下辖淳安、新安、桐庐等县。我的老家在分水，后属桐庐。睦州府所在地最初是崇山峻岭中的雉山，那里山有多高？河有多急？据史书记载，有三位桐庐知县在去往雉州汇报工作的途中遭水溺而亡。唉，县令如此密集地非正常死亡，可见雉州的山高地僻。唐神功元年（697），睦州府迁至梅城。

唐开元三年（715）正月的一天，李隆基上朝，当堂处理一些违纪违法的官员，有一个重要环节，就是打板子，由御史大夫宋璟监督执行。宋御史不忍心下重手，让人轻责犯事官员，这下，皇帝不高兴了，要降宋璟的职，宰相姚崇、卢怀慎都极力替他说理说情，但没用，宋璟仍然被贬为睦州刺史。

上面这件事，是南宋著名的笔记作家洪迈"告诉"我的，他在《容斋随笔》中有所记载，也就是说，来睦州任职的官员，好多是被贬而来的，这里离京城太远了，虽不是蛮荒之地，但也算偏远之地。

宋璟是个好官，作为"唐朝四大名相"之一，他弱冠即中进士，才华横溢，其《梅花赋》是文学史上的名篇，他的墓碑由唐代著名的书法大家颜真卿撰写。

陈利群兄是建德文史专家，他向我分享了他的推断：梅城应该和宋璟有关。为纪念宋璟和《梅花赋》，宋璟的故里河北邢台南和县建有梅花园、梅花亭；宋璟墓地所在处河北邢台沙河县建有梅花园、梅花亭；广东顺德有梅花园、梅花亭（宋璟自睦州刺史后任广州都督）；睦州的府衙东北角建有"赋梅堂"，这一纪念宋璟的建筑，在南宋《严州图经》的子城图上标注得非常醒目。陈利群推测，后人修建严州古城时，以梅花为雉堞，也是为了纪念宋璟和他的《梅花赋》，这既是一种文化现象的传承，也是对他梅花般高洁品格的颂扬。

睦州下属的淳安，出了著名的农民起义领袖方腊，这方腊燃起的战火，差一点就将宋王朝葬送，宋徽宗一气之下，将睦州改为严州，意即"严加管理"！这是另外一个传说。

明太祖朱元璋的老家离严州近，他自然知道这里"三省通衢"的重要性，他派外甥李文忠坐镇严州，提高了严州的规格。李文忠修建严州城，将城墙的城垛做成了梅花形。"天下梅花两朵半，北京一朵，南京一朵，严州半朵"，当时的严州差不多和南北二京平起平坐了。

对"梅花之城"这一名称的三个来历，我这样理解：梅福之说源于对隐士的仰慕，宋璟之说源于对好官的敬仰，城垛之说源于具象化的外形特征，前两者都属精神领域，最后者则属物质形态的直观映射。

此刻我正伫立在梅城的古城墙"澄清门"上。台风"摩羯"刚刚带来的一场急雨，将梅城的古城墙洗涮了一遍，暑气顿消，墙砖凸处的"梅朵"甚至还带有些许水滴。新安江、兰江、富春江三江交汇处，宽阔的江面上，一座小白塔坚强挺立，那是航标灯塔，指引着三江水滚滚向前。

江水汤汤，梅城的故事悠长。

~~~ 2 ~~~

江涵养了诗，诗凝聚了水。历代诗歌构成了梅城的血肉筋骨。

谢灵运有《七里濑》赞：

石浅水潺湲，日落山照曜。

沈约有《新安江至清浅深见底贻京邑同好》赞：

千仞写乔树，百丈见游鳞。

孟浩然的《宿建德江》更是新安江极好的广告诗：

移舟泊烟渚，日暮客愁新。
野旷天低树，江清月近人。

日暮时分，一条小船靠近了烟雾迷茫的小洲，船上一旅人懒洋洋地站起，面对远处的群山，他万般感慨。天与水的尽头都是树，就如水墨画上痕迹淡淡的远树，眼前的建德江是如此清澈高冷，月亮快要上来了吧，不然，水中的影子怎会这般清晰可见呢？

夜泊前添愁，愁更愁。是啊，多年的努力，原本以为远赴长安可以有一番作为，却不料希望落空，不过，这睦州广袤的天地和山水，还有这明月，却让人暂时宁静无忧。

唐会昌六年（846）秋天，江南丘陵连绵，翠绿的山道两旁，秋果硕硕，枫叶火红。四十几岁的杜牧，从池州刺史任上调任睦州刺史。睦州是偏僻小郡，"万山环合，才千余家。夜有哭鸟，昼有毒雾。病无与医，饥不兼食"（杜牧《祭周相公文》）。如此条件，且距离长安越来越远，杜牧的心情可想而知。

然而，杜大诗人到了睦州后发现，这地方的山水和百姓其实都挺不错，"水声侵笑语，岚翠扑衣裳"（杜牧《除官归京睦州雨霁》）。谢灵运的"潺湲"用得太好了，杜牧也要继续用！于是，著名的《睦州四韵》将唐代睦州山水活画了出来，成为唐诗中的经典。

> 州在钓台边，溪山实可怜。
> 有家皆掩映，无处不潺湲。
> 好树鸣幽鸟，晴楼入野烟。
> 残春杜陵客，中酒落花前。

几乎所有的文人学士，都对严光充满崇拜之情，杜牧也不例外。工作之余，他一定会去梅城下游几十里的严子陵钓台，除膜拜之外，更为流连富春山水。在杜大诗人眼里，这两岸的山水实在太可爱了，有白墙黑瓦，有茅屋人家，忽隐忽现，溪水潺潺，流过山石，漫过山涧，小鸟在茂林中幽幽地啼叫。临近正午，农户人家的炊烟袅袅升起，家家都住在风景里，而他，客居于此，真被眼前的美景陶醉了，他像一个喝醉酒的人，倒在了落花前。

据《严州图经》标注，梅城曾建有"潺湲阁"。

我幻想着走进潺湲阁。阁中，谢灵运和杜牧的塑像一定十分醒目，是他们的诗成就了这座阁。自然，沈约、吴均、刘长卿、李白、孟浩然、白居易、苏轼等历代文人墨客所抒写的睦州山水诗画，也都要一一展示。读那些诗，诗意顿时生动呈现；看那些画，画意又如诗般凝练；睦州的美丽山水，都仿佛精灵般鲜活了起来。

想象不尽，一时竟有点恍惚。

3

后来，梅城进入了"范仲淹时代"，他的任期虽只有半年，却留下了睦州文化史上灿烂的一页。

范仲淹敬仰的大师韩愈，因为谏迎佛骨，被贬至八千里路外的潮州，但韩愈并没有因此颓废，到潮州后，就积极投入工作，驱鳄鱼、办学校、兴水利。他在任虽只有短短的8个月，却使潮州的山水"皆姓韩"。千百年来，潮州人民以无限的崇敬纪念着他。

巧的是，北宋景祐元年（1034）春，右司谏范仲淹因为反对宋仁宗废郭后，被贬为睦州知州。但范仲淹比韩愈幸运，睦州离京城开封的距离要比潮州到长安的近得多。

范仲淹到睦州，做的最重要的一件事，我认为就是建严先生祠并为其写记。

如本卷开头所述，桀骜不驯的严光认为将脚搁在什么地方睡合适呢？"早知闲脚无伸处，只合青山卧白云"（林洪《钓台》），富春江畔，富春山下，此地正合适。中国历史上有许多著名的隐士，而以皇帝老朋友身份出现的，恐怕只有严光了，这大约就是后人无限崇拜他的原因。高官厚禄，唾手可得，可他却弃之如敝屣，他爱的是富春山上的白云、富春江中的清流。

古往今来，因仰慕严子陵高风亮节而到钓台拜访的文人骚客，据不完全记载有1000多位，他们留下了无数称赞严光高尚气节的诗文。范仲淹到严子陵钓台时，严光祠已经破败不堪，他觉得必须马上做点什么，于是立即组织人员全力以赴进行修缮，并且写下了著名的《严先生祠堂记》。该文结尾是流传千古的名句：

仲淹来守是邦，始构堂而奠焉，乃复为其后者四家，以奉祠事。又从而歌曰：云山苍苍，江水泱泱，先生之风，山高水长！

范仲淹不仅大修严祠，还为严祠的长久保护建立了制度，免除严先生四家后裔的徭役，让他们专门负责祭祀的事情。严先生的高风亮节又一次被大大彰显，先生之风，永世流传。

范仲淹在睦州的半年，诗情与才情大爆发，他在此创作了一生中六分之一数量的诗歌，比如《江上渔者》，刻画出新安江和富春江的日常景象。

江上往来人，但爱鲈鱼美。
君看一叶舟，出没风波里。

比如《萧洒桐庐郡十绝》中我最喜欢的四句：

萧洒桐庐郡，春山半是茶。
新雷还好事，惊起雨前芽。

清明前后，正是茶叶采摘季，范知州行走在他辖下的各个县乡。群山青翠，而春山的一半是茶，春雷呀，你不要叫醒那些睡着的萌芽。

诸多日常，范知州都以诗歌的形式示人。

范仲淹之后，南宋的张栻也来严州任职，他继续将严先生的精神发扬光大：

栻窃惟此邦炎所以重于天下者，以先生高风之所以存也。虽归隐之地，祠像具设，而学宫之中丞尝独旷，其何以慰学士大夫之思，乃辟东偏肇举祀事。

在张知州的心中，严州之所以为天下人所注重，都是因为有了严子陵。他看到的现实是，只有严先生的隐居地钓台才有祠堂祭祀，而严州府所在地梅城，学堂内却没有祭祀他的地方，这怎么能抚慰士大夫们对严先生的景仰之情呢？于是，他让人将学宫东侧偏房整理出来，用来塑像祭祀。

　　建德文史专家朱睦卿先生的老家就在梅城，谈起梅城，他对这座古城的历史如数家珍。他告诉我，南宋时，梅城有一处严先生祠，明万历年间移建到城东的建安山麓，清光绪二年（1876）又南移至东湖之滨（今建德市第二人民医院大门之南）。该祠结构宏敞，梅城人都叫它"严陵祠"。

　　当然，睦州人民也不会忘记范仲淹，桐庐建有范仲淹纪念馆，梅城以前有范公祠，现在也新建了"思范坊"。

4

　　说到梅城，不得不提陆游。

　　其实，在陆游之前，宋皇祐元年（1049），他的高祖陆轸就曾做过睦州知州。陆轸在明州（今宁波市）、越州（今绍兴市）任上都留有良好的政绩，他于睦州知州任期结束后回京，升任吏部尚书。陆轸七十七岁去世，朝廷追赠太傅、谏议大夫。

　　梅城旧有"世美祠"，供奉着陆轸的遗像，陆游在《先太傅遗像》中这样写道："且以公自赞道帽羽服像，刻之坚珉，慰邦人无穷之思。"从陆游的描写上看，他应该仔细观察过高祖的遗像，这像以坚硬的玉石雕琢而成，道帽羽服，肃穆庄严，州人常常进祠缅怀膜拜。

　　陆游到梅城的时候，睦州早已改称严州了。

　　南宋淳熙十三年（1186），陆游出任严州知州，此时，梅城已经变成这个国家中的重要城市了，被称为"京畿三辅"之一，是首都的直辖州府。陆游出发前，孝宗曾接见并勉励他，严陵山水极美，公事之余，卿可前往游览赋咏。年逾花甲的陆游在梅城任职三年，公务繁忙，迎来送往不断，深感体力不支。他从心底里羡慕范仲淹，范是那么潇洒，还写了十绝，而他却是"桐庐朝暮苦匆匆，潇洒宁能与昔同。堆案文书生眼黑，入京车马涨尘红"（陆游《读范文正潇洒桐庐郡诗戏书》）。这颇像现代人说的那种忙碌，堆成山的文件让人看得两眼发黑，星期六一定不休息，星期日不一定休息。

虽如此，年老的陆游依旧勤勉，他体察民情，极重视农事农耕，严州各县乡的田间地头，经常有他的身影。仅在我的家乡桐庐，他就留下20多首诗，我最喜欢他那首《渔浦》里的"桐庐处处是新诗"一句，字里行间流淌的鲜活气韵，仿佛就是昨天刚写成的。

陆游心中，严州这片大地上处处都是怡人的景色，江是大江秀江，山是峻山俊山，有江有山，生机勃勃，真想将家安在此处，做个平平常常的老百姓。

宋王朝的组织部门安排官员也很有趣，南宋宝庆二年（1226）十一月，陆家出了第三位知州——陆游最小的儿子陆子聿也以奉议郎的身份知严州。

严州是南宋时期善本书的重要出版地之一，宋版严州本"墨黑如漆，字大如钱"，校雠精良，刻印精细，是宋刻本中的上品。据资料显示，现存世的80余种宋版严州本多藏于国家图书馆、上海图书馆，皆为国宝级珍品，如《艺文类聚》严州本，为唯一传世宋刻本，弥足珍贵。

陆游自然十分重视出版业，他曾主持刻印了八十卷的《南史》，还重刻《世说新语》《刘宾客集》等。陆游父子，在严州刻印了大量陆游的作品。《剑南诗稿》《剑南诗续稿》《老学庵笔记》的初刻本，均在严州问世。

严州出版业的繁荣，延续到清代。

我们进梅城严州府路的青柯亭参观。朱睦卿指着院里那棵老桂花树对大家说："这里原来是严州府衙的后院，这棵桂花树，宋代时就有了，树龄估计在1000年以上，赵起杲就是在这里刻印了著名的《聊斋志异》。"

清乾隆三十年（1765），蒲松龄的老乡、山东人赵起杲调任严州知府。此前，他曾意外得到两册《聊斋》的手抄本，十分珍惜，后来，他又找到两个抄本，互相校勘，形成了一个比较完善的本子。他被调到了有刻印传统的严州后，一下子激起了要刻印这部书的决心。他请来专业人士担任编辑，多方筹措资金，刻成前十二卷本。正准备续刻余下的四卷时，赵起杲突然病逝在府学监督考试的任上。之后，在朋友们的大力帮助下，十六卷本的《聊斋志异》终于完成出版。

因刻印书籍，本来就不宽裕的赵知府耗尽了家财，以致死后不能归乡入土。新安江畔有赵起杲的墓，不过，人们已无法确切知道它在何处，唯有浩荡的江水，陪伴着他那坟上的青青墓草。

―――― 5 ――――

三江口有座历史悠久的南峰塔，和梅城隔江相望。

南峰塔高约37.5米，七层八角，空心塔砖，内有盘旋楼梯通向塔顶。该塔差不多和梅城同龄，原塔始建于三国，毁于隋，现塔为明嘉靖二十七年（1548）重建，塔下有碑，碑文为明嘉靖都御史鄢懋卿所撰。

我们登上南峰塔望远，乌龙山逶迤连绵而远接天际，富春江衔新安江、兰江阔波向前。塔下有硕大梅苑，白梅、红梅、青梅、花梅、腊梅等50多个品种的数千株梅花将南峰层层点染。

梅花盛开的季节，这座江南古城的千年文脉和城脉似乎一下子被激活了，梅城的灵魂顿时鲜活无比。

二、"小中国"

1

唐开成二年（837），暮春三月，分水江边。诗人徐凝的家门口，突然来了两位贵宾：一位是杭州老刺史白居易，另一位是睦州老刺史李幼清。此时，白居易已经长居洛阳，洛阳到杭州，再到分水县，路途的艰难可想而知。六十多岁的老人，千里迢迢，专访诗友，事先也没书信告知，难怪徐凝要激动了。

徐凝一家极尽款待，招待的都是自家劳动所得。蔬菜，自家菜园种的；鲜鱼，分水江里钓的；老酒，也是自家酿的，香醇得很。三杯两盏淡酒，叙的是友情、诗情。恳谈至深夜，白居易也不去县里的旅店休息了，就在徐凝家享受山趣。于是，留下了《凭李睦州访徐凝山人》一诗：

> 郡守轻诗客，乡人薄钓翁。
> 解怜徐处士，唯有李郎中。

这一段唐朝文人间的佳话，史上都有记载。

说分水，自然离不开施状元，他是分水历史上一个鲜明的人文符号。

施状元，名肩吾，号东斋，是唐朝勤学苦读的典范之一，也是分水县一直以来的骄傲。然而，中国自隋炀帝科举开科取士以来产生的状元中，并没有施肩吾的名字。原来，施肩吾只是考取了进士，不过，他是历朝历代杭州地区进士中较早的一位，也是分水县历朝历代中的第一位进士。施肩吾、徐凝、贺知章，都是唐朝有名的进士。

但在我们心中，施肩吾就是状元，因为考取进士也是了不起的成就。唐元和十五年（820），施肩吾以第十三名的优秀成绩荣登进士榜。在幅员辽阔而欣欣向荣的大唐，若没有几分真才实学，想从成千上万怀抱必胜信念的考生中脱颖而出，难度可想而知。因此，清代的杭州著名诗人袁枚在《随园诗话》中也表示，状元不必局限于第一名，古人将新科进士都称作"状元"。

施状元虽无意于官场，却留下了很多诗。这些诗虽称不上妇孺皆知，但在唐诗中也属上品。看他观察生活的功夫：幼女才六岁，未知巧与拙。向夜在堂前，学人拜新月（六岁孩子拜月的场景，童真稚气让人忍俊不禁）。看他的环保理念：天阴伛偻带嗽行，犹向岩前种松子（年纪都这么大了，身体也不怎么好，仍然不忘植树绿化）。看他对家乡山水的喜爱：乱叠千峰掩翠微（山是那么错落有致，青葱翠绿），便是山花带锦飞（花是那么娇姿百态，婀娜多姿）。

如前所述，除了施肩吾，诗作累累的还有徐凝。从文学成就上讲，我更喜欢徐凝一些。看徐凝的传世名作《忆扬州》：

萧娘脸薄难胜泪，桃叶眉长易觉愁。
天下三分明月夜，二分无赖是扬州。

离恨千端，绵绵情怀，诗人深夜抬头望月，原本欲解脱这一段愁思，却想不到月光又来缠人，这扬州明月不是"无赖"

吗？将扬州明月变成烦人的"无赖"，从来没有诗人这样写月亮的，这真是天下传神第一笔。

如今在分水，徐凝的"声望"逐日升高，但在扬州，他却早就声名远扬。扬州有徐凝门、徐凝门桥、徐凝门大街，甚至还有徐凝门社区。我第二次去扬州，特意去了趟徐凝门大街，只为了感受一下家乡文学先贤的风采，尽管那里已没有多少诗人印迹。白居易为什么大老远来看徐凝？除了他们的交情确实不一般外，徐凝的文学才能肯定也是为白居易所欣赏的，徐凝自己就有诗记载，一生所遇唯元白（元稹、白居易）。他们是很要好的文友，徐凝曾有多首诗写到白居易。

历史的长河流至宋代，分水更加繁荣了。

理论上，南宋移都临安，距分水不过百多里地，陆路转水路，一两日即可到达，我推测，分水应该是文人雅士游览的好地方。分水那时有多繁荣？黄铢的《江神子·晚泊分水》将其写活写尽：

秋风袅袅夕阳红。晚烟浓。暮云重。万叠青山，山外叫孤鸿。独上高楼三百尺，凭玉楯，睇层空。

人间日月去匆匆。碧梧桐。又西风。北去南来，销尽几英雄。掷下玉尊天外去，多少事，不言中。

深秋时节，船行在分水江中，秋风飒飒，夕阳的余晖映红了江水，家家升起炊烟，天上布满云彩。"万叠青山"一句，真是把分水的地理环境写活了，写绝了！环顾分水周围，群山环抱，孤鸿鸣叫，更添羁人情愫。据史载，宋时分水建有玉华酒楼，孝宗曾御驾亲登此楼。"独上高楼三百尺"中黄铢所登的高楼应是该楼。他手扶玉楯（阑干）登高望远，顿生无限感慨，光阴荏苒，古往今来多少英雄人物，也如匆匆过客，抛下名利，魂归天外，真是感慨万千！

时光流淌，元代臧梦解的为官准则"守官四铭"值得一提。

臧梦解，浙江庆元人，做过海宁知州、广西廉访副使、江西廉访使。退休后，臧梦解就隐居在分水，也算半个分水人了。他认为，做官必须铭记和坚守四条原则：硬坚脊梁、坚缚肚皮、净洗眼睛、牢立脚跟。甚有新意。

请看"守官四铭"之第二"坚缚肚皮铭"：

这肚皮，甘忍饥。众肥甘，我糠糜。将军腹，宽十围。贪以败，脂流脐。平生事，百瓮荠。咬菜根，事可为。

从肚皮的本性来说，饥也可，饱也可，美食也可，糠菜也能，但给肚皮喂什么，就会有什么结果。如果食得粗茶淡饭，咬得菜根，那么就能身体健康，做对百姓有益的事；如果甘食美味，肚皮必定娇贵，甚至出现胆固醇、啤酒肚等问题，身体反而多病。百姓的钱，国家的税，都被白白地浪费了。

到了明清，能够找到的记载分水的诗文，多是一些在分水做过县官的人留下的。他们在工作之余，走山访水，吟咏着分水的美景，虽然文学成就不高，但对任地的留恋，从另一侧面表明他们深入基层，这也是一种真实的历史反映。无论留下多少诗与文，度过1300多年岁月的分水县，都是一段永远的历史。

唐武德四年（621），析桐庐之西北境置分水县，取"一水中分"之义名县，隶江南道严州。唐武德七年（624），严州废县，省分水县入桐庐，隶睦州。唐如意元年（692），复置，更名武盛，仍隶睦州。唐神龙元年（705），复名分水，相沿至今。

其间为什么更名武盛县？坊间传闻，武则天称帝后，听闻分水有条武盛街，龙心大悦，当即下旨，将分水县更名为武盛县。武盛县名虽短暂，街名却永久保留了。

民国《分水县志》卷十四，记载分水县的地形是一小型的中华地图：

以中华民国全图与分水县图相对比，则其轮廓大致相似。试观分水毕浦一带，边缘内陷，有似乎中华全图之渤海湾。……是知分水县图，亦一秋海棠叶也。

分水号称"小中国"，虽是巧合，却也值得分水百姓自豪。我没去过喜马拉雅山脉，但我到塔岭、钱家（今百江镇）几百米高的矮山爬爬，也是自我宽慰的体验啊。

分水县的历史人物，除上面说的施肩吾、徐凝、臧梦解外，有两位王姓人士特别值得一说。

王缙，分水塘源人。北宋崇宁五年（1106），王缙考取进士，后任歙州（今安徽歙县）司法参军，很快升任英州（今广东英德）知州。英州任上，王缙的才能得到充分施展，劝农事、建书院、筑堰坝、造桥梁，清正廉洁为官，关心百姓疾苦，各项事业都开展得很好，政声颇佳。

靖康之变后，王缙比以往更加尽职，而且，他看不惯主和派的嘴脸，常常据理力争。宋高宗认为他忠诚正直，任命他为监察御史。

我在写《天地放翁——陆游传》时，充分研究过宋高宗赵构的心态。他摇摆于主战派与主和派之间，常常和稀泥，并不是他不想收复失地，而是对手的蛮横与实力摆在那儿，但他也不想在民众心中落个软弱的形象。而王缙恰恰就是在这样的环境中，艰难地工作着。王缙甫一上任，就提出"正纲纪、严守法、明赏罚、立军政、广储蓄、厚风俗"六事，高宗自然重视，不久就任命他为右司谏。官位更高了的王缙，深知责任重大，提意见弹劾时变得更加谨慎，抛弃个人恩怨，以国家社稷为重，以爱惜人才为重，高宗如此称赞他：中正不阿，得谏臣体。

但王缙常常要面对势力强大的秦桧派系。秦桧自然不待见王司谏，某次事件后，王缙被贬为常州知州。面对当道的奸臣、腐败的朝政，终于有一天，王缙无法继续忍受，他与赵鼎、李光、胡铨联合上疏，请斩秦桧等投降派。高宗不想得罪秦桧，结果可想而知——王缙被罢职，提举台州崇道观。说白了，就是给个半退休工资，回家休养吧。相传，王缙生前曾在桐庐浪石亭和老朋友聚会，就往事及朝廷现状各抒己见。将军张浚曾在此留下了《会宴浪石亭》诗，高度评价王缙刚正不阿的品格。

> 缙桧相逢在此亭，一战一和两纷争。
>
> 忠良不遂奸雄志，砥柱中流于此存。

后人因两位南宋名人在此相会，遂将浪石亭改名为"砥如亭"。

王缙年八十七而卒，朝廷赐三品服。临终，王缙对家人说："生平未做亏心事，死而无憾。"

时光荏苒，从南宋到了清末，分水出了个典衣治丧的王家坊。

王家坊，字左春，别号少崖，生卒年不详。清道光二十九年（1849），王家坊由拔贡被选任为山西一个县的知县。此后的数年间，王家坊在山西的潞城、高平、宁武、天镇等十个县担任过知县，其间，他察民情、解民忧，做了大量的实事，清正廉洁，爱民如子，不管到哪里口碑都极好，但就是得不到升迁。我以为，一是由于他的拔贡出身，与那些进士出身的官员相比，似乎低人一等；二是因为他只知埋头工作，从不会去迎合上司，故而极难被领导垂青。在高平县任上，王家坊因其卓越的政绩，终被列入直隶州的候补官员，时人尊称他为"刺史王少崖"。

在天镇县任上，王家坊行月课、劝农桑，革胥役陋规使费，善政尤多。没过多久，王家坊的父亲去世，他回分水老家奔丧，所带行装极为寒碜，连父亲的丧葬费用都没有着落，无奈只得典衣筹得几两银子，才将父亲草草安葬。

清咸丰十一年（1861）七月十九，太平军攻克严州城，严州知府李大瀛顺水路逃到严子陵钓台，题绝命诗于壁：

> 不学先生节，身败亦名裂。
> 先生之风高且长，安得与之相颉颃。

李知府题完诗，投江自尽。王家坊为李知府宁死不屈的精神感动，写下《吊严州太守李大瀛》，既为悼念，也为明志：

> 东望子陵台，西望皋羽茔。
> 阵云厌惨淡，石破天为惊。
> 九京如可作，忠节二难并。
> 名与钓台寿，心同江水清。

王家坊在家守孝期间，分水发生大洪灾，他应分水县令刘霬之请，协助处理救灾事宜。他在帮助发放救灾物资时，恪尽职守，不漏发、不滥发，公平公正，乡人都感其恩德。此后不久，王家坊在家中逝世。

王家坊写有《吾馨斋文集》《学仕录》《退思录》《左氏兵略》等10余种著作，因没钱出版，终未刊行。

武盛古街臧家巷12号，是王家坊故居。故居旁的路口，有一组王家坊赈灾救济灾民的雕塑。在王家坊展厅，王家坊的座右铭格外醒目：

> 人皆因禄富，我独以官贫，所遗子孙，在于清白耳。

这句座右铭出自《隋书·房彦谦传》，也是王家坊清廉一生的生动写照。

伫立在格言墙前，我思绪万千。不少警示教育，因为泛泛而谈空道理，没有击中人的心灵，往往显得枯燥，而眼前的王家坊，却是活生生的相反的案例。换作一般官员，勤奋努力工作却一直得不到升迁，自然会产生一些畏难情绪，但王家坊却一如既往。故居内，除了王家坊的生平事迹外，让人感兴趣的就是分水的王氏家族。我在《百江辞典》里写过"伊山王氏"，说的就是他们。王氏家族不仅出了王缙这样的忠臣，而且仅在两宋时期，就有16人考取进士。王家坊也是王缙的后人。王家坊的座右铭与王缙的临终遗言一脉相承，这是家风的良好承继，足以为后人楷模。

此外，明朝"一针救两命"的名医吴嘉言、儒士茶商张曰城、三修县志的臧承宣、绘兰高手何松坡、民国少将傅文澔、共和国少将叶长庚、工程院士王三一等，他们都如灿烂的明星，光耀分水古今。

"一水中分"的分水江，发源于安徽省绩溪县的山云岭，是富春江最大的支流。郦道元的《水经注》这样描述：

> 连山夹水，两峰交峙，反项对石，往往相捍。十余里中，
> 积石磊砢，相挟而上。涧下白沙细石，状若霜雪。水木相映，
> 泉石争辉，名曰楼林。

用现在的话理解，分水江出自崇山峻岭，流经地形地势复杂地段。上游水中石，大如斗、如牛。下游则平缓，泉石相冲激，白沙细若雪。

分水县城东瞰大江，南与北都由江围绕。清咸丰年间，分水遭兵燹，此后，安徽、湖北、江西及省内金华、绍兴等地的客商，两千多户，一万多人，纷纷涌进分水落户经商，分水的商贸又逐渐繁荣了起来。据民国《分水县志》记载，武盛老街有弄堂19条，井泉29处，大小池塘10处，还有历朝以来修建的县衙、祠堂、会馆、三世名医坊、城隍庙、梧桐祠、文庙等。

徜徉武盛老街，沧桑的时光气息扑面而来。缪家巷、濮家巷、高家巷、刘家巷、陈家巷、王家巷、臧家巷，这些巷名让人想见，当年那些携家带口的、沾亲带故的人们，赵钱孙李姓，东南西北人，他们彼此照拂，来分水结伴经商而居。布店、药店、饭店、旅店、剃头店随处可见。柱子、板壁、板门、柜台、中药抽屉格等临街商铺，临街的一面差不多都是老旧的杉木建材，简朴中透着一股清末民初的浓郁气息。

过缪家巷，来到梧桐祠。此祠最早为禅定院，王缙退休后在禅定院的旧址建起了灵岩宫。想来，晚年的王缙，不闻窗外

事，只读圣贤书，唯有在道家的香火里才能找到自己心灵的慰藉，除了心有不甘，更多的却是无奈。梧桐祠几毁几建，现在，我们只能看到孤零零的一座门楼。细细凝视门楼，分水昔日繁华与沧桑的历史，隐约可见。

梧桐祠往东，是城隍弄。大牌楼高高矗立在弄口，不用猜，里面自然就是城隍庙。在古代，城隍庙是一个县城重要的文化精神依托之地，规模都小不了，分水县城的城隍庙也是如此。县志上载，老城隍庙里，土地祠、放生池、钟鼓楼、经堂、僧舍、观戏楼，殿宇宽广，气势宏伟。不过，现在也只能想象了，曾经的辉煌早已湮没在历史的尘埃中，眼前只有一口放生池，我知道，这只是一个简单的象征罢了。

城隍弄里还有一个重要遗址，就是重现分水昔日四方客商咸集盛况的宁绍会馆。原建筑由宁波、绍兴籍商人在清光绪年间修建，墙院宽阔，院门上有青石匾额，写着"宁绍会馆"，看着这四个金字，眼前似乎闪现出车来车往、人潮汹涌的热闹场景。

熙熙攘攘，琳琅满目，令人目不暇接，接着走，就到了东门。伫立东门，眼前就是东湖，庆云山、梅坡山如宝塔般稳稳地拱卫着分水城，宽阔大道通往河埠。

明朝万历初年的某一天，分水医生吴嘉言从外出诊返回，路过东门，正碰见一队送葬人群，近前打听，说是某少妇因为难产而死。吴嘉言是个细心的人，他看见棺材底部缝隙有鲜血不断滴下，急忙跑过去拦住："快停下，棺材里的人没死，马上抢救！"大家一看是吴嘉言，想到他家三代都是名医，救人无数，便立即停下。一阵骚乱后，在众人疑惑的眼光中，吴嘉言开棺检查，用针灸救活了"死者"与肚子里的胎儿。这一下，神医的名声传得很远，连朝廷也知道了，于是征召吴嘉言去太医院。吴嘉言不仅医术高明，还对医学理论深有研究，他的《医学统宗》三卷、《针灸原枢》二卷、《医经会元》十三卷对后世医学有较大的借鉴作用。

光绪和民国版的《分水县志》中，都没有吴嘉言救人的详细记载，这故事里面大概充满了想象。我的《夷坚志新说》中，也记载了"一针救两命"的奇闻，虽然那是南宋时代的事，不过，我猜真实情节应该差不多。名医总是这样神奇。

明万历四年（1576），朝廷为表彰吴嘉言一门三代在医学上的卓越成就，在东湖畔建了一座双柱一门的青石牌坊，上刻"三世名医"四个大字。碑坊高6米，宽3米，二层翘檐飞角，门柱前后有石雕立地护卫加固。可惜的是，"三世名医"牌坊毁于20世纪60年代后期。

前溪与后溪交汇，形成了宽阔的河面。民国初年，分水东门河埠，舟楫来往，帆船林立，这里常年停泊着十多条六舱帆船、百余条四舱帆船，分水至桐庐，每天都有客船来往。

4

梅城由州府变成县府，再变成镇所在地。新登、分水皆于1958年撤县成镇。现在的分水镇，辖区近300平方千米，常住人口5万多，依然为浙西重镇。

　　分水妙笔小镇的客厅深处，我盯着一幅钢笔画《富春山居图》出神。此画，画高47厘米，总长达到898厘米，由著名钢笔画家李渝基先生用整整一年时间精心绘制而成。李先生用分水笔，将黄公望的富春山水长卷一笔一笔呈现，纤毫毕现，别具气韵。由画转眺现实中的分水城，江两岸花树扶疏，高屋鳞次栉比，分水人用自己的巧笔，描绘着现代版的《富春山居图》。

　　妙笔小镇，紧靠着分水江枢纽工程的万顷碧波，夏雨将岸边百草滋润得肥美而青翠。细看分水制笔的显著标志——五云山，一支笔，一个圆环。设计虽简洁直白，但在我眼里，这支笔，分明就是唐朝少年施肩吾抄《汉书》的那管细笔。

三、一朵莲

　　六月的清晨，虽已进入炎夏之季，却依然清凉。晨风轻拂中，潘成年快步行走，他往城南方向去，一边走，一边嘴里默念着《诗经》中的句子。他特别喜欢《诗经》，300多首中有一半常在他心里泛起涟漪。他的目的地是百丈山，在老家的日子，他常去登山，从山顶俯瞰古城，心情极其舒畅。

　　虽已是中年人，但不到400米高的山，小半个时辰他就爬上来了。伫立百丈山顶，古城尽收眼底。忽然，潘成年莫名地兴奋起来，他发现，这依山而筑的古城，像极了盛开的莲花。刚上山时，山脚的那一池荷花，有不少都对他露出灿烂的"笑脸"，而眼下，这大地上的"花朵"，在晴空碧云下也生动无比。才思敏捷的潘成年，心底里自然涌出四句诗：

弹丸小邑绝尘氛，一朵莲花耸碧云。

短短女墙围数里，谯楼鼓点满城闻。

1

新登虽为"弹丸小邑"，历史却悠久。

新登起先叫新城，三国吴黄武五年（226），新城县诞生。在此后的近1800年时光中，新城约有一半时间是县，一半时间是镇。是县的时候，隶属过吴郡、东安郡、余杭郡、杭州府等；是镇的时候，隶属过桐庐县、钱唐县、富阳县。

后梁开平元年（907），因避朱温之父朱诚之讳，改新城为新登。赵宋开国后，新登又恢复为新城。民国三年（1914），全国地名普查，因多个省内都有新城，重名太多，又改新城为新登。

但有意思的是，从唐末到民国时期，新登人还是喜欢称自己为"东安人"。

这历史背景大致是这样的：

唐末天下大乱，钱镠训练八都乡兵自保两浙。"都"是军事建制，新城属于东安都。杜稜的老家就在新城，他原是钱镠的爱将。钱镠因淮南节度使杨行密数度侵扰边境，便令杜将军筑东安城以自保。杜将军没有辜负钱镠的期望，带领新城军民苦战10个月，终于筑成了一座"周二千五百七十一步，高二丈三尺"的坚固城墙，因此这座东安城也被称为"杜棱城"。3年后，董昌叛唐称帝，钱镠起兵讨伐，杨行密遣宁国（今安徽宁国）、润州（今江苏镇江）等地的部队出兵助董昌。叛军进攻东安城，杜棱带领东安守军英勇抗击，毙敌无数于城下，叛军尸体将战壕沟堑都填满了。这一重大胜利，影响深远。

同样是新城人的著名诗人罗隐，写有《东安镇新筑罗城记》，详细记载了杜将军修城及抗击叛军取得重大胜利的经过。因杜棱与罗隐都是新城的著名人士，所以，1000多年来，新登人都喜欢将自己的祖籍称为东安。

但是，这杜棱城，其实是新登的第二座古城。

此前，唐朝时，新登就有城，称为"唐故城"。北宋《祥符图经》及南宋《咸淳临安志》都有如此记载："（新登）旧城在县东南三百步，周三百丈，唐徐敬业起兵时筑。"尽管后来有人提出异议，但晚唐著名诗人、桐庐人方干写有《登新城县楼赠蔡明府》一诗，充分证明了唐故城的存在。

白驹过隙，到了明朝嘉靖年间，新登建了第三座城，这座城应该就是潘成年登山俯视时所看到的那座"莲花城"。

彼时，倭寇大举进犯东南沿海，江苏、浙江、福建等省均受正面冲击。朝廷下令，相关各郡县均要筑城防范。范永龄为彼时的新城知县，他是个十分难得的干才，在还没考取功名时，就曾向朝廷建议沿江郡邑筑城防警。他担任地方主要长官后，筑城一事更是义不容辞了。然而，新城地偏财薄，朝廷财政收入也十分紧张，不可能拿出钱来筑城。就在山穷水尽之时，他想到了乡贤的力量。松江知府方廉就是新城人,他凭借强大的人格魅力,号召全境内的大户人家募捐,大家众志成城,多次击退来犯倭寇。方廉接到范知县的求助信后,迅速回书,将松江筑城经验一一详细告知。

范知县依计施行,迅速筹措到筑城资金。他立即聘本县有名的绅士、白氏十六世裔孙白廷玺总督其事。从明嘉靖三十五年(1556)秋开始,在短短四个多月时间里,每日有数千名工匠民夫奋战在筑城工地上,到次年春天,大地重披绿装时,一座依山而围筑的雄伟新城出现了:一千二百十三步长,一丈六尺高,雉堞五百七十堵。筑城的块石,皆取自近山。块石基本呈长方形,数百斤重,石与石之间,用糯米粥、黄泥、石灰黏合,隙缝间再嵌以铁片,异常坚固。城墙的东西南北设四门:东曰元始,西曰利遂,南曰嘉会,北曰贞成。城墙外再挖出长约八里、一至二米深的壕沟当护城河,这护城河,用卵石筑底,块石砌堤,宽狭不等。从葛溪上引进的水流在护城河内自由流淌,通过闸口控制,最后又排入葛溪。如此设计,不仅护城,而且能保障百姓的日常生活与生产灌溉用水。

2

除了上文提到的杜棱、罗隐,新登县域历史上还出过不少名人。

第一个要说的就是唐高宗时的宰相许敬宗。不过,此人名声不好,被北宋欧阳修、宋祁等人写进了《新唐书》的《奸臣传》，而且是排名第一的奸臣。如此排名，应该是由于许敬宗为武则天的上位提供了巨大的帮助。其实，许敬宗起步不算低，在李世民还是秦王的时候，许敬宗就是秦王府的十八学士之一。按理，他本可以和长孙无忌、房玄龄、杜如晦等人一道名列贞观名相，但李世民在用人的过程中，认为许的私心太重，有才少德，于是对他有所压制。而到了唐高宗时，已经六十多岁的许敬宗才打了个翻身仗。

第二个要说的就是凌准，他是和柳宗元、刘禹锡同时被贬的中唐著名的"二王八司马"之一。太子李诵熬了20多年，终于熬成了唐顺宗，但四十多岁的他，不幸中风，连话都说不出来了。顺宗继位后，立即重用王叔文、王伾、刘禹锡、柳宗元、凌准等人进行改革，史称"永贞革新"。他们加强中央集权，反对藩镇割据，反对宦官专权，取消宫市、五坊使，取消进奉，打击贪官，减轻苛征，体恤百姓。中唐的天空，掀起轩然大波。然而，短短半年多时间，李诵就遭宦官逼迫退位并禅位给了皇太子李纯，唐顺宗退居太上皇，李纯成了唐宪宗。甫一继位的宪宗便显铁腕手段，而那些扶持他的宦官对革新派往死里打击，终使"二王八司马"事件震动朝野。

柳宗元被贬湖南永州，凌准被贬和州（今安徽和县，后被贬至广东连州），去的皆是蛮荒之地。他们这八人，似乎永远被打入另册："纵逢恩赦，不在量移之限。"生活艰难，政治失意，永无出头之日的煎熬，让凌准的日子过得极难。当凌准收到家乡老母亲及两个弟弟相继去世的消息时，日日痛哭，以泪洗面，以致双目失明。唐元和三年（808），一个凄苦的冬日，五十七岁的凌准病逝于连州的一座佛寺内。柳宗元闻得凌准去世的消息后，悲愤难抑，写下《哭连州凌员外司马》长诗纪念，后来又为凌准写了墓志铭。

第三个要说的是杭州地区历史上第一个状元施肩吾。施肩吾，其实出生在分水县的桐岘乡，不过后来此地属洞桥镇，而洞桥镇原属新登县，故分水、新登两地都将施肩吾称作本乡人。施肩吾少年时在分水龙口山上苦读，考中进士后又隐居，写下大量诗文，《全唐诗》收其诗近200首。他还率族人买舟泛海，到达今日之澎湖列岛，他的故事足可以写一本书。

相比其他，我更关注施肩吾的入道。他为什么弃高官厚禄的前程不顾，而如此着迷于道？我的简单推理是：富春江边的桐君、严子陵皆为高隐之士，施肩吾从小就生活在这样的山水与人文环境中。且从施肩吾的诗文中可以看出，他的足迹遍及台州、越州、明州、钱唐等地，这都是隐士经常出没的地方。更为关键的是，他身处的那个时代，正逢李唐乱世，朋党之争触目惊心，官场对他来说，乃十足的是非地、凶险地。传说陆游的高祖陆轸也受施肩吾的影响，对入道痴迷不已。

另外，元代禅宗大师明本以及耕读自乐的元末著名隐士石羊先生（徐明德），都是新登历史上闪光的符号。

—— 3 ——

富春江有一条支流叫壶江（渌渚江），该江的上游有两条支溪：西面的称葛溪，出自昱岭山的玉皇坪；东面的叫松溪，从北向南流到新登东南的双江口，与葛溪合流。前文就说了，新登县时置时废，县境范围在整个罨江流域，镇境范围，大概只有葛溪、松溪两溪合流前的一小部分。

罨江如分水江一样，以前是通航的，万历《新城县志》记载："（富春江）至渌渚埠二十里通舟楫，自渌渚抵县十里而上至各溪港，用竹筏往来。"

依水而生的城市，基本上都鲜活灵动。潘成年是清乾隆时期人，其实，在他之前，明代的堪舆家早就看出来了："一朵莲花耸碧霄，二水襟带万山朝。"

范知县奠定了新登古城的基本格局。据记载，此后的600余年间，古城又被不断修缮，仅完整记录的就有：

明万历三年（1575），增作女墙，高三尺五寸，池环如城。

清乾隆三十二年（1767），修城垣。

道光十九年（1839），修筑城垣，补元始、嘉会、利遂、贞成四门额。

同治二年（1863），修筑被兵士轰毁的城隅数丈。

光绪二十五年（1899），修筑城北隅。

抗战时期，新登古城墙及大多数建筑，都被日军飞机炸毁，仅存明清古城墙两千余米，这些遗存，也是浙江省内保存最完整的古城墙之一。

2017年以来，新登开始了大规模的古城复建工程：修筑城墙、拓深城河、复建城门、恢复古建、整治街巷、建设遗址馆。千年古城，犹如沉疴病人重获新生。

现在，我们就进入潘成年眼中的那朵"莲花"里。

　　我从元始门（东门）开始，往嘉会门（南门）缓行。元始门上还有"肇新"两字，对新登来说，这确实是又一次新的开始。城墙高大、坚固，有不少墙面彰显着老城墙的沧桑。陪同的文友说，这是在原古城墙的基础上加筑上去的，原古城墙质量好，如此处理，既符合工程质量要求，又能显示600余年来的磨难。城隍庙下墙根，有一个名人广场，凌准、施肩吾、罗隐、方廉等人的铜像在阳光下生辉夺目。我从嘉会门登上城楼，看过唐、宋、明几层遗址，沿城墙再看城内城外风光，城墙上有几棵梧桐树粗壮得很，我猜这是鸟儿衔着的种子掉落生发的。在利遂门（西门）下城楼，过通济桥，进秉贤街，体验过晚清至民国的风尚，徐玉兰故居、徐玉兰艺术馆就在眼前。老杏花树正盛开新花，这位"贾宝玉"在越剧爱好者心目中，就是越剧界的大腕。

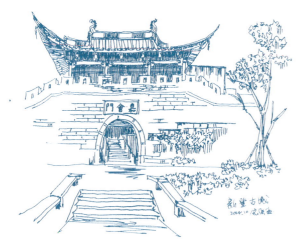

　　一边走，一边想着潘成年的诗句，我心里忽然发笑：我是不是在沿着莲花的边沿走啊？春风骀荡，莲花盛放，一只小蜗牛

沿着花朵的边缘在懒洋洋地慢行，这简直就是蜗行嘛。嗯，逛古城，这是和时光在对话，但1000多年的时间，不可能一下子就穿越的。

～～～ 4 ～～～

如此春光，我又走神了。

东风着意，先上桃枝。在新登半山，桃花是春天的主体。

3月，桃花深红映浅红的时候，我站在了近山顶的健中餐馆门口。

抬眼望，桃田层层，盘旋而来，每一层都有数十株桃树，每一株桃树都是一顶大伞盖，花朵竞绽。树与树，花叶相交，从我这个角度看过去，像是一张硕大的花毯，散披在长长的山坳里，桃朵是花毯上的花，青青的紫云英是绿色的镶边，还有争邀春天的各种野草，它们是花毯上的五彩锦绣。

桃田的层与层之间，都用石磡垒边，磡的高度依山势而定，高的有两三米，低的只有几十厘米。那些磡石，有圆有方，应该是从附近沟里山里挖掘来的，它们的任务就是保护这些建设起来的梯田，使地气充分蓄养，水土保持，也便于人们劳作。这些磡石，齐整又参差，有的沾着些田泥。石缝里，常常长有鲜艳的野刺莓，野花野草就喜欢这样有挑战性的生长环境，对石磡来说，这也是一种不错的装饰，它们与盛开的桃花相映成趣。

沿着桃田拾级而上，突然，有一面大大的"镜子"躺在一片花丛中，那是一塘清波。像这样的塘，在这里还有不少，这些塘的面积大小不一，也是随山势而定，乡人的智慧充分显示在这种科学的安排中。有水，这桃花山就有了灵性。那些桃树就是桃花仙女，仙女们是经常要沐浴的，没有水怎么行呢？还不能是一般的水，她们需要洁净透亮的山泉，这样，桃花仙女们才会为整座山带来仙气。看，初春雨后，雾气袅袅，白云在蓝天下逸动，那不就是她们身上透出的仙气吗？

山的顶部比较平缓，转个弯，背面就是桐庐横村的阳山畈，有山道直通，那是另一片热闹的花海。

现在，我就要和那些桃花仙子们"零距离"接触了。

下得桃田，钻进桃林，选一株老桃花树，站定。它十分高大，至少两米多高，桃枝生长的面积，起码五平方米。这其实是一个家族了，主枝（母亲）上长有五个分叉，皆强劲有力，分叉（女儿）又长出两三个枝杈，枝杈（外孙）再向周边延伸出四五个小分叉，小分叉（曾外孙）又长出若干个更小的分叉，它们就这样繁衍生息，枝伸到哪里，花朵就在哪里开放。我喜欢那粗黑的虬枝，覆着黑鳞，不要去碰它，那是它经年的保护衣，彰显了至少十几年的风吹雨打与顽强不屈。桃农说，这样的桃树，每年结果至少几百斤，即便那些看起来很年轻的桃树，结果也在百斤以上。

看着桃花林，忽然想起，该为它们配上什么样的场景才适合呢？

桃花，应该和晓日、细雨、佳月、微雪、清溪、苍崖、劲松等相伴。这边林间吹笛，闲云野鹤；那边扫雪煎茶，闲谈人生，一切都非常协调。所以，我还需要在多个场景中，全方位地亲近这些仙子们。

今天，多云，天气有点冷，有清溪，有竹林，恰如秦观的《江城子·清明天气醉游郎》："桃花香。李花香。浅白深红，一一斗新妆。"那些花儿们，也是要比赛的。

我想和这些花仙子们约定，下一个微雪的清晨，我会来看它们。

突然，耳旁听得阵阵尖叫，那是惊喜声与喧闹声，有同伴的，有游客的，他们为这些桃花沉醉了，不由自主。

陪同的友人告诉我，从这桃林下山，有一条古道可走，这条古道，是连接到桐庐那边的。我问古道有多少年了？嘿，真不知道，爷爷的爷爷，或者说，爷爷的爷爷的爷爷，一直往上推，那时古道就在了。前人走在这条古道上，桃花开的季节，他们是不是和我们一样，这么有闲心来寻找惊喜呢？或者是，或者不是。桃花乱落如红雨，他们或在负重而行，如果道上有伸过来的桃枝和花朵，他们也会顺手拿起，用鼻子闻闻，再喝口桃花溪的山泉，然后又整装往前了。

但苏轼走古道，情况就不一样了，他将浓浓的诗意带到了新登。

苏轼的这一次新登行，我在本书上部第五卷"沙洲志"中"镜子一样的湖"这一节中写到了，他是一边考察工作，一边欣赏山水的。

据资料载，当时的新登县令是个清廉的好官（有人考证这位县令应该是晁端友，他哥哥晁端彦是欧阳修的弟子、苏轼同榜进士），苏轼相当赏识他，于是专门去慰问，并写文章表扬他。随后，苏轼留下了《新城道中》诗二首，其一为：

> 东风知我欲山行，吹断檐间积雨声。
> 岭上晴云披絮帽，树头初日挂铜钲。
> 野桃含笑竹篱短，溪柳自摇沙水清。
> 西崦人家应最乐，煮芹烧笋饷春耕。

从这首诗看，我今天走新登和苏轼走古道的情节，还是有点相似的。

农户家的早晨，苏轼看见太阳从树梢间升起。而我住湘溪民宿"又一邨"，太阳射透窗帘，推窗，正好望见"苏东坡古道"，湘溪边，檐木架搭，枯藤蔓蔓。其实，昨晚在耀眼的星光下，我就走过这条古道，只是视线不太清晰，但流水声极响，在流水声中，我想象着苏轼诗句中大江东去的豪迈。

苏轼看到，岭上有白云，那些白云还非常厚，像戴着的帽子。我也看到大团的云雾，雨后，显现于山间，薄如轻纱。

苏轼看到的是野桃，农户家门前，零星种植。桃花伸出篱笆，笑着迎接苏轼，难得嘛，大诗人光临寒舍。而我看到的桃花是成片的、成山的，新登这些大大小小的山里，有万亩左右桃林。我看着半山村的桃花林，脑子里立即跳出范仲淹写茶的名句——"春山半是茶"，化用一下，这桃林里就是"春山半是花"。山的下半部，桃花层层叠叠，山的上半部，往往是枝条匀称的成片翠竹。

农户人家，我猜他们请苏轼吃的是满山沟里疯长的水芹菜、满山竹林里的鲜味竹笋。那些长在深深黄泥土里的毛笋，像大山孕育足月的胖孩子，一个个胖嘟嘟的，可爱至极。我这次来，半山人也极热情，一定让我带回三支毛笋。这笋，支支粗壮，差不多有十斤重，沾着黄泥，毛茸茸的，嫩得似乎能掐出水来。

昨日多云，今日却迎来鲜暖的太阳。上午十点，我又走了一遍苏东坡古道。两边的檐栏已经有点旧了，藤蔓的新叶还没长出，湘溪清流潺潺，鹅卵石"的笃"着女士们的高跟鞋。"哇，哇！"有人高声尖叫，古道前方，有一大片油菜花！于是，在那大片的油菜花田中，女人们仿佛也成了金黄的花朵。也许，任何一个女人，从任何一朵油菜花上，都可以找得到纵享春光的共鸣。

春山半是花，虽是桃花，但它也是这朵"大莲花"花瓣上的晶莹露珠。

四、王者之门

《三国志》卷四十六《吴书》的开头描述了少年孙坚的英勇。

十七岁那年，孙坚与父亲一同从富春坐船到钱唐，正碰上海盗胡玉等人从匏里上岸，他们抢掠商人的钱财后，到岸上分赃。见此情景，来往行人都不敢靠近，过往船只也不敢前行。孙坚却对父亲说："这些强盗，没什么可怕的，我可以制服他们，请让我前去捉拿他们吧。"孙父劝道："这种事不是你这样的小孩子能干得了的。"孙坚不听，当即提刀上岸，大声喊叫，用手向东西方向指挥示意，就像在命令几支队伍去包围强盗。那些盗贼见孙坚如此镇定，以为是官兵来捉他们，吓得赶紧扔掉钱财四散而逃。孙坚大步紧追，砍下一个强盗的脑袋。孙父见此大为吃惊。自此，孙坚声名大振，州府就召他为假尉（代理县尉）。

孙坚就这样以少年英雄的形象出场了。

下面这个场景，从时间上看，应该是紧接《三国志》画面的，不过，读起来更像是一则寓言。

吴国富春县有沙涨，此沙涨就是由富春江的泥沙堆积起来的沙洲。孙坚去州府任职前，乡亲们在沙洲上为他饯行，有父老乡亲对孙坚这样说："我们这沙洲，狭而长，正可谓是'长沙'呀，你日后一定会去做长沙的太守。"后来，孙坚果然做了长沙太守，封乌程侯，于是大家都称此洲为"孙洲"（《太平御览》卷六十九）。

此沙洲在成为孙洲前，叫"洋涨沙"，至少在春秋末年就已堆积形成了。据孙氏谱系载，孙坚是孙武后裔，孙武因有功于吴国而受封于富春，传说他见洋涨沙突起于富春江中，四水环绕，千趣万态，乃构室居之。

孙坚杀盗入仕，千里北上讨伐董卓，斩华雄，败吕布，收洛阳，功绩卓著。他与长子孙策开创了江东基业，而次子孙权二十岁不到就接掌大业。东吴立国，三分天下，此沙洲自然被后世称为"王洲"。

2

孙钟就是孙坚的父亲，民间传说他就在此沙洲上种瓜。想当年，他与儿子一起去钱唐，十有八九是去卖瓜。从沙洲到钱唐，水路半天就可以到达。

据说孙钟种瓜是一把好手，他种的是薄皮甜瓜。他的家，西边就是宽阔的富春江，东边还临着一条小江，因孙钟种瓜于此江边，人们就称之为瓜江。孙钟老实勤奋，靠着种瓜养活一家老小。不想，有一年，他的十八亩瓜地上，竟然只结了一个瓜，此瓜虽比平常的瓜大了不少，但一个瓜也无济于事呀。孙钟为此百思不得其解：是瓜种变异，还是地力耗尽？不过，有远见卓识的种瓜人孙钟并没有因此受到很大的打击。他想，一个瓜，还是个大瓜，这就不错了嘛。况且瓜里面有无数的种子，种子里面又有无数的瓜，瓜生子，子生瓜，瓜又生子，子再生瓜，循环往复，无穷无尽。此后，这瓜中之雄成就了一个地名，此地后来被称为"雄瓜地"，一个"雄"字，尽显王者风范。

早春的力量已经催得油菜花盛开，现在，我就站在雄瓜地边。这是一片农场，土地已经实现规模化集约经营，大片金黄的油菜花田，无边无垠，油菜枝干粗壮高大，叶片乌黑，显然是好地，数千年来，它一直滋养着这里的人们。"雄瓜地"的木头牌匾两边刻着对联："唯大英雄能本色，是真名士自风流。"这里叫瓜桥埠，几乎所有看上去明显一点的田间地头，都打着"孙权故里"的标记，村里的人们，显然为此自豪。是的，他们已经自豪了一两千年，一个能叱咤江东的王者家族，一定有它的不平凡之处，他们确实有底气将此村叫作"东吴文化第一村"。换作谐趣一点的话来说，三分天下之吴国，就是从一只瓜开始的——一只"雄瓜"，富春江边一只充满英雄主义色彩的瓜。

从大片油菜花地往前约几百米，有"雄瓜地"石碑，刻有十八亩雄瓜地简介，显然，这只是一个象征而已。不过，简介里接续着孙钟种瓜的传奇。孙钟看着那只成熟的瓜，正在思考：这只瓜，如何处理呢？此时，一个老人到了他的瓜地，向孙钟讨瓜吃。孙钟毫不吝啬，立即将那只大瓜摘下，并将瓜对半分开，一半送给老人解渴，一半留给老母。老人吃了瓜，心满意足，擦擦嘴，拍拍身上的灰尘，对孙钟说："你闭上眼睛，向前走一百步，你母亲死后葬在白鹤峰上，子孙必为帝王。"将信将疑的孙钟，闭着眼睛走了三十步，他忍不住回头看了一下，老人不见了，只见一只仙鹤飞上了天空。孙钟恍然大悟，这老人是神仙，是上天派神仙来考验他的。只是有点遗憾，他未能走完一百步，只得三分天下。

这个神奇传说，显然也是中国传统文化中的典型一例。关于周朝也有类似的传说。

姬昌到渭水边请姜尚出山。

姜尚问：您想让我怎么走呀？

姬昌答：骑马、坐车都行。

姜尚摇摇头：我都不要，我要坐您的辇车。

姬昌连声答应：可以可以。

姜尚于是又进了一步：我坐车，大王您得帮我拉着车子，我才走。

姬昌咬咬牙：可以可以。

两人都在试探对方的诚意，心照不宣。只是，姬昌一步一步拉着车，沉得很，拉了一会儿就走不动了，只得气喘吁吁停下，姜尚对姬昌说："大王拉着我走了八百七十三步，我保你八百七十三年江山。"姜尚说完，看着有点后悔的姬昌，一脸神秘地笑。

传说毕竟是传说，不过也挺有趣，周文王如果没有这样的胸怀，姜太公可能就不会出山。根据现代研究，周朝自公元前1046年开始，至公元前256年结束，共计790年。而孙钟在瓜地闭着眼走步，却又是几百年后的事了。

只要合情合理，都可以演绎。

据说孙钟的母亲去世后，他果真将母亲葬在白鹤峰上。

白鹤峰在哪里？

周天放和叶浅予合著的《富春江游览志》这样记载：

天子岗，一名白鹤峰，又名乌石山。在江之南岸，距窄溪十五里，距东梓关十里，山高五千丈，广二十里。山石皆作乌色，肖各种怪鸟凶兽之状。顶有平坦之地，纵二十余丈，横四五丈。为东汉孝子孙钟葬母处。四围有短峦。绕如矮墙。阙处有清泉二孔，盛暑不涸，凌冬不冰。冈北有小径，阔仅二尺许。逶迤三十余丈，通主峰。小径两面皆削，下临无地。主峰高竿入云，旁出两翼，分披左右。山中多丛筱。大雪之后，风吹筱动，白雪纷舞，颇似鹤之蹁跹。山名白鹤峰者或以此。

　　30多年前，我还在《桐庐报》工作的时候，与朋友一起爬石阜镇（今并入江南镇）珠山边彰坞村后的天子岗。我们一边爬山，一边听着传说：

　　孙钟母亲的灵柩从瓜桥埠出发，一路运到珠山，抬棺人实在吃不消了，因为棺材不能落地，只能用"搭柱"撑住休息。棺材先抬到一个山岗，孙钟后悔了，因为传闻称，葬此后世只能出诸侯，而葬在白鹤峰能出天子。那个山岗后来就被人称为"悔岗"（今桐庐县凤川街道翙岗村）。棺材抬到白鹤峰的西北坡时，风雨交加，往上行进极为艰难，抬棺人又休息了一会，当地方言叫"宕一宕"，后来谐音成"堂梓上"。孙钟历尽千辛万难，终于将母亲安葬妥当。

　　我们到达天子岗时，白雪纷飞的场景一时难以代入，但环境大体如《富春江游览志》所记载的那样，晴空万里，视线极好，富春江清晰可见，似一条透明玻璃带伸向远方。山顶平地开阔，孙母坟茔的遗迹虽不可见，但两眼清泉却依然汩汩冒出。如此高的山顶上，有不竭之清泉，让人连连称奇。

――――〜3〜――――

　　据《龙门孙氏宗谱》载，孙权第六子孙休于三国吴太元二年（252）封为琅琊王，镇守武林（今杭州），后登基为吴景帝。孙休六世孙名瑶，为南北朝刘宋元嘉时的大将军，镇守临富春江的青草关（今富阳东梓关）。刘宋覆灭，孙瑶即定居青草关，其子孙也一直在此繁衍生息。至北宋初年，孙瑶第十九世孙名勖，仕宋，官至奉议大夫。孙勖之子孙忠，于北宋太平兴国五年（980）由青草关回迁龙门，至今1000余年。

孙忠定居龙门后，其子孙或因出仕外地而迁徙，或因外出谋生而迁徙，留居龙门的并不多，直到第十七世孙孙莲芳生七子，每一支都繁衍壮大，龙门孙氏才兴旺起来。至2004年修谱时，龙门孙氏已经繁衍至孙权第六十五世，现在全村2000多户，7000多人口，男姓90%以上为孙姓，是国内孙权后裔最大的聚居地。后世称其为延续千年的封建宗族的"活化石"。

孙坚、孙策、孙权，孙氏后裔人才辈出，名人荟萃，这里择说两位。

第一位：督造宝船的孙坤。

孙坤，字景祐，号素庵，少年时其父母就去世了，由兄嫂抚养长大。孙坤从小勤奋好学，中秀才后入县学，中举人后入太学，后进工部。虽为基层官员，但他一点也不懈怠，时时警醒自己，且为官清廉，分配的工作干一件成一件，考核都为优等。

孙坤被提拔为工部都水清吏司主事后，做事更加勤勉。时明永乐帝遣郑和下西洋，命孙坤督造巨舰80余艘，限期完成。面对繁重的任务，孙坤恪尽职守，调度有方，如期交付使用。孙坤督造的船只，长约140米，宽约60米，是当时世界上最大的木制海船。要管理如此规模的船工场，使几千工匠同时劳作，且要保证船的质量，难度可想而知，作为主管官员，若没有极强的协调能力，是不可能实现的。孙坤凭着优秀的能力和强烈的责任感，将任务完成得十分出色。可以这样说，郑和先后七下西洋，到达30多个国家和地区，在世界航海史上创下伟大壮举，其中孙坤也贡献了卓越的力量。后来，孙坤还率万名工匠去秣陵（今南京市）宝船厂督造施工，同样圆满完成任务。因为出色的业绩，他被提拔为工部侍郎。

龙门古街北端，龙门溪边，我走进工部冬官第，也就是承恩堂。此堂建于明正统十四年（1449），是孙坤儿子孙莲芳向朝廷申请建造的。承恩堂里展示着孙坤的铜像，后面是宝船扬帆航海图，堂中还陈列着他督造宝船的大型船模。孙坤积劳成疾，五十多岁逝于任上，满朝皆是叹息。看着孙坤的铜像，看着宝船模型，600年前火热的场景仿佛出现在了眼前，我不禁感慨：尽职尽责的廉洁官员，定会被后人铭记。

第二位：义门孙潮。

孙潮，字孔信，号双溪，刚周岁时，父亲去世，年仅二十一岁的母亲守节抚孤，含辛茹苦将他养大。孙潮的母亲犹如孟母，尤其注重儿子的品格培养，故孙潮从小就有担当，孝顺，苦学，博闻，长大后农商皆通。凭借他的仁厚品德及聪明才智，数年后，孙潮赚下万贯家产，富甲一方。

孙潮的人生事迹中，至少有三件事为后人津津乐道。

明嘉靖二十年（1541），富阳遭受罕见旱涝灾祸，田地绝收。孙潮代缴全村皇粮，还拿出积谷1000余石，赈济四乡灾民。

嘉靖年间，富阳城从鹳山至恩波桥江堤，年久失修，每当富春江汛期，洪水就会冲塌江堤，危及百姓生命及财产，县令数次想修，却为资金所困。孙潮得知情况后，主动出资建造江堤，不到两年，江堤修复。因当时修建时，孙潮肯出钱，且又监督到位，至今，富阳南门这段江堤依然固若金汤。

明嘉靖三十四年（1555），倭寇大举进攻浙江沿海，戚继光奉命带兵抗击。但时近隆冬，朝廷迟迟不下拨军衣购置专款，士兵身着单衣，戚继光心急如焚。情急之下，又是孙潮，他闻讯后，毫不犹豫，立即变卖部分家产，凑了十万多两白银送到军营。修江堤与购军衣，本都是朝廷的基本职责，无奈嘉靖皇帝荒唐透顶，数十年不上朝，导致奸臣当道，百姓的事、国家的事，对他来说，都不如修道长生重要。

对于孙潮这样的义举，知县自然要上报朝廷请求表彰了。朝廷钦赐戟顶砖，用来砌门楼。救灾、修堤都发生在知县奚朴任上，他被孙潮的义举所感动，亲题"义门"两字赠予义士，这两个闪光大字，将孙潮的义举永远定格。

　　我曾数次夜探龙门。

　　夜深人静，灯光昏暗，走在龙门的老街上，听护城河溪水静流。老屋石墙，壁灯散发出昏暗的光，街巷回廊相连，曲折幽深，不时有老人咳嗽声传出，似乎又回到久远世纪前的宁静。伫立义门前的宽阔广场上，抬头仰望着"义门"两个大字，剥落的砖墙面上，灰白的大字显示出历史的沧桑。透过历史的风尘，我们可以在脑海中复原当年宏大的救灾场面。这两个字既是中华民族传统美德的承载，更是龙门孙氏品格的光辉写照。

4

　　关于龙门的来历，有三种传说。

　　其一，相传东汉名士严光曾游历至此，他游历后赞道："此地山清水秀，胜似吕梁龙门。"后人便以"龙门"来命名龙门山、龙门村。

　　其二，此地群山围护，内有溪水曲折环绕，形似巨龙出山，流经石塔山附近，南北两山拱卫似大门，自外观之，若无所入，自内观之，若无所出，故称龙门。

　　其三，相传古代有一条龙，游经此地，见云雾缭绕，山水溪石皆佳，便爱上了此地，定居下来。此后，山称龙门山，溪称龙门溪，村叫龙门村。

　　传说就是传说，不必当真，中国不少地方皆有这种附会之说。按我的理解，龙门一称十有八九与地形有关，即便是严子陵的称赞，依然是就地形而言的。

不过，自有了孙氏以后，这种附会之说便成了传奇。

我写了20多年的杂文随笔，非常崇拜何满子先生，他是我的近邻，感觉特别亲切。何满子，本姓孙，原名承勋，他就是龙门人，或许是孙权后裔。

何满子自然常回故乡看看，他为龙门题词："来这里，读懂中国。"

这一句题词，简洁、有力，带着十分强烈的自豪。他如此注解自己的题词：此地为吴大帝子孙千年繁衍之地，积淀了中华民族丰厚的历史文化，仔细省察，可读懂中国。何满子深爱他的家乡，对家乡概括得也精确。确实如此，富春孙氏的历史渊源，江南宗族文化的典型结构形态，山乡古镇特有的民俗风情，你都可以在此考察、体验、探溯。

龙门，王者之门。

在龙门，无数的传奇将会继续演绎精彩。

第三卷：非遗志

医药、习俗、音乐、文学、技艺，富春江两岸的民众在长期的生产生活实践中，积累了丰富经验，它们凝聚成了多彩的文化形态，这些文化成了人类的瑰宝。

一、用时光熬制

1

"中药鼻祖"桐君，华夏中国的一个神奇人物。

我在《桐树下的茅屋》中，将其称为"迷榖"。其实，迷榖是传说中一种特别的树木，"其状如榖而黑理"，花朵鲜艳透亮，戴上这种花，脑子会异常清醒。在我写的故事里，迷榖是神农团队的骨干成员，学业有成，受神农指派，南下普救众生。在传说中的桐树下、茅屋中，得病的百姓受惠于他高明的医术，他也因此被百姓亲切地尊称为"桐君"。

相传，桐君所处的时代，文字还没有诞生。大约在2000年

前，后人将口口相传的桐君行医成果编撰成《桐君采药录》，桐
君中药文化开始传世。《神农本草经集注》《药总诀》《辅行诀脏
腑用药法要》《隋书》《本草纲目》等古代文献典籍里，均可见
《桐君采药录》记载的中草药的身影。

桐庐县的东山，就是今天的桐君山，桐君曾在那里采集百
草，识草木金石性味，修炉炼丹，定三品药物，以为君、臣、
佐、使。

君、臣、佐、使，是个形象的比方，即指主药、辅药、佐
药、引药。而三品药物，则是对药物的简单分类：没有毒性，
可以多服久服而不会损害人体健康的药物为上品；没有毒或者
有毒，酌量使用以治病补虚的药物为中品；多毒而不能长期服
用，能除寒热邪气、破积聚的药物则为下品。简单说来，上药
养命，中药养性，下药治病。"君、臣、佐、使"是中医方剂的
组成法则，《桐君采药录》虽失传，但其医药理论中暗藏着广博
的智慧，对历代医药学产生了极大的影响，为中药分类、中药
药性理论以及配伍原则奠定了基础，具有不可磨灭的历史价值。

桐君山南麓山腰，有"丹灶遗址"石碑。伫立碑前，采药、
修炉、炼丹，桐君老人各种劳作的身姿如影像一般，次第而映。

桐庐群山逶迤连绵，如富春江的波峰浪谷，而富春江两岸
草木茂盛，河谷土壤丰腴，水源涵养，草木生养，都是极佳之
地，故桐庐药业流传至今，源远流长。

康熙《桐庐县志》载有地方药材品种50个，光绪《桐庐县
志》载有67种地产药材。民国《桐庐县志》载药有：茯苓、前
胡、瓜蒌、萆薢、薄荷、半夏、桔梗、紫苏、香薷、荆芥、葛

根、香附、豨莶、菖蒲、山楂、山栀子、乌梅、苍耳、枸杞、苍术、白术、菝葜、贝母、蝉脱、斑猫、野菊、麦冬、天麻、地黄、黄精、青精、天虫、苦参、杜蘅、马兜铃、天南星、穿山甲、何首乌、白芍药、赤芍药、款冬花、天花粉、车前子、枳具子、金银花、蓖麻子、草决明、五加皮、地骨皮、刘寄奴、吴茱萸、蒲公英、桑皮、青蒿、芫花、管仲、五倍子、王不留行、石钟乳、寒水石。

据光绪《分水县志》载，分水境内的药类有：紫苏、桑白皮、乌药、白术、茯苓、半夏、玉竹、奇良、青蒿、淡竹叶、谷精草、苏子、天南星、何首乌、桔梗、青木香、自然铜、桃仁、金钗石斛、槐花米、松香、百合、香附、车前、益母、白茅根、巴戟天、夏枯草、蒲公英、苍耳、龙胆草、土大黄、菟丝子、土三七、牵牛、栝蒌、覆盆子、胡孙姜、石菖蒲、金银花、野葡萄、金樱子、山栀子、土茯苓、贝勒刺、海桐皮、枸杞、五味子、五倍子、山楂、女贞、吴茱萸、山茱萸、南烛、蓖麻、络石、石韦、卷柏、马勃、麝香、穿山甲、桑螵蛸、黄蜡、寒水石、白石英、莲花。

1929年6月，在首届杭州西湖博览会上，桐庐出产的茯苓、木瓜、五倍子、玉竹获中药材一等奖。

1959年，《桐庐县志》载，桐庐产药材113种。1988年6月，桐庐全县产量较大的地产药材约840种，总量达1100万公斤，其中，野菊花、山药等几十种地产药材，因量丰质优而名扬四方。

花团锦簇，郁郁葱葱，流水汤汤，桐君老人看着这满山满谷的草木，开心地笑了。在他眼中，这些花草，有不少是治病救人的良药。

桐君传统中药文化，承桐君的传奇而来，2021年5月，被列入"第五批国家级非物质文化遗产代表性项目名录"。

～～2～～

明洪武十七年（1384），桐君堂就有了雏形。

明朝初建不久，富春江畔，几个有中医家承的桐庐人，他们借桐君之名，创建了名为"惠民药局"的中医馆，店貌讲究，挂"道地药材"青龙匾标志，以示招徕。至清康熙二十二年（1683），药局改名为"桐庐药材会馆"。民国二十九年（1940），药局更名为"寿全药店"，前店后堂，生意甚是红火。无论店名如何更改，"悬壶为世人，良药济苍生"的宗旨一直没有变，桐君山上的桐君老人，就是他们的榜样，他们要为桐君药祖文化和桐君传统中药文化增辉添色。

146亩地的面积，700多名员工，年产600余种中药饮片，年产值10亿元左右，这就是我眼前的现代桐君堂。群体性传承的古法炮制班、申屠银洪中药炮制技能大师工作室、桐君中医药文化博物馆、2400平方米的质控检验中心，以及浙江省内第一家1500平方米的发酵车间，构成了现代桐君堂的几大亮点。红曲、六神曲、淡豆豉、胆南星、百药煎、建曲、半夏曲、孩儿参等发酵类中药饮片，品质优异，在浙江乃至全国都有一定的影响力。

2023年3月，桐君谷横空出世。它的创始人是桐君堂技术总监、中药炮制大师申屠银洪。"家不分不发"，桐君谷从桐君堂孕育而生，它主要经营中药材的种植和销售，并以中药发酵食品为特色进行大健康产品的生产。桐君传统中药文化研究院、中医药大健康和发酵工艺研究院、道地中药材"桐七味"研究院，这三个研究院，代表着桐君谷的核心内涵。桐君谷以科技为导向，以桐君药祖文化传承为主要内涵，以数字化管理为手段，致力于引领生物医药高端品牌企业的未来发展。

作为中药厂，药材的质量自然是重中之重。桐君堂、桐君谷从源头保证药材质量，药材全部来自历史上记载的道地产区和受到国家地理标志认证的原产地，更在全国各地联合药农开展结对种植养殖活动。他们目前建立的中药材共享基地遍布全国，规范化种植基地一般以"公司—合作社—农户"的共建共享形式进行合作。现有基地近60个，基地品种超过100个，面积超过100万亩。

我去往桐君谷在分水镇新龙村的药材基地。

初夏时节，300多亩白及草青葱翠绿，白及花有紫红色的、粉红色的、黄色的、蓝色的，煞是好看，它们在微风中轻轻摇曳，清新可爱。新龙村在分水江畔，它们在这得天独厚的山野之地自由生长。我知道，待秋天成熟时，它们在泥土中的不规则的扁球形根茎，将饱满圆润，将之切成薄片晒干，可以作为止血生肌的良药。

～～ 3 ～～

申屠银洪说，他能熟练辨别500多种草药的真伪，而这几乎花了他30多年的时间。也就是说，他在桐庐医药公司与中药打交道数十年，在数名老药工的言传身教下，已经将药材辨析能力锻炼得炉火纯青，这使他在中药炮制事业中如鱼得水。申屠银洪是桐君中药国家级非遗传承人，浙江省级中药炮制技能大师、杭州工匠，深得桐君传统医药的精髓。

我去桐君谷，办公大楼上那一行"发酵从桐君谷走向世界"的大字极为醒目，这大约就是他们未来的主打目标了。

发酵，涉及药材的炮制方法。申屠银洪说，中药除了药材的质量外，炮制也很关键。炮制又称炮炙、修事、修治等，其作用在于使药材纯净、矫味、干燥，降低毒性并防止变质，同时还能增强药物疗效，改变药物性能，便于调剂、制剂等。常见中药炮制方法有：漂、洗、渍、泡、水飞、煅、煨、炒、炙、蒸等，各种工序各有其作用。而他们的发酵工艺，则更具特点，过程也更复杂，时间也更长久。

为使中药发酵目标完美达成，申屠银洪与他的团队，已经潜心研究了数十年，目前，数种产品已经上市，积聚起来的力量将在富春山爆发。

申屠银洪带我参观桐君传统中药文化研究院。说是研究院，其实更像一座小型的中医博物馆。切药刀、杵臼、冲筒、戥秤、碾船、乳钵、药茶葫芦、动物角类锯齿刀、药王庙铜鼎、筛药盘等各类古法炮制用品器具多达800种，特别珍贵。此外，还有各类传统中医药经典书籍 300 余册，桐君传统中药文化的地域文化背景、桐君及其贡献、文化基因、制作技艺、传承谱系与代表性传承人等内容，在书籍中都有集中展现。我重点关注古法发酵技艺的历史渊源、制作流程、制作工艺及发酵中药的制剂、产品。另外，这里还有实景古灶台，看着古灶台，制作场景仿佛瞬间浮现在眼前，变得生动活泼起来。发酵区内，还有手工炒制、手工切制、九蒸九晒、丹散丸药等一系列活态技艺的展示与体验互动。

馆内还有"商山雅望""萱荣杏茂""医药同仙""奉董齐名""风高岐黄""兴有淳德"等数十块古旧牌匾，最古老的距今已有 300 多年。它们都是申屠银洪几十年来走南闯北，悉心搜集到的，都与医药有关。

我看清咸丰六年（1856）的这块"商山雅望"匾，长 155 厘米，宽 62 厘米。"商山"指的是商山四皓，即秦朝末年的四位隐士，他们因不满秦始皇焚书坑儒的暴行而隐居于商山，商山在今陕西省商洛市境内。"雅望"指清高的名望，四位隐士是有名望的隐士的典型代表。申屠银洪见我专注于此，就介绍了匾的来历：

1996 年 6 月，他经过安徽省黄山市休宁县的一家小药馆，被一块蒙了一层灰的匾额吸引，凭着中医药人的直觉，他对匾额上若隐若现的"商山雅望"四个字产生了浓厚的兴趣。药馆老板说，此匾之所以保存得比较完整，是因为匾的原主人一直将它当作粮仓的隔粮板。而申屠银洪立刻想到的是，桐庐的桐君、严子陵，都是著名的隐士，此匾很适合在桐庐悬挂呀。

几乎每一块匾，申屠银洪都能说出一大段故事。他骨子里浸润着对中国传统中药文化的极度热爱，因而他对工作充满了激情。

道地药材"桐七味"——白术、覆盆子、山茱萸、六神曲、红曲、白及、黄精，一味一味细看，我说这个研究开发好，既是对桐君传统中药精神的有效承继，也会令这些药材更具有桐庐特色。

申屠银洪这样向我介绍"桐君谷"中"谷"之含义：既是实指，指富春山、大奇山两山之间的谷地；更是虚指，五谷为养，引申为生长、滋养、健康之义。

确实如此，《道德经》中有"谷神不死""绵绵若存"，谷亦是天地大道。

传承丸三十克，数字化二十克，发酵丹五十克，再加传奇十克，文学十克，哲学十克，取富春山水，架桐君炉，用时光精心熬制，方能炮制出一味叫"桐君谷"的"好中药"。

二、春江渔歌

元朝至元年间的某一天，建康上元（今南京市）人李桓正泛舟富春江上。阳光晴好，风烟俱净，宽阔的江面上时有舟楫往来。李桓很享受这样的时光，在船头，一壶酒，几卷书，时坐时躺；有时看书累了，就静静地看艄公一桨一桨地划动着水，而江两岸的青山则慢慢地向面前移动过来。

忽然，他听到了男人的歌声，隐隐约约的，船越往前进，歌声就越高亢、透亮，他不确定歌声来自岸上还是水上。李桓此时的身份是江浙儒学副提举，这是他第三次过富春江了，这次他要去严州辖地桐庐县督查，虽然每次都是公干，但这船上的行程却让他享受。转过一个大湾，只见一个峡谷中，靠山的深潭处，江面上有几只小捕鱼船，船头站着唱歌的渔民，几只鸬鹚在水中钻进钻出，李桓知道，这是鸬鹚在捕鱼。情由景生，一路行来的风景与感受再加上几次的富春江泛舟，诗句就在他心中如鱼般列队而出：

　　天下佳山水，古今推富春。
　　我行三度至，风景数番新。
　　净碧迎窗入，空青拂面匀。
　　斑斓工点缀，瘦石自嶙峋。

　　注目途疑尽，江流弯复弯。
　　涡凹双桨漩，影扑一船山。
　　渔唱峡中静，鸟声半天闲。
　　前征幽意惬，严濑水潺湲。

李桓这首题为《富春舟中》的诗，开头两句已经成为桐庐和富阳共用的广告词。这里撇开李桓在泛舟富春江时的具体感受不谈，只说他听到的渔歌。"渔唱峡中静，鸟声半天闲"，看眼前捕鱼场景，渔民们只和天地交流，而那在水中钻进钻出的鸬鹚，每当捕获一条大鱼，就会向主人发出讨好的"咕咕"声，渔民看着船舱里的一堆鱼，忽然有些同情起鸬鹚来：

> 鸬鹚鸟，真叫苦。
> 头颈套个竹丝箍，脚缚麻绳游江湖。
> 啄到大鱼难落肚，还要吊个倒葫芦。

渔歌阵阵，反复吟咏。这些歌词，渔民已经烂熟于心，他们唱《鸬鹚调》，似乎是在与鸬鹚对话。歌声响过之后，江面上反而更安静了，偶尔，高空中也有几声鸟鸣传来。李桓听着听着，又听出了别的味道，唉，渔民们在唱鸬鹚鸟的苦，又何尝不是在唱自己的不幸呢。"我们做官啊，不管身处什么岗位，都要体恤百姓。"李桓心想，或许这是他此次游江得到的最大收获。

"嗨呦嗨呦"，劳动产生号子，与先秦时诗歌产生的原理一样，富春江渔歌是渔民们捕鱼时助兴的产物，欢乐与痛苦，忧愁与悲伤，一切皆可以吟咏，这也是渔民们真实的水上生活记录，更是时代的记录。

总体来说，流传下来的富春江渔歌有两大类，一类是即景的劳动号子，如《鸬鹚调》式的鱼鹰号子；一类是其他时间传唱的民间歌谣。它们或产生于捕鱼生产活动的相关场景，或表达渔事、风土人情、人生际遇等。现有资料表明，旧时依然有如少数民族山歌对唱般的即兴编唱渔歌出现。

2

鱼鹰号子体裁多样，内容简单，调式随意，甚至有点即兴发挥的意思，但基本旋律一定会与摇船的节奏相符，它具有浓郁的富春江流域特色。

根据鱼的生长特性，富春江中捕的鱼一年四季均不相同，所以鱼鹰号子也不尽相同，简单说来就是：捕什么鱼，唱什么调。

呵呵呵，依唷呵，呵呵，啊呵呵，喔呵呵呵呵，喔呵，哎咳，"来里里拍游来"，嗬哎，"呜来嗯"。

咳咳，哎咳噫，"来拍已划过来快去"。

喔呵碰着吧，依呵呵，喔呵呵，阿哼阿哼。

哎，依，哎，依，咳。

哎咳，哎咳咳，咳。

哎，依，哎，依。

这首《鱼鹰号子》，是春天的捕鱼歌，摘自《建德县志》。

一般的场景是，男的手挥着长长的竹竿，有节奏地喊着号子，有条不紊地指挥着鸬鹚捉鱼，女的摇桨把舵，前后回旋。往前进、往后退，快速追击、突然停顿，虽然号子没什么实际词语意义，但每一个节拍似乎都可以和船的摇晃程度及鸬鹚捉鱼的大小、数量相配合，场景于是生动起来。

喔喈喈也，鸣喈喈喈喈，哈哈哈嗨也，也，喂嗨（说话似的）。

喔，喔，鸣喈，喈。落网鱼上来。

柯，喂嗨，哈哈哈，嗨吔吔，喂，嗨。

喔喔，鸣喈喈，咳，嗨喂，吔，喂，嗨。

大肩咳咯，喟，嗨，哈哈哈，嗨嘞吔，嘞嗨。

喔喔，鸣喈喈，咳嗨喟，吔，喟，嗨，喟嗨，喔喈，喔喈，喔喈喈喈，喔喔鸣喈喈，落网鱼咳来，也嗨，哈哈哈嗨喂。

上面是富阳李华山提供的《鸬鹚调》，也是春天的捕鱼歌，转自方仁英著的《富春江渔文化记忆》。富阳境内目前采录到的"鸬鹚调"有6种：《鸬鹚调》《吐蛋调》《春秋抲水草鱼调》《夏季抲甲鱼调》《冬季抲深水鱼调》《春季赶鱼调》。不同的季节，鱼的生活习性不一样，号子所表达的内容也有差别，不过，功能是相同的，即鸬鹚在渔人号子的鼓励下，越捉越带劲。这号子，似乎也是鸬鹚捕鱼的伴奏。

梅城三江口、桐庐富春江的鸬鹚湾、富阳鹳山脚下，在20世纪60年代以前，这些地方经常能看到鸬鹚捕鱼的场景。1958年前后，鸬鹚捕鱼被政府明令禁止了。20世纪90年代，桐庐分水江的天目溪漂流旅游，毕浦段江面上恢复了鸬鹚捕鱼的表演。深潭之上，一张竹排上站着一个渔人，他的长竹竿上停着两三只鸬鹚。表演时，渔民一声令下，几只鸬鹚就会钻进水中，不一会，鸬鹚轮番钻出水面，嘴中都叼着白白的大鱼。见此情景，坐竹筏经过的游客发出阵阵惊喜的尖叫。

1958年，桐庐渔民钱老四，在建德地区民间文艺调演活动中以一首桐江《鸬鹚调》获得了大奖。1983年，富阳的文化工作者凭借由《鸬鹚调》旋律改编的《水乡渔歌》，在浙江省优秀民歌演唱会上获得好评。2009年，富春江渔歌已经被列为浙江省非物质文化遗产。

3

以前，到了鲥鱼出产季节，《鲥鱼谣》就会在桐庐、富阳一带传唱。

石榴花开红艳艳，白肚鲥鱼结队来。

溪头湾尾嬉急水，留得仔鱼万万千。

菖蒲拔节青一片，条条鲥鱼落深水。

有网多来是白银，无网只好捞石鳊。

荷花开时六月天，鲥公鲥母归大海。

抲鱼阿哥等啊等，要得鲜鱼明年来。

鲥鱼，几乎是追着时令植物生长的脚步而来。石榴花鲜艳，菖蒲拔节，荷花盛开。与其说这个美好的时节迎来了鲥鱼，不如说，鲥鱼使这个时节的内涵更加充盈。石榴寓意多籽，鲥鱼洄游富春江就是为了寻找合适的产卵地。自然，富春江清冽的水质、丰富的营养，也使鲥鱼如菖蒲拔节般迅速成长。识得鲥鱼的习性，就能捕获它们，用丝网，用等待的时间，酿出生活的美好。

就如山歌独唱或对唱那般，这种即兴表达，还呈现在日常的劳作中，唱渔歌的主要功能是缓解疲劳，如下面这首《摇橹小唱》：

六月荷花水金莲，金妹银妹要发癫。

金妹可得英雄将，银妹可当小红娘。

划起桨来一记桨，带我表哥到水边。

这几乎是有点撩人的情歌了。不是诗，但用比兴表达了春夏季节生命的勃发与渔家姑娘爱情的生发，幽默诙谐。

船夫：篮里洗菜篮外漂，十指尖尖朝里捞。撑船大哥来看见，神魂颠倒掉落篙。掉落篙，河里哪来这美娇。

村姑：撑你的船捞你的篙，休问美娇不美娇。娇娇值银千万两，破船能值几分毫？几分毫，鸬鹚吃鱼头颈吊。

船夫：新打小船两头尖，跑遍天下江湖川。湖广白米我先吃，江河鱼虾我尝鲜。我尝鲜，看你喜欢不喜欢。

村姑：撑船大哥拉什么天，上无片瓦下无砖。一阵狂风把你吹，翻了屋顶望穿天。望穿天，撑船大哥多可怜。

船夫：船哥从来不拉天，篛皮当瓦板当砖。哪怕狂风加骤雨，船篷一扯能遮天。能遮天，撑船大哥活神仙。

船夫也要爱情。在这首《船夫与村姑》中，船夫自信而机智："姑娘，篙为你而惊，你太美了，我看上你了。"但很显然，破船一艘，没什么财产，捕鱼不仅辛苦，而且有生命危险，这些都是船夫的劣势，但不怕，船夫也有优势，跑得远，见识多。而且，船夫的心理承受能力特别强，对于村姑的嘲讽，他只当平常。村姑没有说错，船家生活比岸上的要逊色不少，但只要调整心态，苦中也有乐。"姑娘呀，你再考虑考虑，我身强体壮，最重要的是，我爱你！"

但诚如元人张养浩的词《山坡羊·潼关怀古》所唱："兴，百姓苦；亡，百姓苦。"无论渔民有多少收获，他们都只能用辛勤与汗水换得温饱，有时甚至会付出生命的代价。所以，美丽的富春江并不能给他们带来多少诗意，反而是无尽的愁苦。

《燥地毛蟹》，就是对渔霸奸商的痛斥：

燥地毛蟹实在凶，两只蟹钳毛茸茸。

眼睛长在头顶上，横行霸道在路中。

弱势的渔民，对来自各方的盘剥敢怒不敢言。《燥地毛蟹》中，将奸商比作缺少安全感的螃蟹，躁动不安，怒目圆睁，凶神恶煞，横着两只大钳，一副随时要攻击人的样子。渔民遇到如此恶人，只得敬而远之。

　　脚踏破船头，手摆竹梢头。
　　头顶猛日头，全身雨淋头。
　　寒风刺骨头，大雪蒙被头。
　　吃的糠菜头，穿的打结头。
　　渔船露钉头，渔民露骨头。
　　黄昏打到五更头，抲到野鱼一篮头。
　　上街喊到下街头，换来麦皮半篮头。
　　碰到地痞吃拳头，碰到渔霸夺篮头，
　　一年抲鱼抲到头，剩下十只手指头。

这首《脚踏破船头》的"头"字歌，写尽了旧时渔民的各种艰辛。破船、竹梢，这就是渔民简陋的生产工具，可以想见，这样露着船钉的破船在时有风浪的富春江上，难以保障渔民的安全。而渔民日常生活的情景是，黄昏时分撒网捕鱼，辛苦到天亮也只有一篮子大小不等的杂鱼，这样的鱼，没人买，最后只能换回半篮子粗麦皮。渔民的日子常常过得紧巴，每天几乎只能糊口，风里来，雨里去，一年到底，最后什么也不剩。每逢年底，渔民只能面对空空的寒屋，有的人甚至连屋子也没有，只能以船为家，一家老小，一同哀叹。

《脚踏破船头》不仅是渔民生活的真实写照，更有一种深深的寓意。接下来这首《渔民八煞》换了一种唱法，但同样表达了渔民们面对各种突如其来之事的惋叹。

　　夏天抲鱼要晒煞，冬天抲鱼要冻煞。
　　老天无风要摇煞，风暴吃着要吓煞。
　　鱼抲勿着要愁煞，鱼卖不掉心痛煞。
　　强盗碰着要怕煞，鱼霸盘剥要气煞。

"煞"，是程度副词，表示"很"或者"极"，即到顶点了。关于渔民的苦，诗人们也观察到了，但把他们作为"出没风波里"的文艺表达，重在诗的喻意。而渔民们直抒胸臆，并将这种直白，用大嗓门吼出来。大江宽阔，那种不平，那种愤怒，通过粗犷的渔歌被发泄出来，似乎唯有江流在静静地听着。

4

九姓渔民，是富春江上的一个重要话题。他们的生活，将在本卷第四节中展现，这里主要谈他们的渔歌。

　　水上新房竹篾编，明月当灯天作盖。
　　浮家泛宅三江走，浪里捞出生计来。

　　这首渔歌，应该是九姓渔民为庆祝水上新房落成而唱的。明月当空，渔民水上居住处一片热闹景象，船连着船，祝贺的人们跳着跳着就到了新房。一群渔民坐在船头，看星赏月，喝茶聊天。水上新房，你完全可以想象出它的简陋，但不怕，他们祖祖辈辈都这样在水上讨生活，这移动的家园，别有韵味。

　　要娶亲了，船家更热闹，这是九姓渔民的重要活动。

女：称一斤　　　男：长千金

女：称二斤　　　男：长万金

女：称三斤　　　男：三元及第

女：称四斤　　　男：四季发财

女：称五斤　　　男：五子登科

女：称六斤　　　男：六六顺王

女：称七斤　　　男：七子八孙

女：称八斤　　　男：八子成双

女：称九斤　　　男：九子十三孙

女：称十斤　　　男：十子大团圆

合：荣华富贵万万年

　　九姓渔民结婚时，男女双方，两船并列，中铺宽跳板，女方船上站着女方的利市人，手上拿着一杆钩秤，每接过一件嫁妆，就用秤称一下，唱一句；而男方利市人则在接过嫁妆时回唱一句。"利市"一词，原指做生意的利润，此处指运气与吉祥。从古至今，人们对婚姻的祝福，其内涵没有大的改变，基本都是子孙、财富、官运之类的，当然，多多益善。

众人围观，男女对唱，唱一句，哈哈笑一回，再唱一句，再哈哈笑一回。喜庆的场景一直持续到深夜。

雾满空山，微波泛起，富春江的碧波，与此同醉。

三、纸传奇

1

考古证明，在东汉蔡伦造纸之前，西汉时期就已经有了纸。有纸就可以剪纸，那么，或许中国的剪纸艺术起源于西汉。但我以为，剪纸艺术的种子在西周就已经埋下了。

有一则耳熟能详的剪桐叶的故事，得从周武王姬发说起。

周文王的好儿子、有为的君王姬发，灭了无道的商纣，创建了周王朝。据说，他率军征战所向披靡，讨伐了99个国家，几百个国家向他臣服。姬发有五个儿子，其中：老大姬诵继位为周成王；老二姬虞，据说母亲邑姜生下他时，掌心里有个像"虞"字一样的纹路，于是便取名"虞"。姬虞在唐地封国，史称"唐叔虞"。唐叔虞死后，儿子燮父继位，迁居晋水旁，改国号为晋。顺理成章的，唐叔虞便被奉为晋国的始祖。

姬虞被封于唐地，则是一个偶然事件。

姬诵继位时还是个少年，一干政事皆由叔父周公旦主持。那日，姬诵与姬虞哥俩正在宫中院子里玩游戏，一阵风过，一棵梧桐树上突然落下几片树叶。姬诵捡起一片大梧桐叶，正反看了看，找来一把刀，随手裁了个玉圭的形状。姬虞在一旁好奇地看入了迷。姬诵见弟弟盯着他看，或许是已经习惯了发号施令，或许是叔父刚派人打下唐国不久，便拿着裁好的梧桐玉圭，一脸认真地对弟弟姬虞说："这张桐叶圭，你拿着玩，我将唐国（古音"桐"与"唐"同音）分封给你，玉圭就是信物！"姬虞似懂非懂，并不太明白分封的具体含义。然而，不离左右的史官却是认真的："那就请成王择日立姬虞为唐侯吧。"姬诵一愣，随即答道："啊哈，我只是和弟弟开个玩笑罢了，这不是朝堂，不要这么认真。"史官立即跪在成王面前，严肃地说道："天子无戏言，言则史书之，请礼成之！请乐颂之！"因一句戏言，姬虞就这样成了唐国的封侯——唐叔虞。

可以想见，2000多年前的某一天，晋祠那棵古树都快一千岁了，西汉史学家司马迁，围着晋柏转了好几圈，他显然是将晋国的来龙去脉弄得一清二楚了，这回是来实地考证的。他在

《史记·晋世家》中将这个"桐叶封弟"的故事讲得绘声绘色，于是这一故事被国人代代传诵。是啊，这个故事涉及信义、情义，尤为美好。

当我在成都金沙遗址博物馆，看到了那个商代著名的金饰"太阳神鸟"时，心里又产生了更超前的想法：剪纸艺术的种子，或许在商代就已经种下了。那太阳神鸟，中间是一个旋转的镂空图，用以象征太阳，周围四只镂空神鸟，首尾相接，按逆时针方向围成一圈。商代距今，已有3000多年。

不管怎么说，剪纸的起源都包含着诸多传奇色彩。

到南北朝时，剪纸艺术已经相当成熟，剪彩为人，或镂金箔为人，剪纸作品被贴在屏风上，戴在发髻上，用于装饰的同时，还寄托了人们美好的愿望。至隋唐，剪纸工艺已非常精湛，"镂金作胜传荆俗，翦彩为人起晋风"（李商隐《人日即事》）。至宋代，纸张运用日趋普遍，纸品名目日益繁多，剪纸的普及有了扎实的条件，剪纸涉及百姓生活的方方面面，剪纸艺术呈现高度专业化、商业化的趋势。

2

1985年10月，79岁的叶浅予在故乡桐庐休假，写了封信给在南京的表姐胡家芝。信不长，全文如下：

家芝大表姊（姐）：

你也许记得，在你跟随你母亲到外婆家看芦茨戏的日子里，你用五彩手工纸剪糊成戏文里的小旦，并用描花小笔给她开脸。我站在你身旁看得入了迷，心里想，盼望有一天我也能像表姊（姐）那样心灵手巧，做个纸菩萨玩玩。不久，我也真照样做了一个，而且扩大了你的手艺，做成生、旦、净、丑几个角色，蹲在八仙桌下，给弟妹们表演自编的戏文。

　　由于你的启发，喜爱造型的细胞在我身上发了芽，因而，当有人问我什么时候开始学画时，我乐于提起这件事，认为你是我的启蒙老师。你比我大十岁，你那时已是个待嫁的大姑娘，我还是个不满十岁的小娃娃，理所当然，你是我走向艺术的引路人。

　　一九八二（年）在南京见到你，我们都已白发苍苍，然而我们对艺术的追求仍然契（锲）而不舍。你的剪纸艺术早已誉满江南，国家出版社将为你出版专集，你的作品必将培育和催发更多更多的艺术细胞，使之发芽开花。敬祝你健康长寿，宝剪不老！

表弟叶浅予一九八五年十月于故乡桐庐

　　信是极真诚的。著名画家的画画启蒙，竟然是受表姐剪纸艺术的影响。

　　将纸张进行剪刻、镂空，以形成具象或抽象的图案，就是剪纸。在中国，剪纸艺术相当古老，它不仅是手作，更是一种美学集成。叶浅予幼时看到的芦茨戏，是具有宗教色彩的地方戏剧，里面的戏剧人物，不仅有生、旦、净、末、丑，还有天上的神仙和菩萨。在中国农村，剪纸艺术广泛流行，那些乡村妇女和民间艺人，他们以日常生活为基础，剪出来的也是人们喜闻乐见的作品。

三国吴黄武四年（225）建县的桐庐，处于富春江的黄金水道边上，南宋时期距都城临安不过百余里，理所当然成了重要的京畿之地，都城内的诸多工艺及风俗，都会迅速流传到桐庐。

得天独厚的地理条件和人文环境，为桐庐剪纸艺术的萌生与发展提供了良好的土壤及养分。明清时期，桐庐的成年女子大多会剪纸，包括窗花、喜花、礼花、灯花、刺绣底样等，市场上有各类精美的剪纸作品销售，甚至还有专业的剪纸店坊。

山水风景、人物、花草、飞禽走兽、民间故事、历史传说，百姓生活的方方面面都成了桐庐剪纸的内容。桐庐剪纸，不仅有北方粗犷凝练、高度概括的特点，也揉入了江南的秀丽和纤细，厚中见秀，玲珑剔透，含蓄华丽。在当代，桐庐剪纸从过去零星分布在各种民俗中发展为完整的艺术形式，甚至还与年画、版画、书法、拼贴等姐妹艺术元素进行有机结合，增强了作品的视觉冲击力，极具观赏性。

从另一个角度看，桐庐因桐君老人结庐桐树下而得名，美好的故事赋予了桐庐一种深远的寓意，桐庐出剪纸大师，也是理所当然的。

在浓郁的艺术氛围中，胡家芝这样的优秀的剪纸艺术家代表出现了。

我拜访了位于桐君路上的胡家芝故居。这是一座晚清建筑，四厢一厅砖木结构，现在也是胡家芝剪纸艺术馆，馆内展示了胡家芝的百年生平事迹，并陈列着她捐赠的系列剪纸作品。这位活了一百一十四岁的老艺术家，自幼师从四舅母，即叶浅予的母亲，1952年随大儿子迁居南京。20世纪50年代，她的代表作品有《百花齐放向太阳》《祖国万岁》等。60年代，她的作品多次入选全国展览。80年代，她的剪纸艺术达到了一个新高度，出版有《胡家芝喜花剪纸集》《世纪人瑞：胡家芝剪纸艺术精品集》等。

胡家芝的作品，纯朴优美，总有一种喜气洋洋的感觉，不仅有江南风格，更具有自己独特的艺术魅力。

3

桐庐民间剪纸艺术馆，位于大奇山路与白云源路交叉处。在这里，桐庐剪纸的历史脉络、近几十年来剪纸发展的主要历程、剪纸艺术家的群像及他们的代表作品，都得到了比较全面的展示。

情由景生，事因人显，这些人物共同铸就了桐庐剪纸艺术的辉煌。

谢玉霞，浙江省非物质文化遗产项目代表性传承人，杭州市工艺美术大师。她的作品"春江系列"及《严子陵钓台》《新安江电站》《西湖二十景》等，将高超的剪纸技术与浓浓的家乡情结合，呈现出独特的韵味。谢玉霞剪纸60余年，与女儿张文子合作的20米剪纸长卷《巾帼风采》，被第四届世界妇女大会组委会收藏。她曾出版《谢玉霞剪纸集》，应邀出访西班牙、英国等国，将中国剪纸艺术传播到海外。谢玉霞的三个女儿、两个外孙、一个外孙女都成了剪纸爱好者，女儿张文子的剪纸作品曾在省、市获得多项大奖。

朱维桢，国家级非物质文化遗产项目代表性传承人。朱维桢创作数量最多的是《桐城新貌》《钓台怀古》《瑶琳仙境》等富春山水系列剪纸。剪纸与版画造型艺术元素的兼融，使他的作品呈现出粗犷凝练的艺术特点，富春江的悠悠江水和青翠欲滴的山色在他的作品中展现得淋漓尽致。2010年是虎年，朱维桢创作了一幅名为《悦虎》的大型单体虎剪纸作品，作品宽10米，高7米，总面积70平方米。

王德林，曾获"中国十大神剪"称号。2011年，在王德林的主持下，他与朱维桢、华金娟等剪纸艺术家集体创作的剪纸长卷《富春山居新图》赴中国台湾展出，好评如潮。2012年，其作品剪纸长卷《新富春山居图》赴联合国总部展出。

张文子，从小受母亲谢玉霞影响，热爱剪纸。1997年，其作品《京剧脸谱》被选送俄罗斯圣彼得堡艺术家联合会展览中心展出。她曾赴挪威、日本进行剪纸艺术交流，数次在省、市电视台参加剪纸艺术节目拍摄，作品多次参加国家、省、市美术展并获奖。

剪出千般神奇，剪出万般神妙，剪纸在桐庐，虎虎生风，大放异彩：

"女儿村"桐庐民间剪纸艺术馆。

谢玉霞剪纸艺术工作室。

桐庐县钟山乡桐庐巧手剪纸工艺厂。

刘莲花剪纸艺术工作室。

华金娟剪纸工作室。

毛金凤剪纸工作室。

王萍桐庐弘越剪纸村。

桐庐县莪山剪纸基地。

章维勇剪纸艺术工作室。

芦茨村剪纸艺术陈列室。

王伯敏著有《中国民间剪纸史》一书。

桐庐还举办了"神州风韵"全国剪纸大赛。

2003年，桐庐县被原文化部命名为"中国民间艺术（剪纸）之乡"。2007年6月，"桐庐剪纸"被列入浙江省非物质文化遗产名录。2014年，"剪纸（桐庐剪纸）"被列入第四批国家级非物质文化遗产代表性项目名录。如今，桐庐已通过基地建设、市场推广、活动组织、研究调查、大赛举办等，成为全国剪纸艺术的代表。

富春江畔，立体剪纸、连环画剪纸、风光剪纸、套色剪纸，一幅幅形式各异的剪纸作品，次第展开，色彩斑斓，令人目不暇接。

甲辰八月下旬的一个午后，骄阳热烈，我带着小瑞瑞去富春江慢生活区的芦茨村谢玉霞剪纸馆，张文子、张原子在那里等我们。张原子是张文子的大姐，她常年管理芦茨的剪纸馆，张文子还有个妹妹张军子，管理江南镇深澳村的一家剪纸馆。张文子三姐妹做大剪纸馆这个平台，既是致敬母亲谢玉霞，又是对桐庐剪纸艺术的一种弘扬。

瑞瑞下半年读幼儿园大班，平时喜欢乱七八糟地剪，从没有学过剪纸，我想让她感受一下。我和张文子静静地坐在一边，看张原子指导瑞瑞。张原子显然有经验，她对瑞瑞说："我们先剪两张四叶草，这是幸运草，据说一万片三叶草中才会有一片四叶草呢。"看着她们低头专注的神情，我若有所思。四叶草，还真是幸运草，瑞瑞出生前一天，我在缙云县采风，傍晚时分，在民宿边上的一片三叶草丛中，我发现了一片四叶草，当时心中暗想，要有什么喜事发生了。次晨六点，瑞瑞果然降临人世。正回忆着，我就听到了张原子的表扬，原来，瑞瑞已经完成了两张四叶草的剪纸。接下来，张原子又找出一张小猪的生肖剪纸，瑞瑞属猪，要剪一只小猪。这个似乎有点难度，但张原子比瑞瑞更耐心，她一遍又一遍地鼓励："瑞瑞，你握剪刀已经很熟练了，剪得很好，一定能剪出漂亮的小猪。"十分钟后，一只全身圆滚滚、四蹄胖嘟嘟、头微翘、尾巴卷成圈的小猪被瑞瑞剪出来了。哈，红红的小猪，好可爱呀。看着四叶草和小猪剪纸，瑞瑞自己也感到惊喜。

拍照，留念，拿回书院，裱起来，这是瑞瑞第一次学剪纸的成果。这就是种子呀，剪纸艺术的种子。张原子对我说："剪纸，很能训练孩子的耐心。"想着瑞瑞刚才双眼聚焦于纸与剪刀的那种专注的神情，我连连点头。

四、九姓渔民

元末社会的黑暗，让红巾军的多把大火烧出了渐见曙色的光明。

红巾军后期，只剩两个重要人物在较量：朱元璋与陈友谅。两人都出身低微，朱元璋是流浪的和尚，陈友谅是渔民的后代。朱元璋为韩林儿手下的吴王，陈友谅却自封大汉皇帝。陈友谅气势汹汹，他决心打败朱元璋，一统天下。

陈友谅的两次进攻，均以失败告终。

第三次，公元1363年，陈友谅憋着一股子气，下决心一定要灭了朱元璋："友谅兵号六十万，联巨舟为阵，楼橹高十余丈，绵亘数十里，旌旗戈盾，望之如山。"(《明史·本纪》)

双方在鄱阳湖展开对决。

形势明显对朱元璋不利。20万人对60万人，除了悬殊的人数，战船的作战能力更是天壤之别。陈友谅的水军训练有素，且用的都是巨型大船，而朱元璋的小船，看起来实在有点寒酸。但朱元璋有"神一般"的军师刘伯温，还有支持他的饶州民众。

朱元璋分散船队，陈友谅的巨舰一字排开，弓弩、火炮、火铳激烈交战，鄱阳湖一时成了硝烟四起的火海。照这样打，朱元璋绝对是以卵击石。战斗中，朱元璋还数次遇险，他的替身跳水而死，他自己差点被大炮轰死，真是命悬一线，形势岌岌可危。面对陈友谅的连锁船阵，刘军师摇身一变成了"诸葛亮",他们用小船载油火攻,草船借"风",生动再现赤壁之战的决胜一计。一时间,鄱阳湖的湖面上,烟炎张天,湖水尽赤。陈友谅的几十万大军和数百艘巨型战船,都挽救不了他失败的命运。更惨的是,陈友谅在突围过程中,被对方一箭贯脑,当场毙命。

鄱阳湖之战,又成了以少胜多的经典案例。陈友谅的陈汉国自此倾覆,朱元璋的大明即将冉冉升起。

陈友谅死得惨,他的儿子及队伍自然溃不成军,四处逃散。陈友谅的水军中有不少人本来就是渔民,大多散落在鄱阳湖地区居住。明朝建立后,陈友谅九姓部属被贬为贱民,并被规定只能以船为家,永世不得上岸落户,也不得与岸上人或者九姓以外族通婚。

～～2～～

九姓渔民的"九姓"指的是:陈、钱、林、李、袁、孙、叶、许、何。

人们亦称他们为"九姓渔户"或"九姓渔船"。他们主要以打鱼为生,也有从事客货运输的,往来于杭、衢、严、婺各州(以严州最多)之间。

其实,九姓渔民的来源,除陈友谅部属外,至少还有另外三种说法:

一说是南宋亡国士大夫的后代。南宋建都临安,朝士们爱严陵山水,亡国后避世于此,"两桨一舟,自成眷属;浅斟低唱

以外，别无他长。俗谓'九姓渔船'，亦曰'菱白船'，言止能
助人清谈而已"（民国《建德县志》）。

一说是明朝歌伎之后。明朝时官绅富户之家，皆可以私蓄
戏班歌伎，一旦主人败落，艺班便流落江上，而其中大多来自
江山县之富户人家，故又称其漂泊之船为"江山船"。

一说是越族后裔。一些专家认为，九姓渔民是越族后裔，
因为多数学者认为疍民源于百越，而九姓渔民源于疍民。明朝
以前，这些疍民就生活在钱塘江的船上，捕捞、运输是他们的
主业。

不过，九姓渔民大多认同自己为陈友谅的旧属。有一首渔
歌这样唱：

老子严江七十翁，一生一世住船篷。
早年打败朱洪武，五百年前真威风。

歌词兼具自豪与彪悍，但也透着深深的不甘与无奈。

事实上，九姓渔民是一个糅合的群体，来源复杂，他们都
生活在船上，大多从事十分辛劳的职业，他们的生活大多苦不
堪言。

严州，是九姓渔民居住最多的地方，于是，"严妹""同年
妹"成为九姓渔民的代名词。

清人梁绍壬的笔记《两般秋雨盦随笔》卷二云：

江山船妇曰"同年嫂"，女曰"同年妹"，向不解其义，询

之舟人，曰："凡业此者，皆桐庐严州人，故名桐严。日同年，字之讹也。"

那时，江上打鱼、卖笑、载客，这些都是贱业。他们虽然逃离了战场，却被新朝剥夺了许多权利：

不准上岸居住。

不准入学读书。

不准参加科举。

不准穿鞋子（只准拖拉着，穿半只）。

不准穿长衫。

不准钉纽扣（即便短衣，也只能用草绳围着）。

不准与岸上的人通婚。

渔民们在天寒地冻时上岸卖鱼，也不敢整脚穿鞋，怕恶棍寻衅侮辱，将他们穿上岸的鞋扔进茅厕里。而所有的"不准"中，用文化手段将他们变得愚昧是最可怕的，九姓渔民的孩子，没有大名，只能取一些贱名。

建德作家沈伟富，曾采访过不少九姓渔民的后人。沈伟富和我说，九姓渔民的名字，大体有四类：以生肖取名，生于哪一年即以该年的属相为名字，如兔儿、龙儿、老虎、阿狗、大狗、小狗之类；以出生地命名，生在兰溪就叫兰溪，类似的有桐庐、洋溪、金华（佬）、屯溪、窄溪、义乌（佬），叫各种地名的还不少；以普通水产为名，如虾儿、小鳖之类；以生辰八字中所缺五行取名，缺木则取樟生、樟根，缺水则取金水、银水之类。

　　1983年，建德县民间文艺家协会曾对九姓渔民的宗谱、宗祠做过一个粗略调查，由于没有文化，他们的宗谱、宗祠极难寻觅。桐庐的窄溪有孙姓、许姓的祠堂，钱姓祠堂在徽州，陈姓祠堂则在新安江畔的芹坑坞。但这些祠堂，除孙姓、许姓的宗祠外，早无踪迹可寻。

　　几百年来，九姓渔民就这样艰难地生存着。因终年生活在水上，他们本身就形成了一个相对封闭的特殊部落，产生了许多独特的生产和生活习俗。清人王佃在《桐江棹歌》中写道：

　　娇小吴娃拢鬓年，轻衫窄袖舵楼边。
　　抢风打桨生来惯，侬是严州九姓船。

　　从明初至清末，在长达500多年的时光里，漂泊、挣扎在钱塘江上的九姓渔民，不知演绎出了多少辛酸的故事。

3

　　这里只说"菱白船"的故事。

　　菱白船就是花船，它也与九姓渔民的生活相关。船民生活艰难，除捕鱼、运货外，也有使妻女在船中卖唱，糊口度日。

　　菱白船的名称由来，众口不一。有说此船方尾头尖，浮于水上，形似菱白，因此得名；有说操此船者，遭人白眼，被称为"遭白船"；也有人说此船常年靠码头停泊，故称"靠泊船"。

　　"菱白船"其实是俗称，它的正式名叫画舫，钱塘江上的菱白船，就叫钱江画舫，它与秦淮画舫、苏州画舫、扬州画舫一样，都极有名。清末王韬在笔记小说《淞滨琐话》中如此记载：

> 钱江画舫，夙着艳名。自杭州之江干溯流而上，若义桥，若富阳，若严州，若兰溪，若金华，若龙游，若衢州，至常山而止。计程六百里之遥。每处多则十数艘，少或数艘。舟中女校书，或三四人，或一二人。画船之增减，视地方之盛衰。停泊处，如鱼贯，如雁序，粉白黛绿，列舟而居。每当水面风来，天心月朗，杯盘狼藉，丝竹骈罗，洵足结山水之胜缘，消旅居之客愁。

从杭州城里的江干开始，一直到衢州常山，这600余里钱塘江，画舫随处可见。兰溪市的资料显示，1920年左右，仅兰溪的江面上就有茭白船90余只。一句"消旅居之客愁"，道尽了茭白船昔日的风光。

新安江、兰江、富春江，是浙西、皖南、赣东北水上交通枢纽。三江口汇合处的严州府城梅城，则是钱塘江边的重要商埠。明清时期，严州的地位仅次于杭州。严州水面，自然是九姓渔民的理想居住场所。三江口江面的画舫上，每到夜晚，灯红酒绿，醉生梦死，船女的轻浮与江波涌起的水浪，让政府感觉有失颜面，这风气被带坏了呀。清同治五年（1866），严州知府戴槃提出了贱业改良的主张。捕鱼业、运输业，自然还是正业，所谓贱业，即船上妇女从事的娼业。

戴知府进行了仔细的调查，并整理成报告，有理有据。他指出，明初，九姓渔民编为伏、仁、义、礼、智、信、捕七字号，共有大小船只2000多只。清道光、咸丰年间，尚存船1000多只。那些富商大贾，甚至各级朝廷命官，都沉溺于茭白船的声色中，而且执迷不悟，不仅耗费了大量钱财，还败坏了风气。

在戴知府的记忆中，清道光二十七年（1847）二月发生的丑闻，简直令人不能容忍：这一年府试，严州府六县应试童生前往严州应考。当时的分水知县常在茭白船上游玩，上行下效，应试童生也纷纷前往游船，分水知县便派差役把守。童生们强行进入茭白船，正好知县也在船上，知县下属遂指使差役捉拿上船童生，谁知童生们仗着人多，与差役们对峙起来，并将刑杖、笔架、签筒纷纷掷入水中。分水知县逃到其他船上，被众童生追着殴打。

闽浙总督左宗棠，收到了戴知府的报告，立即批准九姓渔户除籍改业，严禁江山船窝娼。倘若仍敢蹈故习，立即严拿究办！

由于各种利益纠缠其间，要杜绝茭白船上的交易，只能等时代的洪流来冲刷。1933年11月13日夜，富阳人郁达夫在兰溪三角洲边的江山船上吃晚餐，随后他在《杭江小历纪程》中这样推测：从前在建德、桐庐、富阳、闻家堰一带，直至杭州，各埠都有画舫，现在则只剩兰溪、衢州的几处了，将来大约要断绝生路了。

郁达夫的推测是准确的。1949年后，茭白船如钱塘江上激石的浪花一样，喧嚣过后，就彻底消失了。

如今，建德梅城还有九姓渔民的婚礼表演，不过，它已经成为一种民俗，只是一种留存的文化印记而已。两船相抵，花船喜庆，锣鼓喧天，欢乐的男女利市人的唱词高声传来："称四斤，四季春；称八斤，有子孙。"人们拊掌捧腹，在一阵嘻嘻哈哈的笑声中，获得了一种独特的快乐体验。

五、好风知时节

1

1991年8月，我调到桐庐县委宣传部工作。大约从国庆前半个月开始，我就随同事一起到桐庐江南一带的村庄去过时节。同事给我介绍时节的大致信息是这样的：时节比春节还热闹，各村时节的日子大多不相同，客人越多越好。随便走进哪户人家，都会受到热情接待。

对一般人而言，一年中最热闹的节日，莫过于春节，时节居然比春节更热闹。这个节日在桐庐南乡一带盛行，我以前虽听说过，但并不关心，因为我家在南乡没有亲戚，自然也就没什么体验。石阜、凤川、深澳，我忘了第一次过时节具体是在哪个村，但场景却难以忘怀。

初秋的日子，暖阳朗照，整个村庄都沉浸在喜气中。人们穿着体面，每家每户，门前院子里，都是人头攒动，高朋满座。走街串巷的，有不少是买卖人，凡村内稍微空旷一点的地方，几乎都有摊位摆着，人们来来往往，孩子东奔西跑，说是集市也不为过。咦，还有表演，舞狮表演、舞龙表演，锣鼓"咚咚咚"。走进一户人家的院子，主人立即过来招呼，刚坐定，茶就端到你手中了，随之递过来的，还有一包香烟。这一包还没拆开，主人立即恭敬地又递过来一支香烟，这烟，大多是平时不舍得抽的高档烟，将烟叼在嘴上，啪，打火机就给你点着火了。

这么客气，这么周到，简直让我有点受宠若惊。看同事，他却是泰然处之，他是南乡人，早习惯了这种氛围，他带我们来，是他给朋友面子。我们面前的茶桌上，堆满了各种果子，不是小碟，全是大盘，都是一袋袋的整装，还有没拆的。凑齐四个人，麻将就稀里哗啦地开始了。边上一张桌子，牌正打得难解难分，我玩麻将、扑克皆是凑数，自然不敢上，只在边上瞅瞅，助兴而已，不过，这也是极好的一种观察，算是有了初步体验。时节比春节热闹，春节只有自己家的人，过时节，却是几桌人，认识的不认识的，体面的欠体面的，什么人都有。

酒席的时间到了，这是时节的重头戏。

一干人围桌而坐。冷盘热盘，鸡鸭鱼肉应有尽有；各种酒，土烧酒、红酒、白酒一应俱全。十二个盘子，不，十四个，桌上其实已经摆满了菜。主人举起杯："大家别客气，喝！喝！喝！吃！吃！吃！"你敬我，我敬你，推杯换盏，一圈又一圈。突然，一阵惊呼，甲鱼上来了，螃蟹上来了，一人一个。热菜依然一个接一个地上，主人一个劲地抱歉："没有菜，没有菜，大家吃好，大家一定要吃好！"看着眼前的场景，我在心里暗暗估算：过这么个时节得花多少钱呀，普通农家，恐怕一年的积蓄都要花出去了。

酒席，从中午开始，酒量好的确实大有人在，而且，这些人在时节上也拼命表现。

吃饱，喝足，袋里还揣着一包香烟，抹抹嘴，与主人告别。主人红着脸，扶着门，挥着手，大着舌头："下次再来，下次再来。我家晚上，还有两大桌呢。"

30多年后，2022年11月的中旬，朋友又喊我去过时节，我兴冲冲地赶去，只为重新体验一下。所有场景依旧，排场依旧，只是，街巷中汽车多了，多到村里也堵车，不是小堵，是大堵。

2

桐庐江南为什么有时节？没有多少人能说得清楚，只说是传统，已有几百年了，不，说不定有上千年了。

关于时节的来源，民间大致有两种说法。

其一，宋末元初，石阜方姓始姐，从浦江迁居至桐庐江南。至明朝方姓第九代时，恰逢某一年的初秋，风调雨顺，百姓刚收获稻谷，有时间，也有余粮。村里的亲朋好友就聚在一起商量，将八月初一，即唐明皇儿子的生日定为时节，摆几桌，聚一聚，大家热闹一番。

其二，依然是宋末元初，百姓秋忙结束，为使来年风调雨顺，于是组织人员到寺庙祭祀。他们祭祀的神，其实是有选择的，都是历史上那些百姓崇敬的良将清官。祭祀这些特别的神，就是为了祈求神的保护，抵抗灾祸。祭祀的日子，百姓张灯结彩，敲锣打鼓，燃放焰火，摆酒庆祝，像过节一样。

唐明皇李隆基有三十个儿子，到底哪个儿子的生日为八月初一，实在无法考证。继位的三子李亨，唐肃宗，生日是十月十九，所以，即便过节的原由为真，八月初一的日子，却是没有什么出处的。

不管来源了，反正，江南时节就是一种存在，千百年来的热闹存在。

江南时节，从石阜村的八月初一开始，随后四个多月的时间里，各村依次举办，村里川流不息，人们次第而来。江南的时空中，随处弥漫着节日的喜庆：

石阜村（含石阜、石丰、石合、石联、石伍五村），八月初一。

俞家村，八月初五。

柴埠村，八月初十。

梅蓉村、珠山村，八月十五。

雷坞村，八月十六。

吴家村、古城村、肖岭村、下轮村，九月初九。

高荷村，九月十一。

上畈村，九月十三。

舒湾村、下杭村、奚家村，九月十五。

胡家边村，九月十六。

大园里村、双义村，九月十八。

沈家村，九月十九。

板桥村、杜村村、邓家村、满头山村，九月廿一。

莲塘村、旺家弄村，九月廿二。

严坞村，九月廿四。

张家溪口村，九月廿五。

石珠村，九月三十。

窄溪村、李庄坞村、滩头村，公历十月一日。

枝茂村，十月初一。

岩桥村，十月初三。

黄家村、五联村、梓芳坞村，十月初四。

石泉村、蒋坞村，十月初八。

孙家村，十月初九。

上莲塘村、潘家村、吴家村、上喻村、凤龙村，十月初十。

竹桐坞村、凤岗村、翙岗村、石桥头村，十月十一。

雅泉村，十月十四。

前村村、五联村、唐家村、乳泉村、棠川村、孝门村、溪南村、大脉村、鸿儒村、钟山村，十月十五。

梧村村、王家村、庄头村，十月十八。

陈庄村、青源村，十月十九。

深澳村、荻浦村、环溪村、徐畈村、华丰村、合联村、西坞村，十月廿一。

赵家村、彰坞村、小潘村、新庄村、大坞村、董坞里村、西庄坞村，十月廿六。

七里泷村，十月廿八。

水碓里村，十一月初一。

中杭村、大庄里村、毛家村、金牛村，十一月初三。

华丰村、石墙里村，十一月初九。

鲍家村、戴家村，十一月初十。

上杭埠村、西坞里村，十一月十一。

江家村，十一月十二。

凉棚下村，十一月十三。

会山村、西庄村、周家村，十一月十五。

杨家村、横山埠村、姚家村，十一月二十。

下洋洲村、桑园里村，公历十二月三十一日。

上洋洲村，元旦。

江南时节，主要分布在现今江南镇、凤川街道、桐君街道洋洲片和桐君片，据不完全统计，过时节的村子，至少有百余个。

其实，不仅桐庐江南有时节，此节还延伸到相邻的建德、富阳部分村落。富阳作家柴惠琴女士的一份资料表明，富阳也有100多个自然村有过时节的习俗：

珠家塘，九月初九。

湖源乡李家、颜家桥头、中溪、下溪，九月初九。

大源镇双溪，九月初九。

渌渚镇六渚、金家坞，九月初九。

场口镇上沙头，九月初十。

新桐乡陆家坞，九月十二。

湖源乡上臧，九月十二。

寺口，九月十三。

渌渚镇上畈、凌徐，九月十三。

湖源乡塔坞、后潘坞、麦畈，九月半。

大源镇骆村，九月半。

渌渚镇阆坞，九月十六。

大源镇旷口，九月十八。

渌渚镇谢莲，九月十九。

渌渚镇董湾，九月廿四。

常安镇烈坞、横坑、横槎、树石、后庙山、马家坞、前湖山、石岩头、龙门头、泥舍，九月廿四。

新桐乡蛇浦，九月廿四。

常安镇项家、六石碢、香草墩，九月廿八。

渌渚镇叶家、施家，九月廿九。

新阳，十月初一。

常安镇安禾里、前山坞，十月初一。

大源镇蒋家门口，十月初一。

渌渚镇施公畈，十月初三。

新桐乡庙坞口，十月初四。

渌渚镇百前、杨袁、阆港桥里，十月初六。

榨州，十月初八。

杜邵、二联、曹家、埠头，十月初十。

常安镇沧头、黄泥山头、东村坞、五胜，十月初十。

环山乡中埠，十月十一。

渌渚镇前桐，十月十二。

谢家、余家庄，十月半。

常安镇大田（大碢上）、礼门、小刿、上边、前山园、滚龙坞、范家坞，十月半。

环山乡环一、环二、环三、环四、西岸、假山上、双林，十月半。

新桐乡新店，十月半。

湖源乡小章村，十月半。

渌渚镇汪濑，十月十七。

罗桥、官亭子，十月十八。

常安镇横溪、东山下，十月十八。

古城、上沙地、下沙地、沈家畈、刘家弄、塘头，十月二十。

渌渚镇豆园里、郑家、官塘坞、桃花岭，十月二十。

高山，十月廿二。

常安镇华村，十月廿三。

场口镇凌家、何家、张家三堡、五堡、洋沙、大塔、黄栗树头、大路上、金家、青江口，十月廿四。

常安镇董家，十月廿六。

渌渚镇麦丘里，十一月初一。

场口镇华家，十一月初二。

瓜桥埠，十一月初五。

渌渚镇岘口，十一月初六。

新桐乡董赵、汤赵，十一月初六至初七。

渌渚镇港东、周家、俞家，十一月初九。

场口镇上村，十一月十三（俗称十三边）。

常安镇甑山坞，十一月半。

新桐乡孙家，十一月十八至十九。

我这么不厌其烦地一一实录（具体时间或有变动），实在是因为这种地区性节日太热闹了。若干年后，不管时节存不存在，这都是一种历史的刻痕。

3

桐庐因江南时节，被列入第二批浙江省传统节日保护基地；"江南时节"被列入第三批杭州市非物质文化遗产保护名录。

人们乐此不疲地庆祝如此大规模又小范围的时节这件事，值得民俗专家深入研究。

1991版的《桐庐县志》记载时节是农村旧节，源于社日。春社、秋社，在中国广大农村普遍存在，春社在春耕之前，有的和闹元宵同时进行。秋社自八月初开始，分定时和不定时两种，定时的，就称为"时节"。

时节犹如一粒顽强的种子，生生不息。我去桐庐档案馆查阅时节的相关资料。20年前，桐庐县曾全县倡议"淡化时节，文明过节"，有关部门还下发过具体的完整活动实施方案，以期整体推进居民建立健康、文明、科学的生活方式。但说实话，基本上是雷声大雨点小，百姓照样热热闹闹过节。

有意思的是，《桐庐县志》早就对时节有一句无可奈何的评价："各家不论有无喜庆，都宾客盈门，筵席相替，铺张之风，欲禁难止。"

六、致中和

—— 1 ——

严东关致中和，五加皮酒的著名品牌，传说它起源于乾隆皇帝的一场病。

乾隆第三次下江南的时候，已经52岁。看风景、接见官员、处理政事、没完没了的宴请，虽精神亢奋，但毕竟舟车劳顿，一站一站下来，还是有些累，到了扬州的那天晚上，竟上吐下泻，生起病来。御医手忙脚乱，确诊为水土不服，遂用京城带来的水煎药，供其服用，但一连三天，皇帝的病仍不见好转。这时，江苏巡抚推荐了一位姓叶的大夫，说他是叶天士的嫡传弟子，医术十分了得。

叶大夫仔细把了脉后，开了个偏方：打两斤徽州五加皮酒，炒两盘扬州小菜。叶大夫笑着道："酒分五次喝，皇帝喝完这两斤酒，龙体一定安康！"皖浙一带的山野中，生长着品质良好的五加皮药材。五加皮又名白刺、目骨、追风使，五加皮酒能养胃止泻、强身健体。结果自然皆大欢喜，皇帝喝了几次五加皮酒后，身体恢复如初，又精神抖擞地开始各项视察工作了。乾隆随即做了两件事：为五加皮酒手书"五加秘酿"；要求每年送若干五加皮酒到宫中作贡品，他要每天喝。

乾隆长期饮用五加皮酒，在《清宫医案》中有明确记载。

其实，在中国酒的发展史上，早就有五加皮酒的身影。《神农本草经》这样记载："鲁定公母单服五加皮酒，以致不死。"徽州、严州两府，地处深山，林密草旺，新安江、富春江的支流多，向来湿气较重，所以百姓几乎家家都酿五加皮酒，赖此除湿强身，而且，此酒色如红玉，醇厚甘香，四时饮用皆无忌。

唐天宝十三年（754），李白从安徽到浙江。相传在池州，李白与老朋友权昭夷相遇，谈诗论文，两人自然喝得开心。喝的酒，据说就是当地百姓家中都有的五加皮酒。临分别时，权昭夷还送了一坛给李白，说船上随时可以喝。李白行至池州西南的清溪河时，已经是下午时分，只见河上有一巨石突于水上，高数丈。船工告诉他，此巨石叫江祖石，上有仙人足迹。于是李白携酒登石，酒兴诗兴大发，写下《独酌清溪江石上寄权昭夷》诗。

我携一樽酒，独上江祖石。
自从天地开，更长几千尺。
举杯向天笑，天回日西照。
永愿坐此石，长垂严陵钓。
寄谢山中人，可与尔同调。

诗倒通俗，豪气却依旧，更直白地表达了一种志向。江水汤汤，偶有舟楫来往，李白坐在江中大石上，抬头看，蓝天下正有一群飞鸟掠过，他喝了几口五加皮酒，丝丝如滑，味香醇厚。坐在石上，他心中发出感慨："自从盘古开天地以来，这江祖石又长了几千尺吧。我举杯畅饮，笑对夕照，霞光满襟。但愿我永远坐在这大石上，与不事王侯的严子陵一样钓鱼。昭夷兄啊，我把这诗送给你，这些天，谢谢你的款待，咱们一起同调歌咏。"

夕阳西下，一坛五加皮酒，早已被诗仙喝尽。尽兴之余，李白将空酒坛子用力朝水中扔去，只见那酱紫色坛子，在水波上旋转了几个圈，如一个泳者，于波涛中沉浮，朝下方快速游去。

2

据史料记载，至清乾隆二十八年（1763），严东关五加皮酒酿造技艺已发展成熟。

五加皮酒贡品，质量要绝对保证。徽州有个药商叫朱仰懋，据说是知府的表外甥，他为人厚道，脑子也活络，经营一家规模不小的药店，平时也做五加皮酒的生意。对五加皮酒，朱仰懋早就听过一句俗语："好酒出在新安江，好店开在严东关。"新安江水质好，严东关在严州府梅城下游五里地，位于兰江与新安江的交汇之处，由兰江入杭州或者由杭州往金华、衢州、处州等地的船只，大多停靠此处过夜。朱仰懋几次到东关，对这个航运要道很熟悉，东关人口稠密，百业兴旺，如果能将五加皮酒厂开在那里，何愁生意不好？

对表外甥的这个决定，徽州知府也极力支持，他还告诉朱仰懋，严州知府与他是同榜进士，交情颇厚，尽管放心去。有雄厚的资金实力，再加上皇帝的题匾和良好的人际关系，朱仰懋就将五加皮酒厂的选址定在严东关了。

徽州下属的几个县都生产五加皮酒，要是没有一个好的名字，想要一炮而红，难度不小。一切准备就绪，但开业前夕，朱仰懋还在为名字发愁。

某一天，朱仰懋走进书房。书架上，薄薄的《中庸》静静地躺在那儿。四书五经，他都很熟，其中《中庸》也读过几遍了，这几天正为店名苦恼，他就随手翻开了眼前的《中庸》。

"喜怒哀乐之未发，谓之中；发而皆中节，谓之和。中也者，天下之大本也；和也者，天下之达道也。致中和，天地位焉，万物育焉。"

读了几遍后，朱仰懋的双眼停在了"致中和"三个字上。无论做事还是做人，如果能达到"中"与"和"的境界，那不就寻找到天地间的大道了吗？而五加皮酒的主要功效，就是调理人体的"中"与"和"。朱仰懋极其兴奋，心中大喜，真是神明相助也！短暂的思索后，朱仰懋就将"致中和"三字定为即将开业的五加皮酒的品牌名。

清乾隆二十八年（1763）春，一个风和日暖的上午，富春江春水荡漾，地处严东关的致中和五加皮酒坊在热烈的鞭炮声中开业，一鸣惊人。

朱仰懋可谓精明之人，严东关五加皮酒与别地的品质不同，还有一个重要原因就是九姓渔民。新安江和富春江，长年雾浓气湿。对于长期生活在水上的九姓渔民来说，风湿痹症，是首要敌人，他们在五加皮酒中加入一些特制的药材，使之能抵御风湿、痢疾、胃病等若干水上常见病症。

九姓渔民的五加秘酿歌诀这样唱道：

一味当归补心血，去瘀化湿用姜黄。甘松醒脾能除恶，散滞和胃广木香。薄荷性凉清头目，木瓜舒络精神爽。独活山楂镇湿邪，风寒顽痹屈能张。五加树皮有奇香，滋补肝肾筋骨壮。调和诸药添甘草，桂枝玉竹不能忘。凑足地支十二数，增增减减皆妙方。

也就是说，渔民们每家都会酿五加皮酒，奥秘之处却在于药效与酒力如何配合。增增减减，增什么，减什么，这是重中之重。致中和五加皮酒，基酒必须经过九次浸酿发酵，药材必得四度浸取，朱仰懋融合各种原材料的功效，终于酿出了自己想要的严东关致中和五加皮酒。

3

致中和这一红火，就是数百年。

清光绪元年（1875），致中和的掌门人是朱仰懋的曾孙朱毓敏。有一天，店里突然来了一位叫钱思华的南洋商人，他自述是九姓渔民的钱姓后人，在新加坡开有一个小橡胶园，而南洋岛上湿气重，此次他来中国，就想着严东关致中和五加皮酒有祛风除湿的功效，在海岛也可以卖得好。朱毓敏与钱思华，两人一见如故，都有合作意向。言谈中，钱思华还透露，新加坡明年有一场南洋商品赛会，五加皮酒要是能去参赛，准能脱颖而出。

果不其然，1876年，在新加坡举办的南洋商品赛会上，致中和五加皮酒获得金奖，组委会给出的评价是："色如榴花，香如蕙兰，入口醇厚，金黄挂杯。"五加皮酒与英国威士忌、法国波尔多葡萄酒、俄罗斯伏特加一同被列入世界四大区域特色酒。五加皮酒生意很红火，不仅华人喝，洋人也喝。除了在新加坡，马来西亚、法国等地，也能闻到五加皮酒的芳香。

民国四年（1915），对严东关五加皮酒来说，又是一个关键的年份。这一年，巴拿马太平洋万国博览会举行，相较于南洋商品赛会，此次博览会的参赛商品更多，竞争也更激烈，而此时的致中和五加皮酒，却如一位成熟的智者一般，不慌不忙，沉着应战，最终将奖牌妥妥地揽入怀中。至此，五加皮酒的名声达到鼎盛，在建德严东关，酒厂林立，那里俨然成了一个酒镇。

风风雨雨，沧海桑田，又走过了一百余年的致中和，如历尽沧桑的老者，更加睿智。

如今的致中和五加皮酒，已经是29味中草药精华的凝聚之作，它是中华酒文化的重要符号之一。严东关五加皮酿酒技艺入选浙江省第五批国家级非物质文化遗产代表性项目名录。

三江口，巨石上，明月夜。

一碟子陵鱼（碰运气），一碟豆腐干（用富春山泉水制作），一碟花生米（富春江岸谷地产），一壶致中和五加皮酒。春水生，春草长，再加上饮不尽的徐徐春风。以中和铺垫，与明月对酌，别贪杯，微醺，三小杯足矣。

七、"活金死刘"

～～ 1 ～～

富春江下游南岸，有条叫"墅溪"的小小支流，墅溪村就在其出口处，山与水构成了这个村的青蓝底色。黄公望的名画中，有不少富春江两岸村庄的身影。富阳人很自豪地对我说，墅溪村是《富春山居图》的起笔处，"卷首第一村"。

好吧。不过，我一再说，黄公望的名画重在意象，他一定曾在富春江两岸或富春山中长久徘徊，他行走、他观察、他思考，继而将所见所闻化为笔下流畅的线条，他要用心中的山水向高洁隐士致敬，也要充分表达他自己的隐逸思想。墅溪村可能是他起笔的地方，但富春江边的任何一个小渔村，都有可能是他起笔之处。

墅溪村，重要的不是山水为胜，而是它深厚独特的"活金死刘"民俗文化。村中刘氏家庙，其实属金姓人家，族人生前姓金，死后姓刘。金和刘有什么联系吗？说来也简单，刘的繁体字为"劉"，由"卯""刀""金"组成，去掉"卯"和"刀"，"金"与"刘"就是一家。

一般人都好奇，为什么有"活金死刘"之说？

目前，学界存在三种说法，各有各的理。

一是逃难说。王莽篡权，刘姓子孙理所当然要反抗，那就杀，赶尽杀绝地杀。刘姓子孙自然要跑，东南西北地跑，为了生存，将刘姓改成金姓，杀手就难寻了。刘金同源，或许就是从这时开始的。

二是避祸说。因为刘金同源，有先例，那么后代的刘姓子孙，遇到危险事，要跑路避祸，都可以照办。如北宋金华人刘瑞年，因醉中舞剑误杀催粮官，被发配山西，他的弟弟刘永年，为避祸率全族改姓金。如南宋台州诗人刘知过，其父遭奸人陷害，为避祸，其弟弟被迫改姓金。

三是避讳说。庄子陵就是因为避帝王讳名，而被迫改名为严子陵的，他生前并不知道自己被改姓，故现今，天下庄、严是一家。五代时，富春刘姓因为与吴越王钱镠的名字同音，避讳改为金姓。

"活金死刘"现象，全国各地皆有，但集中在浙江的杭州（富阳和萧山）、金华（义乌）、绍兴（诸暨）一带。

1925年，最后一次重修的富春刘氏宗谱显示了"活金死刘"的变化。

刘姓始祖可追溯至帝尧后裔刘累，后经汉高祖刘邦建立西汉王朝而使刘氏显赫。王莽篡权后，刘姓子孙始有改金姓行动。刘秀恢复东汉后，金与刘成为一体。在接下来的岁月中，刘姓子孙如陷入被追杀等困境，大多改姓金，挣扎生存。

明正德五年（1510）八月，大宦官刘瑾被凌迟处死。正德皇帝气坏了，这个狗太监，贪了那么多金银不说，还想叛乱谋逆。他下令杀尽天下刘姓。但这实在冤枉得很，刘瑾原姓谈，只是依附刘姓宦官而得以入宫。杭州有刘姓七兄弟，在这不利的大环境下，只得改姓以分散发展余脉。其中二弟刘葱隐居于富春江边的墅溪畔，成了墅溪刘姓的始祖。这一住，就是500多年。

2

2024年6月18日早晨6点多，我开车从杭州左岸花园出发，过上塘高架、中河高架、时代高架，转富春江边的春永线，仅四十六分钟，就到了墅溪村。

村口有个巨大的石牌坊，坊正中有匾"大汉嫡裔"，两边有联"源流汉室尊高祖敬光武仰仗昭烈""泽披天下重社稷恤万民珍爱宗亲"。这是一种骄傲的写照，表达着身为汉高祖刘邦后裔的自豪。

晨阳下，村口荷塘中的大片荷叶吸引了我的注意。这荷塘估计有20余亩，我绕着荷塘的栈桥踱步。许是听见我的脚步声，荷塘里有动静发出，不是鱼，是几只小野鸭，往荷花深处钻去。又"嚯"的一声，身边桥下的荷朵间突然飞出一只白鹭，细长而褐色的双腿，奋力向后蹬着，往天上飞去。

荷塘边，有一棵老樟，看标牌已经有410年了。墅溪村的历史几乎与它等长，樟树生长之初，正是各地人口往此处迁徙的年份。一对父子正在院前搭遮阳车棚，我上前搭话，此家姓张，说几百年前自萧山迁来，难怪满口萧山话。

金援潮、金国权堂兄弟为我介绍刘氏家庙，这是刘氏后人祭祀先祖的地方。从偏门进去，整个院子里有一个舞台，中间是一个庭院，家庙正中门额上悬挂着的一块"七业堂"的匾额，仿佛向我们诉说着刘氏先祖的故事。家庙中所挂"翰林""卯金契瑞""龙门虎子""龙隐江南"等题匾，每一块都是富春刘氏历史的见证。

金援潮说，刘氏曾历代为官，但自"刘瑾之祸"后，七兄弟从杭州出发，分散在浙江各地隐居，各自从事一种行当营生，"七业"便由此而来。哪七兄弟？金援潮答："隐居萧山六都的是青一茂公，隐居我们富阳墅溪的是青二葱公，还有隐居浦江后田的青三苍公，隐居义乌的青四义公，隐居临海县前的青五茏公，隐居山阴天乐的青六菽公，隐居东阳的青七松公。"

"青二葱公做什么生意？"我问。金援潮笑笑说，没有太多研究。估计没有记载。这富春江边的渔村，离杭州很近，我猜测，青二葱公十有八九以渔为业，打鱼、卖鱼、贩运，甚至造船，都有可能。

"活金死刘"，2012年入选浙江省级非物质文化遗产名录。1957年生的金国权是非遗文化传承人，而比他年长五岁的金援潮则致力于非遗文化的挖掘与传播。

我去金援潮家看《富春刘氏宗谱》。

金家隐在墅溪村的最深处，基本被布置成了一个宣传展览馆。厅堂正中是大幅的"前出师表"书法，堂两壁有"活金死刘"发展的历史沿革，从三国归晋、避难隐世，到宋室南迁、护驾临安，再到刘瑾伏诛、隐迹富春，一目了然。公望遗梦、渔浦晚棹、汉庙晨钟等墅溪八景山水画，将墅溪的历史与风景融为一体。

净手，轻轻打开四卷本的《富春刘氏宗谱》。那些竖排文字方方正正，却是一个家族跌宕曲折的血脉沿革。"活金死刘"，这是一个极其特别的家族，他们在追溯先贤功德的文化中延续氏族的血脉，做到了自尊、自重、自爱、自强。

　　在墅溪村，有点年份的树木都被标上了"渔山乡树木保护牌"，都有具体的保护编号。是的，它们与人类共同成长，它们更是人类一切活动的见证。"活金死刘"，时间可以证明，树亦可以证明。

第四卷：形胜志

山风不动白云低，云在山门水在溪。富春江两岸，古镇古村，古寺古建，古澳古井，青砖黛瓦，雕梁画栋，飞檐翘角，烟柳画桥，曲径通幽。深厚的人文与美丽的风景相融，灵性又有光彩。

一、孝柏

~~~~ 1 ~~~~

孝柏在桐庐县富春江镇的孝门村，至今已有一千六百余岁。柏树不会孝，孝是因为人，是晋朝一位叫夏孝先的孝子，他的孝行感动了大地，感动了苍生，村因之名，泉因之名，树也因之名。

乾隆《桐庐县志》这样记载夏孝先的故事：

晋，夏孝先父亡，负土成坟，庐其侧。一夕，野火燎山，将近茔域。孝先绕墓号恸，忽群鸟濡翼沃灭。寻于火处得泉，味甘冽，溉田数亩。景龙年间，县令李师旦名之曰"孝子泉"，改其乡曰"孝泉乡"。

夏孝先父亲去世，他独自"负土成坟"，并在坟旁建茅屋守孝。某个傍晚，突然起了山火，火势燎原，眼看就要烧着他父亲的坟，夏孝先绕着坟哭天抢地。突然，神奇的场景出现了：天空中飞来一群翅膀湿淋淋的鸟儿（我猜应该是翅膀比较大的乌鸦之类），鸟儿们奋力扑腾着双翅，来回穿梭，硬是将大火浇灭了。

事后，夏孝先也觉得奇怪，群鸟身上的水是从哪里来的？一寻，附近竟然有一孔泉，夏孝先哭喊了好一阵子，口干舌燥，俯身掬起一捧泉来，泉甘冽爽口，稍加整理开掘，涌泉便源源不断，此泉居然可以灌溉数百亩良田。到了唐朝景龙年间，县令李师旦为该泉取名"孝子泉"，乡也索性改称为"孝泉乡"。

夏孝先的行为一直感动着乡人。某一天，一位村民在那口泉旁栽下了一株柏树，既表示对孝子的崇敬，又希望柏树可以给家人带来平安和吉祥。或许是泉边土壤湿润又肥沃，适合柏树生长，那棵柏树简直就是"见风长"，很快就枝繁叶茂、欣欣向荣了。

《尚书》上说，人生最重要的事就是孝顺父母，友爱兄弟，再推及政治。你看，无论父母兄弟如何折磨舜，他始终待他们如初，最终家庭和乐，爱的力量可以使天下大同。李师旦县令也是孝行文化的重要推动者，值得尊敬。他极重视对本乡本土典型人物事迹的挖掘和发现，而他治下正好有这么个历史人物夏孝先，他赶紧树立典型，并命名了"孝泉""孝泉乡"，这对中国传统孝文化的推行，确实起到了"四两拨千斤"的效果。

此地，现在还叫孝门，是富春江镇下属的一个行政村。

我去孝门，还听到了另一个有关夏孝先的孝行故事。

夏孝先的父亲去世，母亲身体也不好，得了很严重的眼疾，几近失明。夏孝先遍求名医，不见效果。后得人指点说，孝门离钓台近，可用钓台的新鲜泉水洗眼。从此，夏孝先日日翻山越岭到钓台，取新鲜泉水为母亲洗眼，无论寒暑，从不间断。某天，有神秘人物点化他说："在村口柏树边上挖一口井，再到钓台山泉中撒下米糠，看井中有没有米糠溢出，有米糠就是钓台泉水。"夏孝先照做后果然在村口取到了钓台山泉，终于治好了母亲的眼疾。孝泉井、孝柏，就这样诞生了。

得到神秘人物的点化，自然是传说，不过，它揭示了一个原理：钓台的水与孝门村的泉水是相通的，同属一座山脉，用这样的传说来倡导孝行，也未尝不可。

2

自富春山水拖住了严光的双脚后，富春山、钓台就成了人们抒发闲适隐逸之情的朝圣中心。各朝各代的诗人们，追随着严光的脚步来到富春山，为此抒写下的诗文，更是不计其数。孝柏日日感受着来自富春山的清冽山风，聆听着人们代代传诵的孝子故事，见证着数千年来的人事沧桑。

北宋景祐元年（1034）后，富春山下的严子陵祠堂，经常会传来文人墨客的朗诵声："云山苍苍，江水泱泱，先生之风，山高水长。"掷地有声的崇拜，越过富春山，跃过富春水，在孝柏的枝杈间此起彼伏。

1283年1月9日，四十七岁的南宋右丞相文天祥，在元大都被忽必烈所杀。8年后的一天下午，孝柏清晰地听见从富春山西台传来的男人哭声。那哭声撕心裂肺，锥心刺骨，肝肠寸断，孝柏知道，那是谢翱，他为文天祥而哭，哭得死去活来。

孝柏经风沐雨，干枝抽分枝，分枝又生叉枝，叉枝再生细枝，枝枝相交，叶叶相盖，它成了孝门村人的精神高地。每逢大事、喜事、悲事，孝柏树下都人声鼎沸，而孝柏却始终默默地做着见证者。它繁茂的枝叶，为孝门村人挡风遮雨，它也成了村人倾诉的对象。

孝门村在富春江之西，钓台之东，有孝子泉，地负高山、面朝大江，村中三五里皆是平地，可以耕，可以樵，可以渔，此处真是隐世的好地方。果然，明朝中叶，孝门村中有个叫赵叔英的，他是宋代皇室之后裔，却视功名如敝屣，对荣华富贵不屑一顾，济贫救穷，乐善好施。他在自己屋子的南面坡上，种了一大片梅树，以表达自己追求如梅一般高洁的品格，自此后，孝柏便常常"听到"人们称其为"梅坡居士"。

资政大夫、礼部尚书姚夔，有次去孝门村，在赵叔英的梅坡游玩，被赵叔英寓志于梅的精神所感动，遂写下一篇《梅坡记》，高度赞扬赵叔英的品格。

春日时光，桃、李、杏竞相争艳，而梅却泰然自若，不改孤芳。而当冬日来临，大地一片肃杀之时，梅在大地田野间，甚至偏僻的墙角不露声色，独自开放。高洁与坚强，勇敢与纯洁，人们对梅表达了高度的赞赏。

孝子泉边上，我细看表孝亭，亭中有石刻楹联两副，内容醒目："井号孝泉远近居民无不行吟孺慕，里名邑瑞往来逸士有时坐听弦歌。""道孝子犹存勉作亭轩传胜迹，愿征人且止徐饮井泉记盛名。"我盯着楹联，慢慢断句，内容虽浅显，皆为对孝泉、孝子的歌功颂德，但读后不免让人感慨。

村人介绍，此亭原名孝感亭，曾是个木亭。清雍正十年（1732），村中秀才张汝升出资将木亭改建为石亭，并更名为"表孝亭"。

此外，亭子的石梁上，还刻有《孝泉亭序》，这是张汝升之子张圣迪书写的。

孝泉井，不仅水质甘甜，而且出水量大，即便是大旱年份，泉流依然汩汩。孝门人将泉池周围砌上坚固的井壁，像保护自己的眼睛一样保护孝泉井。清乾隆四十二年（1777），村中秀才张圣寿又在井上加建了石制井盖。

高16米、直径1.6米、平均冠幅覆盖面7米，我伫立着，看眼前的孝柏。

村人向我介绍了30多年前孝柏遭受的那一场灾难。1989年，一祭拜者的香火不小心引燃了柏树的树干。村民们看着烧伤后乌黑的主干，都叹息不已。不想两年后，孝柏却顽强地长出了新芽。我细看其下部躯干，大火焚烧痕迹依旧，树心已被蚀空，部分枝干枯死，但上部躯干依旧虬枝盘曲，枝叶繁茂。

好一棵顽强的"柏坚强"！

孝泉井边的孝柏，1600余年的风雨似乎给了它经年持久的养分，它是夏孝先之孝行的见证者，它是桐庐先人之孝行的见证者，它也是中华民族之孝行的见证者。

有富春江水的滋润，有富春山风的吹拂，孝柏将会活得更久更久。

二、寺名圆通

桐庐老县城西部，有座如舞动奔跑着的大象般的山，对着南面的富春江。此"大象"好福气，不管卧着、蹲着还是站着，面前都是那条碧波如练的大江。江对岸则皆为逶迤连绵、青葱翠绿的群山。

桐庐百姓将此山唤作"舞象山"。象舞江边，好一幅恬然安静的生活画面。在舞象的长鼻与前腿之间，有一片狭长而深幽的谷地，谷地间古树参天，流泉潺潺。唐贞观八年（634），一些信众在此集资建造了"紫竹林"，桐庐僻静的山坳中，终于有了第一个佛教场所。这就是圆通寺的前身。

佛教自汉代传入中国，经魏晋南北朝的发展，至隋朝已经相当繁荣兴盛。隋末战争虽使大多寺庙毁损，但李渊、李世民父子本来就信佛，唐朝初建，就大规模立寺造像。贞观年间，全国的寺庙已有几千所，而舞象山脚的这座"紫竹林"，就是其中的一座观音院。"紫竹林"石碑乃1983年桐庐县人民政府修建档案馆时挖掘发现，石碑上"贞观八年"的字样，是彼时建观音院的明证，不过初建的规模估计不会太大。

唐开元二十六年（738），桐庐县的府治从分水江边的旧县迁至富春江边的江口。府治的转移往往会带动人口、商业及文化事业的变迁与发展，去"紫竹林"的人渐渐多了起来，原先的规模，显然已容纳不下越来越盛的香火，扩建寺庙势在必行。

关于这座寺庙，有一个记载说它初创于唐会昌年间。很显然，那时"贞观八年"的石碑还没有被发现，而所谓的初创时间，应该是扩建时间。会昌是唐武宗的年号，彼时，他正在全国范围内大规模灭佛毁寺，全国除洛阳、长安各保留两座，各州府各保留一座寺院外，余皆拆除。当时全国共拆除寺院4600余座，还俗僧尼26万余人。那么，在此大背景下，桐庐是如何扩建寺院的呢？

针对此，聪明的桐庐先人从唐武宗的尊号中取出"圣德"二字，将寺院冠名为"圣德寺"，意思再明显不过了——桐庐这所寺院，是为歌颂当今皇上圣德而建，谁敢言拆？好在灭佛毁寺的"会昌法难"持续时间不长，持续四年后武宗去世，灭佛也就不了了之，全国寺院恢复如初。

从"紫竹林"到"圣德寺"，在这座寺庙的发展历史上，一个重要的年代到来了。宋大中祥符七年（1014），朝廷赐寺名"圆通"。新朝赐名，非同寻常，也极其荣耀，圆通寺就此步入正常发展轨道。据资料记载，在宋代，圆通寺有寺产46亩，寺产、僧人皆免赋役，这些都有奉檄勒石可依。

富春江舟楫便利，来往文人墨客众多，经过桐庐的人，除去钓台拜访严子陵外，也是一定要去桐君山寺、圆通寺上上香的。宋景祐元年（1034），范仲淹贬官睦州，舟过桐庐，他写下诗句"钟响三山塔，潮平七里滩"。桐庐县城三塔，是指桐君山上桐君塔、安乐山上安乐塔、圆通寺前船底山上的圆通塔。范仲淹除了进寺登塔以外，还到富春江边船底山上的一揽亭、揽胜亭等处观景。烟涛微茫，白鹭横江，眼前的景色让范仲淹惆怅的心情一下子得到舒缓。

南宋淳熙十三年（1186），已经六十多岁的陆游，听从宋高宗的盼咐赴任严州知州，桐庐是来回的必经之地，他也因此为桐庐写下多首诗。圆通寺自然是要游览的，但陆游眼前的圆通寺却是破败的屋宇。见香火零落，陆游心里难过得很，如此有名的寺庙，又在自己的治所下，必须重视。于是，他向朝廷上了一道《圆通寺建僧堂》的疏文，在奏疏中，他表达了"营兹华屋，延我胜流"的愿望。此疏刊发在陆游《渭南文集》之二十四卷。不过，也有专家说此圆通寺，非桐庐的，但我看文集前一卷基本为陆游严州任上的事情，而且桐庐圆通寺在周边的名气也大，我认为，陆游十有八九应该是针对桐庐圆通寺而上疏的。

天灾人祸，兴废毁建，是世界上几乎所有古建筑的历史命运，接下来，圆通寺再度进入逃脱不了的命运怪圈：

圆通寺于元末毁于战火，明洪武八年（1375）僧安隐重建，明末动乱又毁。清顺治年间，僧海德偕徒寂修，募资重建，寺院规制倍胜往昔。雍正元年（1723），僧通旰于寺前增建诞登坊。乾隆九年（1744）后，仅存观音像。乾隆十一年（1746），僧广仁、广福、广闻复建。咸丰十年（1860），太平军攻占桐庐，持续时间长达一年半，他们见寺庙、宗祠尽行焚毁，圆通寺也不能幸免。本次毁损，到光绪二年（1876），才由僧弥修、普静历尽艰辛复建成大雄宝殿及寮房，后又建成观音殿及库房，然规模已大不如前。

1927年2月，北伐战争桐庐战役打响，北伐东路军前敌总指挥白崇禧驻节圆通寺。军阀孙传芳部驻桐君山寺，他们以密集火力阻止北伐军冲上东门浮桥过江，北伐军伤亡重大。后北伐军以夜色掩护，在圆通寺前沙朴树下，架起山炮对准桐君山寺猛轰，炸毁观音殿前壁，拔除敌军观察所。敌方失去指挥，终败北溃退，北伐军取得桐庐战役的胜利。

民国时期，国民党军队几次驻扎寺院。抗战期间，日本军机数次轰炸桐庐县城。1942年8月12日上午7点，圆通寺被投中两弹，二殿被炸毁。

抗战胜利后，圆通寺举行盛大法会，超荐抗战阵亡将士与死难同胞，县中官员、各界士民均来焚香顶礼，场面着实盛大。

1949年后的圆通寺，损毁严重，仅有寺僧五人。寺内破败黯淡，尘灰网结，落叶遍地，飞鸟穿林，松鼠蹿上蹿下。文友胡泉森回忆起一件有趣的事：20世纪50年代，他在桐庐中学读书，常去圆通寺玩。少不谙事，胆子也大，他曾在坍塌的台阶石板下摸出一颗拳头大的瓜状铁疙瘩，笑着放进口袋，拿进教室把玩。班主任看见，吓得脸也青了，原来这是一枚手雷。

20世纪50年代，圆通寺寺僧星散，无人管理，桐庐县人民政府曾较长时间在此培训干部。1958年，桐庐、分水、新登三县合并为桐庐县，原石明弄桐庐县政府办公用房不敷使用，遂决定拆除圆通寺陈旧建筑群，建新县府办公楼。1959年6月，圆通寺县府前后办公大楼及会议室等建成，圆通寺新县府大楼正式启用。

在《圆通路5号》长文中，我对自己在1991年8月由毕浦中学调至县委宣传部工作的经历有所描写，那时，县委县政府及一些主要部委都在圆通路5号，这里不重述。我再说几句在圆通寺上班的感觉。我是8月初去宣传部报到的，初进大院，只感觉一阵阴凉，似乎是进入了一个清凉世界，到处都是有年头的大树、老树。我当时就想，这个地方应该有历史，这些老树都是比我们老得多的"人"，它们饱经沧桑。偶尔，会听到一些八卦，说山谷深处有"鬼"，舞象山上有野猪冲下来。一直到离开宣传部，我都没有爬上舞象山顶过。

1998年2月，桐庐县委、县政府南迁。几年后，省政府批准恢复桐庐圆通寺。2005年5月28日，春和景明，舞象山山花烂漫，富春江浮光跃金，几万人共同见证4万多平方米的新圆通寺的落成典礼。

"大象"似乎又舞动起来了。

舞动的自然不是大象，是文化，是历经1300多年沧桑的文化。黄墙碧瓦、殿阁楼宇、佛塔彩绘、平台雕栏、讲坛精舍，件件皆庄严；七叶树、香樟树、沙朴树、连香树，树树显古意；垂柳杂花、葑草莲花、清池游鱼，物物寓意丰。舞象山不变，富春江不变，不断变化的是那起起落落的人、物与事。

抬头望，舞象山上空，碧天澄澈，一群绵绵白云向我奔来，我想，那一定是祥云。

三、少康的玉泉

1

此少康非夏朝第六代君主姒少康，乃净土宗五祖释少康。玉泉乃玉泉寺，位于建德市梅城镇乌龙山南麓，它是净土宗在江浙一带最早的祖庭。我去玉泉寺，主要是为了印证少康传道的故事。

其实，北宋初年赞宁《大宋高僧传》中，有少康的详细传记。此书名为"大宋高僧传"，但书中所写大部分却是唐高僧。少康是唐代缙云仙都山人，俗姓周。

书中记载，少康母亲罗氏，某次梦游到仙都的鼎湖峰，见有一玉女手捧青莲对她说："这花吉祥，先寄放你这，待日后你生了孩子，一定要好好保护。"到了少康出生那日，果然青光满室，莲香阵阵。少康还在襁褓中时，罗氏经常望着怀中的儿子，只见他眼碧唇朱，长久微笑。乡里看相者看了后说，此子以后必成将相。

少康长到七岁，一直不说话，母亲也纳闷。那天，是佛诞日，母亲抱着他去灵山寺拜佛，在大殿佛祖像前，母亲随口问他："认识这佛像吗？"少康答："这是释迦牟尼佛。"母亲大吃一惊，这孩子没说过话，一张口却道出佛名。母亲想起做过的鼎湖峰的梦，想起了孩子出生时的场景，心想，这孩子有佛缘，应该去学佛。就这样，少康开始了学佛读经的生涯。少康聪慧专注，十五岁时，他已经会背诵五部佛经了。在越州的嘉祥寺，少康正式受戒出家。少康在此学戒五年，已经博通经论。唐贞元元年（785），少康来到了洛阳的白马寺，这里是中国佛教的祖庭，他想读更多的经典，结识更多的高僧，以后更好地弘扬佛法。

有一天，少康在藏经阁读经，忽然发现一个异常情况：

见物放光，遂探取为何经法，乃善导行西方化导文也，康见欢喜，咒之曰："我若与净土有缘，惟此轴文斯光再现！"所誓才终，果重闪烁，中有化佛菩萨无算。（《大宋高僧传》）

善导是净土宗的创设大师，《西方化导文》是他的重要著作。善导的著作兀自发光，而且一再灵验，这几乎就是一种明确的暗示：你少康乃我净土宗的承继发扬者，我引导你入门。

少康内心当即许下宏愿："我一定要继承净土宗的事业，并将其发扬光大！"

长安的光明寺，有善导影堂。少康发完誓，立即奔至光明寺，在善导遗像前，毕恭毕敬地瞻仰、顶礼，虔诚至极。忽然，神祇又显圣了，善导和尚像化为阿弥陀佛身，放光升于半空，告诫的声音从半空中有力地传来："你要按照我的方法，利乐众生，同生安养！"受到善导大师面对面的教诲后，少康弘扬净土宗的决心更加坚定。

少康一路南下，行至江陵（今湖北省荆州市）果愿寺，遇一法师对他说："你要传净土宗，最好的地方在新定。"法师说完，就不见了踪影。少康心里清楚，这又是善导的具体指引。新定就是睦州的梅城。

泊到睦郡，入城乞食得钱，诱掖小儿，能念阿弥陀佛一声，即付一钱。后经月余，孩孺蚁慕，念佛多者即给钱。如是一年，凡男女见康，则云"阿弥陀佛"。遂于乌龙山建净土道场，筑坛三级。聚人午夜行道唱赞，二十四契称扬净邦。每遇斋日，云集所化三千许人，登座令男女弟子望康面门，即高声唱阿弥陀佛，佛从口出，连诵十声，十佛若连珠状。告曰："汝见佛身即得往生。"（《大宋高僧传》）

上面这段文字，是少康在梅城弘法的具体方法及成果。

应当说，少康称得上营销高手，他为了快速而高效地达到传播目的，手法巧妙，将乞讨得到的钱用来奖励人们念佛。起先是小孩，没多久，消息传遍全城，男女老少都追着来念了。一年下来，少康就成了阿弥陀佛的代言人。

持名念佛，成了睦州当地的一种时尚。

时机成熟，唐贞元十年（794），少康选择梅城北面的乌龙山南麓，筑坛三级，建造玉泉寺，升座说法，宣扬佛法真义。或许是简单易记，在念诵中，佛从口出，连念十声，佛便缨络垂珠般次第明。每逢斋日，就有三千弟子云集，虔心念佛，一时盛况空前。

唐贞元二十一年（805）十月，少康圆寂。

少康秉承善导教诲，全力弘扬净土宗，人们称少康为"后善导"。少康的弟子们，在梅城东边的台子岩，为少康建造了舍利塔，人称"后善导塔"，又因墓塔位于台子岩之故，后人也称少康为"台岩大师"。因少康对净土宗教义传播的重大贡献，北宋建中靖国元年（1101），睦州知府马圩向朝廷报告，封赠少康为"广道大师"。

2

唐贞元十年（794）那个春天，少康在乌龙山筑坛建寺，因寺旁有泉，且冬夏不竭，喷流如玉，故名玉泉，寺名遂为玉泉寺。北宋睦州知府、诗人吕希纯在《玉泉庵》诗中这样描绘他眼中的佳境：

瀑布岩东转画旗，拂云穿石上霏微。

抱溪修竹通千个，夹道乔松过十围。

檐外一潭泓翠碧，窗间万斛溅珠玑。

使君不用笙歌拥，漱玉声中岸帻归。

山道两旁，古木森森，修竹掩映，重岩迭嶂，瀑布似乎从天如练而下。飞檐走阁外，是碧绿的深潭，一推窗，飞溅的泉滴如天女散花。假如住在玉泉庵，都不用听那些笙歌，只要听泉流漱石，声若击玉，就是人间天籁。

2024年3月26日上午，天气虽有些冷，但阳光明媚，高空湛蓝，乌龙山上那些树的颜色似乎特别鲜艳。陈利群、沈伟富兄陪我看玉泉寺。

在乌龙山脚，看不见玉泉寺，我知道，寺就藏在山脚深处，几百个台阶就到。缓步而上，玉泉寺黄色的围墙与蓝天组成的景色如水洗过般明净。右边长长的黄墙上，"南无阿弥陀佛"六个大字顺次而列。此六字，在别处寺庙，似乎是标配，但在玉泉寺，意义却不一样，这可是净土宗持名念佛的核心啊。经过滴水观音、山门、天王殿、钟鼓楼、观音阁，及至大雄宝殿，一尊尊佛像宝相庄严，似乎静默地注视着我等芸芸众生。现在的玉泉寺，占地1000多平方米，与其他寺庙相比，地方不大，名气却大。

到了大雄宝殿右侧的阿弥陀佛殿，陈利群兄说，这里一定要细看。因为此殿内有块巨石，高一丈七尺有余，周三丈五尺，色褐黑如铁，人们称之为"息石"。这是一块会长大的石头，石上雕佛，此石佛是玉泉寺的镇寺之宝。

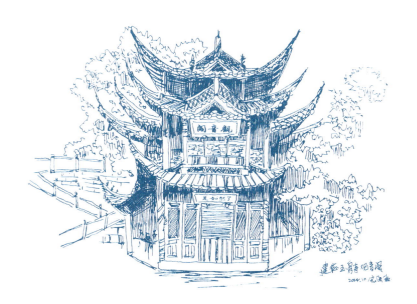

　　相传少康开山时，将阿弥陀佛像镌刻在此息石上，并在此处建了阿弥陀佛殿，这是玉泉寺历史上第一个大殿。息石灵气非常，上又镌有阿弥陀佛像，因而善男信女拜求许愿的，无不灵验。陈利群兄还说了一则传闻：玉泉寺在清光绪八年（1882）曾经历一次重修，1942年，整个玉泉寺毁于日军炮火，但让人惊奇的是，唯独炸石佛的炮弹哑了。眼前的玉泉寺，整体修复于2011年底。

　　站在殿前的广场上，向梅城三江口方向看。清日烟岚中，举目南眺，九座莲峰，历历在目，双塔凌云，新安江、兰江汇合成富春江，如字母"Y"字般交汇而下，平静的水面在阳光下缓缓淌动着金色的光芒。

　　少康，净土宗，玉泉寺，石佛……当时间的魔力将那些所谓的传奇都慢慢消解后，留下的皆是洗尽铅华的历史。这些历史，无论人与事，其实都是有温度的、可触摸的，它们皆为富春江文化长河中生动活泼的因子。

四、江南"坎儿井"

<center>~~~ 1 ~~~</center>

江南"坎儿井"，多是指桐庐县江南镇深澳村的完整古水系。

说深澳，得从申屠氏说起。

明成化四年（1468），《桐南申屠氏宗谱》续修，作为该氏族的著名外甥，礼部尚书姚夔必须要为外祖家写点什么，他这样记载申屠氏的来源：

> 椒房在周代，相国在汉代，避地在新莽，迁居在宋之南渡，分派在明之初。

这基本写明了申屠氏发展的简单历程：是周王室的后裔，申屠乃赐姓。汉初申屠嘉，与刘邦一起冲锋陷阵，任都尉、郡守、御史大夫，后为丞相，封故安侯，在"文景之治"中功绩卓著。申屠嘉七世孙申屠刚避王莽乱，由河西转巴蜀，最后徙居富春屠山（今富阳区场口镇图山村）。申屠嘉四十世孙申屠坻，生两子，次子申屠理于北宋元祐二年（1087）出生，成年后入赘获浦范氏，他就成了桐南申屠氏的始祖，俗称"三一府君"。申屠理长子申屠宁的第四子申屠祥，同他爷爷一样，于南宋绍兴廿三年（1153）入赘深澳徐氏之女，于是申屠氏在深澳村开枝散叶。现居深澳村的申屠氏占全村人口的85%以上。

澳，本义为港湾，指海边弯曲、可以停船的地方。而深澳，却不是深深的港湾，它虽邻近富春江，但还有些距离。一个说法是，当地百姓称"渠"为"澳"，因入地较深，故称"深澳"。说得通，反正是水边之地。

溪、澳、沟、塘、井，五个既独立又关联的系统，组合而成"坎儿井"。

深澳的古水系，有没有一个总工程师，这已经找不到准确的记载了，但从申屠氏的宗谱上看，他们居住的地方就是一个澳口。就是说，此澳，应该开凿于申屠祥徙居之前，而申屠氏赖此水利系统，人口发展迅速，也势必不断完善了水系的开发和利用。五个关联系统，应该是不同年代根据需求逐步完善的。

看深澳村古地图，北面都是山系，山脚为环绕的溪流，南面也是山系，山脚同样有环绕的溪流。大部分住宅在村东，地势高，而村西则为相对低矮的洼地，整个村落几乎呈簸箕形的平缓梯形，坡度不陡不平，由此构筑的水系水流不急也不停流，数百年来都未曾疏浚过，这正是其良好自然生态的明证。

25年前，我和邱仙萍合作，写过一篇关于深澳的长文，文章除了历史文化溯源外，还有对古水系的描述。这几年，我又多次到深澳，周华新兄每次都热情陪同。他们周姓，也是深澳显姓，是周敦颐后人。他做过县里的林业局局长，写过《中国历史文化名村：深澳》一书，对家乡的古水系了如指掌，他向我娓娓道来。

富春江两岸的支流、支流的支流，如人身上的毛细血管一样，不计其数。发源于百步岭、里外阳山牛峰岭的应家溪，就是其中之一。应家溪也叫深溪、荻溪，水质极好，流经屏风源与青源在环溪合流，再过徐畈、深澳、荻浦入富春江。还有一条洋婆溪，源出鸡足峰东麓，接应家溪上游的屏源溪部分，分流引入，也汇入富春江。

应家溪、洋婆溪，就是深澳古水系的重要水源。

深澳先人引水的办法是这样的：在应家溪上游西侧，建一条长800米左右的暗渠，在村东侧，将水自南而北引入村内。此暗渠，深入地下最深处达4米左右，宽1至1.5米、高1至2米不等。这就是坎儿井的主体了。当地溪滩中，卵石成滩，且每一次洪水后都有取之不尽的卵石，正好用来砌暗渠石壁的拱顶。这样的暗渠既高又宽，需要疏浚时，人完全可以进出。

上溪头的汤家渡，就是此暗渠的澳头。由此开始，一路沿老街区里拐弯，共设7个澳口。澳口就是人们用水的集中处。每个澳口都有数十平方米面积，比一般的井口要大许多，且是深潭的样子。澳水澄澈，时有游鱼嬉戏，以饮用为主。水流出村后，作村下青桥畈农田灌溉用。在第四涵洞处，有个分水澳，流向西面，经下街十字路口再向西，过怀素堂门前地下水澳，流向申屠宗祠以北田畈。

主暗渠的上方则是老街，民房林立。每当夜深人静时，屋中人皆枕流安眠。那水流寂静无声，它们从源头来，日夜不停，任人们随时索取，而至下游沟渠，依然要浇灌各种庄稼。

人渠两安，水就这么流了千余年。

清朝的读书人申屠蕙林，日日面对家乡深澳，深感它的便利与惠民，在某个春日，不禁诗兴大发，感慨连连：

> 深澳澳深清且涟，澡身浴德四时妍。
> 春波荡漾归沧涧，暖涨分流灌绿田。
> 一勺常沾锦世泽，千年不涸话廉泉。
> 追思疏凿人何在，戴咏新诗意宛然。

既然要保持澳水的清洁，那房前屋后的雨水该如何排出？村民日常的洗涤怎么办？深澳古水系的第三个部分就是明沟。构筑的明沟宽80至100厘米，深50至80厘米不等，自南而北，流经村民的房前屋后，穿越整个村落。水自屏源溪而来，在进水口设置闸门，以控制水量。明沟平时供日常洗涤，雨雪天带走地面流水，老房子天井内的出水口，都与明沟相通。

一个大村，数百幢房子，几千人口，仅靠一条暗渠肯定不够用，深澳人的补水方法是建水塘与挖井。

深澳的古水塘，建造得非常精致结实，塘中水质清冽，不旱不涝。塘深数米，塘四周皆是卵石砌壁，青石板铺台阶，台阶自上向下延伸至水面，塘水与渠水相通，也建有进水暗渠与出水渠。村北的8亩塘，塘底建有一条长15米、高1.5米的卵石拱顶暗渠，塘水至今仍可饮用。村东的新塘、村南的灰岗塘、村西的吃水塘，都是原来的饮用水塘。而村西口的大塘用于平时蓄水，兼作灌溉、消防，如今还是秀美的景观池塘。夏日里，荷花盛开，一片生机勃勃。

除此外，深澳还有不少古水塘，比如麻栗塘、新澳塘、蟹鱼塘、牌楼塘、泉水塘、狮子塘、菊花塘、苍蝇塘、上溪头洗草塘等，它们都是深澳水系的"储存银行"，若急用，随时可以提取。

再说到井，井是深澳古水系的有效补充。比如六房井（州牧古井），挖掘于清康熙四十三年（1704），井深20余米。老人们回忆起井边的生活，脸上露出满满的幸福：酷热季节，往井口吊上一桶清泉，或饮或洗，消暑解渴。如果再在桶里放一只西瓜浸着，别提有多爽。

溪、澳、沟、塘、井，深澳真是一个澎湃的、鲜活生动的水世界。

宫、商、角、徵、羽，清波奏出它四季迷人、和谐悦耳的乐曲。

又一个暑日，周华新兄再陪我到深澳，在第二个澳口，即卖柴道地澳口，我深入澳边。中央电视台《远方的家》栏目曾在此取景。潭水清绿，阳光似乎直射到底，真有细鱼来回甩尾。抬头看卵石壁，鹅黄而鲜亮，大概是因为它们一直被水汽氤氲湿润着。而从石壁上伸展着的藤蔓，则显得悠闲自在，它们无惧这酷热的季节。朝暗渠里探望，黑洞洞的，深不可测，只能看见缓缓流出的明亮清波。

～2～

富春江南岸有个村庄，叫悔岗，名字特别，同时富有传奇色彩。

传说富春江沙洲上的种瓜能手孙钟是兵圣孙武的后裔。母亲去世，孙钟得知两处吉地可葬：一处是山岗，能封诸侯万代；一处是山峰，能出一朝天子。孙钟想来想去，还是葬山岗吧，一个种瓜的农民，能封诸侯已是万分荣贵。当送葬队伍到达山岗时，孙钟又反悔了，万代诸侯终究不如一朝天子，于是将母亲下葬的地方改为那座叫白鹤峰的山峰。那后悔之处被称作"悔岗"，白鹤峰则被称作"天子岗"，这两处都在浙江省桐庐县的凤川街道。

1000多年后，元至正二年（1342）的秋天，青田人刘基结束了数年的宦游生活，躲到富春江南边的悔岗隐居，他要在此积蓄力量，振翅奋飞。某日，刘基登上山岗俯视，观悔岗三面环山，远处龙门山逶迤而来，如凤凰振翅，富春大江滚滚奔流，山脚村庄人烟阜盛，建于五代时期的华林寺传出梵音阵阵。刘基想，悔岗，悔或是不悔，早已成历史云烟。他又想到昨日村中李家祠堂东边厅落成，主事者已来求他为祠堂题写匾额。忽然，他心中闪来《诗经》里"凤凰于飞，翙翙其羽"的句子，"悔"与"翙"近音，但意义截然不同，不如就题"凤翙高岗"吧。凤凰起飞，扇动翅膀，翙翙，翙翙，那声音是多么美妙而神奇。想到这个场景，刘基脸上浮出一抹轻松的笑意。

悔岗就这样成了翙岗。这翙岗，凤凰栖息，可是一个吉地呀。村东的万国山上，留有古老的摩崖石刻；翙岗古村老街还有着完整的地下水系；约100幢明清以来的古建筑保存完好；一个大村5000多本地人，诸业兴旺，外来务工人员竟多达1.8万人。

甲辰酷暑的一个下午，我去翙岗古街，为的是感受"喜街"的氛围。

村中心有一古牌楼，刘基题的"凤翙高岗"四个字，在骄阳下特别醒目。牌楼下人头攒动，两旁摊铺林立，木莲冻、炸臭豆腐、酒酿馒头，哪一个都诱人。我是有备而来，短裤、沙滩鞋，一副准备下水的样子。过牌楼，一脚就踏进水浸的街道。老街路面皆为青石板路，而冰凉的泉水，漫过脚背，沁人心脾。哗哗而来的水，深约二三十厘米，衬着暗色的青石板，一波一波地涌过来，青暗的水色与烈日的强光，构成了鲜明的冷热对比。人们在酷热下遇到如此凉爽之水而发出的各种尖叫，大约就是翙岗夏日的狂欢了。水街上都是人，老老少少，花花绿绿。最兴奋的自然是孩子们了，他们在水中横冲直撞，各式水枪，互相射击，路过的人纷纷"中弹"。没人责备孩子们的"野蛮"，大家只是笑，尽情地享受这难得的清凉。

这就是翙岗的"喜街"，其实它是"洗街"的谐音，寓意祛灾纳福，平安喜乐。"洗街"是一项具有300多年历史的民俗活动，炎热的夏季，每天午后至傍晚，清凉之水在大街涌流，洗去整日的酷暑。

水从哪里来？又如何"洗街"呢？

翙岗的地势是南高北低，南部三面环山。这一带的地貌，被著名地理学家李四光称为"桐庐洪积扇"。通俗地说，就是地表为丘陵地或卵石滩，而地下约三四米处，则有坚硬的黄泥层。这土的硬度，有时甚至赛过石板，因而能储存大量的地下水。深澳、翙岗古村的古澳水系，就是在该地理条件下形成的具有地域特色的灌溉工程。

据史料记载，古澳水系可追溯至宋代，由部分关中地区家族移民南迁引入，通过开凿地下暗渠，以自流方式将水从山上引入村庄，形成溪、澳、沟、塘、井等独立而又关联的系统。翙岗村的先人们，在上游大源溪与小源溪的交汇处，修建了一条约800米长的水澳，然后再在村首的水澳间，用一块石板将水三七分开，三分引入村内，用于生活用水，七分引至村外，用于灌溉农田。石板可以移动调节，所以，无论雨下得有多大，翙岗村从来没有发过内涝。

老一辈人说，这古澳的水，经过一夜的自流自净，至清晨，完全可以饮用。以前的深澳与翙岗村民皆有约定俗成，上午九点前为担水时间，九点后可以洗涤及他用。据不完全统计，桐庐县江南古澳浇灌的农田覆盖面积达3万亩。这种兼具生活、生产、生态三方功能的古老智慧综合系统，至今让人惊叹。

翙岗村的古澳水系，自宋代以来一直存在，且规模较大，共有13个大小澳口。刘基隐居翙岗，设馆授学，还曾带领村民翻改水澳，使古澳水系更加科学实用。

盛夏的夜晚，古澳口的长条石板上，坐满了劳作了一天的人们，他们尽情享受清凉——这水穿地而来，温度始终在4摄氏度左右。有聪明人想出了一个办法，在澳口将闸板推到底，堵住水流，几分钟后，水就能漫上街面。那鹅卵石地面一经泉水冲涮，立刻就凉了下来。不仅是街，几个小时后，整个村庄的暑气都会消散得毫无战斗力，而街道也变得干净整洁。一洗成凉秋，六月不知暑。几百年来，"洗街"就成了翙岗人的避暑良方，泉水能让躁动的心安静下来。如今，这里成了著名的古村落。

俯身古澳口，双手掬一捧水，再用力挥洒向天空，我笑了，冰凉的双脚，分明感受到了几百年前刘基"凤翙高岗"的惠风带来的凉意。

看着奔涌而来的泉水，看着欢快嬉戏的人们，我内心颇多感慨。面对如此地下清泉，我们实在应该感恩，感恩设计及开凿沟渠的先辈。这古澳，不仅能洗街，洗去暑热、洗去尘垢，还能洗涤我们的身心，使我们的心境也变得纯洁清白。

五、马岭关上

—— 1 ——

明崇祯九年（1636）十月，徐霞客自杭州出发，取道余杭、临安，经高坎、下圩桥、全张、乾坞岭，在新城县的南新地区，踏上了龙马古道。

徐霞客是从三九山北麓进入后叶坞（今名后源坞）的，过白粉墙等，最后过罗村桥（今名罗宅桥），再至洞山。这一路的风景，在他笔下如此展示：

　　……环坞一区，东西皆石峰嶙峋，黑如点漆，丹枫黄杏，
翠竹青松，间错如绣，水之透壁而下者，洗石如雪，今虽久旱
无溜即流水，而黑崖白峡，处处如悬匹练，心甚异之。

　　徐霞客与朋友一起游玩后在洞山脚吴氏宗祠吃了晚饭，当
晚宿吴氏宗祠。次日，他自太平桥出发，从马岭脚村登上了马
岭关：

　　初五日，鸡再鸣，令僮起炊。炊熟而归宿之担夫至，长随
夫王二已逃矣。饭后又转觅一夫，久之后行。南二里，上马岭，
约里许达其巅。岭以北属新城，水亦出新城。岭南则属於潜，
县在其西北五十里，水由应渚埠出分水县。

　　徐霞客出发前，遇到了麻烦。
　　他的仆役王二不愿干了，究其原因，估计是整天在山野里
钻来钻去，累又没什么钱，没意思。其实，前一天傍晚，徐霞
客本来可以过马岭关的，"时日色甚高，因担夫家近，欲归宿，
托言马岭无宿店，遂止祠中"，看样子，他前晚宿吴氏宗祠是无
奈选择，他被骗了。而今晨，回家住的挑夫来了，王二却逃掉
不干了。
　　从闻鸡鸣起床，洗漱、吃早餐，到重新找人，这一折腾就
浪费了不少时间。上午九十点钟的样子，徐霞客一行到达了马

岭关上。

中国叫马岭的地方不少，此处为什么叫马岭？

原来是马岭上有一酷似战马的石块，相传乃唐朝开国大将尉迟敬德路经此处时留下的战马所化。这显然是一种附会之说，名山大川中那些奇形怪状的巨石，常有各种各样的神奇故事，有些尽管听起来荒唐，但有传说总比没传说要好。

马岭关横贯南北，马岭东至杨门山，西达米尖山，山势险峻，此关隘为进出新城与於潜两县之重要门户，故地势虽险要，来往行人却依然络绎不绝。

徐霞客站在关隘口，四下瞭望，但见群山逶迤，他试着寻找传说中的那块巨石，结果只是群峰对他默默点头而已，他有点失望。

徐霞客自然不知身后事。在他经过马岭关200多年后，马岭关上又硝烟四起，山谷间激烈的枪炮声此起彼伏，那些走兽与飞鸟，惊惧不已。

清咸丰六年（1856），太平军攻陷了安徽的宁国府。随后，他们以宁国府为据点进攻浙江，於潜与新城成了战场的前沿阵地，而可扼险以守的马岭关，则一下子成了重要的兵家必争之地。据民国《新登县志》记载，清咸丰九年（1859），南安乡太平桥人高保大，费资数千金，建造马岭关城墙。城墙高三丈，厚丈余，长六十余丈，全部用大青石条垒砌，城门拱顶铁木结构，城头设防护架、指挥台，城内建将军庙与驻军营房。

很显然，筑马岭关城墙，就是为了防御太平军。

清咸丰十年（1860）冬，太平军沛王谭星进军马岭关。其时，马岭关城墙尚未竣工，高保大与东坞村高天一等人一起，率守御民团抵抗。但民团与一路作战的太平军相较，简直是鸡蛋碰石头，民团一触即溃，高保大也死于此役。次年九月，高天一又率众人在马岭关抵抗太平军，后不敌，败退至东坞村，血战昼夜后被擒。太平军也因伤亡巨大，迁怒于高天一，"破其腹，抽肠悬之树上"，但高天一"比死，犹骂不绝声"。

抗日战争时期，马岭关的传奇同样在上演。从分水出发的日军，到了朱村坞便折向乐平，不敢过马岭关。从新登上来的日军，到了三溪口便转道贤德。有企图越过马岭关去淳安的一队日军，到了夏禹桥后也无奈回兵。

2

徐霞客将眼前的马岭关东西南北全景式扫描了一遍后，似乎有点依依不舍，但他还是朝岭南这边走了下来，一边走，一边看：

下马岭，南二里为内楮村坞，又一里为外楮村坞，从此而南，家家以楮为业。随山坞西南七里，过兑口桥，岐分南北，北达於潜可四十里，南抵应渚埠十八里。兑口之水北自於潜，马岭之水东来，合而南去，路亦随之。

徐霞客虽匆匆而过，但依然有重点。这一段的行程，有两点可细说下，一是楮业，二是兑口桥。

楮业，就是楮纸业，马岭关脚下，家家户户都做楮纸。

我以前只知道开化县有古老的楮纸业，没想到，桐庐这里早就盛行。其实，浙江西部的深山里，到处都生长着楮树。楮树，人们也叫它构树，叶似桑，多涩毛，树皮、叶子与种子均可入药，皮有韧性，可造纸，故纸亦称楮。不仅楮树可用来造纸，桑树也可以用来造纸。

王樟松兄发我的徐霞客与桐庐的资料中，记载着这样的内容：在刘仁庆《中国古代造纸名家列传》的记录中，分水有个叫徐青（1522—1566）的工匠，以本地盛产的桑皮为原料，模仿"常山纸"工艺，造出了一种薄而细匀、软滑强韧的桑皮纸，一时远近闻名，引得邻近各县竞相仿造，并将此纸命名为"徐青纸"。其后，徐青纸在印刻雕版、爆竹引线、灯笼伞面以及皮袍衬里等方面应用颇多。徐青纸的发明，带动了分水一带制伞业的兴起与兴隆，1840年前，仅偏远的合村乡瑶溪村，就有雨伞店13家。

兑口桥，原名"袋口桥"，意即於潜和马岭关之水在此交汇，地形如同袋口。

袋口桥始建于何时已无从考证。村人说，袋口桥碑记在修筑河堤时被填埋，现在只剩下桥拱顶部的石刻了。王樟松说，他曾经从老乡那里借来雨靴，钻到桥下，连认带猜才基本弄清石刻内容：清乾隆四年（1739），当地乡绅汤晋臣与新邑洞山脚吴姓家族共同出资重建此桥。咸丰年间，保安惨遭太平军杀戮和洗劫，袋口桥也满目疮痍。战后，当地汤世隆、汤世昌兄弟又修缮了袋口桥。或许，徐霞客将"袋"听成了"兑"，又或许是因为，周易八卦中，"兑"代表沼泽，他觉得"兑"更能体现此桥的地理特征。

徐霞客行色匆匆，继续往前赶路：

八里，过板桥。桥下水自西坞来，与前水合，溯水西走，路可达於潜及昌化。又南五里为保安坪。又一里为玉涧桥，桥甚新整，居市亦盛，又名排石。山始大开。

这里重点说玉涧桥。

玉涧桥，是一座双孔石拱古桥，桥长18米，宽6米，孔径7米，高3.5米。

玉涧桥建于明初的洪武年间。20世纪90年代，保安丰收村的一张姓农户，在修建房屋时，挖出了一块石碑。碑上记载有顾氏一门孀妇造桥的史绩，说是顾氏从外县迁入，怪的是，其家中男丁大多早夭，四代仅存两个男儿，且尚未成年，满门竟有20多个寡妇。有人建议，造一座石桥，祛灾祈福。顾氏就请一位和尚四处化缘，加上自家的积蓄，建造了这座双孔石桥，初名"玉界桥"，后来渐渐被叫成"玉建桥""玉涧桥"。

而此桥，果真改变了顾氏家族的命运。自此后，顾家人丁兴旺，百业发达。到了明成化十二年（1476），天下大饥，顾氏当家顾廷璧响应朝廷号召，慷慨捐粟三百石以济灾民。此事在《於潜县顾廷璧尚义碑记》中有详细记载。

玉涧桥两侧，原有四棵古樟，因村里建造水碓而砍去一棵，1969年的大洪水冲倒一棵。后剩两株盘根错节的古樟，在桥上枝叶繁茂，古趣盎然。

1998年，分水江上游开始建设综合性的水利枢纽工程，玉涧桥标高位于水库淹没线以下。2003年8月，六百多岁的玉涧古桥被整体迁移至西湖杨公堤旁茅家埠继续"生活"。

玉涧桥下水，流入分水江，再汇入富春江，最终汇合成钱塘江，而西湖，每日从钱塘江中抽取40万立方米水作补充。世界上所有的水，其实都是流通互融的，即便不相交，它们仍然会以云雨的方式汇合。

从另一层面说，正是因为徐霞客，玉涧桥才得以至今依然被人常常记起。

～～3～～

我从陆春祥书院出发，一路向桐庐西部穿越，特别是从分水往保安方向行车时，分水江波平如镜，山峰倒影在水中，车沿山边蜿蜒流畅如行船。一个小时十分钟后，到达马岭关脚的太平桥村章家自然村。

修缮后的古道，一级一级，都是石阶，不难走。道两旁皆是竹子，时有低矮杂树，远处山峦逶迤。约二十分钟后，那个著名的拱门就出现了眼前。我知道，徐霞客彼时经过的马岭关卡，远没有如此结实，眼前的关卡，是150多年前高保大他们精心修筑的。

进入马岭关门洞，一阵阴凉。坚固的城墙，一看就知道是军事堡垒。我扶着门洞两旁的青石，一块一块地抚摸。拱顶青石依然团结紧密，它们似乎想搭就一个供人们避难的安全网。然而，我还是嗅出了战火的硝烟，继而隐约听见了此起彼伏的巨大而残酷的厮杀呐喊声。

索性坐在台阶上，看北面的风景。

北面的马鞍形地界，就是富阳地面。"马岭关卡"，一块暗墨色大理石碑，还有一座四角小方亭，似乎一切都很低调。整个马岭关，地形开阔，仿佛可容千军万马的呐喊厮杀。

肃立马岭关上，鸟鸣山幽，徐霞客等早已远去，往事确如云烟般飘散，它带走了岁月的喧嚣，唯青山白云依旧，给我们留下静谧与沉思。

六、灵峰精舍

1

清宣统元年（1909），夏震武接任浙江官立两级师范学堂监督一职。

夏震武到校的第一件事，就是要召集全体教职员工一起祭拜孔子，这也是以往的常规仪式。没想到教务主任许寿裳却软性抵制："学监，开学时我们已经祭拜过了，不用拜了。"夏学监碰了个"软钉子"，不好发作，却一肚子的不高兴。在各教研室、办公室走了一圈后，发现那些青年教师，如周树人、张宗祥等，十有八九都剪了辫子，穿着西装，夏学监的怒火随即爆发："开会开会，我要训话！"

对着全体师生，夏学监作了冗长而严厉的训话，主旨是要求大家遵守礼教，卫道传统理学。没想到，这一场看似普通的训话，却引发了愈演愈烈的学潮。青年教师们反对复古，群情激愤，竟然有25位提出辞职，并给夏学监取了个绰号——"夏木瓜"，讽刺其冥顽不化的木瓜脑袋。风波的最终平息，自然是以夏震武的辞职为代价。

夏震武，字伯定，号涤庵，富阳里山人，因他家住在灵峰山下，后遂以灵峰为号。"灵峰精舍"乃他在家乡办的学堂。

夏震武出身于读书人家，夏爸爸是个贡生，夏妈妈汪氏也读过私塾，颇有文化底子。夏震武从小就受教于母亲。

夏震武五岁时，母亲口授其《大学》《中庸》。少年时代，他特别喜欢史鉴、古文，最崇拜诸葛亮和李纲。据说他先后拜同乡名儒何镕、朱彭年、夏寿嵩等为师，学业进步极快，十七岁，以县试第三名考中秀才。清同治十二年（1873），中浙江乡试第三十八名，次年会试上榜，但因病未参加殿试。清光绪二年（1876），殿试三甲第五名，赐同进士出身。又四年，授工部营缮司主事。

自幼母亲教他的那些经典，一定深深刻在他脑子里，他又多师博学，故而学问扎实，二十岁中举，二十三岁中进士，这般年纪，非常了不起。难怪万青藜、李鸿藻等人都极赏识夏震武的文章，认为他是一个不可多得的人才。

因夏震武的学问好，想聘请他做教授、幕僚的人络绎不绝：许多文人志士都欲请他出山，他一概找理由推辞。他认为，重构人道大义、维护道统，是当务之急。当他内心知道自己在官场上不可能有作为后，便告病回了浙江。到底是有学问的人，夏震武随即被选为浙江教育总会会长，旋即又兼任浙江官立两级师范学堂的监督，于是就有了本文开头的一幕。

此次事件后的数年内，又有不少人来请他：民国二年（1913），浙江都督朱瑞请他出任顾问；民国三年（1914），大总统袁世凯请他出山；民国六年（1916），浙江都督吕公望再请他出山。他仍然全部拒绝，且颇为坚决。

夏震武处世，有自己独特的原则。他认为，大丈夫"出则救天下以政，居则救天下以学，二者必冀有一可"。因此，当他在官场不如意时，立即辞职回乡。

那么，夏震武最想做的事是什么呢？一是教书，二是写书。

也就是说，只有家乡汩汩而前的富春江水，才能抚平他那颗受伤的心灵。他一到里山老家，就有不少学子追着他的脚步而来，他索性聚徒讲学。夏震武尊经重孔，遵从"有教无类"的教学原则。他说："但有来投学者，可不囿于年龄、性别乃至国籍，不收学费，但须着古装、守礼制，笃信孔孟程朱之道，此外，还须勤于劳动、自给自足。"

于是，灵峰精舍出现了一种比较奇特的现象：

千余学生，老老少少，黑头发的、白头发的，年轻的十几岁、年老的七八十岁。有大学生、留学生，也有私塾小学生；有部长、师长、大学教授、学界名流，也有教员、塾师、普通职工。此外，日本、朝鲜、越南等国，也有不少学生前来求学。

灵峰精舍的学规简洁简短，但每一个词都掷地有声：明伦、立志、居敬、穷理、力行、有恒。

灵峰精舍的教学科目，承经典而来，主旨明确：以孔孟程朱理学为主，下分理学、经学、历象、舆地、政治、兵法、礼制、乐律、文艺等。

灵峰山下隐岩岗，有一群不怎么精致的建筑。三间正厅祀孔子，两旁配享为颜渊、曾参、子思、孟子、周敦颐、程颢、程颐、张载、朱熹。正厅左右分别作书斋、课堂、图书室、乐器室。每年春秋两季，夏震武率学生定期举行祭孔大典。

民国十九年（1930）农历五月初一，七十八岁的夏震武因病在家逝世，葬于富阳渔山平安顶。

夏震武逝世后，仍有少量学生来灵峰精舍读书，他们互教互学，直至抗战爆发，灵峰精舍才日趋冷落。1949年后，灵峰精舍破败荒芜，基本成断墙残垣。

夏震武的著作有《人道大义录》《灵峰先生集》《〈资治通鉴后编〉校勘记》《悔言》《悔言辨正》《大学衍义讲授》《衰说考误》《寤言质疑》《孟子讲义》《论语讲义》等，这些作品凝结着他一辈子的学问思考。

2

夏震武逝世后，同是富阳人的郁达夫，在他的散文名篇《钓台的春昼》中，这样评论夏老前辈：

……在离屋檐不远的一角高处，却看到了我们的一位新近去世的同乡夏灵峰先生的四句似邵尧夫而又略带感慨的诗句。夏灵峰先生虽则只知崇古，不善处今，但是五十年来，像他那样的顽固自尊的亡清遗老，也的确是没有第二个人。比较起现在的那些官迷财迷的南满尚书和东洋宦婢来，他的经术言行，姑且不必去论它，就是以骨头来称称，我想也要比什么罗三郎郑太郎辈，重到好几百倍。

郁达夫眼里，夏灵峰先生性格固执是肯定的，但他的骨头却也是硬的。

民国十四年（1925）八月二十二日，已经七十多岁的夏震武，带着儿女一起游严子陵钓台，有感而发，写下《游钓台偶题二绝》。郁达夫看到的四句，不知是哪一首。

我想，无论哪一首，都是历经世事沧桑的智者对眼前山水与人事的清醒思考。郁达夫写作那篇散文是在20世纪30年代，当时民族矛盾尖锐，日本正扩大对华的侵略，"罗三郎郑太郎辈"，是指罗振玉、郑孝胥等人，他们都在为伪满洲国政府服务，失了气节。尽管夏震武脾气古怪，骂康有为，怼梁启超，却坚拒高官厚禄，一心传授孔孟程朱理学，有一种难能可贵的坚守。

2024年6月18日上午，柴惠琴陪同我看完渔山墅溪的刘氏宗庙，前往里山，寻找灵峰精舍。车子沿着富春江边开，约半个小时，转入里山村。过灵峰村，就到民强村，在隐岩岗山脚，有一条公路往山上去，路面坡度至少四十五度，有些路段甚至超过六十度，还好，都是水泥新浇筑的，路况不错。在山上绕行十几分钟后，终于到达灵峰精舍。

这里是隐岩岗1号。

我以前看灵峰精舍遗址的老照片，大片的竹子，栗树丛丛，只见几个卵石墙角，有几堆乱石，大多被藤蔓掩盖着，无论从哪个角度看，都有些荒凉。而现在，眼前这个院落里，有三幢白墙黑瓦的徽式建筑，面积至少1000多平方米。站在精舍前方的玻璃地面上，视野广阔，满眼是绿。前方几座连绵的大山往两边延展，山与山之间的凹折里，散落着不少民居，屋舍的白墙与屋后的翠绿紧紧相偎。如此好风光，夏灵峰的眼光显然非常独到。此地静谧，思绪可以与天地相接，真是个读书的好场所。

百余年前，这里曾经学子喧哗，朗朗的读书声透过翠竹与杂树，回响在山间。灵峰精舍的影响有多大？不仅有众多学子学成后广播理学种子，甚至在山东、河南、湖南等地还有学生设立分舍。在本乡，有个叫朱天存的学生，秉承灵峰精舍办学宗旨，在何村续办了"马溪精舍"，两年后又移址鸡笼坞口的朱家祠堂，改名为"小林学舍"，约两年后停办。

我佩服夏震武的是，他束发古装，足不入城市，虽有些另类，但在固执中却显现出独到的文化远见。彼时，新文化运动的部分斗士们已经将中国传统理学文化差不多完全视作糟粕，要砸烂，而夏震武及他的灵峰精舍却固守着一方精神家园，并默默耕耘。从某种程度上说，灵峰精舍在当时有这么大的影响力，就是因为它对中国传统理学文化的传承，因为它是理学文化最后的坚守者。

《中国近代思想家文库》中，夏震武入选"近代100位思想家"之列。《中国近代思想家文库：夏震武卷》封底折页上如是介绍：

今日的历史叙事中，似已难寻清末著名理学家夏震武的身影。他的例子揭示了近代尊西崇新的大背景下，一位矢志坚守理学传统，以承继道统自命的读书人所遭受的困厄。这位在时人看来最"顽旧"的卫道士，不仅需辨析陆王心学、乾嘉汉学，以与之争胜，更要直面西学的冲击压抑，并作出有力的回应与调适，以求在新的时代竞存。

我以为，这百来字的介绍，实在是对夏震武学术价值的最好评价。

灵峰精舍，是夏灵峰广博精神世界的一种集中呈现。

蓝天与绿树，将灵峰精舍的白房子映衬得更加鲜亮。看着那些代价不小的新建筑，我还是有些担心，灵峰精舍的精神，如何才能被真正呈现与弘扬？这实在是一个大课题，一个远比造几幢房子要难得多的大难题。

第五卷：碑坊志

表彰、纪念、德政、标识，文化、道德、精神、象征，它们虽不能一一对应，却是能相互照应的。无论木或石，它们均立于天地间，是记录，是荣耀，是昭示，是警诫，亦是大地时光岁月的见证。不过，虽追求永恒，但世间万事仍乃过眼云烟。

一、建德侯坊

——— 1 ———

三国时期，吴蜀两军联合而来，曹丕知道这个消息后，亲率三十万大军，直奔东吴。此时，孙权拜徐盛为安东将军，总领建业、南徐军马。徐盛领命后，立即传令众官军多设器械，多设旌旗，以为守护江岸之计。

布置完这些，忽一人挺身而出对徐盛说："今日大王以重任委托将军，欲破魏兵以擒曹丕，将军何不早发军马渡江，于淮南之地迎敌？直待曹丕兵至，恐怕为时已晚。"徐盛一看，此人乃吴王的侄子孙韶。徐盛知道，眼前这位扬威将军，年轻气盛，极有胆勇，曾经在广陵做过太守。

对孙韶的建议，徐盛答道："曹丕来势汹汹，部队中更有不少名将，我们不能渡江迎敌。等他们的船只到北岸聚集，我自有办法破它。"孙韶不服："我手下有三千军马，我对广陵这一带的地形极熟，我愿意去江北，与曹丕决一死战，如不胜，自当受军令处置！"徐盛当然不肯，而孙韶不依不饶，徐盛发怒了，这么不听命令，拉出去斩了！如此种种，早有人报于孙权，此时，孙权赶到，刀口下救下孙韶，徐盛一肚子牢骚："大王您这样，我还怎么指挥打仗？"孙权抱歉解释："不听命令，确实应该按军法处置。唉，不过这个孙韶，本来姓俞，我长兄极赏识他，赐姓孙，他也立下不少功绩，如果杀了他，实在对不起我哥哥呀！"话音刚落，孙韶欲再陈情，还要继续强调自己的理由，被孙权喝退。

不想，这天夜里，有人来报徐盛：孙韶带着他的三千精兵，偷偷过江去了。徐盛心里暗想："好小子，真是个愣头青。"他怕对孙权不好交代，就将丁奉将军叫来，让他也偷偷带着三千精兵，渡江过去，以便接应。

且说曹丕三十万大军到了广陵，前方曹真带领的部队已经在长江北岸布好了阵。曹丕问："对方有多少兵？"曹真答："隔岸看去，不见一人，也没见旌旗营寨。"曹丕想，这不过是敌方的诡计罢了，他们肯定有埋伏。魏兵四处巡察，确实不见什么人，不过，为谨慎起见，曹丕决定还是静观几天，侦察一下情况再说。

这天晚上，曹丕大军宿于江上。当夜月黑，士兵皆执灯火，明耀天地，恰如白昼，而对岸却不见半点火光。曹丕问："这是什么情况？"部下答："估计是被陛下的天威吓跑了。"曹丕听了暗笑。

天亮，大雾弥漫，对岸什么也看不见。须臾风起，雾散云收，望江南一带，却见城楼上刀枪耀日，遍城尽插旌旗号带。曹丕正在疑惑，士兵就来报告了：南徐沿江一带，直到石头城，一连数百里，城郭舟车，连绵不绝，似乎是一夜成就的。曹丕一下子紧张起来，这是什么情况？原来是徐盛将芦苇捆起来装作人形，再穿上青衣，执旌旗，立在假城楼之上。魏兵一看，以为对方城楼上都是有准备的战士，一下子就害怕起来。

曹丕正心慌，忽然江面上狂风大作，白浪滔天，船摇晃得像马上要翻掉的样子。曹丕吓坏了，曹真赶紧调来小船，将曹丕转移到小河港。正在此时，哨兵来报：赵云引兵出阳平关，径取长安！曹丕大惊失色，便教回军。众军于是各自奔逃。忽然背后吴兵追来，曹丕下令立即丢掉所有辎重，轻装撤退。待大船将要进入淮河之时，忽然鼓角齐鸣，喊声大震，斜刺里一彪人马杀到，为首大将正是孙韶。魏兵不能抵挡，折其大半，淹死者无数。

慌乱中，曹丕被诸将奋力救出，欲渡淮河而逃。不想，行不到三十里，淮河一带的芦苇，已经预先被灌了鱼油，尽皆着火。风势甚急，火势顺风而下，火焰漫空，曹丕的龙舟也着了火。曹丕这回真是想死的心都有了，急忙靠岸下船慌忙上马。结果，岸上也有一彪人马杀来，为首者是丁奉。曹丕幸被徐晃救出，一路狂奔，孙韶、丁奉夺得不计其数的车马船等战利品，大败魏兵而回。

这是《三国演义》第八十六回中的场景，可见孙韶此人，胆略过人，英勇过人。显然，他认定的事，百折不回头，即便冒着生命危险也要干。事实证明，孙韶的策略是对的。而幸亏，孙权也没有看错徐盛，从后面的整体布局看，徐盛的谋略也是胜利的重要因素。

孙韶于建德的意义，颇似桐君之于桐庐的重要性。

孙韶，三国吴郡富春人。17岁那年，其伯父孙河留守京城丹阳，被部将所杀，丹阳一片混乱。孙韶召集孙河旧部，斩杀叛将，并修缮丹阳城，起楼橹、修兵器，以备御敌。待孙权赶回时，他已经将京城之乱平息，各项事宜也处理得井井有条。孙权见此大喜，授孙韶为承烈校尉，仍旧统领孙河的旧部，不久，又封孙韶为广陵太守、偏将军。三国魏黄初元年（220），孙韶升任为扬威将军、被封建德侯。三国吴黄武四年（225），孙权析富春，设桐庐县、建德县，并将建德县作为孙韶的食邑县，建德县名由此而来。

《三国志·孙韶传》如此记载："孙韶，字公礼。伯父河，字伯海，本姓俞氏，亦吴人也。孙策爱之，赐姓为孙，列之属籍。"

而《吴书》这样解释："河，坚族子也，出后姑俞氏，后复姓为孙。"

也就是说，孙韶改姓，应该是因为他的伯父孙河。《三国志》及《三国演义》都记载孙河本姓俞，是被孙策赐姓为孙的。而《吴书》却记载，孙河是孙坚的族子，本来就姓孙，只是被过继给了俞氏，后来又改回孙姓。黄公望，原名陆坚，因过继给黄姓老人才姓的黄。因过继而改姓，这种事情在古代并不少见。

为什么会有建德这个名称？

陪同我看建德侯坊的陈利群兄这样向我解释："孙权的舅舅吴景，曾驻军在梅城，一家人都随军驻扎。孙坚长年征战在外，而孙策、孙权兄弟则长年随母亲住在外婆家。吴国太经常教育孩子要建功立德，成为天下英雄。"梅城，对孙权而言，就是他接受德育的地方。他将南京称为"建业"，封建德侯，再设建德县，建业立德，是大丈夫的毕生追求。

1993年重建的建德侯坊，坐落在梅城正大街严州古城的西南角。整座牌坊高约10米，宽约8米，为四柱三间五楼歇山式花岗石建筑，基座前后各有两只威风凛凛的石狮子镇守着。正面明间匾额上，"建德侯"三个大字为著名书法家尹瘦石所题。明间额枋下的大字板上的铭文为："三国黄武四年析富春地置建德县。"

明间背面的"建德立德"四个匾额大字为邵华泽先生所题。邵先生是淳安人，曾在严州中学读过书，又是在严州中学参的军，他曾任人民日报社、解放军报社的社长。邵华泽的书法，功底深厚，真、草、隶、篆皆擅，尤以楷书见长，既博采众长、大气磅礴，又古朴遒劲、浑厚朴实。

　　牌坊明间正面下枋的字板上，有这样的铭文："孙韶，字公礼，梅城人，善用兵，有将才，魏黄初元年，孙权为吴王时升迁扬威将军，封建德侯。"

　　将孙韶当作梅城人，从理论上讲是科学的，他应该是建德县名的缔造者之一，建德的第一任最高长官，虽是孙权所封，但毕竟他才是本主。

　　夕阳西下，离开建德侯坊时，我拐进边上的九姓鱼货店买

建德侯坊
2026a. 依驰玉

了两包富春江鱼干，再到严州烧饼店买了两袋烧饼。我在金华读过四年书，对金华烧饼感情很深，梅城的烧饼也地道，两个热乎乎的烧饼，没几下就落肚了。

转身回望建德侯坊，忽然觉得，当一片山水或者土地被注入美德的希冀时，它的人民，便有了义不容辞的责任。好好做人，好好做事，好好养德，否则，对不起这片山水，对不起先辈啊。

二、大历八年秋

1

清咸丰二年（1852）九月的一天上午，秋阳高照，富春江波平如镜。桐君山东麓离水面8至10米处，有一片悬崖陡壁。东麓山脚的水面其实是深潭，深不可测，这里平时除了渔船，很少有人来。此时，有个中年人，独自撑着一条小船，到了深潭边，他一直朝崖壁上察看，石上有隐隐约约的摩崖石刻。中年人叫袁世经，是个贡生，平时喜欢画画、写字，还爱喝些小酒。他的身板看起来有些瘦弱，但目光清澈，他想弄清楚，这些摩崖石刻上刻的到底是什么字。

落潮了，江水有些浅下去，袁世经将小船停下，一脚跳上了山岸。山上基本没有路，他抓紧草藤，如猿猴一样向上攀登。好不容易到了石刻前，他将崖壁上的青苔用力拂去，字迹露了出来。呀，有不少字，内容都是他不知道的。袁世经读书也算多，他觉得，这可能是新发现，至少，数千年来没有人上来看过。袁世经看看周围的险峻地形，心中有些疑惑，这些字当初是怎么刻上去的？要搭脚手架，木头也没法插呀。上下左右，袁世经看了好久，基本将字都认全了，才依依不舍地离开。

对桐君山崖壁上那些字，袁世经念念不忘，终于在某一天，他准备了拓纸及墨，艰难地拓得了几张拓片。袁世经号"石屋山人"，他在《石屋山人集》中，详细记载了拓印这件事。

袁世经看到的摩崖石刻，分两部分，上部为唐篆题名正文（字心横50厘米、纵80厘米）：

殿中侍御史崔缜、桐庐县令独孤勉、尉李棁、前尉崔泌、崔浚、崔淑、崔沅，大历八年九月廿二日记，崔浚篆。

下部为唐宋人题跋（三幅整体横97厘米、纵60厘米）：

皇祐庚寅夏，苏才翁来观。（左侧）
周宽之治平初，秋九月游。（右侧）
桐庐县令独孤勉，前左金吾兵曹薛造、处士崔浚、崔淑，桐庐县尉程济，大历八年十月廿四日题。（中间）

这些摩崖石刻让袁世经兴奋，他自然要考证一番。

袁世经在《新唐书》中找到了崔淑、崔泌的相关记载：崔淑官至温州刺史，其姓出自清河郡小房；崔泌官至刑部员外郎，其姓出自博陵郡。但袁世经认为,《新唐书》中的淑、泌,未必就是摩崖题名中的淑、泌;县令独孤勉、县尉李棁等姓名,应当补充入《桐庐县志·官师表》。

随后,袁世经欣喜难抑,又写了一篇长长的古体诗《桐君山下大历题名诗一首》:

平生龟手打石本,荒崖断石搜屈奇。
鬓丝垂老不自惜,奇纵目睫几失之。
环洲群山障合沓,二水交带流城隍。
一峰崖断忽东出,惊翻铢落山灵批。
悬崖下瞰老蛟窟,授以碟犬牙争刷。
炎空往往雷雨作,草水疑有腥风吹。
不知何年划绝壁,试组铁索梯登危。
舣舟岸枯水返壑,扪葛剡藓粗沙治。
呼工洗剔奇迹出,虫蛇棼缊芒稻垂。
又如山川鼎彝裂,鸟躅凌厉缘朱丝。
纵横行列辨星斗,篆势圜圉正肩随。
银鱼朱衣首崔缜,独孤程薛题名辞。
追溯大历岁癸丑,泛舟张宴穷谐娭。
是时阳冰括苍令,传与笔法其徒疑。
李监体势最惊绝,变化流峙方员宜。
兹迹方之虽邾莒,亦足振起草隶衰。
前人游屐所不到,从古著录遗崔嵬。
嗟予东皋被酒误,乃幸披榛肤瑰之。

才翁翩翩亦风致，坐想箧舫孤村维。

乃知世闻奇物多不遇，风雨驳蚀生苔资。

断崖荒松披研立，石墨在手猿猱催。

诒之后来好事者，继登毡蜡千年谁？

　　经年搜集与研究桐庐碑刻的吴宏伟先生认为，袁世经用大量的章句对这次偶然的发现及冒险拓印的过程进行了详细、如实的记录，同时，他通过大量比喻，对唐代篆体书法作了生动描写，并提出了"是时阳冰括苍令，传与笔法其徒疑"的疑问。袁世经一方面在《石屋山人集》中提出"其（崔浚）篆法极似尹元凯、瞿令问，确是唐篆也"，一方面又想到唐代篆书大家李阳冰，他认为崔浚的篆书与李阳冰的篆书一脉相承，但其是否为李阳冰亲传弟子，尚不可定论。

2

　　晚清重臣袁昶，他家对面就是桐君山。他从中举开始写日记，一直写了30多年，留下了60余册洋洋洒洒共200多万字的日记。而袁世经，就是袁昶的大伯父。

　　在袁昶眼中，他的这位大伯父颇有些个性：大伯父初名世经，后更名德生，取庄子语"开天者德生"之意。大伯父喜欢读书种树，他隐居在凤凰山东麓的石屋坞，此坞狭长而深邃，大伯父将自己建屋的地址选在了一座高山的脚下。他去山上砍下树与竹子等建筑材料，自建茅屋。在屋子边上，他垒池养鱼，凿下岩石，将平整出来的土地用石礅围住，种上各类草药以及瓜果蔬菜。他还引来山泉水灌溉，在山地上种稻。大伯父常年在他的田地上耕作，一般人很难见到他，他的朋友大多是酿酒的、钓鱼的。他有时候也要下山玩，不跑远，基本上在附近州县，但一出去就常常几个月忘记回家。

袁昶在日记中写道，大伯父天性疏野，生活散淡，熟于史事，也常作诗，书画水平极高。酒喝得高兴了，就脱巾解带，枕石坐草，开始作画，一亭一石，构图疏散，不拘古法，但极具生活气息。比如有一幅画是这样的：山间茂林中有小鸟，有红果琐细，间以着色菊花数枝。村中老人或者饭馆跑堂的伙计，只要拎一瓶酒给他，不论是纸还是绢，他都很高兴地在上面挥洒笔墨，如果喝醉了酒，则更是洋洋洒洒，写完就送给对方。但若是富人及长官求他，他却不肯写上一笔。他的行书，学的是欧阳修的，瘦硬而蟠屈。太平军乱起，他的书画大多遗失，只有拟钱舜举的《生茄》卷及《翠鸟戏夫渠》卷尚存。清光绪十五年（1889）三月，袁昶为大伯父的画写了一篇跋，大伯父的诸多生活细节跃然纸上。

袁世经冒险拓印时，袁昶还只有六岁。而25年后，光绪三年（1877）年八月，袁昶与他的堂兄及朋友又一起去看了桐君山东麓的那些唐宋摩崖石刻。

袁昶与四兄袁曦亭，约上朋友子樗，一起驾着小船，到桐君山的石壁下，观唐人题写的摩崖石刻。这些石壁，面积不大，刻字一共有10多处，字迹大多风化漫漶，且长有苔藓，远处基本不可辨认。子樗脱下鞋子，抓住崖壁上的藤蔓，奋力攀上，他抄了80来个字，才从石壁上慢慢下来。袁昶在边上看着，觉得有点危险，往下看，是深潭，朝上看，是摇摇欲坠的大石头，千年古松倒垂，石头的缝隙蜿蜒如老龙，这真有点像韩愈上华山下不来的险境。

返回家时，袁昶将抄下的一些摩崖石刻字录进日记：

殿中侍御史崔缜，桐庐县令独孤勉，前尉崔沁（沁），司李税（梲）崔淑□□□□□。

大历八年九月廿二日，以上小篆，崔浚篆。三字正书。

……

初秋九月，游周宽之治平，桐庐县令独孤勉，前左金吾兵曹薛造、处士崔浚、桐庐县尉程济□□□□□。

大历□年十月□四日题。

乾祐庚寅夏苏才翁来观。

袁昶的日记中，出现了10余处空格。我猜，这些空格，十有八九是因为那些字被厚厚的青苔遮住了，或者是有字，却辨不出字形来，便作此处理。有关"崔缜"的这个"缜"字，估计是写错了，或者是辨认错了，吴宏伟先生告诉我，看石刻的字形，应该是"頯"。

───〜〜〜 3 〜〜〜───

唐大历八年，也就是公元773年，在位的皇帝是唐代宗李豫，他是唐玄宗的长孙，而此时的唐朝，经安史之乱后，已是元气大伤。

这一年的大事记中，有一则关于回纥和市满载而归的记载。回纥是我国古代的一个民族，曾在唐代帮助朝廷平定安史之乱。面对回纥提出的无理要求，朝廷一点儿也硬气不起来：

自唐乾元年间来，回纥每年都要求互市，一匹马换唐四十匹缣，动至数万匹，而所给马皆驽瘠无用，朝廷苦之。所给缣多不能足其数，所以回纥待遣、继至者常常不绝于鸿胪寺。大历八年七月，代宗想满足回纥要求，遂命尽买其马。二十八日，回纥辞归，载所赐物及马驾，共用车千余乘。八月二十九日，回纥又遣使者赤心以马万匹来求互市。有司认为赤心换马过多，请买其千匹。郭子仪恐逆回纥意太甚，自请输一年俸为国家市之，代宗不许。十一月十七日，代宗命市其马六千匹。

回纥不断进逼，但偏安一隅的小县桐庐，似乎未受影响，县令独孤勉及几个下属，陪着远道而来的一帮朋友，游山玩水，从而留下了这著名的摩崖石刻。

20世纪30年代，金石界碑帖大王陈锡钧，循着袁世经的发现，特地来寻桐君山唐篆。陈锡钧所藏千余种碑帖，均有考证，以50余种最为珍重，《桐庐县令独孤勉等题名》是其中之一，他这样题跋："唐周宽之（实为宋人）、独孤勉、崔浚、程济等题名与宋苏才翁一纸同拓最为罕见，此同拓本最为宝贵。"

袁世经说那几个人与《新唐书》所记的不是同一批人，但按余绍宋先生的考证，《新唐书》中的崔氏頠、泌、浚、淑、沅，与桐君山唐人题名是同一批人。

桐庐县令独孤勉，平调当过扬子令（县治在今扬州南扬子桥附近），后官至定州刺史。自北魏至唐朝，独孤氏一直是北方大姓，其中唐代宗李豫的贞懿皇后便出身于这一望族。说不定，独孤勉就是以皇亲国戚的身份来任桐庐县令的，他来桐庐只不过是过渡。好朋友千里迢迢地来桐庐看他，这是常有的事，于是，我们就可以将场景还原：

约莫是大历七年，或者六年，或者五年，都有可能。独孤县令已经在这奇山异水天下独绝的桐庐待了好几年了，他心里清楚，很快，他将要去别的地方任职，应该邀请几个特别要好的朋友，来好好玩一玩。九月的秋天，暖阳高照，殿中侍御史崔頠来了，他是独孤勉多年的好朋友，必须吃好、喝好、玩好。叫上县尉李梲，还有前县尉崔泌，读书人崔浚、崔淑、崔沅（估计是崔泌的堂兄）等人陪同，坐船、游山、看江、赏江鲜，一行人玩得不亦乐乎，并将此行刻石留念。

又过一个月，独孤县令的一位叫薛造的好朋友来了，他是前左金吾兵曹，职位应该低于县令，但人家不远万里来看望，真情感人。这一次依然有好几个人陪同，但请注意，上一次同游的县尉李梲已经调任，此次陪同的县尉是程济了，崔浚、崔淑两个读书人依旧陪同。呵，我猜这两位读书人并非本地人，他们也是来桐庐玩的。古代的读书人玩起山水来，真是悠闲，一个地方一待就是几个月甚至几年。

大历八年九月、十月的这两次桐君山之游，可能只是独孤县令多次游玩桐庐山水之两例，恰巧都是陪好朋友而来，故刻石留念。从摩崖石刻的内容上看，北宋的周宽之、苏才翁，他们在不同的年份登上了桐君山，也刻石到此一游。

富春江水日夜浩荡，桐君山悬崖陡壁上，藤蔓掩盖、绿苔丛生、字迹漫漶的几十个石刻字，是会呼吸、会说话的历史"活物"，它们见证了富春江边1200多年前的那两场普通人的日常交流。

三、思范坊

北宋景祐元年（1034）正月，范仲淹要是不管宋仁宗废郭皇后的家事，也就不会被贬到数千里之外的睦州，但右司谏的职责要求他，皇帝的家事就是国事，必须要管。

范仲淹被贬睦州知州，对睦州而言，对睦州百姓而言，却是幸事。这一片山水，因为范仲淹8个月时间的短暂停留而生光增色千余年。梅城正大街的北入口处，思范坊在蓝天的映衬下挺拔耸立，这是人们对范仲淹的真诚纪念。

一个知州，8个月能做多少事？当然不会都是惊天动地的大事，但想必都是百姓期盼的事，只有这样，才值得让百姓挂念千年。韩愈在潮州任上待了8个月，他干的主要事情是：清除鳄鱼，安顿百姓；兴办学校，开发教育；兴修水利，凿井修渠。范仲淹在睦州，也待了8个月，他干的事情主要有：修严子陵祠堂，并撰写《桐庐郡严先生祠堂记》；兴修龙山书院；创作了大量的诗文；兴修水利，整修州学。

从梅城往富春江下游放舟，顺水顺风，约摸半个时辰就到严子陵钓台了。

探访严子陵祠堂，应该是范仲淹任睦州知州的首站。眼前破败不堪的祠堂，与他心中高大的严子陵形象实在不相符，他毫不犹豫，决定立即修缮祠堂。严先生不事权贵、为人高洁，如此高尚情操，足以让"贪夫廉、懦夫立"。从《桐庐郡严先生祠堂记》中，我们可以读出，范仲淹其实是将自身的经历融入了对严子陵的崇拜之情中。而10多年后，依然是在贬谪期间，范仲淹写出了《岳阳楼记》，其"不以物喜，不以己悲"的忧乐思想，正是他家国情怀的持续闪光。

范仲淹是苦孩子出身，他深知读书改变命运的重要性，他自然要去州学文庙视察。没想到的是，这州学也如严子陵祠堂一样，满目疮痍，破败不堪。他迅速拨款重修明伦堂、联辉堂，东西侧的时习、近思、克己、笃志四斋，以及两庑府学。并且，在乌龙山南麓，他还拨公款建造龙山书院，这是中国历史上第一所州府一级官办书院。可以这样说，宋代书院的盛行，与范仲淹的极力倡导有着极大的关系，书院是实现平民教育、社会公平的重要基石之一，为宋代文化的繁荣奠定了重要基础。

我略感惊奇的是，范仲淹在睦州的时间很短，却做了大量的事情，似乎令人难以置信。别的不说，一个龙山书院就够他忙活了。他曾长期在书院学习，也在书院担任过教席，对书院的教学流程极其熟悉。所以，他亲自确定龙山书院的教材，亲自邀请龙山书院的教席，他甚至还亲自到龙山书院授课。无论在何处，无论是什么身份，只要有机会，范仲淹就一定要替百姓做一些实事，或许，他如此积极探索，就是想开辟出一条实践之路来，让府县都可以办书院，尽量让更多的平民百姓接受教育。9年后，范仲淹主持“庆历新政”，公家创办书院，就是其中的一项重要内容。

甲辰春月的一个下午，我从乌龙山上下来，直接到了龙山书院。过石牌坊、山门、棂星门、泮池、状元桥、仪门、大成殿，体验庄严氛围；看学舍厢房、潇洒楼、藏书楼、范仲淹国际会议中心、龙山书院大讲堂，感受万千气象。在龙山书院精致的石牌坊下，我伫立了五分钟，简单整理了一下略微起伏的思绪。我知道，这重建的龙山书院，凝聚了千年前范知州的大量心血。在范文正公祠堂，面对着范公的雕像，我又重温了范公创造的这段书院历史。

龙山书院创办后，范仲淹聘请一代硕儒李觏为书院讲习，同时还亲临书院讲学。随后，钓台书院、丽泽书院、宝贤书院、文渊书院、石峡书院、五峰书院、瀛山书院等30余所书院，如雨后春笋般涌现，睦州六县学风为之一新。后来，南宋“东南三贤”（朱熹、张栻和吕祖谦）会聚严州，在书院讲学辨识，一时天下士子蜂拥而至，严州也成了当时天下理学的交流中心之一。

龙山书院设立后的数百年间，睦州科举中，进士及第者成倍增加，不仅培养出詹睽、方逢辰等甲第魁首，更累计走出了300多名进士。遂安詹氏一门，出了24位进士。方干的子孙中，仅两宋时期就出了18位进士。教育的事，往往功在当代，利在千秋，这或许就是百姓口耳相传的大功德。

本质上，范仲淹到底还是位功力深厚的文人。

睦州这片山水一时激发了他无限的创作灵感，这是他数年积累的大爆发，他的才情诗句，与绮丽的睦州山水相遇，化作了《萧洒桐庐郡十绝》《江上渔者》《斗茶诗》《出守桐庐道中十绝》《桐庐郡斋书事》《游乌龙山寺》等一系列诗文，从而将睦州的山水永远定格在秀丽绚烂的诗句间。

《萧洒桐庐郡十绝》，桐庐人十分钟爱，但建德、淳安诸友见到我，总要打趣："你明明知道范仲淹写的是整个睦州六县，却偏偏不去说明，好像范仲淹就是专门为你们桐庐写的。"每遇此场景，我都笑笑，并不辩解，心里却暗忖，范公如此偏爱桐庐郡，或许是因为桐庐郡更有文学韵味吧。我前几天一直在写鱼，就以十绝之八来举例吧：

　　萧洒桐庐郡，清潭百丈余。
　　钓翁应有道，所得是嘉鱼。

富春江两岸，不仅风景美，江中的鱼类更多。在哪段江面有百丈余的深潭？富春江两岸山势险峻，山脚转弯处，往往皆是深潭。潭面波平如镜，潭深如渊，如严子陵先生一样悠闲的渔翁，默默坐在潭边，他们往往志不在钓鱼，而是向往那种自由的生活。在山水间放任自流是许多读书人的梦想，范公虽不幸被贬睦州，却得以来到一个可以疗伤的好地方。

中国各地许多牌坊的命运，大体都差不多，或毁于天灾，或毁于人祸，毁毁建建。梅城的思范坊，最初建在睦州府治的西北范亭山南面入口处，现今的思范坊，被移至正大街北，系1993年重建，高约12米，宽约9米，为四柱三间五楼歇山式建筑。

思范坊的长方形基座，与严州其他石碑坊的柱础没有什么大的区别，体量巨大。四根立柱为方形，它们与基座连接处的正背面，各有一对狮子，这应该是抱柱石，体现了一种稳重。坊眼匾额上，"思范"两个大字，为著名戏剧家曹禺先生所题。我没有查到曹禺先生题牌的缘由，曹禺先生1996年底去世，此碑复立于1993年，个中应该有小故事。

正面明间下沿的字板上，有范仲淹知睦州的功绩：范仲淹，字希文，宋景祐中以右司谏秘阁校理知睦州，创龙山书院，建严子陵祠于钓台，作《桐庐郡严先生祠堂记》。牌坊明间的背面，是"先忧后乐"四个大字，下额枋题字板上题有"思范坊，明嘉靖己未年建，圮于清末"。檐顶及坊檐下的龙凤牌上，都刻有大大的"钦定"两字，表明这是朝廷行为。

暮色已浓，街两边的灯渐渐亮起来了。抬头望"思范坊"，"思范"两字似乎正透过长长的时空，幻化成一个大大的人影，那个影子正缓缓飘过我眼前，往睦州府衙而去，其长翅帽，如飞行的大鸟，在夜空中振翅而行。

四、《戒石铭》

~ 1 ~

尽管公务繁重，但关于文化及教育之事，袁昶一点也不放松。清光绪二十一年（1895）正月，他为《戒石铭》写下了一则短序：

> 右孟蜀后主广政撰铭，山谷黄先生为太和令日，书而锲之石。南渡宋高宗爱其手迹，模勒颁各州示戒，并追赠山谷官，谥之文节。山谷晚守太平，而芜湖为太平旁县。述此以景前修，且资自儆。

《戒石铭》取自孟昶的《官箴》，极有名，许多县衙前都刻着。其内容为：

> 尔俸尔禄，民膏民脂。下民易虐，上天难欺。

《官箴》原文有24句96字：

> 朕念赤子，旰食宵衣。言之令长，抚养惠绥。政存三异，道在七丝。驱鸡为理，留犊为规。宽猛得所，风俗可移。无令侵削，无使疮痍。下民易虐，上天难欺。赋舆是切，军国是资。朕之爵罚，固不逾时。尔俸尔禄，民膏民脂。为民父母，莫不

仁慈。勉尔为戒，体朕深思。

孟昶是五代十国后蜀的末代皇帝。我眼中，孟昶这个人，其实就是个文学青年，皇帝做得一般，但还是留下了一点东西的。比如，最早的春联"新年纳余庆，嘉节号长春"，就是孟昶亲自拟的；比如，南宋定格的儒家经典"十三经"，就和孟昶有关，他刊刻了十一经（将唐十一经中的《孝经》《尔雅》剔除，保留《论语》，增加《孟子》）；比如，孟昶常与词人唱和，其后发展起来的花间词派，与他的重视也极有关系。

当然，孟昶做得最靠谱的事，就是撰写了一篇《官箴》。客观地说，孟昶继位初期，还是励精图治的，修水利，重农桑，与民休养生息，后蜀一时国势强盛。《官箴》就表达了他的治国理想，告诫自己不仅要简朴生活，更要勤政为民。他谆谆教导各级官员，一定要像爱自己的父母一样爱护百姓。

然而，后期的孟昶大概是被大好形势冲昏了头脑，沉湎酒色，好房中之术，生活奢侈，朝政腐败。最著名的荒唐事，便是他下令在成都的城墙上种芙蓉花，并以帷幕遮之，待花盛开，望之如锦绣："自古以蜀为锦城，今日观之，真锦城也。"他沾沾自喜的心情，溢于言表。

孟昶的宠妃花蕊夫人，亡国之后写下的那几句悲愤之诗，将人们对孟昶仅存的一点点好感剥得一干二净：

君王城上竖降旗，妾在深宫那得知。
十四万人齐解甲，更无一个是男儿。

想哭，哭吧，只是哭了也没用。

~~~ 2 ~~~

就是眼前的事嘛。孟昶的灭亡，宋朝皇帝看得一清二楚，教训一定要吸取，但也有值得学习之处，比如这篇《官箴》就极好。

不用那么啰唆，借鉴关键的四句就可以了。

尔俸尔禄，民膏民脂。下民易虐，上天难欺。

关键句是宋太宗选出来的，一下子就抓住了要害，道出了问题的关键。宋太宗下令，这16个字，刻在石头上，石碑要大，石碑要高，颁于州县，立于衙署大堂前，各级官员，每天上班时都要看！一时间，初立国的大宋王朝官场，从上到下，都掀起了学习这16个字的热潮。

北宋元丰二年（1079）后，黄庭坚受苏轼"乌台诗案"的牵连，从京城调任至江西吉州的太和县（今江西泰和）任县令。初到太和，正值春耕农忙时节。黄县令带着属官到县郊乡村察看情况，只见田野虽广阔，耕者却寥寥。询问缘由，属官告知，青苗法是以种田多寡定税赋，农民怕税，不少人转而经商，而欠税逃役者、沦为盗贼者，为数众多，本县狱中已人满为患。目睹民生之艰，黄县令对属官们说，我等身为朝廷命官，要忠于职守，体察百姓困苦，民安才能国安。

当夜，黄庭坚难以入眠，有感于白天见闻，他写下《戏和答禽语》诗：

南村北村雨一犁，新妇饷姑翁晡儿。
田中啼鸟自四时，催人脱袴著新衣。
著新替旧亦不恶，去年租重无袴著。

理论上，农民翻土播种，就会有收获，而那布谷鸟就是春耕极好的象征，鸟一叫，种子下土，就等着收获了。届时，人们在满足温饱后，还有余钱去置办新衣新裤。但鸟儿不知道，去年租税太重，农人根本没有裤子穿。

次日，黄庭坚召集县衙各部属官训话："昨日考察百姓农耕桑种，深感民生之难。庭坚读《贞观政要》，唐太宗曾言'必须先存百姓，若损百姓以奉其身，犹割股以啖腹，腹饱而身毙'。故为官当思治国之本，一举一动若有扰民伤民之嫌，均应谨慎行之、戒之。自唐朝以来，郡县均立有戒石，便是取意于此。今本官重立戒石于县衙大门前，警告包括自己在内的所有官员。"说完，黄庭坚以正楷书写下戒石文四句，随后令工匠刻于戒石上，并用朱砂描红，使之醒目。

北宋崇宁元年（1102），已经五十八岁的黄庭坚，被派往太平州（今安徽省当涂县）当知州，遗憾的是，抵达太平州不到十天，就被亲政的宋徽宗罢了官，次年还被羁管宜州（今广西壮族自治区宜州区）。三年后，六十一岁的黄庭坚，在贫病交加中死去。

3

黄庭坚这四句书法，写得太好了。宋高宗赵构十分喜欢这位书法大家的字，便下令各州县都刻上黄庭坚写的《戒石铭》书法。

一时间，南宋的各级府衙、县衙均有戒石碑生动地肃立着。

分水招待所（原分水文庙）内，就有一块黄庭坚书的"戒石铭"摹本碑刻，于明朝嘉靖年间刻制，是目前浙江省唯一存世的完整戒石碑刻。

分水原是县，隶属严州府。此碑高134厘米，宽66厘米，厚16厘米。阳面篆书六个大字"分水县戒石铭"，碑额刻太阳云纹，周边施波卷状纹样，线条干净流畅，是典型的官方制作碑版，上款署"皇明嘉靖己亥夏六月朔日立"，下款署"知县王僎（江都人，嘉靖十六至二十年在任），典史齐铭（道州人，嘉靖十四至十九年在任），督工义民臧泽，石工兰溪洪孝"。阴面碑额上篆书"圣谕"二字，正文即是篇首的16字箴言。此外，碑阳面还补刻有"万历辛卯仲夏吉旦知县徐一凤重修""中华民国六年六月署分水县知事俞荣华重修""中华民国廿四年夏分水县长钟诗杰重修"三行文字。

此碑石质略灰，带纹路，应该属于石灰岩，保存完好。

《戒石铭》我看过多次，每看一次，内心都会震颤数次。那些锒铛入狱的大小官员，要是如铭上所诫，多想想百姓，多看看上天，就不会身陷囹圄了。

五、三元坊

~~~1~~~

元末，安徽池州，有个叫许观的孩子出生了。他本应姓黄，因父亲家贫，入赘许家，故名许观。明朝初建，许观在县试、府试、院试中均以第一名的成绩上榜，轻松地拿到了秀才资格。秀才本就极难考，三试第一，更难。

明洪武二十三年（1390）八月，二十七岁的许观在南京参加乡试，中解元；次年三月，会试，中会元；四月，殿试，中状元。因此，许观不仅"三元及第"，更在大明王朝留下"六首状元"的传奇。洪武二十九年（1396），许观已经由翰林院修撰升为正三品的礼部右侍郎，他向皇帝提出，想改回父亲的原姓黄。朱元璋自然满足了他的要求，许观就成了黄观。

靖难之役后，叔叔抢了侄子的皇位，黄观哭天抢地，自责救主无力，跳入长江以示忠节。对如此不配合的行为，新皇朱棣难解心头恨，不仅株连黄观九族，还将他的名字从科举榜上抹去，状元名号自然也就一并被削掉。一直到万历皇帝登基后，才为黄观平了反，并建了黄公祠及状元坊。

黄观撂下不表。

另一位神奇人物商辂，便成为大明王朝正史留传"三元及第"之唯一了。

在严州府衙，书吏商瑭是个地位不高的下等职员。商瑭老家在淳安县辽源（今里商乡），他平时都住在府衙的宿舍中，家里来人才住城隍庙旁的落元里。永乐十二年（1414）二月，挺着大肚子的商夫人来到了严州城，她要在这里生第五个孩子。关于商辂的出生，有一个传说是这样的：二十五日晚上，落元里，商夫人待产的房间上空，红光隐隐笼罩，且有一股扑鼻的异香飘出。商辂的出生，充满了传奇色彩，文曲星转世，自然动静大嘛。

商辂五岁开始读《论语》，十几岁时文章已经写得极好，人见人赞，商辂自己也感觉下笔时如有神助。明宣德十年（1435），二十二岁的商辂，在乡试中夺得解元。不过，他并没有参加接下来的考试，而是选择到国子监继续读书深造。明正统十年（1445），已经三十二岁的商辂自觉学问已经扎实，可以去参加会试了。果然，在这一年的会试中，商辂高中会元，继而，在次年的殿试中，商辂被皇帝钦点为状元。这就是商辂在十年间的连中三元了。

中状元后的商辂，按惯例授翰林院修撰。

从仕途上说，商辂的官运有曲折，但他的经历依然令许多官场人士难以望其项背。商辂历仕英宗、代宗、宪宗三朝，任兵部、户部、吏部尚书，太子少保，谨身殿大学士、文渊阁大学士，被人们称为"三朝宰相"。商辂为人刚正不阿，宽厚有容，临事果断，时人称"我朝贤佐，商公第一"。

2

明正统十三年（1448），商辂连中三元后的第四年，时任严州知府黄澍下令，在府前街的宣威桥上，建造一座牌坊：三元坊。建牌坊，既是以此旌表商辂的连中三元，这是全州的荣光，也是为了激励严州学子以商辂为榜样，奋发读书。

商辂享年七十三岁，他去世时，宪宗皇帝为其辍朝一日，四次派官员谕祭，追赠其为特进荣禄大夫、太傅，授谥号"文毅"，并命有司为其营造坟墓。

商辂学问广博，现存《商文毅疏稿略》《商文毅公集》《蔗山笔尘》等，并主持纂有《续宋元资治通鉴纲目》二十七卷。

彼时，商辂的连中三元，是个特大的号外新闻，几百年仅出一位，必须大力宣扬。据资料统计，除严州府的三元坊外，国内还有另外四座三元坊，都是旌表商辂的：北京崇文门外石虎儿胡同有三元会馆和三元坊一座，杭州有三元坊一座，商辂故乡淳安有三元宰相坊一座，商辂母亲故里寿昌县城也有三元坊一座。

其实，严州府除三元坊外，还先后在商辂的出生地落元里建立了大学士坊、三元行宫坊，以纪念这位传奇人物。

现在，我就在梅城府前街三元坊前观摩牌坊。

500多年来，三元坊因灾被毁两次。清道光年间，商氏后裔重修过一次。1942年8月，日军飞机轰炸梅城，三元坊被炸残缺。2019年5月，严州古城石碑坊修复工程全面启动，三元坊是第一批被重点修复的古碑坊。

眼前的三元坊，匾额三字为明代著名书法家祝枝山所题。这是一个复杂的层级结构，整座牌坊高12米，宽11米，底座的几块巨石重达数十吨，是四柱三间七楼的歇山式建筑。四柱粗壮厚重，立柱与基座连接处，四对石狮子造型憨厚，神态喜庆。董其昌的"会元""状元""解元""科甲第一"书法，使牌坊多了一种气势，"御制"两字则更彰显牌坊的最高等级。

正面明间，下额枋的题字板上刻有旌表铭文：

商辂，严州淳安人，明永乐十二年生于严州古城，乡试、会试、殿试皆第一，誉名三元。辂为人平易沉稳、刚正宽宏，于景泰京师之卫及罢黜西厂中，极显砥柱之用。于赈恤弥灾诸

务，条陈进疏，勤政有加，致仕归里，捐赀粮、劈岭道，民多
嘉惠。

文字虽短，却沉着有力，它凝结着商辂一生的光辉。

蓝天下的飞檐翘角，似乎更加生动了：栩栩如生的双龙、仙
风道骨的神仙、形态各异的瑞兽、欲在天空中展翅的飞禽、雍
容华贵的花卉……我私以为，这三元坊，应该是严州城中牌坊
的重要代表之一。

3

陪同我看牌坊的，还有一位特别的朋友，他叫商学兵，商
辂的后人。

初见商学兵，是在徐剑兄来桐庐采访的一个饭局上，我对
他说："你这名字好啊，好记，而且，对我们这个年纪的人来
说，工农商学兵，印象太深了。"

商学兵一脸的憨厚，听我这样说他的名字，嘿嘿地笑了，
估计很多人都曾这样说过他的名字。他诚实地答："我读书少，
初中没毕业就进入社会了。"我知道，他是中通快递的初创合伙
人之一，他们几个掌门人都来自歌舞岭，他们的学历都不高，
但他们都是"社会大学"的高材生。

看完三元坊，我们直奔商辂的老家——淳安县里商乡。

穿过白沙城，看着街道两边的行道树，30多年前到建德报
社做电脑照排的日子，仿佛就浮现在眼前。那时，《桐庐报》初

创，排版和印刷都要到建德操作，我每周跑两次，电脑照排在白沙，印刷在梅城，所以，白沙、梅城我常跑。

车子进了新安江电厂路段，沿山的路皆掩藏在密林中，左边路下是清澈的新安江，车子从大坝前的大桥经过，翻过山岭，我们很快就看到了千岛湖的湖面。接下来的路都随着山弯转，车行得很慢，我们也不急，正好可以欣赏湖边的风景。

约一个小时，车子往里商的深处拐。这一段路正在加宽改造，如海中颠簸的船一般起伏的车，在大山深处摇摇晃晃，艰难得很，我在想，当年"商辂们"从家中去一趟严州府有多不容易啊。

到了村里，我们先看商辂花厅。院子前的空地上，商辂的雕像耸立，他左手握紧书卷，似乎迎着风，胡须在阳光下飘动着，一副要出发远行的样子。雕像背后，为"三元宰相"大石碑。花厅中，商辂的生平、商辂的家族发展脉系等，都介绍得一清二楚。我感兴趣的是商辂的祖先商瑗。

商瑗，北宋中叶时人，祖籍河南汴梁（今开封市），因留寓西夏，为西夏都知兵马使。当时，宋廷与西夏的关系紧张。北宋嘉祐六年（1061），商瑗以使者身份偷偷地携妻儿返回中原，借入朝纳款献币之名，向朝廷陈说西夏欲犯中原的机密。仁宗皇帝嘉其义，赐田宅以代世禄，并命择地青溪县芝山居之，商瑗就是芝山商氏的始祖，子孙受荫庇补官者三世。今天的里商，就是宋时的芝山。商辂的后人，分布极广，浙江的淳安县、常山县、建德市、开化县、富阳区、金华市婺城区琅琊镇、桐乡市高桥街道等地商姓，均是其后裔。

而商辂，已经是商瑗的第十二代裔孙了。

商辂中年时，曾被人陷害，解官回乡隐居数十年。他曾捐资雇请木工石匠于距芝山村20余里之文源深洞岭中峰，构筑瓦屋数楹，并命名为"仙居书屋"。他在那日日对着大山，读书修身养性。从芝山到淳安县城，山道崎岖难行，且又时常溪水汹涌，跋涉艰险，商辂便又首捐赀粮，整修20个渡口的桥梁，开辟山间道路百里，方便百姓出行。

晚年因病请辞后回到家乡的商辂，继续捐资雇请石匠民工劈山凿石，修筑从文岭至港口镇的山路。明成化十四年（1478）秋，商辂作《文源修路记》。明成化二十年（1484）夏，商辂为严州府六县百姓乞请宽免夏税秋粮，民困稍缓。明成化二十二年（1486）春正月，商辂雇木工泥匠，在岔口溪边建西楚霸王庙。商辂患病期间，让自己的儿子良臣拿出所遗俸资，赈济芝山附近受灾的贫困饥民。

成化二十二年（1486）七月中旬的一天，商辂自知生命已到尽头，他对儿子们交代："死后丧葬简办，不许奢侈浪费，你们不要违背遗言。"七月十八日下午，炎热尚未褪去，在儿孙们的注视下，七十三岁的商辂闭上了双眼。

里商有一项省级非遗，叫"里商仁灯"，也叫"商辂花灯"。据说在商辂七十岁寿辰时，宪宗皇帝特赐百只礼灯祝贺。后人为纪念商辂，将礼灯汇集成龙灯，在春节、元宵时挥舞，以期风调雨顺、国泰民安。

在商氏宗祠，门口依然挺立着商辂的雕像，他双手握住摊开的书卷，目光正视前方。是的，我们可以想象，商辂虽然身在芝山，却一直怀着济世之心，关注着朝廷，关注着民生。

听我说着商辂，商学兵听得很专注。我眼中的商辂，不仅是一个"三元"宰相，更是几百年前的一个群体代表。这群心怀良知之士担负着对国家的责任。与商辂同是严州老乡且同年出生的桐庐人姚夔亦是如此，他们是好朋友，他们都有着强烈的公仆责任。姚夔曾在《商氏家藏公据跋》中高度赞扬商辂的才干："今兵部尚书兼翰林学士内阁素庵先生弘载，实钟山川之秀，而承五百年气化之复，风范凝重似李沆，德度弘深似王子明，谟谋胆略似韩稚圭，文章科甲似王沂公，卓然一代名辅。谓五百年必有名世者，其在先生欤。"

我问商学兵："你们从淳安迁到桐庐有多久了？"

商学兵答："200年不到。"

具体为什么迁徙，商学兵并不清楚，但他家的族谱上明确写着他们的祖先在里商。商学兵的老家歌舞岭，处在连绵的大山深处，与淳安本来就是山与山相连，古人为了寻找一处生存的地方，往往从附近开始找。

暮色四合，我们离开了里商，就如商辂某次离开里商一样，不过，他终究是要回来的，他永远属于家乡里商，而我只是进行了一次寻找的匆匆过客而已。

六、有精神曰富

虽相隔数百年，但华亭（今上海市松江区）人陈继儒，一定是富阳人董诰的精神偶像。

陈继儒一生豁达超脱，诗书画皆擅长，留有许多人生感悟类的格言警句。如读书："读未见书，如得良友，见已读书，如逢故人。"如做人："做秀才，如处子，要怕人；既入仕，如媳妇，要养人；归林下，如阿婆，要教人。"更有极具精神高度的"功名富贵"铭让董诰震撼："有补于天地曰功，有关于世教曰名，有精神曰富，有廉耻曰贵。"

大音希声。陈继儒的功名富贵观，就这样深深影响着董诰。

董诰既有家学渊源，又有胜过其父董邦达的声望，他以陈大师的格言为人生方向，再加上自身的修炼，才打拼下如今的好名声。

在富阳的鹳山公园，我见到了董诰书写功名富贵的条幅，规矩馆阁，沉着有变，最触动我的是后两句："有精神曰富，有廉耻曰贵。"

三个小细节，可以证明董诰践行了自己奉为圭臬的格言：

董诰因母奔丧回富阳，正好川楚兵事不断，乾隆皇帝几次想召他商量，每见到大臣，都要问好多遍："董诰呢，董诰什么时候回来？"

董诰做宰相30年，他的画像被两次挂进紫光阁。

董诰去世，嘉庆皇帝亲临祭奠，并写诗称赞："只有文章传子侄，绝无货币置庄田。"

《清史稿·董诰传》记载如下：

……嘉其父子历事三朝，未尝增置一亩之田、一椽之屋。

翻检史籍，有多少人官居高位后，能做到不增置一亩田、一间屋的？

我试着冒昧探索一下影响董诰内心世界的富贵观。

三个词极关键：富贵、精神、廉耻。

一般人眼里，富贵是什么？用不完的钱、穿不完的锦、住不过来的屋，地位显赫，人人敬惧，总之，要什么有什么。精神为何物？话题太大。哲学中，将过去事和物的记录及此记录的重演都当作精神。依我的理解，精神应该是除物质以外的，所有能让自己内心安定下来的神情意态、意志活动。

人向往富贵，情理之中，但人不可以没精神。在董诰眼里，富贵和精神一定不是钱财，若论外物，像董诰这样的高官，如果不设防线，贿赂之人绝对不请自来，和他同朝为官的大贪官和珅就是很好的明证。

为官有许多诱惑，后来者也未必没有看到前车之鉴，有些贪官可能起初也是谨小慎微的，但慢慢就变了质。但无论什么借口，都是主观原因，董诰深谙这个道理。

"过去的事和物，回忆起来，能让你心安吗？"董诰可能常常这样告诫自己，置田造屋，要那么多田和屋干吗？田再多也是一日三餐，房再多也是一张卧床。对官员的生活，朝廷制度基本有保障，官员用不着考虑身后的事。果然，董诰退休，拿的就是全工资，这已经是很高的待遇了，这些工资足够让他生活得很好。

荀子说，人处世，要轻物，生命以外的所有东西都是外物。君子可以支配外物，而不应该被外物所支配。身体虽然辛苦，但心安理得，我们就去做；利益虽少，但合乎道义，我们就去做。好的农夫不会因为洪涝和干旱而不去耕田，好的商人不会因为一次亏损而不做生意，同样的道理是，君子不会因为贫穷而懈怠于修身养性。董诰不仅坚持做君子，还是《四库全书》的副总裁，他天天沉浸在前辈优秀的典籍里，真正做到了知行合一。

最后一个关键词来了，廉耻。廉耻，源远流长，乃为人立身之根本。假如没有廉，什么东西都可以拿；假如没有耻，什么事情都会去做。孟子讲，能以无耻为耻，就能免于耻了。以廉耻作警钟，董诰的一生，几乎找不出污点，借用王冕赞自家梅花的诗句，可谓"只留清气满乾坤"。

无疑，能做到知廉耻，就是高尚之人，用这一点来反观，那些先前表面光鲜却不知廉耻而没有善终的官员，级别无论多高，都毫无"高尚"可言，他们什么也不缺，就缺廉耻了。

作之不止，乃成君子。董诰为官数十年，"重精神、知廉耻"的价值观已内化为他每日的自觉言行，深深地浸入他的骨髓。从他身上，我觉得有两点至今仍给我们以深刻启迪。

一是和内心斗争。明代思想家吕坤分析，我们的身外有五个强敌，声色犬马、钱财利禄、名誉地位、忧患艰难、太平安逸；我们的内心也有五个强敌，憎恶愤怒、喜乐爱好、牵缠踌躇、狭隘争躁、积习惯癖。也就是说，我们整天都会被这些内外的敌人扰害得心烦意乱，需要勇气和意志力才不会随波逐流。

二是学会舍弃。这仍然属于人的内心方面。吕坤继续深有体会地告诫："我活了五十年，才体会到'五不争'的真味，有人问什么是'五不争'，我说，不和聚敛财产的人争富，不和醉心仕途的人争贵，不和夸耀文饰的人争名，不和怠慢轻傲的人争礼节，不和盛气凌人的人争是非！"看看嘛，整一个"不求上进""与世无争"的人生态度。其实，我们也需要这样的人生态度，不过，只有学会舍弃一些东西，看透事物的本原才能做得到。

　　一个冬日的雨后，我去拜谒这位中国古代官员的模范。

　　富春江南岸，富阳区新桐乡蛇浦村，凌家山的坡地上，董诰的墓在一棵棵矮桔树中隐现，四周空旷而不荒凉。墓前的两只石虎，憨厚地伴着这位清廉官员。它们见证着，多少富和贵都如眼前春江水，浩浩荡荡流去，一去不复返。

　　有精神曰富，有廉耻曰贵。石虎无言，却似乎在聆听董诰掷地的金声。

第六卷：传奇志

富春江两岸，流传着不少好玩有趣的故事、传奇，真实，抑或虚构，都因其不同寻常、不可思议，而被人们广泛传颂，从而使阅读者在惊喜中留下思索。

一、"既欢喜而歌舞"

~~~ 1 ~~~

楚国太子建被费无忌诬陷，其师伍奢也受到了牵连。

费无忌打着手势，很夸张地对楚平王说："伍奢有两个儿子，本事都大得很，如果不杀掉他们，一定会成为我们楚国的祸患！可以将伍奢作人质，召他们前来，然后一网打尽。"

楚平王于是派使者对伍奢说："你如果将两个儿子都召来，可免你一死，否则你性命难保。"伍奢答："我的大儿子伍尚，为人仁厚，召他，他一定会来。我的小儿子伍员，为人刚烈暴戾，忍辱负重，他知道来了会没命，一定不会来！"

果然，只有伍尚应召到楚国都城。伍奢听说小儿子逃走了，叹息说："楚国君臣要苦于战争了！"

楚王将伍奢、伍尚一并处死。

伍员就是伍子胥。

《东周列国志》这样说伍子胥："监利人，生得身长一丈，腰大十围，眉广一尺，目光如电，有扛鼎拔山之勇，经文纬武之才。"一句话，智勇双全。这样的人物，本应该是国家的栋梁之材，奈何楚国奸臣当道，楚平王又昏庸好色，他连儿子娶来的女子都要霸占，还听信谗言，将太子派去守边关，并加害太子的老师。

伍子胥逃跑的目的地是吴国，路线辗转曲折，据说大致方向是这样的：从楚国城父，到商丘（宋国），又到新郑（郑国），再转陈国，从昭关（楚边境）渡长江到吴国，进入阳羡（宜兴）境内，后在距吴国都城梅里（无锡）不远处，为摆脱追兵，又绕远道过越国，再折返吴国。

有追兵、缺粮食、吃不好、睡不好，精神与肉体都备受摧残，真是逃路漫漫又坎坷。伍子胥这一逃，逃出了诸多的故事。

2

相传，一个冬日，伍子胥由长兴境内一路跋涉至分水前溪（百江溪）畔，从马背上跌落晕倒，恰巧被附近几个牧牛人发现。牧牛人正好在火中煨栗子吃，伍子胥醒来后，吃了几颗牧牛人煨熟的栗子，恢复了体力，继续行路至塘源村，碰到在此等候的查华。

　　查华早年做过伍子胥爷爷伍举的随从，后辗转至越国，在山区隐居了多年，他早就听说伍奢父子遇难之事，他是根据伍子胥腰佩的七星花纹剑辨出他的。两人相认，一番唏嘘，查华陪着伍子胥，由塘源往山岭上走。骑马过岭，正是风雪交加之时（后人称此处为"雪峰岭"）。山路陡峭而崎岖，马不慎滑倒了（光绪《分水县志》称此处为"伍马迹"）。两人坐在避风处，吃风干的板栗果。栗子太好吃了，又甜又韧，伍子胥要求查华准备一袋种子，以后有安身之处，一定让人来取（《桐庐地名志》上说，此地被称为"嘱托村"，后来谐音成"竹垞村"，塘源村的板栗，在无锡境内的阳山上，人们叫它"伍员栗"）。

　　查华与伍子胥一起，经过严村、下塘（夏塘），翻山越岭到达一高峰。伫立峰顶，回望经过的山峦，群山叠嶂，雪峰岭已是满山皆白，他们走过的地方，什么踪迹也没有留下，追兵不可能找到他们了。见此情景，伍子胥翻身下马，仰天长笑，抽出七星花纹剑，在雪地上舞了起来。伍子胥且歌且舞，剑锋划过冰雪，发出"嘶嘶嘶"的声音，声声吼叫裹挟着歌声，响彻山顶。

　　伍子胥歌舞之处，人们称之为"歌舞岭"，所在的村被称为"歌舞村"。为纪念伍子胥，人们在歌舞岭建造"英烈庙"，供民间四时祭祀。春节期间，官衙还会来庙里供奉祭祀，戏班子演戏助兴，香火甚旺。

　　光绪《分水县志》记载："歌舞岭在县南五十里，相传伍员避难于此，既欢喜而歌舞，故名。岭上甚平，有村落，旧有伍公庙，四时致祭。"

唐朝分水籍进士徐凝有《题伍员庙》诗：

千载空祠云海头，夫差亡国已千秋。
浙波只有灵涛在，拜奠青山人不休。

他们一直走，一直走，走到了钟山乡子胥村，伍子胥在此养病休整了一段时间。后来，人们称此山岭为"胥岭"，他藏身过的山洞为"胥岭洞"，山洞边的村庄为"胥岭村"，岭背上的凉亭为"胥乐亭"。

建德的大畈在胥溪下游，是一块由胥溪冲积而成的小平原。在以山地为主的建德北乡，这块小平原的面积算是大的，故而得名"大畈"。

《大清一统志》上说："伍子胥躬耕于此，俗呼大畈。"

伍子胥顺着溪水走到大畈，这里阳光充足，土地肥沃，水资源极其丰富。看到如此平川，经过长时间折腾的伍子胥决定，就在此休养生息一段时间，调整好身体与心态。经过观察，伍子胥发现，此溪连着大江，顺江而下，由越入吴，用不了太多的时间。就在此等待观察吧，等时机成熟，再去吴国都城。

清人马天选有诗描写大畈：

黄雀暄遗穗，吹香满野扉。
篱菊静可爱，踟蹰夕阳微。
彼此互命酌，紫蟹鲜而肥。
秋来果亦好，梨粟罗四围。
酒行不苦苛，宴笑无是非。
坐深风色紧，言归纳絮衣。

大畈确实是个好地方。

建德乾潭人说，伍子胥在此待了整整两年，与当地乡亲结下了深厚的友谊。第三年春天，伍子胥告别大畈的乡亲，从富春江买舟前往吴国。

大畈自然也被人称为"胥村"。因胥村正好处在杭（州）、严（州）、徽（州）的官道上，自宋朝以来，这里便一直设有一个驿站，叫"胥村驿"。

伍子胥在吴国的经历，是复仇故事的高潮部分，情节跌宕起伏。吴国军队攻下楚国都城后，楚平王之子楚昭王早已逃离，而楚平王也已死去。据吕不韦及门客编撰的《吕氏春秋》记载，伍子胥为报父兄之仇，鞭坟三百下；司马迁《史记》则记载，鞭尸三百下。一般的读者都同情伍子胥的遭遇，广泛认同鞭尸一说，或许是因为鞭尸更解恨一些。

在桐庐，伍子胥经过的地方，有四座伍公庙，人们也称其为"英烈庙"，分别在潘村、夏塘、歌舞岭、马啸塔，虽久已毁圮，但民间传说仍然不绝。

据《建德县志》记载，在建德，自胥岭而下的胥源中，亦有多处英烈庙，而胥村的英烈庙是规模最大的一座。当地老人回忆，胥村英烈庙坐落在一片古柏之间，庙门高大宏伟，飞檐翘角。伍子胥塑像端坐于正堂中，两边有各种神像。最令人称奇的是，庙内有一树，树身皮老心空，古色斑斓，而树枝年年发芽、开花，人称"梦春花"。相传，这棵树是伍子胥当年躬耕于此时所植。

3

歌舞，歌之舞之，且歌且舞，这是伍子胥逃难生涯中色彩明亮的喜庆场面。

桐庐最著名的地名，我以为除了桐君，就要算因伍子胥得名的歌舞岭了。地名包含着丰富的历史人文，但外地来的人，常常会从表面的字义上去理解，这就很容易产生笑话。

20世纪六七十年代，正是知识青年上山下乡的高潮期，桐庐的不少公社及村，都有知青插队。一个传闻是，知青到达县城后要再分配到公社，领队拿着一张名单，大家开会自己报名。先报"横村"，没什么人响应，这一听肯定是个村嘛，又不知道是哪里的村；再报"歌舞"，报名者踊跃，唱唱跳跳的地方，知识青年最喜欢了。谁知道，横村是个大集镇，离县城也近，而歌舞，却是个异常偏僻的小山村，在大山深处。唉，都是伍子胥骗了他们。

甲辰春日的一个下午，我从建德梅城乌龙山上下来，到富春江边的子胥野渡。这是富春江边的一个渡口，竹亭、白鹭、青山、宽阔的江面，如果和前面伍子胥避难的情节相对照，这里应该就是他前往吴国所经之地。这一段的富春江，当地人称"胥江"，峡谷也叫"子胥峡"，循江向后，有胥亭、胥岭等，都流传着2500年前的故事。

此等野渡，是要人少甚至无人之时，思绪才能够进入伍子胥彼时的场景中去的，最好再加上一些渲染氛围的环境元素：摇曳的芦苇，簌簌的秋风，冷冷的苦雨，凄厉的鸟鸣。如此，才能显示出他行动之悲壮。

正在沉思之时，抬头见江对岸山梁之间，有几缕白云往下游方向飘着，悠闲如奔逸之白马。嘿，那是伍子胥正要奔去吴地吗？对着汤汤江水，我不禁莞尔。

二、天官姚夔

姚夔，字大章，明朝桐庐坊郭（今桐君街道）人。十三岁中秀才，明正统三年（1438），以乡试第一入国子监。明正统七年（1442），会试第一，登进士第。次年，授吏科给事中。

1

明天顺七年（1463），姚夔任礼部尚书。这一年的春闱，由姚夔主持。

京师贡院规模较小，且百余年来未曾翻修扩建过，考试那天是二月初九，京城依然天寒地冻。正当考生全神贯注于考试时，因巡查考场的士兵生火取暖，引发火灾，而负责考务的御史焦显死守考场规则，紧闭贡院大门，使考生无法逃脱，外面的军士也无法进入考场救火。最终，90余人被烧死，烧伤者不计其数，考试被迫中断。事后，有人说火焚考场，是应了御史之姓，并讽刺："考场烧，状元焦。"主管官员姚夔，引咎自责，痛言未能防患于未然，伏地痛哭不已。姚夔又上奏英宗，追封死于此次火灾的考生为进士，并将考生尸骨葬于朝阳门外，墓碑上刻"天下英才之墓"，还在京郊举行了规模宏大的祭祀仪式。

姚夔主动揽责，与其他对责任能推则推的官员形成鲜明对比。

第二年，姚夔将礼部后院的花园改植庄稼，并亲自督导耕种培育、筑亭，称为"观稼台"。他还写下《观稼台记》一文，明确表达自己的意图：

故吾观斯稼之生也，思天下之农有不得种者乎？观斯稼之实也，思天下之农有不得获者乎？观斯稼之敛也，又思天下之民有不得食者乎？吾坐部堂之上，岁食数百石，曾不知稼穑之艰难，噫，可畏也！

姚夔来自基层，深知稼穑之艰难，在花园种上庄稼，不是作秀，而是实实在在的自我教育，既教育官员米粮来之不易，应体恤百姓，又时时警醒自己，要做一个好官、清官。

百姓的生活实在艰难，灾难说来就来。就在姚夔设观稼台这一年，桐庐一带发生严重旱灾，庄稼颗粒无收。而荻浦村的姚夔舅舅家，一下子聚集了不少人，来人都要他舅舅去京城找外甥，想办法要救济活命。

姚夔从小在舅舅家长大。

姚夔舅舅，人们都叫他昌七公，在村里颇有声望。昌七公带着众乡亲的嘱托，上京找外甥。到了京城外甥家门口，通报进去，两个公差却对他说："我们老爷说，在桐庐荻浦根本没有舅舅，冒充大宗伯亲戚要坐牢的，念你年纪大了，老爷命我们两个将你押送回严州府。"昌七公虽然饿得两眼昏花，但还是破口大骂没良心的外甥。两公差也不管他口出狂言，押着昌七公就往严州府赶。日夜兼程，等到了严州府，知府一听此事，大吃一惊，且感觉蹊跷，立即派人问原因。情况却是真实的，公差押送的确实是姚夔舅舅，登门拜访为的是桐庐南乡百姓受灾的事情。

第二日一早，一艘大船载着满满一船的白米，从梅城出发，往下游的桐庐方向驶去，顺风顺水。傍晚时分，粮船就停在了窄溪码头。昌七公与押船官员一起，将粮食分发给了受灾百姓。

原来，这是姚夔巧计救灾。暂时委屈舅舅，让严州府官员自己解决问题，虽是自家舅舅，但毕竟人命关天。这样，时任知府一定会吸取教训，摸清本辖区内存在的问题，尽量不让矛盾冲突报上京城，给上面添麻烦。

一石二鸟，需要的是智慧，更需要熟悉基层情况。

2

明成化五年（1469），姚夔担任吏部尚书。

六部仿《周礼》中的六官称呼，礼部、兵部、刑部、工部四部尚书分别称为春官、夏官、秋官、冬官，户部尚书称地官，而六官之首的吏部尚书则被称为天官。

有一天，姚夒带着圣命来到江西，察访地方吏治。巧的是，他的师娘要过八十岁大寿，师娘虽双目失明，但儿子在外做着品级不小的官，当地官员都纷纷前来贺寿。姚夒与师娘多年不见，他粗布陋衣，不动声色地上门，坐在席间，而那些官员见他寒酸，面露嫌弃，姚夒装作看不见，照旧坐着。突然，有一官员发起难来："哪来的叫花子，竟然与我们坐一桌！"见姚夒坐着不动，官员们居然纷纷离席而去。有人向师娘报告情况，师娘出来劝说："我做寿，大家能来，我很高兴，不论贵贱贫穷，你们都是我尊贵的客人！"

此时的姚夒，只好亮明身份，他对师娘说："走掉的那些人，我帮您请回来吧。"随即，标有"天官姚夒"的祝寿灯笼纷纷换上，众官员一见，立即明白了是怎么一回事，纷纷倒地跪拜。姚夒看着眼前的场面，滑稽又可笑，心中气恼：这样的官员，真是变色龙、势利眼，唯上官是从，不把百姓当人，不是什么好东西，真要好好查一查。

于是，江西官场开始大地震了。

次日，姚夒就开始各种明察暗访，之后在江西的衙门集中升堂审案，查处问题官员。鱼肉乡民、搜刮民脂民膏、无恶不作、无所事事、混吃混喝的贪官、赃官、庸官被一一处理。关于姚夒的这次官场清理行动，民间流传着这样一句俗谚：姚天官笔头摇一摇，江西官员去了大半朝。

那些被处理的官员，自然不服，有人就想出了报复的主意。

七月大暑，天干地燥，水贵如油。有一天，桐江至德乡姚庄来了一个风水先生，这里是姚夔的祖宅地。风水先生对忙着抗旱的姚庄族人说："你们如果能在姚庄上首的垄背上筑塘蓄水，周边数百亩的良田就能旱涝保收。"其实风水先生是受人委托，来切断龙脉，破坏姚家风水的。至今，姚村仍有一个很大的官塘，就是明代筑就的，依然碧波荡漾。显然，风水不是想破就能破的，姚夔凭着自己的才干与品德，历仕英宗、代宗、宪宗三朝。

明成化九年（1473），因为劳累，姚夔卒于任上。明宪宗命礼部谕祭，工部营葬事，兵部具舟归其丧，赠荣禄大夫，谥号"文敏"。

与姚夔同年出生的大明王朝另一位著名人物商辂，和姚夔是严州同乡，多年的老朋友了。商辂这样评价姚夔："累为天官，位望隆赫，直谏如崇（姚崇），厚重如勃（周勃）。忠在国家，名重简册。"

明清以来，百姓在严州府府前街为姚夔建"冢宰坊"。桐庐县城东门一带有为姚夔而建的"解元坊""会元坊""冢宰坊""大宗伯坊"。

姚夔还有个别号叫"损庵"，我赏味良久，觉得意味深长：

华者损为朴，美者损为素，侈者损为啬，丰者损为俭，奢者损为淡，隆者损为卑。

满招损，谦受益。因此，人生就要主动做减法。质朴、素朴、简朴、古朴，当一切都适度的时候，就是"损"之效益的最大发挥了。为人为事，损其过，就是益其德。这其实是正确的人生态度。

姚夔的损庵，简直就是一座哲学殿堂了，他发出的"损音"，振聋发聩。

三、张县令破案

～～ 1 ～～

汉阳人张坦熊，清康熙末年任桐庐县令。

某日，张县令因公下乡，经过柴埠的时候，听人报告说山谷间有弃尸，他立即带人前往勘查。现场是一具男尸，伤痕纵横，衣襟上的夹袋都被扯落，询问围观人群，他们说死者是本村某某。张县令初步判断，这应该是殴打致死。随从官员向县令提出：要么以被老虎咬死的原因上报。张县令不允许，命令仵作立即赶往现场，按法律程序查验尸体。

尸体被移到村中，村民纷纷围观。其中有一人，站在别人的背后，看上去特别焦灼，他还时时关注张县令的面部神色。张县令呢，其实早就注意到了那人神情的诡异，暗地吩咐两个差役，偷偷跟踪侦查。

这边，仵作验完尸体，差役们就将尸体停放在村边的土地祠中。

没多久，派出去调查情况的两个差役回来报告：那人叫郎凤岐，分水县人，每年都会来柴埠村贩栗子，他与死者，都同村中某妇人相好，其余情况不知。

张县令一听汇报，立即下令，将郎凤岐抓来，现场审问："死者是不是你打死的？从实招来！"

郎凤岐大呼冤枉，拒不承认。

张县令下令："暂且将其收押起来。"

张县令再命差役将那妇人的丈夫抓来，盘问郎凤岐与死者的争斗细节，妇人丈夫推说不知道。妇人丈夫也被关押起来。

妇人丈夫在关押房内，大骂郎凤岐："你为什么连累我？"

郎凤岐安慰那人说："你不要怕，我会承认的，不会牵连到你！"

张县令已经得到了两人在关押房内的对话内容，又命人将郎凤岐所寄居房屋的主人押来，询问情况。房屋的主人是位老人，他推说不知。张县令极严肃地对他说："你们居同室，出同户，夜半家里发生情况，你怎么可能没听到？你如果不交代，先让你受刑！"说完就命令差役用刑。

此时，郎凤岐见再也瞒不住了，他急忙摇手道："不要对老人用刑，我全交代。那死鬼夺我爱，所以我将他弄死，并抛尸山中。"

张县令追问："你用什么东西打他的？"

郎凤岐答："木棍。"

张县令再问："木棍在哪？"

郎凤岐答："丢到山前了。"

张县令再追问："那扯下来的夹袋在哪？"

郎凤岐答："在楮树皮下面。"

张县令立即派差役押着郎凤岐，前往寄居地取袋。一查验，果然就是死者衣襟上的衣袋。凶杀案一切明了，郎凤岐被拘，押往桐庐县城。

2

某日，差役向张县令报案：柴埠江边，有只空船上，发现有少女的尸体。尸体头部、面部都有伤，请求查验。等张县令一行赶到柴埠时，围观人群已经里三层外三层了。

现场调查立即开始。

尸体是什么人？众人不知。

船来自何处？众人还是不知。

这船叫什么名称？有认识的围观者答："此船叫盐脚船，凡大船载盐不得过滩时，分此船替运。"

张县令亲自查验尸体，边验边思忖：短衣大袖，本县人氏；鞋底新污，岸上人；短发蓬松，良家婢女；脸上有倒掌痕，应是跪地时从后面被打的；脑后有石孔伤，恐怕是追逃过程中被远远打中的。

查验完，张县令让人收殓好女尸，将船与那些盐班船系在一起，以便查找船的主人。第二天，有人来开这条船，被差役抓住，一看，是县里的某个读书人。那读书人说："此船是我代某甲借来运货的，失踪好久了，今天发现在此，我就将船整理好，准备拿去还掉。"

张县令一听汇报，立即派人将读书人口中的某甲抓来审问。

某甲答："我借此船去市里运货，货卸完已经日暮，我就将船系在岸边。第二天，船忽然不见了，不久就听说船在柴埠，船上还发现女尸，不敢来取，拖到今天才来。"

张县令再问："你系船的岸上，何人家居？"

某甲答："皇甫秀才家。"

张县令立即找来两个差役，吩咐他们去侦查一下皇甫秀才家的地形。差役们到了村里，天色已经昏暗，他们误叩了旁边寡妇家的门。那寡妇见是公差，惊慌说道："此事与我无关，你们去隔壁王老太家查一下就清楚了。"

差役闻此，立即知道个中有情况，便对寡妇说："事关人命，你们住得这么近，你知道情况不报告，恐怕会连累到你家！"

寡妇一听，腿也软了，就将知道的情况全盘抖了出来："那个死去的少女，是王老太丈夫的弟媳妇，她俩说是妯娌，但实际上，那女孩和奴婢差不多。前几天，王老太说她偷窃食物，勒令她跪地，又抓她头发，打她耳光。过了会儿，女孩起身逃跑，王老太就拣起台阶下的一块石头扔了过去，于是女孩倒地不起，死了。正好有空船停在富春江岸边，王老太就与丈夫的弟弟一起，抬着那尸体装到船上，然后解开船绳，让船随水流漂走了。"

说完这些，她又对差役道："请代我陈词，为那女孩伸冤！"

差役们将王老太及她丈夫的弟弟一并抓了，送回县上关押。

几乎所有细节，都与张县令勘查现场时推断的一样。

以上两案，均出自民国《桐庐县志》卷十四"杂志"篇中之"遗闻"。其中第二则少女被害案，转自清代赵吉士的笔记《寄园寄所寄》。

张坦熊查案，亲历现场，目光敏锐，细致周到，在蛛丝马迹中寻找线索，且动作迅捷，不给罪犯以喘息时间。这缘于其强烈的责任感和扎实的专业基础，这样的县令在哪里都能干好，干什么都能干得出色。

我查官师表，张坦熊在桐庐的任职时间为清康熙五十九年（1720）、清雍正元年至四年（1723—1726）。张坦熊，举人出身。他在桐庐任上，革除陋规，免征门摊钞税；严治奸匪，四境以安；捐资赈济，活人者无数；数雪冤狱，民颂神明。清雍正五年（1727），升玉环同知（玉环曾作温州分府），官至云南按察使。

四、"一人杀九盗"及其他

以下诸例，均出自光绪、民国《分水县志》及南宋洪迈的笔记《夷坚志》。

南宋洪迈《容斋续笔》卷第十四有《州县牌额》：

　　州县牌额，率系于吉凶，以故不敢轻为改易。严州分水县故额，草书"分"字，县令有作聪明者，谓字体非宜，自真书三字，刻而立之。是年，邑境恶民持刃杀人者众，盖"分"字为"八刀"也。

　　分水县额原为草书，那草书，没文化的人还不一定认识。或许当时的县令本来就是个书法家，平时喜欢写字。真书，就是楷书，题字改成楷书后，"分水"的"分"字，工工整整，上八下刀，清清楚楚。

　　凶案的发生与县额的改变，只是一种巧合，是有些人故弄玄虚，牵强附会。原本好好的东西，不一定非要去改变。那草书"分"，字形如天空中一排飞翔的大雁，还有一只领头雁，形状其实挺美的。

　　有的县令上任伊始，"三把火"一定得烧，改县额这类还算是小事，修个大庙，挖条大河，花几万两银子搞个拆迁也不在话下，而本县有多少税收，他却很少关心。

2

　　南宋洪迈《夷坚志·夷坚三志己》卷第十有《桐江二猫》，讲了这样一个故事：

　　有个桐庐百姓，养了两只猫，极喜爱，无论坐卧，都跟猫在一起。白天，他会看着猫有没有饿着，晚上，他会带着两只猫一起睡觉，有时，甚至将猫抱在怀中，摸着它们睡，早晨起来外出，对婢女千叮咛万嘱咐，一定要看好。

有天，一只老鼠偷吃瓮中的粟米，钻到里面出不来，婢女告诉主人，主人很高兴，捉来一只猫，就放进瓮中。那只老鼠吓得上下跳动，吱吱尖叫。猫看着老鼠，却不动声色，大概是想伺机而动，但过了很久，那猫却从瓮里跳了出来。主人笑了笑，又将另一只猫放进瓮里，刚放进去，那猫一下子就跳出来了。此时，庭下有小鸡在戏耍，猫跑过去，将小鸡咬死了。婢女生气地说："我对这两只猫也算尽心了，它们不抓老鼠，反来弄死我的小鸡，这猫养了又有什么用呢？"主人听了很惭愧，也不出声，只是让人到邻居家借只猫来。猫借来了，那猫往瓮中一看，也不理睬，却抓住婢女的衣服不放，最后，居然将婢女的衣服抓破，手臂也抓伤。那瓮中老鼠，依然悠哉地吃着粟米。

次日，婢女不胜愤怒，拿根棍子就要打老鼠，谁知，棍子刚伸进瓮，老鼠就沿着棍子爬上来，吓得婢女立即丢掉了棍子，老鼠也顺势逃走了。一个婢女和三只猫对付不了一只老鼠，让老鼠吃饱肚子逃之夭夭，这老鼠真是太狡猾了。

猫的本能是捉老鼠，可是这两只猫养尊处优惯了，拿老鼠没有什么办法，它们不是不想捉，只是忌惮老鼠的强大。像那小鸡，就很好对付，一口咬下去，它基本没有还手之力。

主人不相信他家的猫这么无能，于是让邻居家的猫去捉老鼠，结果发现邻居家的猫也一样，捉不了老鼠。他肯定心想：这并不是我家的猫不行嘛，是老鼠太强了。

我一直以为，古代的猫保持着它们的本性，应该不怕老鼠，但这则笔记，让我眼界大开，原来，不仅现代的家猫不会捉老鼠，南宋时期，也有猫不会捉老鼠。

洪迈只是在写猫吗？我看不是，他暗藏的用意其实很明显，那些养尊处优的南宋各级官员，和这些猫一样，根本不敢去碰强势的对手，但对付小鸡一样的民众，还是绰绰有余的。

3

南宋洪迈《夷坚志·夷坚三志己》卷第十有《桐庐犊求母》，故事内容是这样的：

桐庐有位百姓养了两只牛，一头母牛，一头小牛。某天，他将两头牛都卖了，母牛卖给屠夫，小牛卖给农夫。屠夫和农夫，各自牵着他们买的牛出门。两人来到一条大河边，屠夫牵着母牛渡河回家，小牛站在河边，昂首长鸣，农夫用鞭子打，小牛也不走，一直打到受不住了，小牛才几步一回头地走了。

农夫赶着小牛翻过几个山岭，穿过小路，才到达田间，他将小牛关进一间小屋子里。而另一边，夜已经很深了，屠夫在家里烧好水，准备天亮后将母牛宰了。突然，他听到门外有急促的牛叫声，那母牛也急促地应和着。屠夫暗自思忖：半夜三更的，四周又无人住，怎么会有牛到这儿来呢？屠夫点起灯一看，原来是农夫买的那头小牛跑来了。小牛破门而入，跑到母牛身旁，母牛用舌头不断舔小牛的脖子，屠夫虽然铁石心肠，见了此景也不免动心，他起身灭了灶火睡觉。

这边，农夫丢了牛，找来找去，找了好几天，有一天，正好碰见了屠夫，屠夫就将小牛找母牛的事情说了一遍。两人相对叹息。屠夫索性就将母牛以原价卖给了农夫，让母子牛一起生活。

让两人奇怪的是，农夫家到屠夫家有十五里远，道路曲折，小牛未曾去过这些地方，却能顺利找到母牛，两人想，这一定是有神物相助呀。

舐犊情深，小牛能找到母牛，估计凭的是气味。

小牛对母牛的深爱，激发了它的坚强意志，在大河边，它可能就下了决心，而农夫将其关进田间小屋，正好给了它撞门逃跑的机会。

屠夫宰杀牲畜百次千次，但这一次却让他心灵震动，心肠不硬的人不会做屠夫，但屠夫也是人，白天他目睹小牛对母牛的依恋。当他看到小牛的那一刻，他就决定放过母牛，他不能想象，母牛死了，小牛该怎么活下去。

动物母子情深的例子，不胜枚举。

历代笔记中，母亲和孩子，有的时候，会有心灵感应，比如母亲生病了，孩子也会突然心慌起来。

许多事情的发生，似乎没有科学道理，小牛深夜寻母牛，不算感天动地，但也是让人唏嘘不已的。

4

洪迈《夷坚志·夷坚丁志》卷第十七有《淳安民》：

严州淳安县有个富翁，失手将某村民打死了。死者有个弟弟，正好在一方姓的大户人家做仆人，方某知道事情后，就刺激他说："你哥哥被人打死了你都不去上告，你还怎么做人呢？"死者的弟弟就写了状词，准备去县衙告状。方某本来就与那富人很熟，就暗示富人来求自己："这想告状的是我家的仆人，他怎敢如此呢？我会告诉他罢手的，他不过是想讹点钱财而已。"于是，方某将仆人找来，当着富翁的面，将仆人责备了一番，并用钱财诱惑他。那仆人表示，听从主人吩咐，不再上告。富翁回家，给了方家仆人十万钱，给了方某三十万钱。

几个月后，方家仆人又扬言要上告，富翁只得又去找方某求情。方某说："那仆人自从得了大笔钱后，就日夜饮酒赌博，现在钱已花光，所以才说又要上告，我要将他抓起来，送到县衙去惩办。"富翁担心打死人的事情暴露，就要求再用老法子，又按上次的数量给了仆人一笔钱。这时，方某慢悠悠地说："我刚刚接到外面一个朋友的来信，托我买两百斤漆，我一时买不着，请您帮我买一下，钱我会如数付给您的！"那富翁听后说："告状这事，还要您帮忙，您要漆，这是小事，我家就有货，还谈什么钱不钱的。"随后，富翁就让人给方某送了漆。

第二年，那仆人又要去上告。富翁听说后，连声长叹："我是失误打死了人，按律也不会死，之所以不去官府，就是怕官员、狱卒贪得无厌，让我倾家荡产。现在，私了已经花去了上百万，而对方还不满足。我老了，死了算了，只有死了才能了结此事！"富翁于是关上门，上吊而死。

三年后，方某正担任着鄂州蒲圻县（今湖北省东南部）知县。有一日的大白天，他突然精神恍惚起来，在大堂上对手下人说："我知道那富翁肯定会找来的，我多次勒索他的钱财逼得他自杀，他应该要来找我算账了。"随后，方某赶快回房，还没来得及和妻子说上一句话，就倒地而亡。方某的手下，将他看到的情景说了出去，大家才知道方某是遭了报应。

富翁的顾虑在于，打了官司，自己虽然不会死，但也会塌掉半个家。他知道，那些官员、狱卒贪得无厌，会要这要那，是个无底洞，还不如就此私了，大不了花点钱，省心。

富翁在死前已经悟出：不能用一个错误，去掩盖另一个错误，否则错误会越掩越多，窟窿越捅越大，直至不可弥补。

如果方某的贪心有所克制，一次就私了，富翁根本就不会知道他的伎俩，即便知道了，富翁也不会去追究，毕竟是自己害了一条人命。

方家仆人，只不过是方某的挡箭牌而已，方某自以为做得神不知鬼不觉。

虽没有方某在异地为官的具体记载，但可以推测，方某在彼地知县的任上，一定会抓住一切漏洞和机会，故伎重演。

在法制不健全的古代社会，往往盛行私了解决纠纷，出了事情，人们首先想到的就是私了，于是才会有此插曲。

淳安富翁、方某，都是以古鉴今极好的镜子。

5

南宋洪迈《夷坚志·夷坚志景》卷第五有名为《淳安潘翁》的一则故事：

南宋绍兴二十五年（1155），忠翊郎刁端礼跟着朋友去江西，路过严州淳安县，晚上投宿在一个旅店中。这天，太阳还没下山，刁端礼就出去散步，走到距旅店两三里外的一个村子，一户人家的夫妇俩正在舂谷，刁端礼便问主人的姓氏，主人回答姓潘。主妇向刁端礼敬茶时，他听见边上的屋子里有窸窸窣窣的声音传出，就偷偷地看了一眼，一看吓了一跳，只见一个无头人正在织草鞋，而且速度很快。

刁端礼惊愕之余，就问潘家主人这是怎么回事，潘家主人答道："那是我父亲，（北宋）宣和庚子年，他遇上了婺源强盗，被斩首而死，我逃回家后，将父亲抬回来，发现父亲的手脚还能动，身体有余温，我不忍心将他下葬，只是造了一个小盒子，将他的头装了，埋在屋后，然后，用药敷在父亲被砍断的地方。再后来，父亲的伤口渐渐愈合，上面长出了一个孔，如果他想吃东西，就啾啾地叫，我就慢慢地将粥汤灌下，他这才活了下来，到现在，已经三十六年了，我父亲今年已经七十岁了。"

刁端礼听后，还是吃惊不已，赶紧返回旅店，接连几日都神思不定，每每想到此事，就会不寒而栗。

洪迈记的大多是自身的见闻，或许在作者的认知中，无头人是存在的。中国最早的无头人，就是传说中那个上古的神——刑天。刑天本来是炎帝身边的得力武将，为替炎帝复仇，与黄帝争位，被黄帝砍掉了头，却奇迹般地活了下来，他以乳为目，以脐为口，还自名为刑天。刑，就是被杀头的意思；天，是指天帝。"刑天舞干戚，猛志固常在"，没有头的刑天，依然是一个钢筋铁骨的勇士。洪迈自然知道还有夏耕尸那样的无头巨人，但那都是神奇的传说。

故事中这位潘姓老人，靠粥汤生存了三十六年，没有大脑却手脚利索，是什么指挥他行动？这个问题，洪迈解答不了，刁端礼解释不了，今人依然无法解释，唯一的解释是，这是洪迈虚构的小说。

古代不可能的事，在现代很多都有可能了。现代不可能的许多事，将来或许也会有可能。人们用歇后语"无头苍蝇乱撞"形容无头绪的忙乱，难道只是想象吗？苍蝇断头后确实会乱飞一阵子，是因为它神经未断，还是因为它根本不用头？反正，这个问题，不会那么简单。

6

光绪《分水县志》卷十里的"杂志"篇"佚事"部分，讲述了三个梦：

第一个梦的主人公是城西何士登，嘉庆时人，富而好善。一夜，梦见一少女向其纳拜，且曰："我明天早晨有难，您老人家救救我吧。"何士登一下子没明白是怎么回事，就醒过来了。第二天，门外有人拎着一只大蚌经过，正好被他看见，顺口就说了一句："好大一只蚌。"那人答："我刚刚从溪边的深潭中捉到的，这就拿到市场上去卖。"何士登突然想起前一夜的梦，急忙对那人说："别去市场了，我买！"他用一千钱买下了那只大蚌，并放生到西山的后池中，后无他异。

第二个梦的主人公是秀才高思严，他居住的地方非常安静。

某天晚上，他梦见一位扎着方巾、穿着黑衣的老头对他说："我与您做邻居很久了，我将有被杀的危险，希望您能帮我一把。"高秀才问那老头的具体情况，对曰："我姓章，住在您家附近的密林中，您不要再细问了。"高秀才梦醒，感觉此梦很奇怪。刚要迷糊睡去，那老头又跟跄着跑来喊道："事情很紧急了，您还忍心睡着吗？"高秀才急忙披衣起床，但什么也没看见，只听见屋后有伐木声传来。他马上跑出门去看，见木工正在砍一棵大樟树，斧头都已经砍进一半了。高秀才急忙用十串铜钱，向樟树的主人买下了这棵树。

　　第三个梦的主人公是邱成皋，在杭州贩卖木材时，他在船上买了条大鱼打算用来下酒。这鱼瞪着双眼，朝着邱成皋"鳏视"，样子极为凄惨。邱成皋感觉很怪异，将鱼翻过身来，结果鱼又转了回去，这样反复两次，邱成皋感到更加奇怪，就将鱼放生到江中去了。这天晚上，风浪大作，其他商户运的木头都漂失了，只有邱成皋筏上的木头好好的，一根不少，且筏底还漂来不少散木，数量无法估算。夜晚，邱成皋做梦，那条大鱼前来对他说："公的恩情，我已经报答过了。"

　　三个梦的主题，无一例外，都是教导人们要做善事。

　　一般人做善事，只局限于人，但蚌、樟、鱼虽为人类服务，但众生平等。"鳏视"，"鳏"字的本义就是一条大鱼。《孔丛子·抗志》中有一个故事，说鳏是一种大鱼，卫国有人一开始用鲂鱼做饵钓鳏，鳏鱼视而不见；又用半只小猪做饵，鳏鱼这才一口吞下。"鳏"字的金文字形，极像一条流泪的大鱼。当邱成皋看到那条大鱼流泪，还会心安理得地将其煮了下酒吗？

救了大蚌，平安无事就是好事。救下樟树，更是大好事，树比人长寿，树能为人带来各种各样的恩惠，只是人类不太自觉去想罢了。

思维还可以延伸。如果不停地捕杀蚌、捕杀鱼，那么蚌、鱼迟早会有灭绝的那一天。富春江中不再有鲥鱼就是明证。如果不停地伐树，恶果也很快会显现，树尽地荒，洪水一来，灾难沉重。

可以将这三个梦看成是一种敬畏吧，是古人对自然的敬畏。古人敬畏多，虽然有些不着调，看过笑过也就算了，但我总觉得，有敬畏总比没敬畏好。做了善事，情绪良好，于身于心皆有大益，这或许就是报答。

民国《分水县志》卷十四"佚事"篇中有两起杀人事件：

其一为训导被杀事件。

清同治三、四年间（1864—1865），镇海人冯金农任桐庐县学的训导，兼署分水。冯金农是个附贡生，年轻气盛，性子急，但是为人极俭朴，不舍得花钱，他在桐庐与分水之间往来，都不带仆从。

彼时，严子陵钓台破败已久，严州知府魏公喻拨款修整，通知冯金农去监督维修工程，而冯金农恰好在分水县出差。收到州府的通知后，他立即雇船前往钓台。沿分水江顺流而下，一路顺风，中午时分，已经抵达横村埠。船停在新妇山（现西武山）下深潭边，一行人吃了中饭，船工钱冬荀喝了点酒，头有点晕，就想休息一下。但冯金农心里焦急，想着早点赶到严子陵钓台，就不断地催促钱冬荀开船。船工却不理他，只管睡。冯金农大怒，骂不绝口。钱冬荀亦被激怒，用船篙打冯金农，冯金农的额头被打破，血流如注。冯金农更加愤怒，跳起来咆哮着骂人。钱冬荀又怒又愤，就将冯金农一把推进了深潭。

钱冬荀随后翻拣冯金农随身带着的箱子，发现了分水县儒学印，遂一并丢进深潭。没有人知道这回事。过了半个月，严州府要求冯金农督工的通知又下达，并派人一路追踪，结果，发现了这起命案，而船工钱冬荀已经逃往兰溪。

兰溪并不远，没多久，人就被抓回来了。一审，钱冬荀一五一十，全都招了。

其二为"一人杀九盗"事件。

陈国桢是北乡竹源坞人，他家境殷实，依着山崖筑起楼屋来住。陈的父母年迈，住一层，陈国桢夫妇及儿女住楼上。

民国十八年（1929）六月十六日夜，二十来个强盗，趁着夜色，破窗而入。他们先跑进陈国桢父母的房间，从床底下搜出陈父，绑着老人索要金钱。楼上的陈国桢听到动静，惊醒，他拿着木壳枪想下楼观察，才到楼梯口，就见楼脚已有强盗登梯将上，陈国桢立即举枪射击，登梯者倒下。另一盗又登梯，陈又举枪射击，又射中之。那些强盗见此情景，仓皇之下夺门而逃，陈国桢追到楼下，枪连珠发，强盗倒的倒，逃的逃。陈国桢担心父母的安全，不敢追远。返回检查现场，门外已有三名强盗倒地，台阶死一盗，楼下死两盗，堂屋角落里死一盗。

次日早晨，路上又见两死盗，共计杀九盗。

陈国桢报案，警察来现场检验，楼下及阶沿死盗怒目张牙，手握刀杖，卸都卸不下来。县长安先华赞扬说："陈国桢一人杀九盗，奇男子哉！"

案件一中，冯金农被杀，一部分原因是其急性子，自然，那船工甚为可恶，工作期间不仅过量饮酒，而且下手狠毒。

训导是一个县主管教育的副职，也是博学之人，性格应该温文尔雅才是，但冯金农恰恰性急，不知退让。他低估了钱姓船工的恶，当危险降临时，仍然紧追着船工骂，悲剧瞬间发生，一个读书人，就这么死于一场不值得的争吵中。

而在案件二中，那陈国桢极有胆量，为了父母，为了孩子，依靠手中的新武器，击杀多名盗贼。此案公布后，一定在社会上引起过极大的反响，是对罪犯极好的震慑。

木壳枪，即驳壳枪，20世纪二三十年代，中国大量进口。驳壳枪一次可以装十发子弹，大肚匣子更是能装二十发。那个时候，军队的低级军官、地方有钱人，很多人都喜欢驳壳枪。我相信，那陈国桢也是见过世面的有钱人，用枪镇宅，果然派上了用场，救了命。

而这还得有一个前提。驳壳枪一扣扳机就射出子弹，虽说是近距离射击，但想要枪枪击中，没有沉着的勇气及训练有素的技巧，还是很难做到的。

五、遗闻几则

以下三事，均出自民国《桐庐县志》卷十四"杂志"篇中之"遗闻"。

清咸丰初年，钱姓船工有个十八岁的儿子，其双脚得瘫痪病已经七年，外出只能两手撑地，双膝席地而行。

己未年的八月十九日夜，月朗风清，钱氏子在市里行路，一老人招呼他说："来，来。"钱氏子就一路跟着老人到了江边。老人走近钱氏子，突然抓住他的头发，往上拎起来，又重重地将其摔倒在地。钱氏子痛得大哭起来，却看见老人钻入水中而去。他大吃一惊，猛地站起身来，行走却如常人一样了。

钱氏子一下子恢复了正常，开心得不得了，他就往街心方向走去。当时，恰好太平社在演出，他就挤到演出场地边观看，认识他的人都面面相觑，不知道发生了什么。见众人诧异，钱氏子就将事情的前因后果说了一下，众人听了，都说钱氏子遇到的那位老人是神仙。

2

吴太虬是破石庄人，性豪侠，善猎，是神枪手。

清初，昌化山区闹虎患，人们都不敢在路上行走。有鉴于此，浙江巡抚招募勇士打虎，吴太虬去应征。他带着一条狼狗，在老虎来往的路上设伏，不过十天时间，他就一连打死了三只大老虎，于是虎患解除。

昌化人感其恩德，在吴太虬打虎处，为他建了一座生祠。

祠建成的那天，昌化百姓杀猪宰羊，隆重祭祀，结果，吴太虬于当天去世了。

现在昌化有吴公庙，这吴公，就是吴太虬。

清泠山有银矿。清道光年间，当地村民曾经私自开凿，挖出数十吨银矿石，但因为村民不懂白银冶炼技术，那些矿石就这么乱堆着。

这事被一个银骗子知道了。

这骗子伪装成懂炼银技术的银工，他背着炼银的工具，悄悄摸进了清泠山村。村人问他会不会炼银，骗子说："我是技术很好的银工，怎么不会炼银啊。"然后他装作一脸茫然的样子问："你们村里有银矿呀？"村人答："当然有了。"

村人拿来一块银矿石，骗子从背着的袋子中取出一个炼制瓦器，让村民将银矿石敲碎丢进瓦器中。随后骗子就又是扇风又是点火，开始炼银了。

火越燃越旺，没多久，骗子就将瓦器往地上一倒，银白色的东西就流了出来，随后果然就凝结成"银块"。村民见此情景，高兴坏了。他们指着银矿石说："我们村里的山上，银矿多的是。"骗子答道："如果有大量的银矿石，则需要大炉子冶炼，矿石随挖随炼，你们都要发大财了！"村民大喜，大家集资百金，交给骗子，请他去购买大的冶炼炉具。

骗子这一去，自然不复返。村民这才发觉受骗了，原来，骗子所炼之银子，乃是他夹袋中事先准备好的汞。村民愤怒不已，但又没有办法追回被骗的钱，那些银矿，只能依旧埋在山中。

在第一则故事中，病腿的钱氏子突然会走路，不药而愈，这样的例子，在古代笔记中颇为常见，比如，驼背的人，突然被摔了一下，背直了。此前，钱氏子双腿不能行，并不一定代表他缺少什么，或许只是神经上的病症。而那位神秘老人，他将钱氏子猛地提起来一摔，或许就是这突然的惊吓，使钱氏子麻痹了多年的神经，迅速得到了疏通与恢复。

老人钻入水中不见，其实就是一个噱头，可能就是一位长年在江边生活的人，一个鱼跃钻进水中，然后，潜行数百米，找个地方上岸，看众人哗然，他却上岸悠闲抽烟去了。他要的就是这种刻意制造出来的神奇效应。他相信，次日，这个神奇的事件就会传遍整个桐庐城。

还有一种可能，钱氏乃船工，此神医，说不定就是钱氏请来的，神医出计划，两人联合行动，制造神奇。

至于第二则打虎的故事，明清时期，生态极好。据《杭州林业志》的"大事记"记载，明成化二十一年（1485）九月，有一只黄斑虎，凌晨居然窜入杭州湖墅夹城巷知州的官邸。这还了得，官府"唤二十余人擒之，无策，后以石灰贯入袋内，上瓦揭开，放日光，虎仰视，以灰迷其目，次以坚利长枪刺其口，始获送官"。一只虎，二十余人捉，还要用巧计，可见虎的厉害。

而吴太虬，一人十天就打了三只虎，这就是一个极好的比较。难怪昌化百姓要为他建生祠，这如武松在景阳冈上的行动一样，都是英雄行为。

祠落成那天，吴太虬恰好去世，这纯属巧合。如此英武之人，平时身体一定倍儿棒，而突然离世，拿现代的话来说，十有八九是心血管方面的毛病，平时查不出，一开心，一激动，再好的身体也挡不住。

由人到神，中国的神庙就是这么来的。而每一尊神的背后，都饱含着民众的崇高敬仰及莫大希冀。

第三则故事里不动声色的银骗子，尽管是百年前设的骗局，但其手法一点也不亚于当代骗子。他得事先摸清情况：那里有大量的资源，但资源不能变现，再加上那里的人急需要用钱。有这些前提，足够了。他的炉子"哗啦"一下子倒出白花花的液体，那液体迅速变成白花花的银子。围观者的眼睛都射出强烈的光，那光，是对银子的极度渴求，使他们砸锅卖铁也要凑钱买大炉，仿佛白花花的银子就堆在眼前。

无论古代还是当代，数百乃至数千年过去，人们被骗的原因大致相同。

清冷山，查民国《桐庐县志》，即今桐庐钟山乡。王樟松兄说："没听说过那里有银矿呢。"

不是结尾

周五傍晚，刘建钟打来电话，问我在不在书院，说周日上午去胥岭看油菜花，中午到他老家吃中饭。一听到"胥岭"（我在"传奇志"中写到过关于伍子胥避难的故事），我马上答应："在，好！"

陆春祥书院距胥岭四十多公里，约一小时车程。车沿富春江边开，导航指示从建德乾潭方向进入，那片高山油菜花梯田在胥岭的近山顶处，属建德地界。

山间的柏油路两边，春天时是最漂亮的。路随河道弯曲地延伸着，不时有田野出现，村庄随之闪入眼帘，满目青翠中夹杂着各种色彩，有连片的村庄，也有几户散落在山脚的人家。建筑大多为两三层现代楼房，米黄色墙砖，看起来如别墅一般，少数白（黄）墙黑瓦的泥房倒成了参差的点缀。

很快到达胥岭山脚。2500 年前，伍子胥从楚国逃出，一路避难，他从长兴进入分水，过雪峰岭，遇大雪，在山顶迎雪舞剑，既欢喜而歌舞，那岭便叫歌舞岭。歌舞岭与胥岭，相距十里左右。胥岭一边属桐庐，一边属建德，伍子胥在胥岭的两边都住过。他住过的地方，都以他的名字命名。伍子胥从桐庐这一边上山，再从建德那一边下山，此山就叫胥岭。

迎面扑来成群的野花、招摇的桃花与盛放的樱花。在胥岭的中心地段，我们停下车，看那些层层叠叠的油菜花。说实话，油菜花看两眼就过去了，我的主要目的还是体验一下这里的环境，听听鸟鸣，看看胥岭的云影。

我与雷国兴、石樟全、刘建钟、何小华一起，沿着古道往村庄方向走。有不少房子被改成了民宿，油菜花田就密密地散布在脚下，花丛里的蜜蜂"嗡嗡嗡"的声音不小。

遇到一正好去亲戚家包清明粿的大姐，问她知不知道伍子胥，她一脸害羞，说不知道，她不管这些事。她是从山背面的桐庐潘畈嫁过来的，已经40多年了，有一儿一女，儿子在杭州三墩工作，女儿在桐庐县城开店。

再遇一年轻女子，带着几个孩子在玩。问她是哪里人，女子答自己是河北人，丈夫是湖北人，他们就定居在胥岭村。问及为何来此定居？女子答：到胥岭的朋友处玩过一次，就决定留下了。租一个房子，每年租金五千多，两个孩子在村小学读书。"知道伍子胥的故事吗？""知道一点。""有做什么生意吗？""没做，就这么生活，胥岭很安静。你看，九十多岁的老爷爷还在田地里干活呢。"

我感叹，伍子胥实在离我们很近又很远，他复仇的那些故事，关心的人喜欢，不关心的人则无所谓，或许，这就是现代人与历史之间的关系。不过，眼前的胥岭，倒真是一方隐逸之佳处。而到达山顶，海拔 1000 米处，看建德、桐庐两县交界处山顶的"天池"，真是让我大吃一惊。

这一湾水，集雨面积不大，实际上是个高坝山塘。高坝的两边，一边是建德，一边为桐庐，它的牌子上写着：胥岭头山塘工程。池虽小，它却是胥岭 400 余口人、200 多亩山田的"救命水"。我眼中，高天下的池就是天池。天池最深处，应该有十几米，天池碧绿如玉。

天池旁，一间石头亭子肃立着，亭里面的石碑上写着"胥峰亭"。以前，这应该是个风雨亭，供行路人歇脚或过夜，现在设亭只为了纪念。伍子胥当年经过此处时，不知道有没有亭子，不过，他彼时的心情一定不错，避开了追兵，而此地有山泉与梯田，林深山峻，是个休养的好去处。伍子胥的满腔仇恨，或许能被眼前的山水迅速化解。

天池旁，有一棵千年银杏，已经枯萎一半了。我猜测，那银杏旁，原先或许就是一座老屋，或者是一座寺庙。桐庐建德一带，流传着伍子胥的许多故事，也建有不少伍子胥的庙宇。在此胥岭顶上，有一座子胥庙，过往行人与客商进庙拜祭后，心理上大概能获得极大的安慰。

伫立岭顶，遥看歌舞岭方向。群山环抱中，有一个只有几十户人家的袖珍小村。小村叫阳田村，30 年前，曾是浙西最贫穷的乡村之一，但那里走出了赖梅松、陈德军、聂腾飞与聂腾云兄弟，以及张小娟这些中国快递业的著名人物。有人戏称，而今的阳田村，是世界上最富有的村庄之一。赖梅松曾和我说过，他喜欢树，看见树就会有一种莫名的兴奋，他读小学时，每天在山路上来回要走两个小时，那时只有树陪伴他，树就是他亲密的伙伴。

将下胥岭，回望山顶天池，池旁那棵老松，虬枝在微风中轻轻摇曳着，天池的水面闪耀着金子般的光芒。

2

我在心里时刻告诫自己，一定要将与自己有深刻联系的地方挖深掘透。

这次创作《富春江地理志》，似乎穷尽了力气。然而，写完书稿后，我又常常会深入富春江两岸的褶皱中，几乎每次都有新的发现。只能感慨，富春江及两岸这方水土是抒写不完的，何况，还有许多来不及写。

比如桥。

建德、桐庐、富阳的富春江干流及支流，还有支流的支流，这些流域内，都有不少横跨桥：长的几千米，短的几百米，甚至几十米；老桥、新桥，千余年的、几百年的、几十年的。没有统计过，至少有上百座，它们都有自己独特的故事。富阳恩波桥，始建于何时无考，宋太平兴国九年（984）桥圮；建德乾潭的西山石拱桥，始建于南宋咸淳元年（1265）；分水江上的桐庐大桥，1961年元旦正式通车，它是桐庐历史上的第一座现代化公路大桥，因周恩来总理的建议而建造。

比如诗文。

仅在桐庐，目前搜集到关于富春江的诗词就有7000多首，完全可以选出几十首（篇）诗文，进行深入分析与挖掘，写成一本《富春江艺文志》。

即便书中所写，也只是冰山一角，无法穷尽。

富春江中有百多种鱼，只写了五种。

富春江两岸有无数的形胜，只写了六种。

富春江两岸有无数的碑坊，只写了六座。

我仅仅是列举而已，书中的任何一卷，都可以另外写成一本大书。

转念一想，这本《富春江地理志》算是开个头吧，富春江及她两岸的故事，还有大量的留白，期待更多的人来抒写这条宝石般的河流。

富春江默默无语，不求回报，我们都属于她，她亦属于我们，又不完全属于我们，她属于浙江，属于中国，属于全球，她是全人类共同拥有的宝贝。

附录：参考书目

[1] 陈利群：严州古城石牌坊，杭州出版社，2020。

[2] 陈利群：严州文化研究论文集，中国文史出版社，2015。

[3] 陈桥驿，叶光庭，叶扬，等：水经注（全五册），中华书局，2020。

[4] 陈少非：致中和：千年秘酿，五洲传播出版社，2015。

[5] 陈雄：钱塘江历史水利研究，光明日报出版社，2013。

[6] 方仁英：富春江渔文化记忆，浙江文艺出版社，2015。

[7] 富春江水力发电厂：富春江水电站志，上海三联书店，1993。

[8] 富阳市里山镇人民政府：灵峰故梦，2015。

[9] 富阳市史志办公室：富阳历史名人与台湾，西泠印社出版社，2013。

[10] 富阳市水利志编纂委员会：富阳市水利志，河海大学出版社，2007。

[11] 富阳市新登镇人民政府，富阳市文化广电新闻出版局：古城新登，天津社会科学院出版社，2008。

[12] 富阳县志编纂委员会：富阳县志，浙江人民出版社，1993。

[13] 杭州市富阳区政协文史委，杭州市富阳区新登镇人民政府：新

登古文选，中国文史出版社，2021。

[14] 杭州市林业志编纂委员会：杭州市林业志，中华书局，2015。

[15] 杭州市水利志编纂委员会：杭州市水利志，中华书局，2009。

[16] 劳伦斯・C.史密斯：河流是部文明史，中信出版社，2022。

[17] 缪承潮：严州文献集成，杭州出版社，2020。

[18] 钱塘江志编纂委员会：钱塘江志，方志出版社，1998。

[19] 佘德余：浙江文化简史，人民出版社，2006。

[20] 申屠银洪，沈红霞：桐君传统中药文化，浙江古籍出版社，
2024。

[21] 沈善洪：浙江文化史，浙江大学出版社，2009。

[22] 孙奎郎：细说龙门，杭州出版社，2014。

[23] 陶水木，徐海松，王心喜，等：浙江地方史（修订本），浙江
人民出版社，2012。

[24] 陶思炎：中国鱼文化，商务印书馆，2019。

[25] 特里斯坦・古利：水的密码，译林出版社，2019。

[26] 田伟栋，姚翔：浙东唐诗之路论文集・渔浦卷，浙江古籍出版
社，2022。

[27] 《桐庐桥韵》（桐庐文史资料第七辑），中国文化出版社，
2004。

[28] 桐庐县交通局编志办公室：桐庐县交通志，1990。

[29] 桐庐县地方志编纂委员会：桐庐县志：（1986 ～ 2005），浙江
人民出版社，2012。

[30] 桐庐县志编纂委员会：桐庐县志，浙江人民出版社，1991。

[31] 王樟松，江海仙：武盛老街，西泠印社出版社，2021。

[32] 王樟松：桐庐古诗词大集，浙江工商大学出版社，2019。

[33] 吴宏伟，李龙：桐江兰若，2019。

[34] 吴宏伟：桐庐石刻碑志精粹，西泠印社出版社，2017。

[35]《萧山水利志》编纂委员会：萧山水利志，浙江人民出版社，2019。

[36] 许马尔，李龙：桐江渔韵，西泠印社出版社，2020。

[37] 姚朝其：天官姚夔，浙江人民出版社，2017。

[38] 臧军：耕织图的前世今生，杭州出版社，2024。

[39]《浙江省分水江水利枢纽工程志》编纂委员会：浙江省分水江水利枢纽工程志，2008。

[40] 政协杭州市富阳区委员会：富春渚，西泠印社出版社，2022。

[41] 中共杭州市富阳区委宣传部，杭州市富阳区社会科学界联合会：浙江文史记忆：富阳卷，浙江人民出版社，2023。

[42] 中共杭州市委党史研究室，杭州市政协文史资料委员会：杭州抗战纪实，1995。

[43] 中共桐庐县委宣传部，桐庐县政协文史和教文卫体委：浙江文史记忆：桐庐卷，浙江人民出版社，2023。

[44] 周保尔：桐庐富春江文化集萃，杭州出版社，2013。

[45] 周华新：中国历史文化名村：深澳，团结出版社，2022。

[46] 周天放，叶浅予：富春江游览志，上海文艺出版社，2017。